Hoeps & Toes
Der Tallinn-Twist

Hoeps & Toes

Der Tallinn-Twist

Thriller

Unionsverlag

Das Autorenduo Hoeps & Toes arbeitet seit Jahren Hand in Hand. Thomas Hoeps schrieb seine eigenen Kapitel auf Deutsch und übersetzte die von Jac. Toes auf Niederländisch geschriebenen Kapitel ins Deutsche. Niederländische Ausdrücke und Redewendungen sind im Anhang erläutert.

Im Internet
Aktuelle Informationen, Dokumente und Materialien
zu Hoeps & Toes und diesem Buch
www.unionsverlag.com

Neptunstrasse 20, CH-8032 Zürich
Telefon +41 442 83 20 00
mail@unionsverlag.ch

Umschlagmotiv: SunFlowerStudio (Alamy Stock Foto)
Umschlaggestaltung: Sven Schrape
Lektorat: Susanne Gretter
Satz: Greiner & Reichel, Köln
Druck und Bindung: Pustet, Regensburg
ISBN 978-3-293-00575-4

Der Unionsverlag wird vom Bundesamt für Kultur mit einem Verlagsförderungs-Strukturbeitrag für die Jahre 2021–2024 unterstützt.

Auch als E-Book erhältlich

I

»Taxi!«

Marie Vos hatte die Drehtüren des Flughafens Zaventem kaum hinter sich gelassen, da winkte sie schon hektisch. Vom Gate an hatte sie sich eine Dreiviertelstunde lang eingezwängt in einer Kolonne von Reisenden vorangequält, um endlich nach draußen an die frische Luft zu kommen.

Deutlich zu frisch. Am Aeroporto Salento in Brindisi hatte sie auf der Terrasse bei Cappuccino und einem honigsüßen Cornetto noch die Februarsonne genießen können, doch in Belgien machten sich eiskalte Windböen sofort daran, ihr den dünnen Regenmantel vom Leib zu zerren.

Über eine Woche lang hatten sie im Süden Italiens in einer Betrugssache ermittelt. Mit Erfolg. In ihrer Tasche steckten die Haftbefehle und Vernehmungsprotokolle von drei Universitätsdozenten aus Bari. Sie hatten eine EU-Subvention in Höhe von 3,8 Millionen Euro für ein Softwareprogramm namens »Volare« an Land gezogen, mit dem man unter Einsatz von Drohnen den Befall von Olivenbäumen mit dem Xylella-Bakterium im Frühstadium erkennen wollte. Danach sollten rund fünfzig Wissenschaftler aus mehreren EU-Ländern mit einer tiefgreifenden Bodenbehandlung den Kampf gegen diesen Killer aufnehmen.

Unzählige Bauern in Süditalien, die hilflos zusehen mussten, wie ihre jahrhundertealten Olivenhaine zugrunde gingen, sahen in dieser Rettungsaktion ihre letzte Hoffnung. Allerdings war das ganze Projekt von Anfang bis Ende ein einziger Schwindel, und die drei Dozenten hatten die Fördermittel vor allem in eine besonders ausgeprägte Version des dolce vita investiert.

Es war schon der dritte große Fall, den Marie erfolgreich

abschließen konnte, seit sie vor kaum einem Jahr den Job als freie Politikberaterin hingeworfen und bei der Europäischen Kommission in Brüssel angeheuert hatte. Mit ihren Erfahrungen, die sie beim niederländischen Inlandsgeheimdienst AIVD gesammelt hatte, war sie im Office Européen de Lutte Antifraude, kurz OLAF, mit Kusshand genommen worden. Seitdem beschäftigte sie sich im Direktorat C, Abteilung 3, mit Korruption und Subventionsbetrug.

Der Glamourfaktor ging gegen null, es war viel Puzzlearbeit, und sie hatte auch schon schmerzhaft erfahren müssen, wie langsam die Mühlen der Verwaltung im Anschluss an ihre Ermittlungen mahlten.

Als sie endlich im Taxi saß, rief sie sofort ihren Ansprechpartner in der Abteilung Media & Publicity an, einen jungen Italiener, dem sie schon einige Scoops verschafft hatte. »Hey ragazzo!«, begann sie jovial. »Ich habe da ein hübsches Goldnugget für dich, kommt sogar aus deiner kriminalitätsfreudigen Heimat. Du kannst es gerne an die Agenturen rausschicken. Mit Erfolgsgarantie, Signor.«

»Nur die Kurzfassung, bitte«, antwortete er mit einem tiefen Seufzer.

Er klang so lustlos, dass sie vermutete, er schäme sich wirklich wegen der ständigen Mafia-Vorwürfe. Trotzdem informierte sie ihn in aller Ausführlichkeit über die Erfolge, die das OLAF in Lecce und Umgebung erzielt hatte.

Einen Moment lang herrschte Stille in der Leitung.

»Komm schon«, sagte sie. »Das ist ein First-Class-Scandalo. Damit bringst du es in die italienische Presse.«

»Hast du das schon mit deiner Abteilungsleiterin besprochen?«

»Du bist der Erste.« Sie wunderte sich über seine Zurückhaltung.

»Dann haben wir ein Problem. Pressemitteilungen sind neuerdings exklusive Domäne der Abteilungsleitung.«

Marie dachte kurz nach. Ging es darum, dass ihre Chefin die Lorbeeren für den Erfolg einheimsen sollte? »Und wer hat das veranlasst?«, fragte sie.

»Neue Hausregel, ist nicht persönlich gemeint. Also hol dir erst ein Go von der Abteilungsleitung. Danach geht der Text zum Übersetzungsbüro. Und von dort natürlich rapidamente weiter zu Republica, Corriere, Raiuno …«

»Welcher Text?«, unterbrach sie ihn.

»Der, den deine Vorgesetzte uns dann schickt«, sagte er. »Scusa, Marie, aber ich muss wieder an die Arbeit. Hier herrscht Ausnahmezustand. Überall in der Stadt tanzen Demonstranten aus halb Europa in Teichen und Springbrunnen umher, und selbst hier jagen sie gerade mit Feuerwehrschläuchen Wasser auf unsere Fenster. Eine Reverenz an den ›Protest der zwölf Bürgermeister‹ heute vor einem Jahr, bei dem zwei Demonstranten ums Leben kamen. Der Protest richtete sich gegen die Profitgier bei der Privatisierung der Wasserversorgung, und jetzt wollen die wissen, was die EU seitdem dagegen unternommen hat. Die Journalisten in ihrem Schlepptau legen mir mit ihren Anrufen alle Leitungen lahm. Ich muss weiter! Arrivederci, Marie.«

Noch bevor sie etwas sagen konnte, hatte er die Verbindung unterbrochen.

Es war lächerlich, dass die Früchte ihrer Arbeit plötzlich auf den langen Weg durch die Institutionen geschickt werden sollten, aber so war das nun mal mit der EU. Damit nicht noch mehr Zeit verloren ging, beschloss sie, die Pressemitteilung noch heute zu schreiben. So ein Mist, es war schon nach sechs, ihren faulen freien Abend konnte sie vergessen.

Mit einem Mal ruckte sie abrupt nach vorn, der Sicherheitsgurt schnitt sich schmerzhaft in ihre Schulter. Der Fahrer hatte eine Notbremsung eingelegt und murmelte fluchend vor sich hin. Weil die Autos vor ihm nicht wieder in Gang kamen, stieg er aus, um nachzusehen, was da los war.

»Wir kommen hier nicht weiter«, sagte er, während er sich auf seinen Sitz zurückfallen ließ. »Da blockieren ein paar Irre den Kreisverkehr. Sie sind schon seit heute Mittag unterwegs. Überall dort, wo es Springbrunnen gibt, legen sie den Verkehr lahm. Idiotenpack!«

»Shit.« Marie öffnete nun ihrerseits die Tür und schaute sich um.

Der Mann hatte recht. Am Kreisverkehr herrschte das blanke Chaos. Die Autos standen dicht an dicht und blockierten die Bürgersteige. Von allen Seiten gingen Schimpfkanonaden über ein gutes Dutzend junger Leute nieder, die auf dem Kreisel rund um den Springbrunnen eine Art Tanzperformance aufführten. Einige von ihnen entfalteten große blau gefärbte Tücher und zogen sie durch die Luft wie Wellen, in die einige der Tänzer eintauchten. Zwei Demonstranten waren auf den Sockel zu einem fröhlichen Wasserspeier geklettert und hielten ein Transparent hoch, auf dem zwischen Fotos von einem alten Mann und einem Mädchen der Spruch »Our Water – Our Right« geschrieben stand.

Ihr Handy klingelte. Sie warf einen schnellen Blick auf das Display. Es war Niklas Söderberg, ihr früherer Chef bei OLAF. »Moment«, meldete sie sich und stieg wieder ein.

Er fragte gar nicht erst, ob sein Anruf ungelegen kam. »Deine Erfolge haben sich bis zu unserer Security-Abteilung bei Human Resources herumgesprochen«, fing er an. »Wir hätten dich darum gerne bei einem neuen Fall im Team. Ich hab schon mit deiner Chefin gesprochen. Sie gibt dich dafür frei. Widerstrebend natürlich.«

»Die Security-Abteilung?«, wiederholte sie.

Was wollte Söderberg von ihr? Sie war keine Agentin, auch wenn sie beim Niederländischen Geheimdienst das Basisausbildungsprogramm und pflichtgemäß ein paar Selbstverteidigungskurse absolviert hatte. Aber sonst hatte sie nur am Schreibtisch gearbeitet. Und auch in ihrer Freelancer-Zeit, in der sie für Politiker die Kastanien aus dem Feuer holte, hatte sie sich tunlichst von Polizei, Geheimdienst und dergleichen ferngehalten.

»Deine Chefin war mir noch einen Gefallen schuldig«, sagte Söderberg ungeduldig, weil er ihr Schweigen als ein Zweifeln interpretierte.

»Worum gehts denn?«

»Hast du mitbekommen, was heute in der Stadt los ist?

Unser Fall hat damit zu tun. Die EU hat vor ein paar Monaten eine Taskforce eingesetzt, um in Estland in Sachen Wasserversorgung ein Pilotprojekt zu starten. Sie soll in Tallinn dazu beitragen, dass ein privatisierter Wasserbetrieb wieder in städtische Hände gelangt. Aber jetzt ist dort ein massives Sicherheitsproblem aufgetaucht … Details folgen später.« Er nannte ihr eine Adresse und forderte sie auf, sich sofort auf den Weg zu machen.

»Kein Problem«, sagte sie. »Ich bin in fünfzehn Minuten da.«

»Neues Ziel«, ließ sie den Chauffeur wissen. »Ecke Rue du Bailli und Rue de Livourne.«

»Ist da nicht eine Polizeistation … Sechstes Revier?«, antwortete er plötzlich misstrauisch.

»Absolut. Aber solange Sie mich da schnell genug abliefern, wird Ihnen nichts geschehen«, sagte sie und grinste.

2

Marie kannte Söderberg kaum. Er war nur einen Monat lang ihr Chef gewesen, gleich zu Beginn ihrer EU-Karriere. Sie hatte sich ziemlich zusammenreißen müssen, um sich an einen Job im öffentlichen Dienst und insbesondere an das Arbeiten unter einem Vorgesetzten zu gewöhnen. Söderberg hatte sie durch das Brüsseler EU-Labyrinth gelotst, bis er OLAF verließ, um die Operations-Abteilung im Direktorat Sicherheit zu übernehmen.

Er stand vor dem Eingang zum Sechsten und zog an einer Zigarette, die er wegwarf, als er sie aussteigen sah.

»Bien étonnées de se retrouver …«, begann sie, aber Söderberg unterbrach sie sofort.

»Die Leitsprache heute Abend ist Englisch«, sagte er. »Steig ein, die Operation läuft bereits.«

Während der Fahrer sich durch den dichten Verkehr kämpfte, weihte Söderberg sie in den Fall ein. »Heute Abend wird eine Spezialeinheit der belgischen Polizei einen gewissen Dennis Bahr festnehmen. Er hat jahrelang für verschiedene Parlamentsmitglieder als Assistent gearbeitet, aber seit ein paar Monaten gehört er dieser Taskforce für die Neuordnung der Wasserwirtschaft an. Vor Kurzem hat er die Seiten gewechselt. Die Gründe dafür kennen wir nicht. Und wir wissen auch noch nicht, zu wem er übergelaufen ist. Aber unsere Cyberabteilung hat entdeckt, dass er eine Backdoor zum internen Netz aktiviert hatte, durch die alle Geheimnisse der Taskforce nach draußen geschleust wurden. Daraufhin haben sie ihm mithilfe einiger manipulierter Protokolle eine digitale Falle gestellt, und Bahr ist brav hineingetappt. Wir werden ihn gleich im Parc de Pede verhaften und mit ihm zum Sechsten zurückrasen, wo du ihn verhören wirst.«

»Warum ich?«, fragte sie überrascht.

»Du hast für den niederländischen Geheimdienst gearbeitet, bist eine spezialisierte Juristin und hast hinreichend Erfahrung im Umgang mit delikaten politischen Angelegenheiten. Reicht das nicht? Eigentlich wollte ich dich ja schon letztes Jahr fragen, ob du mit mir zur EU-Security wechseln willst, aber damals warst du noch vollauf damit beschäftigt, dich bei OLAF umzuschauen. Ich schätze aber, du hast dort inzwischen alles gesehen, was von Interesse ist.«

»Bin ich damit offiziell abgeordnet?«

»Betrachte die Mission als Assessment. Hinterher kannst du immer noch ablehnen.«

»Und wo ist der Haken bei der Sache?«

Über Söderbergs Gesicht glitt ein müdes Lächeln. »Wenn wir Bahr heute Abend die Handschellen anlegen, können wir das wohl trotzdem nicht als Erfolg verbuchen. Wir haben ihn wochenlang als Lockvogel eingesetzt, aber bis jetzt hat niemand den Köder schlucken wollen. Seit wir ihn observieren, konnten wir keinen einzigen verdächtigen Kontakt feststellen. Heute Mittag haben wir den Druck noch einmal erhöht. Wir informierten Francesca Giuliani, die Leiterin der Taskforce, per Mail, dass wir Bahr heute Abend verhaften werden. Damit wir sicher sein konnten, dass Bahrs fremde Dienstherren die Mail auch lesen, haben wir sie als ›streng vertraulich‹ markiert. Wir gingen davon aus, dass sie ihren Mann ganz schnell von der Front abziehen würden. Aber leider folgt er immer noch seinen üblichen Routinen; vollkommen ahnungslos, welches Schicksal ihn in der nächsten Viertelstunde erwartet.«

Als sie endlich die Place de l'Albertine passiert hatten, stellte der Fahrer die Scheibenwischer auf die höchste Stufe und gab Gas. Söderberg klappte sein Laptop auf.

»Warum sollte Bahr gerade mir anvertrauen, an welchen Teufel er seine Seele verkauft hat?«

Söderberg wischte ihre Frage mit einer Handbewegung beiseite und tippte mit dem Fingernagel auf das Display. »Dieser weiße Punkt, das ist Bahr, sie haben ihm einen

Peilsender verpasst. Er ist ein passionierter Läufer. Trainiert dreimal pro Woche. Auch jetzt, während wir sprechen. Die DSU wird ihn gleich verhaften.«

Marie sah ihn fragend an.

»Das belgische Spezialeinsatzkommando. Eigentlich eine Nummer zu groß für Bahr. Aber er soll gleich begreifen, wie ernst die Lage ist.« Er vergrößerte das Bild auf seinem Laptop. »Er läuft jetzt die Zakstraat entlang, zwischen Itterbeek und Sint Anna Pede. Der rote Punkt dahinter, das ist einer von unseren Leuten.«

Marie sah eine fast ländliche Gegend mit Äckern und Feldern, an deren Rand der Park lag. Das ganze Gebiet wurde von einem Labyrinth aus Straßen und Wegen durchzogen.

»Wenn Bahr macht, was er immer macht, wird er diesen Weg nehmen.« Söderberg folgte mit dem Finger einer zickzackförmigen, roten Linie. Dann verschob er den Bildausschnitt, bis einige Sportplätze auf dem Bildschirm erschienen. »Zurück zu seinem Auto, das er am Drève Olympique geparkt hat. Aber so weit wird er nicht kommen, denn die DSU wird ihn im Park aufpicken, wenn ihm die Kälte schon ordentlich zugesetzt hat und er müde und durstig ist. Genau hier …«

Er zeigte auf eine kleine Halbinsel, die in den Weiher hineinragte. Die Strecke führte direkt am Ufer entlang. Am Scheitelpunkt der Insel würde Bahr auf drei Seiten vom Wasser umgeben sein. Also blieb ihm nur ein einziger Fluchtweg, und auf dem, sah Marie, würde er ziemlich schnell von einem Graben gestoppt werden, der in einem weiten Kreis den ganzen Weiher umschloss.

»Operationell gesehen reine Routine. Es ist dort stockdunkel. Sechs Männer stürzen sich auf einen komplett ahnungslosen Mann, fesseln ihm die Hände mit Kabelbindern auf dem Rücken und ziehen ihm einen Sack über den Kopf. Dann werfen sie ihn in den Bus, rasen zum Sechsten und laden ihn dort ab: vollkommen desorientiert und verängstigt.«

»Und warum ausgerechnet dort?«

»Sagen wir es so, das Sechste ist für seinen chronischen Mangel an kommunikativer Kompetenz und für eine gewisse

Raubeinigkeit bekannt. Glaub mir, sobald du in den düsteren Kellerräumen des Kommissariats auftauchst, wird Bahr sich in deine Arme stürzen und dich anflehen, alle deine Fragen beantworten zu dürfen. Vor allem, wenn du ihm verrätst, dass ihn seine Auftraggeber, ohne mit der Wimper zu zucken, geopfert haben. Und dass wir ihm aber eine zweite Chance geben wollen.«

»Und was ist mit seinem Recht auf einen Anwalt?«

Söderberg sah sie einen Moment lang überrascht an, ehe er seinen Blick wieder auf den Bildschirm richtete und auf den weißen Punkt starrte. »Ich kann dir garantieren, dass alles nach belgischem Recht und im Rahmen unserer EU-Vorschriften abläuft. Sobald die offizielle Einvernahme ansteht, darf er seinen Anwalt anrufen. Heute Nacht führst du mit Bahr nur ein ganz informelles Vorgespräch«, sagte er gleichmütig.

»Also mache ich mich der Mittäterschaft bei Einschüchterung, Körperverletzung und vorsätzlichen Verfahrensverstößen schuldig?«

Söderberg schüttelte den Kopf. »Erstens: Was die Belgier machen, geht uns nichts an. Zweitens: Es wird schon nicht so schlimm werden. Und drittens: Du erscheinst ja als Bahrs Schutzengel! Und trumpfst zur rechten Zeit mit ein paar beeindruckenden juristischen Formulierungen auf.«

Marie hielt sich am Griff über der Tür fest, als der Fahrer eine rasante Rechtskurve zog. Sie schossen unter der breiten Gleisstraße eines Bahnknotenpunkts in einen Tunnel hinein, die Scheibenwischer schrappten über die trockene Windschutzscheibe.

»Mach dir keine Sorgen«, sagte Söderberg leise, als der Regen wieder heftig gegen die Scheibe prasselte. »Der Chef der Einheit wird persönlich vor Ort sein. Pol de Swarte, ein alter Haudegen noch aus Zeiten der ehemaligen Rijkswacht. Sollte etwas schiefgehen, würde er die Prügel einstecken. Aber er steht kurz vor der Pensionierung, also wird er alles tun, um einen Skandal zu vermeiden.«

3

Marie und Söderberg stiegen in den Lkw der Einsatzleitung, wo sie sich in einem kleinen Vorraum zunächst in eine Liste mit Namen, Uhrzeit und Unterschrift eintragen mussten. Sie warf einen schnellen Blick auf die anderen Anwesenden. Generalkommissar Pol de Swarte und sein einsatzleitender Kommandant waren schon vor ihnen eingetroffen.

Die Kommandozentrale erinnerte an einen Atombunker. Der Raum wurde nur von einer schwachen Lampe und ein paar Bildschirmen beleuchtet. Der Lkw war gut isoliert, kein Geräusch drang von außen herein, nicht einmal der Starkregen, der aufs Dach prasselte, war zu hören. Nur die Klimaanlage summte leise vor sich hin.

Pol de Swarte hatte sich eigens für seine europäischen Gäste in Uniform geworfen und stand eilig auf, um Söderberg und Marie zu begrüßen. Er entschuldigte sich für den Mangel an Luxus, holte zwei Hocker aus einem Schrank und bat sie, Platz zu nehmen. Der Einsatzleiter an den Bildschirmen drehte sich kurz zu ihnen um und murmelte seinen Namen, ehe er sich wieder den Monitoren zuwandte und sein Headset fester an den Kopf drückte. »Target-1 ist in etwa zehn Minuten am ZO«, briefte er sie. »Wir erwarten ihn dort mit sechs Mann. Bis dahin läuft nur einer unserer Jungs hinter ihm her, um keinen Verdacht zu wecken.«

Marie schaute auf den größten Monitor, auf dem grünstichige und wackelige Bilder von einem Pfad und in der Mitte ein etwas helleres Licht zu sehen waren. Der Bildschirm daneben zeigte die Karte mit den sich langsam vorwärtsbewegenden Punkten, die sie schon auf Söderbergs Laptop gesehen hatte.

»Das ist unser Alpha-1, verkleidet als Freizeitsportler«, sagte de Swarte. »Target-1 trägt ein Lauflicht, damit er im Verkehr gut zu sehen ist. Darin haben wir den Tracker versteckt.«

»Was bedeutet ZO? Und wie sind sie an das Lauflicht gekommen?«, fragte Marie Söderberg leise.

»Zugriffsort«, flüsterte Söderberg zurück. »Bahr nimmt seine Sportkleidung immer schon zur Arbeit mit. Die Sporttasche lässt er im Auto. Ich habe ihnen die Genehmigung erteilt, den Code seiner Autoschlüssel auszulesen, damit sie die Heckklappe öffnen konnten.«

De Swarte drehte sich zu ihnen um. »Drei Alphas warten auf der Ostseite des Weges auf ihn, und die drei auf der Westseite werden ihm den Rückweg abschneiden, sobald er den ZO erreicht hat. Zoom doch mal zu ihnen, Chef ...«

Der Einsatzleiter verschob die Karte Richtung Weiher, an dem die beiden Einsatzgruppen als sechs rote Punkte links und rechts des eingezeichneten Weges aufleuchteten.

»Tragen sie auch Helmkameras?«, fragte Söderberg.

»Klar«, erwiderte de Swarte knapp.

Marie zeigte auf ein paar ausgeschaltete Monitore. »Und dann werden deren Bilder hierhergeschickt?«

»Dafür wären ein paar Software-Updates nötig.« De Swarte zuckte mit den Schultern. »Sparmaßnahmen ... Aber die Bilder werden intern abgespeichert, und hier begnügen wir uns mit dem, was Alpha-1 sendet. Er hat unsere aktuell einzige Infrarot-Brustkamera ...«

»Abstand von zwanzig Metern zu Target-1 wiederherstellen, Alpha-1«, befahl der Einsatzleiter plötzlich.

Die Bilder begannen, heftiger zu ruckeln, doch der Abstand zwischen den Punkten auf der Karte verringerte sich nicht.

»Alpha-1, Tempo!«, schnaubte der Kommandant ins Mikrofon.

»Ton, bitte«, ordnete de Swarte an.

Der Einsatzleiter drückte einen Knopf, und augenblicklich war der Raum von Alpha-1' Keuchen erfüllt, der sich offenbar mächtig anstrengen musste, um näher an Bahr heranzukommen.

»Noch siebenhundertfünfzig Meter bis ZO«, kündigte der Einsatzleiter an. »Alphas zwei bis sieben in Position!«

Marie und Söderberg verfolgten gespannt, wie die beiden Punkte auf der Karte weiter zusammenrückten. Bahrs Umrisse auf den Live-Bildern der Brustkamera waren immer deutlicher zu erkennen.

»Gut so, Alpha-1«, sagte der Kommandant und zwinkerte de Swarte zu.

Marie beugte sich zum Monitor vor und zeigte auf Bahrs Rücken. »Trägt Bahr da etwa eine kugelsichere Weste?«

Der Einsatzleiter wechselte einen schnellen Blick mit de Swarte, ehe er das Bild heranzoomte.

Bahr hatte definitiv etwas über seine Laufjacke gezogen.

»Er wirkt auch ein bisschen stämmiger als auf unseren Fotos«, sagte Söderberg.

Der Einsatzleiter drückte ein paar Tasten, um ein schärferes Bild zu bekommen, aber gegen die Regentropfen auf dem Kameraobjektiv von Alpha-1 kam die Technik nicht an.

»Alpha-1, physischer Check von Weste Target-1.«

Der Beamte fluchte leise und beschleunigte. Marie wunderte sich, dass Bahr nichts bemerkte, aber wahrscheinlich wollte er bei diesem Regen einfach nur noch so schnell wie möglich nach Hause kommen.

»Eventuell ballistische Schutzweste«, kam es keuchend aus den Lautsprechern.

Bahr hatte jetzt den Rand des Weihers erreicht.

»Alphas zwei bis sieben, Achtung! Target-1 auf hundertfünfzig Metern zum ZO. Zugriff in fünfundvierzig Sekunden. Warnung: Target-1 eventuell vorbereitet.«

Alpha-1 hatte Bahr inzwischen so weit eingeholt, dass auch dessen Schritte zu hören waren.

»An alle Alphas, noch fünfzehn Sekunden.«

Der Kommandant lehnte sich zurück und ließ seinen Blick zwischen den Monitoren hin und her laufen.

»Alle Alphas, zehn Sekunden. Alpha-1, Abstand, verdammt!«

Über die Brustkamera war zu sehen, dass Bahr langsamer geworden war und schließlich stehen blieb.

»Alpha-1, Bericht.«

»Target-1 steht still …«, klang es gedämpft.

Bahr hatte den rechten Arm vor den Oberkörper genommen. Der Ellenbogen ging nach oben, er schien etwas aus seiner Brusttasche zu holen.

»Er zieht eine Waffe!«, rief de Swarte hypernervös. »Unschädlich machen, sofort!«

Aber sein Kommandant behielt die Ruhe, schüttelte den Kopf und starrte gebannt auf den Bildschirm. Alpha-1 stand nicht mehr als fünfzehn Meter entfernt. Seine Brustkamera bewegte sich im Rhythmus seines Atems.

»Alpha-1, Waffe schussbereit.«

Das Bild wackelte.

»Schussbereit«, bestätigte Alpha-1 fast unhörbar.

»Schussfreigabe, sobald sich Target-1 zu Ihnen dreht.«

Aber Bahr blieb mit dem Rücken zu Alpha-1 stehen, während er seine Hand zurückzog und sie ans Ohr führte.

»Target-1 telefoniert«, hieß es im Flüsterton.

»Schussbereit bleiben, Alpha-1. Alphas zwei bis sieben, Position halten.«

»Mit wem spricht er da?«, fragte Söderberg. »Was sagt die Telefonüberwachung?«

Der Einsatzleiter tippte eine Nachricht in den Computer. Ein paar Sekunden später blinkte die Antwort auf.

»Target-1 wird auf unbekanntem Gerät von unbekannter Nummer angerufen.«

Am unteren Rand des Bildschirms lief die Zeitmessung unbeirrt weiter. Zwanzig, dreißig Sekunden lang telefonierte Bahr, dann steckte er das Handy wieder in die Brusttasche und lief weiter, ohne sich umzusehen.

»Alphas, Achtung! Sechs Sekunden … fünf … vier …«

Mit einem Mal war Bahr nicht mehr zu sehen.

»Herr im Himmel …«, rief de Swarte. »Wo ist er hin?«

»Target-1 in südwestliche Richtung abgeschwenkt«, meldete Alpha-1.

Der Kommandant schaute verblüfft auf die Karte, auf der sich der weiße Punkt in einer geraden Linie direkt auf das Wasser zubewegte. Alpha-1 setzte Bahr nach, bis das Kameraobjektiv ihn wieder erfasst hatte. Mit etwas Abstand folgten die roten Punkte der anderen Alphas.

»Alpha-1, Zugriff!«, rief der Kommandant.

Alpha-1 zog massiv das Tempo an.

»Halt, Polizei!«, brüllte es durch die Lautsprecher in ihre Ohren.

Der rote und der weiße Punkt überdeckten sich schon fast, als Alpha-1 mit einem kleinen Aufschrei plötzlich abrupt stehen blieb, das Bild seiner Brustkamera wurde schwarz. Unmittelbar danach war ein lautes Platschen zu hören, und der weiße Punkt verschwand vom Bildschirm.

»Alle Alphas Zugriff!«, rief der Kommandant.

Marie hörte eine leichte Verzweiflung in seiner Stimme. Sie beobachtete, wie sich die roten Punkte entlang der Wasserkante aufreihten und stehen blieben.

»Alpha-1, Bericht!«

»Bin ausgerutscht«, kam es zerknirscht zurück. »Kontakt zu Target-1 verloren.«

»Kamera säubern, Alpha-1!«, schnauzte der Kommandant.

Die Kamera wurde gedreht, man sah die Handschuhfinger von Alpha-1, die über das Objektiv wischten, aber das Bild blieb schmierig und unscharf.

Eine Minute lang beobachteten sie, wie die roten Punkte sich wie nervöse Glühwürmchen am Ufer auf und ab bewegten, auseinanderschwärmten und wieder aufeinander zuliefen.

»Ich alarmiere die Taucheinheit«, entschied de Swarte und griff nach seinem Mobiltelefon.

Plötzlich jagte der Punkt von Alpha-1 auf das Wasser zu. Der Einsatzleiter griff zum Mikrofon. »Stopp, Alpha-1! Tauchergruppe übernimmt.«

»LED-Licht von Target-1 lokalisiert«, rief Alpha 1.

»Alpha-1, du gehst sofort zurück …«, setzte er an, doch de Swarte zog ihm das Headset vom Kopf. »Alpha-1, hier spricht de Swarte, Target-1 festnehmen.«

Marie sah gebannt zu, wie sich der rote Punkt immer weiter vom Ufer entfernte. Sie erschrak, als Söderberg ihr auf den Arm tippte. Er machte eine Kopfbewegung Richtung Tür.

»Wir gehen zum ZO«, sagte Söderberg zu de Swarte. »Geben Sie mal Bescheid, dass wir kommen.«

Im Vorraum warfen sie sich ihre Mäntel über und eilten hinaus. Eiskalter Regen schlug ihnen ins Gesicht.

»Da drinnen werden wir nicht mehr klüger«, sagte Söderberg, während sie zum Weiher liefen.

»Vielleicht schafft es Bahr«, überlegte Marie. »Er kennt das Terrain.«

Sie kamen gerade rechtzeitig, um zu sehen, wie Alpha-1 in seinem klatschnassen Laufdress aus dem Wasser watete. Er hielt ihnen ein tropfendes Kleidungsstück mit einem brennenden Sicherheitslicht entgegen. »Die Weste von Target-1«, sagte er vor Kälte zitternd.

Einer der anderen Alphas nahm sie ihm ab. »Eine Gewichtsweste«, sagte er nach kurzer Inspektion. »Für die ganz Harten, wenn sie sich ein scharfes Training gönnen.«

»Und wo ist der Typ, der da drinsteckte?«, fragte Söderberg.

Alpha-1 schüttelte den Kopf. »Sagen Sie's mir. Da …« Er zeigte mit dem Daumen rückwärts auf den Weiher, dann machte er mit der Hand eine 360-Grad-Drehung entlang eines imaginären Horizonts und fügte lakonisch hinzu: »Oder dort.«

»Shit happens«, gab Söderberg im selben Ton zurück und gab Marie ein Zeichen. »Ich bring dich zum Sechsten zurück.«

Erst im Auto brach es aus ihm heraus. »Verdammt, er wusste es. Jemand hat ihn gewarnt!«

»Ja, aber erst, als er schon im Park unterwegs war. Sonst wäre er gar nicht erst losgelaufen.«

»Oder einer der Alphas war übereifrig und ist zu früh

gestartet. Ich will, dass du sie noch heute Nacht befragst. Einzeln!« Er verstummte, als benötigte er etwas Zeit, um seinen wieder aufsteigenden Ärger herunterzuschlucken. »Also gut. Wenn du etwas Belastbares hast, ruf mich an. Den schriftlichen Bericht kannst du nachliefern. Morgen Vormittag gehst du erst mal zu Francesca Giuliani. Sie leitet die Taskforce, und Bahr war ihr Assistent. Ich besorge dir einen Termin und schicke dir ihr Profil.«

4

Als Marie nach kaum vier Stunden Schlaf und einem Coffee to go am Morgen das Büro im zehnten Stock des Hauptsitzes der Europäischen Kommission betrat, stand Francesca Giuliani am Fenster. Sie war Mitte fünfzig, eine ebenso elegante wie energetische Erscheinung. Sie wandte sich Marie zu, lächelte und winkte sie zu sich.

»Non è terribile?« Sie seufzte.

Marie war irritiert. Was genau fand Giuliani furchtbar? Die Sache mit ihrem Assistenten Bahr? Den Ausblick? Das Wetter? Alles zusammen? »Es gibt sicher Schlimmeres«, erwiderte sie auf Englisch. Eine Antwort, die in jedem Fall passte.

Giuliani lächelte wieder und wechselte ebenfalls ins Englische. »Sie sind eine Optimistin. Das ist gut. Je länger ich als Gast der Kommission im Berlaymont arbeite, desto schwerer fällt es mir, positiv zu denken.«

Marie schaute sich um. Wenn sich der Stellenwert, den die Kommission der »Taskforce für eine Neuordnung der europäischen Wasserversorgung« zumaß, in der Größe dieses Büros dokumentieren sollte, hatte Giuliani hier gewiss kein leichtes Leben.

»Ich habe diese Festung nie gemocht. Selbst die Brüsseler nennen es ›Berlaymonstre‹«, fuhr sie fort. »Allein diese Außenlamellen – sie zerschneiden jeden Blick. Gefängnisgitter, die die Herren und Damen Kommissare von der Welt da draußen abschotten sollen.«

Giuliani schien plötzlich über sich selbst lachen zu müssen. Mit einer einladenden Geste forderte sie Marie auf, in einer Sitzgruppe Platz zu nehmen, die in eine Ecke des Raums gequetscht worden war.

Marie war überrascht, wie schnell Giuliani eine persönliche

Atmosphäre aufzubauen wusste. Dem Profil zufolge, das Söderberg ihr zugemailt hatte, war Giuliani eine erfahrene Politikerin. Nach einer Karriere als Universitätsprofessorin saß sie nun schon zum dritten Mal für die Partito Democratico im Europäischen Parlament und genoss dort den Ruf einer herausragenden Netzwerkerin.

»Also Marie, ich darf doch Marie sagen? Francesca. Niklas Söderberg hat mich schon grob informiert. Weiter keine Spur von Dennis?«, fragte Giuliani.

»Die belgische Polizei fischt leider buchstäblich im Trüben. Aber vielleicht können wir ihnen ja noch ein paar nützliche Informationen liefern. Dazu müsste ich allerdings mehr über Ihren Auftrag wissen.«

Giuliani ermunterte sie mit einer Handbewegung, ihre Fragen zu stellen. Marie lehnte sich in ihren Sessel zurück und schaute sich um. »Fangen wir doch damit an, warum Sie als Vorsitzende des Umweltausschusses und führendes Parlamentsmitglied hier in einer solchen Body-shaped-Kammer arbeiten müssen? Ich hatte eigentlich erwartet, Sie in Ihrem Büro im Parlament zu finden.«

Maries kleine Provokation schien Giuliani Freude zu machen. »Das ist Europa, Marie. Ein fein austariertes System und eine Menge Symbolpolitik. Ohne die Initiative des Parlaments wäre die Kommission wohl dem Wunsch einzelner Staaten gefolgt, das Problem der Wasserprivatisierung einfach auszusitzen. Aber wir haben nicht nur mächtig Druck ausgeübt, sondern auch durchgesetzt, den Vorsitz in dieser wichtigen Taskforce zu übernehmen. Nun gefällt es der Kommission aber nicht, wenn eine Parlamentarierin den Fachleuten aus ihren Generaldirektionen Anweisungen erteilt. Also bringt man die Taskforce im Berlaymont unter, um sie im Blick zu behalten, und lässt die Leiterin demonstrativ am Katzentisch sitzen. Ich nehme das nicht persönlich, es zeigt nur, wie unbeliebt Projekte bei der Kommission sind, die man ihr von außen aufzwingt.«

»Sie meinen diesen Protest der zwölf Bürgermeister vor einem Jahr.«

»Der zwölf Bürgermeisterinnen und Bürgermeister, ja. Und den Tod einer jungen Griechin namens Efthimia Simoneidis. Und den Tod des portugiesischen Bürgermeisters Alberto de Sousa infolge dieses Protests. Die anschließenden Großdemonstrationen in Dutzenden südeuropäischer Städte, die Petition der westeuropäischen NGOs mit Millionen von Unterschriften und nicht zuletzt unsere fraktionsübergreifende Initiative im Europäischen Parlament. Es war eine gemeinsame Kraftanstrengung, mit der wir das Recht auf Wasser dann endlich in der Grundrechte-Charta der EU verankern konnten. Und jetzt werden wir nach und nach die Wasserversorgung in das Eigentum der Städte zurückführen.«

Simoneidis und de Sousa, das waren die beiden, deren Fotos Marie gestern auf dem Transparent der Demonstranten gesehen hatte. Marie hatte vor ihrem Termin mit Giuliani noch eine halbe Stunde im Internet verbracht, um nicht ganz unwissend ins Berlaymont zu kommen.

Es war eine verrückte Aktion der Verzweiflung gewesen, die aus dem Ruder lief. Die zwölf Bürgermeister kamen aus Städten, in denen die Stadträte vor Jahren die Wasserversorgung privatisiert hatten und die nun wegen schlechter Verträge vor dem Ruin standen. Anfang Februar waren sie in Brüssel in die winterfest gemachten Springbrunnen geklettert, wo sie sich fast gänzlich entkleideten, während um sie herum junge Künstlerinnen und Künstler aus ihren Städten mit Performances und Flugblättern für Aufmerksamkeit sorgten. Die Fotos und Videos von den zwölf Stadtoberhäuptern, die fast nackt und zitternd im Frost standen, kursierten schnell im Netz. Die Lawine öffentlicher Empörung aber war durch den Tod der siebzehnjährigen Schülerin Efthimia ausgelöst worden. Das Unglück passierte an der Fontaine L'homme l'Atlantide auf einer Brücke über dem inneren Schnellstraßenring.

Sie war mit ihrer Theatergruppe aus einer Kleinstadt bei Thessaloniki angereist. Sie tanzten um den Verkehrskreisel herum, in dessen Zentrum ein vier Meter hoher Bronzemann mit Taucherbrille, Rucksack und Flossen die Geheimnisse des Meeres erkundete. Ein ausgebremster Autofahrer verlor die Nerven, trat aufs Gaspedal und touchierte die junge Frau so heftig, dass sie vom Brückenteil des Kreisverkehrs auf die darunterliegende Fahrbahn stürzte, wo sie von mehreren Wagen überrollt wurde.

Nur wenige Tage danach war Alberto de Sousa in einem Krankenhaus mit gerade mal zweiundsechzig Jahren einer schweren Lungenentzündung erlegen. Enttäuscht über seinen abseits gelegenen Protestort im Botanischen Garten, aber in seiner Not zu allem bereit, hatte er dort ausgeharrt, und konnte erst nach Stunden von jungen Schauspielerinnen seiner Gruppe zum Aufgeben bewegt werden. Erst hieß es, er habe sein Unglück selbst verschuldet, aber dann kam heraus, dass er zuvor einen schweren Herzinfarkt erlitten hatte. Und zwar infolge eines Prozesses, bei dem seine Stadt zu einem sündhaft hohen Schadensersatz an einen Wasserkonzern verurteilt worden war.

»Verzeihen Sie meine vielleicht etwas naive Nachfrage. Wir Niederländer sind ja nicht nur für unseren Kaufmannsgeist bekannt, sondern wir haben seit jeher auch das Problem, dass wir eher zu viel Wasser haben anstatt zu wenig. Ist dieser ganze Kampf gegen die private Wasserbewirtschaftung nicht eine ideologische Übertreibung? Was ist daran so furchtbar, wenn der Kubikmeter Wasser ein paar Cent mehr kostet, weil sich ein Unternehmen eine Menge Arbeit damit macht?«

Giuliani stand auf und ging zu einem Aktenschrank, aus dem sie ein dickes spiralgebundenes Buch im A4-Format zog. Sie legte es vor Marie auf den Tisch. »Das hier wird Ihre Fragen beantworten. Ich garantiere Ihnen, Sie werden darin ein paar herausragende Beispiele für einen Kaufmannsgeist finden, der jede Chance nutzt, die Allgemeinheit auszupressen. Nennen Sie es ideologisch, aber ich halte nicht viel von Gewinnmargen, die von Beginn an zweistellig sind und in kürzester Zeit auf zwanzig, ja fünfundzwanzig Prozent Rendite hochgetrieben werden. Und das auf Kosten der Bürger, die immer mehr bezahlen müssen. Gleichzeitig werden die Investitionen so weit heruntergeschraubt, dass die mit Steuergeldern geschaffenen Infrastrukturen verrotten. Und selbst diese wenigen Investitionen werden noch über ewig lange Kredite finanziert, sodass die Städte nach Auslaufen der Konzessionen selbst dafür aufkommen müssen. Und um noch etwas deutlicher zu machen, dass es nicht nur um ein paar Cent geht. Diese Konzerne leisten sich internationale Anwaltskanzleien, um verschachtelte Vertragskonstrukte zu entwickeln, die niemand außerhalb ihrer Blase versteht. Auf deren Grundlage werden unsere Städte zu zig Millionen Euro Strafe verurteilt, sobald die Bevölkerung wegen der hohen Preise Wasser einspart. ›Angriff auf die Investoren‹ nennen die Schiedsgerichte das dann. Ich nenne es Raubtierkapitalismus.«

Selbst wenn Marie zwanzig Prozent italienischer Dramatik abzog, es war ganz offensichtlich, dass Giuliani von der Überzeugung angetrieben wurde, für eine gerechte Sache zu kämpfen. »Und die Aufgabe Ihrer Taskforce ist was?«

»Wir entwickeln in Tallinn einen Vertrag als Blaupause für alle anderen Städte, die sich mithilfe der Europäischen Union aus den Kontrakten mit privaten Investoren lösen oder zumindest die Anteilsmehrheit wieder zurückholen wollen. Wir setzen uns für faire und transparente Ausstiegsverträge und eine finanzielle Entlastung der Städte ein.«

»Welche Rolle spielte Ihr Assistent Dennis Bahr in dieser Angelegenheit?«

»Keine besonders wichtige. Die wesentlichen Player in der Taskforce sind die drei Abgesandten der fachlich zuständigen Generaldirektionen Umwelt, Wettbewerb und Regiopolitik. Dennis hat letztlich nur Daten recherchiert, Übersetzungen geprüft, mögliche Kompromisslinien formuliert. Verzeihen Sie mir die kleine Boshaftigkeit: Er ist eine etwas humorlose, aber eben auch durch und durch tugendhafte deutsche Arbeitsbiene.«

»Na ja, unsere Ermittlungen zeigen, dass er so tugendhaft wohl doch nicht ist. Privat scheinen Sie ihn aber auch nicht näher zu kennen?«

Giuliani lachte und warf ihr glänzendes Haar in einer Kopfbewegung nach hinten, die Marie an eine Shampoowerbung ihrer Kindheit erinnerte. »Nein, er ist ein höflicher, hilfsbereiter Kerl, aber in jeglicher Hinsicht vollkommen uninteressant. Und sowieso sind Frauen für Dennis ein ferner Kontinent.«

»Aber wissen Sie denn sonst gar nichts über ihn?«

Giuliani zuckte mit den Schultern. Sie wusste nur ein paar Informationen zu Bahrs beruflicher Vita nachzuliefern. Er hatte sich nach einem plötzlichen Karriereknick wohl sehr um diese Stelle bemüht. Zehn Jahre lang hatte er sich in Brüssel Meriten als kompetenter Parlamentsassistent bei einem deutschen Abgeordneten erworben. Als der nicht mehr zur Wahl antrat, spekulierte er wohl auf ein Bundestagsmandat in seiner Heimatstadt, wurde dann aber nicht nominiert. Offenbar war es ihm danach trotz seiner Erfahrung nicht gelungen, einen anderen Job im Parlament zu bekommen. Schließlich hatte wohl irgendwer, Giuliani wusste leider keinen Namen, die Hand über ihn gehalten und ihn bei einem befristeten Projekt in der Generaldirektion Wettbewerb untergebracht. Auf den Job in der Taskforce hatte er sich frei beworben, jedenfalls hatte niemand bei Giuliani angerufen, um sich für ihn zu verwenden.

Marie ließ sich noch eine Weile über die Zusammensetzung der Taskforce informieren, bis Giuliani auf ihre überdimensionale Armbanduhr schaute. »Ich muss leider noch zu einer Sitzung des Parlaments, Marie. Wir können unser Gespräch gerne bald fortsetzen. Mein Sekretär wird mit Ihnen nach einem Termin schauen.«

»Nur eine Frage noch, Francesca. Wem würde es nutzen, die Taskforce mithilfe von Dennis Bahr auszuspionieren?«

»Bis jetzt hatte ich bei den Verhandlungen in Tallinn keine Sekunde lang das Gefühl, dass dort jemand einen Vorteil durch Insiderwissen hatte. Und alles Weitere über diesen Kreis hinaus wäre reine Spekulation.«

Marie ließ nicht locker. »Spekulieren Sie ruhig. Alles kann jetzt helfen.«

»Nun, das größte Interesse hätte natürlich die Wasserwirtschaft. Zu wissen, wo es innerhalb der Taskforce gegensätzliche Positionen gibt, könnte ihr helfen, Gegenstrategien zu entwickeln. Aber genauso gut könnten es auch Geheimdienste außerhalb der EU gewesen sein. Natürliche Ressourcen sind ein zentrales Thema für die Wirtschaftsspionage. Einige der größten Wasserkonzerne sitzen in den USA. Und auch die Chinesen drängen immer stärker auf den Markt.«

Zurück im Erdgeschoss des Berlaymont, steuerte Marie einen Tisch mit ein paar Drehstühlen an. Sie entschied sich, das Gespräch noch gleich hier auf der Piazza zusammenzufassen und ihre nächsten Schritte festzulegen.

Sie könnte versuchen, den ehemaligen Abgeordneten in Deutschland zu befragen, für den Bahr gearbeitet hatte. Aber zuerst wollte sie mit den anderen Taskforce-Mitgliedern sprechen.

Es waren allesamt hochrangige Beamte: ein Deutscher namens Christian Nachtwey von der finanzierenden GD Regionalpolitik, der Österreicher Fritz Aumayr von der GD Wettbewerb, wo auch Dennis Bahr zeitweilig untergeschlüpft war, und die Portugiesin Beatriz Torres von der Generaldirektion Umwelt. Giuliani hatte es so zusammengefasst: Nachtwey musste das Geld beschaffen, Aumayr passte auf, dass dem freien Wettbewerb keine Daumenschrauben angelegt wurden, und Torres sollte dafür sorgen, dass das Ziel der Taskforce erreicht wurde und die Umweltkommissarin beim Schlussapplaus nicht leer ausging.

Sie schaute eine Weile dem Kommen und Gehen auf der Piazza zu. Hatte sie an alles Wichtige gedacht? Das Gewimmel lenkte sie zu sehr ab, sie drehte sich mit dem Sessel um. Einen Moment später klingelte ihr Mobiltelefon. Es war Niklas Söderberg.

»Bahr ist aufgetaucht. Er liegt in der Antwerpener Universitätsklinik in Edegem«, sagte er ohne eine Begrüßung.

»Oh … Wie geht es ihm?«

»Er liegt in einer Gefriertruhe der Abteilung für Rechtsmedizin. Ein Spaziergänger hat ihn heute früh im Parc de Pede gefunden.«

»Natürlicher Tod?«

»Das wirst du hoffentlich gleich erfahren. Bis jetzt wissen wir nur, dass er in dem Graben entlang seiner Laufstrecke gefunden wurde.«

»Dann ist er also tatsächlich gleich wieder aus dem Weiher herausgestiegen«, sagte sie. »Ich habe gestern Nacht die Aussage eines Polizisten aufgenommen, der sagte …«

»Nimm das alles später in deinen Rapport auf und mach dich jetzt auf den Weg«, unterbrach er sie. »Sie wissen, dass du kommst. Eine Dr. Dunnekaat ist gerade mit der Autopsie beschäftigt, und ich möchte, dass du die Erste bist, die ihre Ergebnisse zu hören bekommt. Schick mir den Bericht heute Abend, und morgen früh sehe ich dich in meinem Büro.«

5

Route 102«, lautete die ultrakurze Antwort der Rezeptionistin, als sie erklärte, einen Termin bei Dr. Dunnekaat zu haben. Brav folgte sie den Schildern und staunte über die farbenfrohe Innengestaltung des Gebäudes, dessen Äußeres sie eher an einen halb fertigen Bunker aus dem Zweiten Weltkrieg erinnerte.

Im Kellergeschoss gab es einen weiteren Empfang. Die Frau hinter dem Schreibtisch wollte sie ins Wartezimmer schicken, aber Marie sah sie durchdringend an. Warteräume waren Tatorte, an denen hilflose Opfer ihrer Zeit beraubt wurden. Und sie war weder hilflos noch Opfer. »Ich bin als Vertreterin der Europäischen Union hier, um einen Bericht über den Tod von Herrn Dennis Bahr zu erstellen. Es handelt sich um einen …«

Sie wurde von einem lauten Schluchzen unterbrochen.

»Das ist der Lebensgefährte von Herrn Bahr«, flüsterte die Rezeptionistin mitleidig.

Marie schaute in den Warteraum. Ein magerer junger Mann von Anfang zwanzig saß mit tränenverschleierten Augen einsam auf einer Bank. Sie ging auf ihn zu. »Alles in Ordnung?«

Der junge Mann schüttelte heftig den Kopf. Sein halblanges schwarzes Haar fiel ihm wie ein Trauerschleier vor das Gesicht. »Er ist es, er ist es!«, rief er aus und begann wieder, heftig zu weinen.

Marie setzte sich neben ihn.

»Wir wollten doch Pizza essen gehen«, schluchzte er. »Gestern Abend. In unserem Lieblingsrestaurant am Pede.« Er zog sein Handy hervor. Auf dem Sperrbildschirm war ein Foto von Bahr zu sehen. Seine Hände umkrallten es so verzweifelt, als hoffte der Junge, den toten Geliebten aus dem Gerät heraus ins Leben zurückzerren zu können.

»Können Sie irgendwohin?«

»Zu meinen Eltern«, antwortete er resigniert. »Nach Moeskroen.«

Es klang, als müsste er sich nach einem freien Wochenende in der Kaserne zurückmelden.

Eine Frau in grünem Overall bog mit einem Laptop unterm Arm um die Ecke. Ihre große lilafarbene Brille bedeckte fast ihr halbes Gesicht. Sie nickte Marie zu und stellte sich mit »Dr. Dunnekaat« vor. Als sie auf eine Tür am Ende des Gangs deutete, rutschte ihr Ärmel ein Stück nach oben und gab den Blick auf einige chinesisch anmutende Tattoos frei.

Marie strich dem jungen Mann tröstend über den Arm und folgte ihr.

Im Sprechzimmer konnte sie einen Seufzer nicht unterdrücken, aber Dunnekaat schien es nicht zu bemerken. »Wir haben die Autopsie bereits durchgeführt«, sagte sie. »Eilantrag per gerichtlicher Anordnung. Kaffee, Wasser oder heiße Schokolade?«

»Schoko.«

»Bestmögliche Wahl, zumindest in unserem Petit Café des Morts.« Die Medizinerin trat an einen Getränkeautomaten heran und drückte auf einen Knopf.

Marie stand hinter ihr und sah, dass auch ihr Nacken von ein paar Drachenköpfen verziert war, die wachsam aus dem Kragen des Overalls hervorlugten.

Dunnekaat reichte ihr den Plastikbecher und wies einladend auf den Stuhl vor ihrem Schreibtisch. »Der junge Mann dort draußen hat den Toten eben eindeutig identifiziert.«

»Sehr traurig«, sagte Marie. »Und wenn er dann noch erfährt, dass sein Partner eine Doppelexistenz geführt hat …«

Sie zuckte mit den Schultern. »Bei uns sind alle Leichen gleich. Nämlich tot.«

»Das sehe ich ein. Und wie ist Bahr nun zu Tode gekommen?«

Dunnekaat öffnete ihr Laptop und tippte etwas ein. »Hypothermie. Festgestellt auf Basis einer ausschließenden Diagnose. Es ist immer das gleiche Lied mit der Unterkühlung. Alles abhaken, und dann bleibt am Ende die Kälte übrig. Unsere Hypothese wird glücklicherweise von einer ganzen Reihe von Hinweisen gestützt.« Sie drehte das Laptop zu Marie und zeigte ihr ein Foto von einem Bein mit scharf umrandeten Verfärbungen. »Zum Beispiel haben wir diese Kälteflecken an den Knien vorgefunden. Sehen Sie, Leichenflecken können Sie noch wegdrücken, zumindest für eine kurze Zeit. Aber Kälteflecken bleiben, egal, was Sie tun. Sie haben auch eine andere Farbe, violett und manchmal auch scharlachrot. Leichenflecken hingegen sind blaugrau, es sei denn, es lag eine Unterkühlung vor, dann sind sie hellrot, und das haben wir auch bei Bahr gesehen. Das war Hinweis Nummer zwei.« Sie hob zwei Finger und fügte einen weiteren hinzu. »Hinweis drei: In seiner Magenschleimhaut fanden wir Wischnewski-Flecken. Nimmt die Kälte zu, fließt das Blut immer langsamer durch den Körper. Dadurch kommt es zu einer Ablagerung der roten Blutkörperchen in der Magenschleimhaut. Das Hämoglobin, das darin steckt, oder besser gesagt das Eiweiß, wird teilweise von der Salzsäure im Magen verdaut, bis nur noch schwarze Pünktchen übrig bleiben … Scheißhäuflein, wenn Sie so wollen. Möchten Sie noch mehr hören?« Sie schaute Marie durch ihre Riesenbrille an, hinter der ihre Augen mindestens aufs Doppelte vergrößert waren.

»Ich halte was aus.« Marie nahm einen Schluck von der heißen Schokolade, während Dunnekaat jetzt den vierten Finger streckte.

»Dann haben wir den kuriosen Umstand, dass Bahr völlig nackt war, als er gefunden wurde. Seine Kleidung lag verstreut um ihn herum, zumindest berichteten das die Jungs, die ihn ablieferten.«

»Ein Suizid per Unterkühlung?«

»Theoretisch ist alles möglich. Sie müssen aber bedenken, dass Opfer von Unterkühlungen oft an der sogenannten

Kälteidiotie sterben. Fällt die Körpertemperatur unter zweiunddreißig Grad, sorgt eine Bewusstseinstrübung für heftigste Hitzeempfindungen. Und was macht jemand, dem glühend heiß ist?« Sie überließ die Antwort Marie und zeigte fünf Finger. »Der fünfte Hinweis komplettiert die Befunde, aber wir sind dabei über ein extrem bizarres Phänomen gestolpert. Letzte Nacht war es nirgendwo in Brüssel kälter als ein Grad plus. Frisch genug, um an einer Unterkühlung zu sterben, und sowieso, wenn man eine Weile lang in eiskaltem Wasser herumliegt. Aber als die Kollegen vor Ort die Rektaltemperatur des Toten maßen, kamen zehn Grad minus heraus. Wir vermuteten eine Störung am Messgerät. Eine Stunde später haben wir die Prozedur hier auf dem Tisch mit einem speziellen Thermometer wiederholt. Da waren es immer noch acht Grad minus. Wir haben beide Messgeräte überprüft, sie arbeiten einwandfrei. Wann haben Sie ihn das letzte Mal lebend gesehen, so gegen halb zehn am Abend?«

Marie dachte kurz nach. »Circa, ja.«

»Dann hat er also innerhalb von knapp sechs Stunden fast fünfzig Grad an Körperwärme verloren. Ein schönes Rätsel, das zu lösen ich gerne der hiesigen Polizei und Staatsanwaltschaft überlasse. Die Berechnungen zur Körperstarre sind übrigens noch nicht ganz abgeschlossen. Wenn Sie mir Ihre E-Mail-Adresse geben, schicke ich sie Ihnen zu.«

Marie stellte ihren Becher ab und suchte in ihrer Brieftasche nach ihrer Karte. »Wissen Sie zufällig, wer ihn gefunden hat?«, fragte sie.

Dunnekaat konnte sich ein Grinsen nicht verkneifen. »Wer immer es war, er wollte anonym bleiben. Kein Wunder, nachts und bis in den frühen Morgen ist der Parc de Pede eine Callboy-Area«, sagte sie, während sie Maries Karte nahm.

»Bei diesem Wetter?«, fragte Marie überrascht.

»Bei jedem Wetter und jeder Temperatur. Sex wird als Energiequelle oft unterschätzt. Für Details hierzu wenden Sie sich bitte an die Brüsseler Polizei, Dezernat Sitte und Menschenhandel. Wollen Sie eigentlich noch die Leiche sehen?«

Marie zögerte. »Nicht nötig«, sagte sie dann. »Ich kann mir

die Bilder ja später in der Akte ansehen. Als Kollegin sollte man da besser etwas Distanz wahren.«

Auf der Rückfahrt dachte sie noch eine Weile über die gefrorene Leiche nach. Konnte ein kalter Wind den nassen Körper so weit heruntergekühlt haben? Oder gab es so etwas wie mikroklimatische Zonen, in denen die Temperatur deutlich tiefer lag als in der unmittelbaren Umgebung? Wer konnte über so etwas Auskunft geben? Sie beschloss, beim Königlichen Meteorologischen Institut in Ukkel nachzufragen.

Kurz bevor sie in den Rupeltunnel unterhalb des Seekanals fuhr, gab ihr Handy einen speziellen SMS-Ton ab. Auf dem Display erschien das Profilfoto von Berend Schroot.

Sie seufzte tief auf, aber gleich darauf huschte ein Lächeln über ihr Gesicht.

Berend. Gast aus einer anderen Welt, einer anderen Zeit, einem anderen Leben.

Eine Nachricht von Berend kündigte stets einen Besuch innerhalb von vierundzwanzig Stunden an.

Passte das in ihren Zeitplan?

Unbedingt, fand sie. Ihr letzter guter Sex lag schon viel zu lange zurück.

Nein, doch nicht, beschloss sie, als sie fünf Kilometer später an der Tankstelle De Lukel einen Kaffee und ein Käsebrötchen kaufte. Berend war ein Triple-A-Sicherheitsrisiko. Spätestens jetzt, wo sie für die Securityabteilung arbeitete. Bei OLAF hatte sie ihn noch als einen Informanten verkaufen können, oder wohlfeiler formuliert als ausgebufften Experten, der ihr die neuesten Schleichwege durch das Labyrinth internationaler Wirtschaftskriminalität zeigen konnte.

Durch den Deep Scan der Security würde sie ihn mit dieser Qualifikation nicht mitschleppen können. Da würde er nur als das erscheinen, was er war, ein cleverer Schwindler mit einem guten Gespür für Grauzonengeschäfte im unteren siebenstelligen Bereich.

»Morgen Abend?«, hatte er so knapp wie immer gefragt.

Zurück im Auto, spülte sie das pappige Brötchen mit dem Kaffee herunter, und wechselte von der SMS zurück zu seinem Profilfoto, auf dem er entspannt in einem Liegestuhl vor seinem Penthouse in Zandvoort chillte. Die Kleidung leger, aber erkennbar hochpreisig, das Licht der untergehenden Sonne brach sich in einem kühl beschlagenen Glas Weißwein, das neben ihm auf einem Tischchen stand. Berend Schroot … Aufschneider, Rebell, Charmeur, Lebemann.

Schon als sie ihn kennenlernte, war das bereits alles in ihm angelegt, auch wenn er damals viel rauer, ungelenker und auch ungebildeter auftrat. Berend liebte den Nervenkitzel und ließ keine sich bietende Ausschweifung aus. Wo er war, sollte es krachen, ganz egal, ob legal oder illegal. Ein Feuerwerk an Genuss und Vergnügen, die pure Lebensfreude. Hätte er ein Wappen geführt, es hätte in geschwungenen Lettern sein jubelndes Motto gezeigt: *Joie de vivre*, beziehungsweise auf Berendisch: *Sjwahduhfiefruh*.

Kein Wunder, dass er damit immer wieder durch die Auffangzäune von Recht und Ordnung schoss. Bei einem dieser Crashs hatte sie als junge Rechtsanwältin seine Bekanntschaft gemacht, er war ihr als Mandant zugeteilt worden. Sie hatte sich seinen Problemen über das übliche Maß hinaus gewidmet, denn es gefiel ihr, wie er die Leute mit seinen voltenreichen Erzählungen stets aufs Neue zu überraschen verstand und zum Lachen brachte. Während Berend, der sich schon bei ihrem ersten Besuch im Gefängnis eine besonders hartnäckige Liebesvirusvariante eingefangen hatte, ihre juristische Zuwendung rückblickend unbeirrt als Auftakt zu ihrer Affäre umdeutete.

Dabei hatte sie ihn fast vergessen, nachdem sie beim niederländischen Inlandsgeheimdienst angeheuert hatte. Erst Jahre später, als sie als selbstständige Politikberaterin an der Schnittstelle zwischen diskreter Informationsbeschaffung und juristischem Troubleshooting arbeitete und es bei einem Auftrag mit der niederländischen Cannabis-Mafia zu tun bekam, hatte sie sich mit der Bitte um einen Gefallen an ihn gewandt, und Berend hatte, ohne zu zögern, sein Netzwerk für sie genutzt. Mit dem Ergebnis, dass er nach dem Scheitern ihrer Mission monatelang aus Furcht vor einem Anschlag in einem dänischen Ferienpark hatte untertauchen müssen.

Schuldbewusst hatte sie ihn dort regelmäßig besucht und war seinem Charme erlegen. Sie genoss seine Lebenslust ebenso wie seine Großzügigkeit, und beides führte dazu, dass ihre Begegnungen stets in einem möglichst großen Bett mit vielfältigsten Vergnügungen endeten.

Er war ihr Liebhaber, ein einfaches Wort für eine einfache Sache. Die Abstände zwischen ihren Treffen waren groß genug, um keine Missverständnisse aufkommen zu lassen, und die pathetische Art, in der Berend ihr zuweilen seine Liebe gestand, gab ihr die Sicherheit, dass er – wenn überhaupt – nicht in sie, sondern in den romantischen Augenblick verliebt war.

Aber jetzt? Berend hatte als Händler von im- und exportierten Luxusautos ständig mit Bargeld zu tun, das von düsteren Kunden aus nicht minder düsteren Einkommensquellen herbeigeschleppt wurde. In seiner Branche gab es kein Schwarz und kein Weiß. Das ganze Business war metallicgrau lackiert und manche Transaktion noch ein Stück grauer als alle anderen. Eine Farbenlehre, die ohne Zweifel auch für das Geschäft der Geheimdienste galt – aber definitiv nicht für die persönlichen Kontakte ihrer Mitarbeiter.

Sie schickte Berend eine Antwort: »Herzlich willkommen.«

Für eine Nacht, fügte sie in Gedanken hinzu. Die letzte.

6

Am nächsten Morgen hatte Söderberg ihren Bericht zum Fall Bahr ausgedruckt vor sich auf dem Besprechungstisch liegen. Er blätterte Seite um Seite um und stellte in bedächtigem Ton gelegentlich eine Frage, die Marie ebenso ruhig beantwortete. Nach drei Minuten war klar, dass Söderberg dieses Briefing nur nutzte, um sie wissen zu lassen, dass er ihren Rapport gelesen hatte, in dieser Angelegenheit aber nichts weiter tun würde.

Sie hatte deutlich mehr Begeisterung erwartet, weil es bei der Befragung des Einsatzkommandos eine interessante abweichende Aussage gegeben hatte, die durch Bahrs Auffindeort bestätigt wurde. Beinahe alle Alphas hatten dieselben nichtssagenden Sprüche abgelassen. »Nein, Madame, ich hörte ein Platschen, und dann war Target-1 verschwunden. Sonst habe ich nichts gesehen oder gehört, Madame.«

Vielleicht meinten diese wackeren Burschen tatsächlich, was sie sagten, aber wahrscheinlicher war, dass sie die Version wiederkäuten, die ihnen Pol de Swarte beim Debriefing mundgerecht serviert hatte. Der wusste natürlich schon, was auf sie zukommen würde: *Belgische Polizei lässt EU-SPION entkommen.*

Nur ein einziger junger Bursche hatte sich fast trotzig nicht daran halten wollen und darauf beharrt, dass Bahr schon wenige Minuten nach seiner Flucht in den Weiher und nur ein gutes Dutzend Meter entfernt ans selbe Ufer zurückgeklettert und fortgelaufen sei. Aber sowohl seine Kameraden als auch der Kommandant hatten das als Halluzination eines Newbies abgetan, der noch in der Probezeit war. Sein erster richtiger Einsatz, da würde man vor lauter Aufregung Bäume mit Menschen verwechseln.

Marie hatte in ihrem Bericht vorgeschlagen, de Swarte und sein Team noch einmal in die Mangel zu nehmen.

Aber gerade dieser Ermittlungsansatz interessierte Söderberg überhaupt nicht. Stattdessen stellte er Fragen, die er nach der Lektüre des Berichts mühelos selbst hätte beantworten können. Auch auf ihre weiteren Vorschläge, wie man die Ermittlungen fortsetzen könnte, reagierte er unkonzentriert und unwillig. Von seiner Einsatzfreude in der Nacht der Verhaftungsaktion war nicht mehr als pflichtschuldiges Interesse übrig geblieben.

Marie saß ihm gegenüber, und weil Söderberg in ein langes Schweigen verfiel, hatte sie genug Zeit, sich ein Bild von seinem Büro zu machen. Es war nichts Persönliches zu entdecken, keine Fotos von Kindern oder einem Partner, keine Siegestrophäen aus früheren Einsätzen, keine Pokale von Sportwettkämpfen. Und auch das Hintergrundbild auf seinem Smartphone, das wegen eines eingehenden Anrufs kurz aufleuchtete, stammte aus dem Apple-Labor. Söderberg hielt den individuellen Touch seiner Arbeitsumgebung ebenso kurz getrimmt wie seinen ins Silberne changierenden Vollbart. Allein sein Füllfederhalter, ein üppig mit goldgefassten elfenbeinfarbenen Gotikfenstern verzierter Montblanc, fiel aus dem Konzept. Vielleicht handelte es sich um das Geschenk eines dankbaren Arbeitgebers oder einer reichen Gefährtin. Oder auch umgekehrt.

Sie wusste so gut wie nichts über ihn und konnte sich nur auf das stützen, was sie in dem einen Monat, in dem Söderberg bei OLAF ihr Vorgesetzter gewesen war, über ihn erfahren hatte. Nach Abzug von Klatsch und Tratsch blieb übrig, dass er vor einigen Jahren als Chef der Spionageabwehr des schwedischen Sicherheitsdienstes Säpo über einen Skandal gestürzt war. Offenbar hatte er verfügt, den damaligen James-Bond-Darsteller Pierce Brosnan als standesgemäßen Überraschungsgast für die jährliche Betriebsfeier zu engagieren. Als das absurd hohe Honorar bekannt wurde, ging eine Welle der Empörung durch Land und Presse. Zur Beschwichtigung der sparsamen Schweden machte man ihn zum Bauernopfer und feuerte ihn, obwohl er sich nur an die bis dahin herrschenden High-Quality-Standards gehalten hatte. Immerhin half man ihm noch, nahtlos zu OLAF nach Brüssel zu wechseln, und mit seiner Beförderung zum Abteilungsleiter in der EU-Security hatte seine Karriere schnell wieder an Fahrt aufgenommen.

»Du willst also über eine Anwohnerbefragung Zeugen finden, die dir zu verstehen helfen, wie Bahr in diesem Weiher ertrunken ist.«

»Er ist nicht ertrunken«, sagte sie. »Er ist erfroren.«

Söderberg nickte unbestimmt und drehte sich in seinem Stuhl zum Fenster. »Man kann ja auch bei ein Grad plus an der Kälte sterben«, sagte er. »Zum Beispiel: Bahr war vom Laufen mächtig erhitzt, und wenn man so in eiskaltes Wasser eintaucht ... Vielleicht hatte er gar nicht erst die Chance zu ertrinken ... Wie wäre es mit einem akuten Herzstillstand?«

»Das erklärt aber immer noch nicht, warum er steif gefroren aufgefunden wurde. Laut der Rechtsmedizin ...«

Söderberg drehte seinen Stuhl mit einem Ruck zurück. »Also gut, nehmen wir an, wir finden eine Erklärung für dieses seltsame Phänomen. Bringt uns das näher an Bahrs Auftraggeber heran?«

Die einzig vernünftige Antwort wäre gewesen: Ja, verdammt gut möglich. Aber sie hatte jetzt endgültig verstanden, dass Söderberg längst eine andere Agenda verfolgte und Bahr auf seiner To-do-Liste ganz nach unten gerutscht war. Also beließ sie es bei einem stummen Blick.

Söderberg nahm den Stapel Papier, klopfte ihn fein säuberlich zu einem ordentlichen Block zusammen und legte ihn in die Mappe zurück. »Du hast bestanden«, sagte er.

Sie musste ihn sehr überrascht angeschaut haben, denn er fügte hinzu: »Das sogenannte Assessment ...« Er griff hinter sich und zog eine rote Dokumentenbox von der Fensterbank.

»Das war kein Assessment, sondern ein Feldversuch«, sagte sie, und es gelang ihr nicht, die plötzlich aufsteigende Bitterkeit zu unterdrücken. »Mit tödlichen Folgen.« Und da sie sich ohnehin schon hatte gehen lassen, erlaubte sie sich, ein gründliches »Verdammte Scheiße!« hinterherzuschicken.

Söderberg erstarrte für einen Moment, als wollte sie ihn persönlich für Bahrs Tod verantwortlich machen. »Es ist nun mal leider so, dass wir als EU keine eigene Exekutivpolizei zur Verfügung haben«, murmelte er zerknirscht.

Marie zögerte eine Weile, ehe sie ihm ein »Hm« zur Bestätigung schenkte.

»Bahr verdient eine ordentliche Untersuchung, da stimme ich dir absolut zu, Marie«, sagte er versöhnlich. »Aber lass uns erst einmal die Ergebnisse der belgischen Ermittlungen abwarten. Die musst du natürlich weiter im Blick behalten, allerdings …«, er beugte sich über den Tisch, »… wirst du dazu in der nächsten Woche kaum Gelegenheit haben.«

Er öffnete die Plastikbox und schüttete ihren Inhalt vor sich auf den Tisch. »Es entwickelt sich im Umfeld dieser Taskforce gerade eine ganz anders geartete Krise. In Tallinn scheinen alle verrückt geworden zu sein. Gestern am späten Abend erhielt Giuliani die Nachricht, dass die Stadtverwaltung die Verhandlungen abgebrochen hat. Sie wollen beim Rückkauf ihrer Trinkwasserversorgung weder die juristische Hilfe der EU in Anspruch nehmen noch die avisierten Subventionen. Ohne weitere Begründung. Offenbar steckt eine gewisse Jaana Kivistik dahinter, die in Tallinn seit Kurzem als Wirtschaftsdezernentin fungiert. Sie sitzt außerdem neuerdings im Landesvorstand von ›Freies Estland‹, einer rechtsnationalistischen Partei, die gerade erst in die Landesregierung eingetreten ist. Giuliani will sich nicht so abfertigen lassen und schickt ihre Taskforce unverzüglich an die Front, um zu retten, was zu retten ist. Sonntagmorgen fliegen sie.«

»Und was hat das mit meiner Aufgabe zu tun?«

»Das ist schon der zweite Angriff auf die Arbeit der Taskforce. Gut möglich, dass er nicht nur einer rabiaten Verhandlungstaktik dieser Kivistik geschuldet ist, sondern dass etwas anderes dahintersteckt. Giuliani hat darauf bestanden, dass du das Team verstärkst. Du gehst undercover mit, als Bahrs Nachfolgerin.«

»Glaubst du wirklich, Bahrs Verrat hat etwas mit dieser Krise zu tun?«

Söderberg schob sein mittellanges blondes Haar mit den Händen zurück, und für einen Moment sah sie einen dunklen Haaransatz durchschimmern. Er färbte sich die Haare. Eitelkeit, der einzige Schwachpunkt, den sie bei ihm bisher ausmachen konnte.

»Vielleicht ist sie sogar eine direkte Folge dieser Spionageaktion. Und außerdem war Bahr ein zu kleines Licht, um allein zu operieren. Meine Intuition sagt mir, dass er nicht aus der Ferne gesteuert wurde, sondern von jemandem, der dicht dran sitzt.«

»Du meinst, von jemandem aus der Taskforce?«

»Oder jemandem in Tallinn. Alles möglich«, antwortete Söderberg. »Du musst ab jetzt davon ausgehen, dass alles, was nach Zufall aussieht, in Wahrheit reines Kalkül ist. Wir müssen erfahren, was hinter all diesen verschiedenen Kulissen abläuft.«

Söderberg nahm jetzt Stück für Stück die Gegenstände aus der Plastikbox auf und legte sie vor ihr auf dem Tisch wieder ab. »Hier ist dein Diplomatenpass, und hier eine Kreditkarte auf den Namen der Firma. Das Tageslimit liegt bei fünfhundert Euro, man kann also nicht James Bond spielen …«

Marie verzog ironisch die Mundwinkel.

»Hier dein Ticket nach Tallinn, und hier auch dein Ernennungsschreiben«, fuhr er fort. »Da steht ›kurzfristige Abordnung mit Übernahmegarantie‹. Und dass du sofort zwei Gehaltsstufen nach oben rückst. Und schließlich das letzte Papierchen. Kennst du schon von OLAF und wird jetzt noch mal erneuert: dein heiliges Versprechen, niemals irgendwem irgendwo irgendwas von deiner Arbeit zu erzählen. Alles in dreifacher Ausführung. Bitte unterschreiben.« Er schob die Verschwiegenheitserklärung zu ihr herüber. »Deine Direktorin lässt dich nur unter Schmerzen gehen. Vielleicht sagst du ihr noch etwas Nettes zum Abschied. Oh und, beinahe hätte ich es vergessen, die Security ist nicht so locker wie OLAF. Unsere Interne Ermittlung wird dich nach deiner Rückkehr ins Lebenslauf-MRT schieben. Da erwarten wir doch keine Probleme, oder? Zumindest keine Infektionen, die nicht mit einer Aspirin aus der Welt zu schaffen wären?«

Sie lachte schnaubend, was Söderberg als Bestätigung auffassen musste. Nein, zwar keine Infektion, aber einen Hautkontakt, über den sich im schlimmsten Fall einige üble Viren einnisten konnten. Sie musste unbedingt einen Schlussstrich unter die Affäre mit Berend setzen.

Verdammt schade um all die schönen Eskapaden und erotischen Extras dieses Arrangements. Aber das war nun mal der Preis, den sie für diese Chance zu bezahlen hatte. Marie unterschrieb.

»Wir halten täglich Kontakt«, sagte Söderberg. »Ich lasse dir ein abhörsicheres Handy zukommen und ein Krypto-Laptop mit allen nötigen Dossiers. Den Code erhältst du separat. Solange du in Tallinn bist, bin ich für dich Tag und Nacht auf Stand-by, aber du bekommst auch direkte Unterstützung vor Ort. Und bevor du mich erneut fragst, ›warum ich?‹, gebe ich dir die Antwort: Weil du vor deiner Schreibtischkarriere bei OLAF solche Aufgaben schon als Freelancer übernommen hast und ich bisher niemanden getroffen habe, der mit deiner Leistung unzufrieden war. Und glaub mir, ich habe einige gefragt. Auch und gerade in den Niederlanden. Mit anderen Worten, willkommen zu Hause.«

Sie betrat den Lift in Hochstimmung. Noch während Söderberg sprach, war es ihr klar geworden: Das war ein Neustart für sie. Weg von tricksenden EU-Abgeordneten, Umsatzsteuer- und Subventionsbetrügern und natürlich von den Akten, Akten, Akten. Bei der Security spielte sie dagegen in der ersten Liga der Sicherheitsdienste, und die zwei zusätzlichen Stufen auf der Gehaltsleiter mitgezählt, war dies unbestreitbar eine mächtige Beförderung.

Doch als sie das Gebäude verließ und ihre Mission noch einmal überdachte, überkam sie plötzlich ein Gefühl der Verlorenheit. Dieser Auftrag war doch reichlich vage formuliert. Was sollte sie nun genau tun? Die Taskforce-Mitglieder bespitzeln? Als Kiebitz die Karten checken, mit denen ein lokaler Hot-Shot die EU übertrumpfen wollte? Oder das Geheimnis hinter der rasanten Karriere dieser Kivistik erforschen?

Sie ließ den Eingang zur Metro links liegen. Ein Spaziergang durch den Parc de Bruxelles würde ihr guttun. Zielstrebig überquerte sie den Boulevard du Régent. Sie trotzte den Windböen, die ihr hart ins Gesicht fegten und ihr die Kleider an den Körper pressten.

Als sie nach einer großen Runde vor dem Königlichen Palast stand, ließ sie einen anderen Gedanken zu: Bei OLAF hatte sie sich nach den Anstrengungen ihrer Selbstständigkeit eine Weile behaglich eingekuschelt. Das war gut und wichtig gewesen, aber sie hatte sich dabei auch ein bisschen kleingemacht. Es war höchste Zeit für eine neue Herausforderung.

Auf dem Weg zur Metro schickte sie Berend eine Nachricht: »Fahr mal erst zum *Herenhuis* an der Place Stéphanie. Kleine Überraschung für dich.«

Dass es sich um ein Abschiedsgeschenk handeln würde, behielt sie für sich.

7

Im *Herenhuis* herrschte eine wohltuende Stille. Sie verdankte den Tipp einer Kollegin, die ihrem Mann dort jedes Jahr einen Maßanzug kaufte, und da Marie nichts Besseres eingefallen war, hatte sie beschlossen, Berend ein maßgeschneidertes Hemd zu schenken.

Gleich beim Eintreten wurde sie zu einer zierlichen Louis-Quinze-Bank geführt.

Eine Verkäuferin brachte ihr ein paar Mappen mit Stoffmustern, und sie begann, durch die höchst unterschiedlichen Designs zu blättern, die von einem ängstlichen Mausgrau bis zu einem demonstrativen Hawaii-Muster reichten.

Als sie gerade ein Satin-Tuch befühlte – purpurn mit einem hauchdünnen goldenen Fadenmuster –, trat Berend ein. Er blieb neben ihr stehen und sog wie ein Connaisseur tief den Geruch ein, mit dem Dutzende von Stoffballen den Raum erfüllten. Sie stand auf, er küsste sie zur Begrüßung, während sie ihm sofort das Muster gegen die Brust drückte.

»Wofür ist das?«, fragte Berend.

»Für ein Hemd.«

»Und womit habe ich das verdient?«

»Einfach so«, sagte sie vage. Er würde es noch früh genug begreifen, und sie war sich sicher, dass er nach ein paar Krokodilstränen schnell Trost in den Armen einer anderen finden würde.

»Toller Anfang eines schönen, langen Wochenendes«, sagte er begeistert.

»Eines ultrakurzen Wochenendes«, korrigierte sie. »Mein neuer Chef schickt mich auf Dienstreise nach Tallinn. Schon morgen früh.«

»Oh, verdammt. Dann liegen wohl ein paar intensive

Stunden vor uns«, sagte er und konnte seine Enttäuschung nicht ganz überspielen.

Sie wedelte mit einem Tüchlein aus cremefarbener Popeline vor seinem Gesicht herum. »Fällt schön geschmeidig«, sagte sie, »und ist ganz dünn, perfekt für den Sommer.«

»Nee, das ist doch mehr was für so Businesstypen.«

»Du bist doch auch ein Geschäftsmann?« Sie hielt jetzt ein grau-schwarzes Fischgrätmuster hoch.

»Ich möchte ein Hemd, das ich tragen kann, wenn ich mit dir zusammen bin. Mehr was mit einem romantischen Touch ...«

»Aha? Wenn du meinst ...« Sie blätterte weiter durch die Stoffmuster.

»Was hast du da im Osten zu tun?«, fragte er.

»Ich begleite ein EU-Team, das etwas Schmieröl in die festgefahrenen Rädchen einer Vertragsverhandlung gießen soll. Nichts Aufregendes. Wie wärs mit dem hier?« Sie hielt ein kleines Stück kobaltblaue ägyptische Baumwolle gegen das Licht der Kronleuchter.

»Das ist ja pure Magie«, staunte er. »Dieses Blau saugt das ganze Licht auf.«

Er wollte sie küssen, aber in diesem Moment kam die Verkäuferin aus den hinteren Räumen und bat sie ins Atelier.

Während der nächsten fünfzehn Minuten beobachtete sie interessiert, wie seine Arm- und Rückenlänge, seine Schulterbreite und auch sein Bauchumfang gemessen wurden, wobei er jedes Mal die Augenbrauen ironisch hochzog. Er ließ sich von nichts ablenken, selbst nicht von seinem Handy, das ein Schnellfeuer von Signalen von sich gab. Geduldig ließ er sich über die Form und Größe von Manschetten und Kragen und auch die Farbe der Knöpfe befragen, und sogar die Wahl der Schrifttype für das Monogramm auf der Manschette fand seine volle Aufmerksamkeit.

»Rechts BS, bitte. Und dann links MV«, ordnete er an.

Oje, dachte sie. Das würde ihr Geschenk in ein Memento mori verwandeln. »Zwei Monogramme und dann noch verschiedene, das ist doch nicht besonders stilvoll?«, versuchte sie, die Verkäuferin auf ihre Seite zu ziehen, aber bevor diese antworten konnte, schaltete sich Berend ein.

»Also bitte, das ist der berühmte romantische Berend-Schroot-Stil.«

Marie sah den irritierten Blick der Verkäuferin und musste plötzlich grinsen. Dann sollte es wohl so sein.

»Ich habe übrigens für jetzt gleich einen Tisch reserviert«, sagte er, als sie den Laden verließen.

Marie kannte die Art von Restaurants, in denen Berend zu dinieren pflegte. »Schau mich mal an. Ich bin vollkommen underdressed.«

»Kein Problem«, sagte er und zeigte auf einen extravaganten Aston Martin Vanquish Volante, der direkt vor dem Geschäft parkte. »Im Kofferraum liegt die Lösung deines Problems. Und dann habe ich noch eine andere Überraschung für dich.«

Kurz darauf ließ Berend den Aston entspannt durch den Brüsseler Abendverkehr gleiten. Selbst ein paar hyperaktive Radfahrer, die ihn ausbremsten, brachten ihn nicht aus der Ruhe. Er spürte, wie Marie sich auf dem Beifahrersitz entspannte.

»Du machst dich gut als Chauffeur«, sagte sie gerade, als sich sein Handy in der Halterung auf dem Armaturenbrett meldete.

Mit dem Mann, dessen Name auf dem Display erschien, hätte Berend lieber nicht gesprochen, solange Marie neben ihm saß. Dimitri van Dijk. Für ihn Didi, alter Kumpel, Mitabenteurer und auch Partner in Crime. Einer, dessen Anruf man nicht einfach wegdrückte.

»Schroot BV«, meldete Berend sich geschäftsmäßig.

Didi war nicht der große Small-Talker, also kam er gleich zur Sache. »Hoi Beer, hättest du Lust, mal wieder 'n paar Kroketten zu essen? Wie in alten Zeiten? Ich hab da die Hand auf einer exklusiven Ladung liegen. Hot Cuisine. Es wird ein Riesenfest. Und ich weiß auch schon 'nen Trupp von Köchen, die ganz verrückt nach den Kroketten sind. Die sind sogar bereit, zur Verkostung extra herüberzufliegen.

Kommen aus Minsk und wollen nicht mal Reisekosten. Sie bringen ihre Utensilien mit, und wir müssen nur für Papierservietten und Einwegbesteck sorgen. Bis jetzt hab ich die Kroketjes noch nicht, aber die Köche würden sie ungeheuer gerne auf den Markt bringen. Und jetzt brauche ich ein paar große Pfannen, um sie schnell zu frittieren, und da habe ich an dich gedacht. Bist du an Bord, Beertje? Das ist 'ne Once-in-a-lifetime-Chance.«

»Hör zu, ich sitz gerade im Wagen«, sagte er. »Ich ruf dich später an. Grüße nach Hause.« Er brach die Verbindung ab, bevor Didi nachsetzen konnte. Schneeregen setzte ein, er stellte die Scheibenwischer an.

»Ich hab gar nicht mitbekommen, dass Kroketten mittlerweile eine Once-in-a-lifetime-Chance sind«, hörte er Marie mit saftigem Spott sagen. »Pfannen, ein Fest, Köche mit Utensilien, Papierservietten und Einwegbesteck? Mannomann, ihr lebt echt in einem Jungsbuch.«

»Didi traut nun mal keinem Telefon«, sagte er.

»Dann ist sein Code für ein gründliches Update reif. Ich bin ja keine Dechiffrier-Expertin, aber lass mich raten. Dein alter Kompagnon ist zufällig gegen eine Palette teurer Autos gestolpert, und jetzt will er sie an eine Horde Weißrussen verkaufen. Du sollst einsteigen, weil er keine Lust hat, das Risiko allein zu tragen. Die sogenannten Köche zahlen cash, was wir hier ›Utensilien‹ nennen. Und ›Papierservietten‹ und ›Einwegbesteck‹? Ihr müsst den Deal mit gefälschten Rechnungen über ein paar Scheinfirmen regeln, die plötzlich nicht mehr existieren, wenn das Finanzamt nach der Mehrwertsteuer fragt. Und schließlich deine Pfannen, das dürften deine Lagerhallen sein. Na? Wie nah bin ich dran?«

Noch näher, und sie hätte in der Fritteuse gesessen.

»›Kroketten‹ kann alles bedeuten«, sagte er zaghaft. »Sogar Kroketten.«

»Jesses, und dann hat er dich auch noch Beertje genannt«, stichelte sie weiter, während er einparkte. »Ich dachte, das dürften nur deine Damen.«

Fünf Minuten später hielt Berend ihr die Tür eines Zwei-Sterne-Restaurants auf, dessen Name *Chez Moi & Toi* in kunstvoll verflochtenen Neonröhren über dem Eingang leuchtete. Zwei Ober begleiteten sie zu ihrem Tisch.

Berend überreichte ihr eine Tasche mit dem Logo eines Modehauses aus der Rue de Namur, in der sich ein anthrazitfarbener Pullover mit Carmen-Ausschnitt und eine weit geschnittene Gabardine-Hose befanden. Perfekt für dieses Wetter und für ihre Figur, stellte sie in der schicken Toilette fest, in der sie sich schnell umzog. Sie zog den Pullover leicht nach unten, um ihre Schulter besser zur Geltung zu bringen, betrachtete sich im Spiegel über dem Waschbecken und trug etwas Lipgloss auf.

»Fort mit de goit«, sagte sie laut und wandte sich zur Tür. Es tat ihr gut, ihren westfriesischen Dialekt als Kontrapunkt gegen all den Luxus um sie herum zu setzen.

Berend war fest entschlossen, hier den vollkommenen Abend für sie zu gestalten, und stand sogar auf, um ihr den Stuhl zurechtzurücken. »Maestoso!«, sagte er. »Um nicht zu sagen: königlich!«

Er übertrieb, aber sie nahm das Kompliment mit einem Lächeln an. »Was haben wir hier?« Sie schaute zu ihm hoch und deutete auf ihre Teller. »Poffertjes mit Marmelade?«

Er grinste. »Nein, natürlich etwas, das ideal zu dir passt. Der berühmte Royal Belgian Caviar, serviert auf Blinis à la Russe.« Kurz ließ er seine Hand über ihre nackte Schulter gleiten. »Der Champagner ist ein Rosé von Besserat de Bellefon, wenn ich die Pinguine eben richtig verstanden habe.« Er setzte sich, nahm die Gläser und reichte ihr eines davon.

»Dieses Outfit ist tatsächlich ein Volltreffer«, sagte sie.

»Du bist selbst ein Volltreffer. Ich habe dich vermisst.«

Seine ungezügelte Wiedersehensfreude machte es schwer, ein ernstes Gespräch über ihre Zukunft zu beginnen. Sie beschloss, einen günstigeren Zeitpunkt abzuwarten, doch zu ihrer Überraschung griff er das Thema selbst auf.

»Bist du glücklich?«

Sie nahm schnell einen Schluck Champagner.

»Hier in Brüssel, meine ich«, sagte er, als er ihren erstaunten Blick auffing.

Bevor ihr eine Antwort einfiel, näherten sich von zwei Seiten Ober, die routiniert und blitzschnell die leeren Teller und die Champagnerkelche vom Tisch nahmen und durch Weingläser ersetzten. Ein dritter Kellner hatte bereits eine Flasche Rotwein geöffnet und ließ Berend kosten. Und ein vierter brachte ihnen neue Teller, auf denen eine Art von Pfannkuchen lag.

»Hatte ich das bestellt?«, fragte sie erstaunt.

»Sorry, ich habe das Überraschungsmenü für uns geordert«, antwortete Berend. »Rührei mit frischem schwarzen Wintertrüffel aus den Abruzzen. Dazu einen erdigen 2002er Barolo.«

Kurz überlegte sie, ob sie gegen diese Eigenmächtigkeit protestieren sollte, aber er hatte ja recht. Was auf den Speisekarten solcher sterngekrönten Läden stand, war für sie doch nur ein Abrakadabra aus der Märchenwelt der Haute Cuisine.

»Gefällt dir Brüssel?«, nahm Berend den Faden wieder auf. »Hast du dich schon ein wenig eingewöhnt?«

»Unter der Woche ist durchaus Leben in der Bude. Aber donnerstagabends leert sich die Stadt. Das EU-Volk fährt dann nach Hause und macht Platz für die Touristenströme, die sich von Freitagmittag an durchs Zentrum schieben. Aber im Winter, wenn sie ausbleiben, bekommst du am Wochenende leicht das Gefühl, die halbe Stadt wäre evakuiert worden.«

Er hörte aufmerksam zu, fragte hin und wieder nach und sparte nicht mit aufmunternden Sprüchen, wenn ihre Schilderungen zu kritisch gerieten.

Kurz vor dem Dessert ließ er dann die Bombe platzen. »Sag mal, was würdest du sagen, wenn wir hier zusammen was kaufen? Ein Penthouse oder wenigstens, um mal zu starten, 'ne Wohnung oder so etwas …?«

»Wir? Eine Eigentumswohnung? Du und ich? Zusammenleben?«

Berends Antwort beschränkte sich auf ein angespanntes Schweigen.

Shit, das war also die angekündigte Überraschung. Oh mein Gott, ein verkappter Heiratsantrag.

Während ein Ober an ihren Tisch trat und irgendetwas von einer Ganache faselte und einer Abrundung mit Kokosnuss und Chili von wer weiß woher, und sie dann auch noch besorgt fragte, ob alles mit Madame in Ordnung sei, wurden die Stimmen, die in ihrem Kopf durcheinanderredeten, immer lauter. War Berend vollends verrückt geworden? Oder war er todkrank und wollte sie zur reichen Erbin machen? Hatte ihn ein plötzlicher Alterungsschub sentimental werden lassen? Was sollte sie mit diesem ersten Heiratsantrag ihres Lebens anfangen? Vielleicht blieb es der einzige und letzte? Wie sollte sie aus dieser Situation halbwegs vernünftig herauskommen? Jetzt bloß nicht anfangen zu lachen, egal ob aus Ratlosigkeit, ja Verzweiflung oder einfach nur ob der furchtbar grotesken Vorstellung einer Ehe mit Berend. Aber auch ja nicht fluchen. Denn da gab es auch wütende Stimmen. Was dachte er sich bloß dabei? Und warum kam er ausgerechnet jetzt damit und vermasselte ihren schönen Plan einer letzten freudigen Nacht, nach der sie entspannt für immer auseinandergehen würden? Und dann bildete sich auch noch ein Protestchor, der ständig dieselben Worte skandierte: »Berend? No way! Never!«, sodass sie dem Ober nur stumm zunicken konnte, denn sie wusste, egal, was jetzt ihren Mund verließe, es würde nur zu Problemen führen.

Und Berend saß da mit einem Lächeln, das nicht unbedingt Siegessicherheit ausstrahlte, aber doch von einer gewissen Zufriedenheit kündete, sie wirklich komplett überrascht zu haben.

»Jetzt mal ganz spontan, was sagt deine Intuition?«

8

Der Taxifahrer musste denken, dass sie etwas geraucht oder eingeworfen hatte. Mit einem versonnenen Lächeln war sie am Morgen danach in den Wagen gestiegen und hatte ihren Trolley neben sich auf die Rückbank geschoben. Mit demselben Lächeln hatte sie das Ziel genannt – den Flughafen Zaventem – und dem Fahrer weiter lächelnd zugestimmt, dass das Wetter an diesem Morgen wirklich furchtbar lausig war, Nieselregen, gemischt mit nassem Schnee. Als sie am Airport ankam, war es ihr noch immer nicht gelungen, die ernste Miene auf ihr Gesicht zu zwingen, die ihrer Mission angemessen war. Berend war ein Top-Liebhaber, das musste sie zugeben, und sie hatte für dieses allerletzte Mal wahrlich alles getan, um das Beste aus ihm herauszuholen. Mit Erfolg.

Nachdem sie am Abend die Stimmen in ihrem Kopf unter der Versicherung, dass sich nichts an ihrem Trennungsbeschluss ändern würde, zum Schweigen gebracht hatte, war es ihr gelungen, seine Frage nach ihrer Intuition mit der Phrase zu entschärfen, dass die Intuition nichts anderes sei als ein schwer überschätztes Bauchgefühl und mithin der schlechtestmögliche Ratgeber. Berend hatte es daraufhin bei dem Zugeständnis, sie ein wenig überrumpelt zu haben, belassen und sie gebeten, mal in Ruhe über die Sache nachzudenken. Das Erste war eine korrekte Analyse gewesen, das Zweite vollkommen überflüssig.

Trotzdem hatte sie es auch danach nicht übers Herz gebracht, ihm rundheraus zu erklären, dass nicht nur eine Heirat ausgeschlossen war, sondern auch ihre Affäre am Morgen enden würde. Spätere Wiederbegegnung aus beruflichen Anlässen nicht ausgeschlossen, aber aufgrund ihrer auseinanderdriftenden Karrieren eher unwahrscheinlich. Stattdessen hatte sie versprochen, sich seinen Vorschlag durch den Kopf gehen zu lassen, und das war ihm Antwort genug gewesen, um zu deutlich amüsanteren Themen überzuwechseln, sodass sie in ganz natürlicher Folge und zu seiner Freude ihre Füße an seinen Waden hatte entlangwandern lassen. Auf dem Weg nach Hause hatte sie ihre Entdeckungsreise mit den Händen fortgesetzt, wodurch sein Fahrstil ein wenig ruckartig wurde, während es im Treppenhaus zu ihrem Apartment an ihm war, den Stretchfaktor ihres neuen Outfits auszutesten, bis sie etwas fahrig den Schlüssel ins Schloss schieben konnte und sie gemeinsam in die Wohnung gelangten, und von dort aus sofort in ihr Bett.

Beim Sex war wie in der Kunst die Qualität entscheidend, und Berend war zweifelsohne ein kundiger Liebhaber. Aber erst in der Wiederholung zeigte sich der wahre Meister. Berend hatte, vielleicht angeregt von den Marilyn-Siebdrucken Andy Warhols, die sein Penthouse schmückten, eine erstaunliche Fertigkeit darin entwickelt, das gleiche Werk in immer neuer Farbgebung zu schaffen. Und dieser quantitative Anteil hatte schließlich zu einer unverantwortlich kurzen Nachtruhe geführt.

Ihr Energielevel hatte darunter jedoch nicht gelitten, stellte sie fest, als sie mit dynamischen Schritten die Abflughalle von Zaventem betrat. Berend noch in der Nacht das Neinwort zu geben, hätte definitiv eine deutlich größere Anstrengung bedeutet. Wie sie ihm nach ihrer Rückkehr Adieu sagen würde, darüber wollte sie jetzt nicht weiter nachdenken.

Sie biss gerade zum ersten Mal in ihr Croissant, als Francesca Giuliani ihr per SMS ihre Ankunft meldete. Marie schickte ihr den Namen des Cafés, das auf halbem Weg zum Gate lag.

Zehn Minuten später nahm Giuliani neben ihr Platz. Sie wirkte gestresst und ein wenig kurzatmig, rang sich aber ein Lächeln ab.

Marie schaute auf ihre Uhr. »Sie hätten sich nicht so hetzen müssen. Der Check-in schließt erst in einer Dreiviertelstunde.«

»Ich wollte vor den anderen hier sein. Spätestens in einer Viertelstunde wird Christian Nachtwey eintreffen. Er ist zu gern der Erste. Gut, dass wir Europäer untereinander keine Vorurteile mehr hegen.«

»Ach herrje. Meine östlichen Nachbarn.« Marie grinste.

»Keine Sorge, so schlimm, wie es sich anhört, ist es nicht mit ihm. Christian besitzt Vorzüge, die seinen Drang zur Überpünktlichkeit absolut ausgleichen. Sie werden schon sehen. Übrigens wird unsere portugiesische Kollegin Beatriz Torres beweisen, dass pünktliches Erscheinen nicht unbedingt eine Frage nationaler Gewohnheiten ist. Sie wird mit frisch aktualisierten Abflugdaten auf dem Smartphone exakt dann in Erscheinung treten, wenn der erste Aufruf zum Boarding erfolgt. Keine Minute zu früh, keine zu spät. Man könnte auch sagen, Beatriz ist die menschgewordene Effektivität. Allerdings in einem den Überfluss feiernden Körper.«

Marie staunte. Die Abgeordnete Giuliani wusste scharf zu schießen.

»Schauen Sie nicht so, Marie! Es war gar nicht böse gemeint. Mich fasziniert einfach nur dieser Widerspruch zwischen Innen und Außen. Beatriz ist selbstverständlich eine sehr attraktive, eben sehr weibliche junge Frau. Und jetzt organisiere ich uns einen Espresso, bevor ich mich noch um Kopf und Kragen rede.«

Die Schlange am Tresen war lang. Als Giuliani endlich zurückkehrte, stellte sie ein Tablett mit drei Croissants und drei Tassen auf den Tisch.

»Herr Nachtwey ist also im Anmarsch«, stellte Marie fest.

Giuliani nickte.

»Sie haben mir noch nicht gesagt, wann mit dem dritten Mitglied Ihrer Taskforce zu rechnen ist.«

»Fritz Aumayr, ja, natürlich. Er ist das genaue Gegenteil von Christian. Hat eine schreckliche Aversion gegen Pünktlichkeit. Ich habe schon erlebt, dass er rechtzeitig zu einer Besprechung eintraf und bewusst auf der falschen Etage aus dem Aufzug gestiegen ist. Hier wird er etwa zwei Minuten nach Schalterschluss durch die Halle eilen und weitere drei

Minuten am Counter herumstreiten, bis sie doch noch seinen Koffer annehmen. Dann wird er auf den Stress hin ein, zwei Gläser Wein an der Bar zu sich nehmen, bis der ultimativ letzte Aufruf für Mr Fritz Aumayr erfolgt und er unter dem höhnischen Applaus der Passagiere die Maschine betritt, als wäre es sein Privatjet.«

»Mein Gott, wie oft haben Sie das schon mitgemacht?«

»Vier-, fünfmal? Man muss diese Taskforce einfach lieben.«

»Das habe ich genau gehört, Francesca, und eines Tages werde ich es zu unserer Verteidigung vorbringen.«

Christian Nachtwey stand plötzlich wie aus dem Nichts an ihrem Tisch und spendierte Francesca ein *bacio* links und eines rechts.

Er war Anfang vierzig, ein schmaler, nicht sehr großer, feinnerviger Typ mit dünnem goldblonden Haar und einem kurz geschorenen Vollbart, der seinem jugendlichen Gesicht etwas Männliches gab. Die Barbourjacke, die er trug, war zu sportlich und auch schon einen Hauch zu abgetragen für den feinen, dreiteiligen Tweedanzug darunter. Trotzdem war seine gesamte äußere Erscheinung, von den rahmengenähten Lederschuhen bis hin zum kurzen karierten Cashmere-Schal, eine aufwendige Komposition, in der Stilbewusstsein, charmante Nachlässigkeit und, nicht zu vergessen, Geld eine perfekte Verbindung eingegangen waren. Kurz: Nachtwey war ein Dandy.

Genau die Art von Männern, für deren Oberflächlichkeiten Marie überhaupt kein Interesse aufbringen konnte.

»Und Sie müssen Marie Vos sein, die geheimnisvolle Niederländerin.« Er lächelte Marie zu und verbeugte sich leicht.

Sie zuckte innerlich zusammen, sagte aber nichts. Trotzdem hatte Nachtwey ihre Verunsicherung wahrgenommen.

»Habe ich Sie irritiert?«

»Nicht wirklich«, antwortete Marie. »Es ist nur: Die einzige Niederländerin, der man meines Wissens nach bisher das Attribut ›geheimnisvoll‹ zugeschrieben hat, war Mata Hari.«

»Die ein trauriges Schicksal ereilte, jetzt verstehe ich.

Eigentlich hatte ich aber auch nur sagen wollen, dass ich Ihren Namen in keinem unserer Telefonverzeichnisse gefunden habe. Sie erlauben …«

Während er mit einer Zeitung über die Sitzfläche des Stuhls neben ihr fegte, ehe er Platz nahm, ließ ein hohes Geräusch Marie zusammenzucken. Als hätte sich jemand erschreckt und einen kurzen Schrei, nein, eher eine Art Hickser ausgestoßen. Auch die Leute am Nebentisch drehten sich suchend um. Nur Nachtwey und Giuliani, dic ihm den Teller mit den Croissants herüberschob, schienen nichts gehört zu haben. »Eins ist für dich.«

Er griff gleich zu. »Du kennst mich zu gut, Francesca. Danke. Ich bin ein bisschen spät ins Bett gekommen und zu spät wieder heraus.«

»Prego, Christian. Warte nicht zu lange mit dem Espresso, er kam schon nicht heiß genug aus der Maschine.«

Marie fiel auf, dass sich die Sitzhaltung der Professoressa verändert hatte, seitdem Nachtwey eingetroffen war. Etwas mehr Stolz, etwas mehr Grazie.

»Du konntest Marie nicht finden, weil ich sie aus dem Teich für Neuankömmlinge geangelt habe. Sie hat die perfekte Vita für uns.«

»Ein Glücksfall also«, nickte Nachtwey Marie zu. »Gute Assistenten werden in Brüssel von ihren Vorgesetzten eifersüchtiger bewacht als die eigenen Ehepartner.« Er lachte.

Marie schaute auf die feingliedrigen Hände Nachtweys. Kein Ehering. »Die niederländische Regierung hat mich erst vor drei Monaten hierher beordert«, log sie. »Ich bin Juristin und habe zuletzt in der Außenwirtschaftsabteilung in Den Haag gearbeitet.«

Marie hoffte beinahe, dass Nachtwey weiterfragen würde. Sie hatte ihre Fake-Vita mit Lust am Detail entwickelt. Und Söderberg hatte ihren alten Chef beim AIVD angerufen, der ihren Namen auf der Webseite des Wirtschaftsministeriums in einige Archivdokumente setzen ließ.

»Sehr gut. Etwas mehr niederländische Sachlichkeit kann unserem Team nur guttun.« Er grinste Giuliani frech an.

»Du bist unverschämt wie immer, Christian. Aber du kannst es mit einer Runde dieses mittelmäßigen Getränks wiedergutmachen.«

Er stand auf, verbeugte sich leicht und begab sich zum Tresen. Marie schaute ihm hinterher und zuckte zusammen, als sie erneut das hohe, hicksende Geräusch vernahm.

»Und was denken Sie über ihn?«, fragte Giuliani etwas zu beiläufig.

Marie war überrascht. Wollte Giuliani in Sachen Nachtwey etwa ihre Claims abstecken? »Er weiß sich zu kleiden«, sagte sie, und nach einer Pause: »Aber er bleibt ein Deutscher.«

Giuliani schaute demonstrativ freundlich zu Nachtwey hinüber. »Sie dürfen ihn übrigens ruhig auf sein Tourette ansprechen. Er hat sich eine schöne Erklärung dafür ausgedacht und freut sich, wenn er sie anbringen kann.«

Zurück am Tisch, gab Nachtwey mit mildem Spott den Wortwechsel eines Ehepaars vor ihm in der Schlange wieder, in dem Elektrogeräte die Hauptrolle spielten, die man aus Peinlichkeitsgründen nicht im Handgepäck bei sich führen sollte. Diesmal sah Marie, dass der Hickser, der durch diese kleine Darbietung schoss, ohne dass der Sprecher aus dem Konzept geriet, tatsächlich von ihm selbst kam.

Auch Giulianis Voraussagen über die anderen Taskforce-Mitglieder sollten sich bewahrheiten. Beatriz Torres erschien auf die Minute pünktlich, und der mit Abstand letzte Passagier, der die Maschine der Air Baltic bestieg, war Fritz Aumayr.

Mit seinem massigen Körper blieb er im Mittelgang stehen und zog die zornigen Blicke der Passagiere auf sich, bis die *Boarding-completed*-Ansage über den Lautsprecher kam. Er nahm sie mit einem befriedigten Nicken zur Kenntnis, als hätte die Chefstewardess soeben seine Existenz bestätigt.

Ächzend kletterte er über Maries Knie hinweg und ließ sich in den Sessel neben ihr fallen, um sie fortan mit Komplimenten über die Verhandlungsqualitäten des niederländischen Ministerpräsidenten bei der jüngsten EU-Haushaltsaufstellung zu überschütten.

Als die Maschine auf die Startbahn einbog, rettete Marie sich mit der Notlüge, sie leide unter einer leichten Flugangst, zu deren Bewältigung ihr Freund ihr eigens eine Playlist mit beruhigender Musik zusammengestellt hätte. Sie drückte sich die Noise-Reduction-Knöpfe in die Ohrmuscheln, schloss die Augen, und mit einem Mal war es wunderbar still.

9

Mann, er hätte natürlich einen Ring dazu packen müssen. In so einem schicken Döschen, das er ihr ganz understatementmäßig über den Tisch zugeschoben hätte. Und dann nicht so einen mauen Vierzehn-Karat-Plunder, sondern einen ordentlichen Reifen aus achtzehnkarätigem Gold, mit einer Reihe von Diamanten, Saphiren oder was auch immer. Stattdessen war er mit diesem Biedermann-Vorschlag herangekrümelt, man könnte ja gemeinsam was kaufen. 'ne Wohnung oder so ... Voll emanzipiert, Mann. Aber einmal im Leben möchte eine Frau doch von so viel Gold und Glitzer überwältigt werden, dass sie gerade noch genug Luft zum Ja-Sagen kriegt!

Wild über seine Hasenherzigkeit schimpfend, quälte sich Berend durch einen Stau zur Autobahn Richtung Antwerpen. Glück fällt nicht vom Himmel, Junge! Mit so einem Häuschen-Bäumchen-Schmusetier-Gefasel kommst du keinen Schritt weiter. Don't tell, show! Kein Wunder, dass Marie sich vor einer Antwort drückte. Ja, jetzt saß sie da irgendwo und kramte im hintersten Winkel ihrer Intuition nach einer Antwort auf seinen unglaublich brillanten Vorschlag. Ach, hätte er ihr doch nur ein Prozent *Sjwahduhfiefruh* entgegengeworfen wie Goldstaub. Chance verpasst, Beer!

Wütend rammte er den Schaltknüppel des Astons in den vierten Gang. Was war nur von diesem Mann von Welt übrig geblieben, der gestern Nachmittag noch so stolz und selbstbewusst aus Zandvoort fortgefahren war? Big Business Beer verwandelte sich in einen stotternden Schuljungen, sobald er seinen Gefühlen Taten folgen lassen musste ... Komm schon, Junge, such dir einen Juwelier und kauf ein Hammerteil von Ring! Und Honeymoon-Tickets für ein Inselparadies in der Südsee gleich noch dazu. Besinn dich endlich auf deine männlichen Stärken!

Noch während er an einer roten Ampel nahe der Diamantstraat »Juweliere in Brüssel« in sein Handy tippte, überkamen ihn Zweifel. Moment, würde Marie all diesen Prunk und Protz nicht als emotionalen Handstreich empfinden und ihn dann erst recht ablehnen? Sie war ja absolut kein Glamourbabe! Sie wäre ihm dankbar, wenn er nach ihrer Rückkehr einen deftigen holländischen Eintopf mit Wurst und Speck auf den Tisch stellen und frei von der Leber weg schlicht fragen würde: »Willst du mich heiraten?«

Aufgeschreckt von ungeduldigem Hupen, drückte er aufs Gas und schoss mit einem Ruck nach vorne. Diese verdammte Unsicherheit, sobald es um Marie ging! Von Anfang an war es so gelaufen, als sie ihn als Aushilfsanwältin in Haarlem mit einem Taschenspielertrick aus der Haft holte. Damals nannte ihn die Lokalpresse einen Meisterbetrüger mit charmantem *flux de bouche*, doch sobald Marie den Verhörraum betrat, ließen ihn die Worte im Stich. Und jetzt wieder! Stil ist alles, Beer! Stil ist dein Geschäftsmodell, nur Stil macht dein Parlando unwiderstehlich.

Na ja, diese Schlacht war noch voll im Gange. Marie hatte zwar nicht Ja, aber ganz klar auch nicht Nein gesagt. Eigentlich hatte er doch auch nichts anderes erwartet. Marie war nicht wirklich der spontane Typ. Aber an ihrer Reaktion war leicht zu erkennen, dass sie begriffen hatte, wie ernst es ihm war. Sie würde noch ein Weilchen drüber nachdenken müssen, aber der Weg war jetzt frei. Und wie sollte diese Nacht auch anders zu deuten sein? Holy shit! Sie war wie eine Wilde über ihn hergefallen, als stiegen sie zum allerersten Mal in die Kiste. Wie oft war sie gekommen? Fünf- oder sechsmal bestimmt, mein Gott, irgendwann hatte er den Überblick verloren, weil er mittendrin keine andere Chance gesehen hatte, als kurz im Bad zu verschwinden und eine ordentliche Nase von seinem Notvorrat zu ziehen. Das hatte ihn wieder einsatzfähig gemacht, aber an das, was danach folgte, konnte er sich nicht mehr genau erinnern. Diese Marie schien nichts mehr mit der zu tun zu haben, die draußen im alltäglichen Leben herumlief. Als könnte sie bei ihm alles rauslassen, was sie sonst geordnet und fest verschnürt in die hintersten Winkel ihres klugen Kopfes packte.

Und wie frech sie sein konnte, das mochte er. Als sie aufstand, hatten sie vielleicht grade mal zwei Stunden geschlafen. Sie hatte ihm einen Kaffee in die Hand gedrückt und grinsend gesagt, dass er sich beeilen solle, weil sie hinter ihm abschließen müsse, unten würde schon ein Taxi auf sie warten. Was für eine toughe Frau, genau sein Stil!

Gut, dass er gestern den Zünder scharf gestellt hatte. Höchste Zeit. Er hatte eigentlich schon gewusst, dass sie die Richtige war, als sie sich ihm damals im Kuppelgefängnis von Haarlem vorstellte. Aber ihm war auch klar gewesen, dass er noch nicht in ihrer Liga spielte. Erst die Karriere in Gang bringen, bisschen was auf Tasche kriegen und mehr von der Welt kennenlernen und ja, natürlich das auch, erst einmal ordentlich seine Thrills und Kicks ausleben. Zehn Jahre hatte das gebraucht, bis sich zwischen ihnen endlich etwas entwickelt hatte, das man immerhin als Affäre bezeichnen konnte.

Marie war jetzt vierundvierzig und er knapp über fünfzig. Das war die perfekte Poleposition für eine neue Lebensphase. Ausbauen, was da zwischen ihnen entstanden war. Schluss mit den Just-in-time-Absprachen, der ganzen Unverbindlichkeit. Die Zeit der Spielereien war vorbei. Und mittlerweile wussten sie ja wohl, was sie aneinander hatten.

Klar, er war nicht blind, es war ihm klar, dass es da noch ein Problem zu lösen gab. Dass er ein Störfaktor in ihrer Karriere bei den Eurotypen war. Sie hatte es nie erwähnt, aber logisch, er musste jetzt dringend an seiner gesellschaftlichen Stellung schrauben.

Er hatte gestern nicht gleich alle Karten auf den Tisch legen wollen, aber Didis Megadeal war ein Gottesgeschenk. Ein Zeichen, dass es das Universum gut mit ihm meinte – mit ihnen beiden! Sein Visum für die bürgerliche Welt, weit weg von den Gebieten jenseits der Zäune von Recht und Ordnung. Das sollte doch wohl reichen für ein unbeschwertes Jawort, oder etwa nicht, Schatje?!

Nachdem er den Stau endlich hinter sich gelassen hatte und das Gaspedal durchdrücken konnte, um den Wagen Richtung Zandvoort zu treiben, wählte er die Nummer seines alten Freundes.

Sie hätten die Chance, bei den Domeinen Roerende Zaken in Amersfoort, einer Einrichtung der niederländischen Finanzbehörden, nicht weniger als dreihundertfünfundsechzig teure Autos zum Schnäppchenpreis zu ergattern, erklärte ihm Didi. Alles beschlagnahmte Neuwagen und bestens geeignet für eine öffentliche Versteigerung, wenn nicht der verantwortliche Steuerbeamte, der über den Umgang mit dieser Partie zu entscheiden hatte, schon mal einen Deal mit Didi gemacht und von den Vorteilen einer solchen Kooperation erfahren hätte.

»Lexus Presidence, Toyota Mirai, Range Rover Cabrio, alles die Liga und noch viel Besseres, Beertje«, zählte Didi auf. »Geschätzter Gesamtwert dicke fünf Millionen.«

»Und warum vertickt er die nicht an ein Auktionshaus?«

»Könnte er, Beer, könnte er. Aber er steht kurz vor der Pensionierung, der Gute, und will den Reservetank für seine letzte Runde füllen.«

»Und wie viel Liter sollen da rein?«

»Die läppische Summe von einer halben Million, Beertje.«

Ja, das war läppisch, denn im Gegenzug würde der Beamte dafür sorgen, dass die Finanzbehörden ihnen als Kaufpreis für die edlen Schlitten höchstens anderthalb Millionen Euro abknöpfen würden. Geschätzter Gewinn: mehr als drei Millionen, sobald die Weißrussen ihr Geld herausrückten.

»Wir teilen uns den Job. Ich übernehme die Ostblocker. Du kümmerst dich um die Zwischenlagerung und den Papierkram mit den Ex-und-hopp-Firmen und klärst die Sache mit der Umsatzsteuer. Und dann, Beertje, sehen wir uns für den Rest unseres Lebens nur noch auf der Terrasse von

Strand 7, trinken Rum Runners und reden nie wieder über diese Sache.«

»Deal«, machte Berend es kurz. Didi hatte recht. Er konnte diese Chance nicht sausen lassen. Er würde einsteigen, aber vielleicht anders, als Didi es sich vorstellte.

10

In Tallinn herrschte heftiges Schneetreiben bei fünf Grad minus. Die Landung war zwar ruppig, aber längst nicht so unsicher, dass sie den Angstschweiß auf Aumayrs Stirn gerechtfertigt hätte. Vor dem Flughafengebäude wartete ein schwarzer Van der EU-Vertretung auf sie.

Kaum eine Viertelstunde später hatten sie schon den Innenstadtring erreicht und fuhren über eine lange gewundene Straße tiefer in die Altstadt hinein. Ihr Hotel lag in einer schmalen Gasse. Das Kopfsteinpflaster war glatt, und vor einem Restaurant verengten zwei lange Holzterrassen die Fahrbahn so sehr, dass der Van gerade so durchpasste.

Über dem Art-déco-Entree des Hotels hingen eine estnische und eine europäische Flagge, überzogen von Schnee und Eis, steif herunter. Ein Portier eilte ihnen mit einem leeren Gepäckwagen entgegen und übernahm ihre Koffer.

Aumayr, der die ganze Fahrt über stumm aus dem Seitenfenster gestiert hatte, gähnte und streckte sich, bis sein Hemd aus der Anzughose rutschte. »Unser verschlafenes Hauptstädtchen. Habt ihr es auch so vermisst wie ich?«

»Viel mehr als die Hotelbar hast du doch gar nicht gesehen«, sagte Torres, die beim Aussteigen beinahe in Aumayrs Rücken gelaufen wäre, weil er direkt vor dem Van stehen geblieben war.

»Wie fast alle deine Umweltkollegen neigst du dazu, Opfer deiner Vorurteile zu werden, liebe Beatriz. Ich war hier schon an Orten, die du dir im Traum nicht vorstellen kannst.«

»Was vermutlich auch ganz gut so ist.« Torres verzog das Gesicht und folgte dem Portier.

»Moment, Beatriz«, bat Giuliani. »Ich fahre gleich weiter, um mich auf den aktuellen Stand bringen zu lassen. Wir sehen uns um halb sieben im Restaurant. Der Kleine Salon ist für uns reserviert.« Sie stieg wieder ein. »Marie, könnten Sie dafür sorgen, dass mein Koffer auf mein Zimmer gebracht wird?«

Marie nickte brav. Auch das gehörte wohl zu den Aufgaben ihrer Scheinbeschäftigung.

Das Restaurant befand sich in einem Nachbargebäude aus dem späten 18. Jahrhundert. Marie betrat den Kleinen Salon in der Beletage als Erste. In den Wandputz waren von weißem Stuck umrahmte große Platten aus hellblauem künstlichen Marmor eingelassen. Über dem Sturz der hohen Doppeltüren prangten vergoldete Ornamente, an der Decke hingen zwei imposante Kronleuchter, und der wie Bernstein glänzende Parkettboden knarzte bei jedem ihrer Schritte, als befänden sie sich in einem alten Schloss. Wäre jetzt ein baltischer Baron hereinstolziert, niemand hätte sich darüber gewundert. Es war nicht zu verleugnen: Der Raum schüchterte sie ein.

Berend an ihrer Seite hätte das sofort mit einem albernen Spruch erledigt. Er entstammte einer noch kleinbürgerlicheren Familie als sie, und sie bewunderte ihn ein wenig, dass er sich in solchen Momenten nie den Schneid abkaufen ließ. In manchen Dingen war er sich seiner selbst viel sicherer als sie, obwohl doch sie mit ihren Studienabschlüssen und ihrer Karriere viel weiter nach oben gelangt war als er.

»Schick, nicht wahr? Aber am Ende ist es doch nur wasserhaltiges Calciumsulfat, vulgo Gips.« Christian Nachtwey stand lächelnd in der Tür, die restliche Taskforce in seinem Rücken.

Nachdem die Kellner die Getränke und Vorspeisen serviert und den Salon wieder verlassen hatten, eröffnete Giuliani das Gespräch mit einer Überraschung. »Ihr habt den morgigen Tag zur freien Verfügung. Kivistik empfängt uns erst am Dienstag. Oder um genau zu sein: mich.«

»Dann reisen wir eben ab. Was glaubt die, wer sie ist?« Aumayr griff wütend nach seinem Kristallglas und trank es halb leer.

Giuliani ignorierte seinen Ausbruch und berichtete weiter. Alle Versuche, etwas über die Hintergründe des Verhandlungsabbruchs zu erfahren, waren am Wochenende gescheitert. Und Kivistik selbst hatte nur ausrichten lassen, dass sich die Leiterin der Taskforce zwar gerne in ihrem Büro einfinden dürfe, aber nur, um noch einmal live zu hören, was bereits schriftlich vorlag.

»Begreift ihr es jetzt endlich? Die Tallinner haben uns nicht verdient. Suchen wir uns lieber eine andere Stadt für diese verdammte Blaupause!«

»So eine Verzögerung würde dir und deiner Generaldirektion so passen, Fritz! Ihr wollt doch gar keinen Vertrag!«, erregte sich Torres.

»Bleiben doch wenigstens wir ruhig.« Giuliani hob beschwichtigend die Hände. »Selbstverständlich werden wir nicht abreisen. Niemand bringt uns dazu, zu kapitulieren, und diese Dezernentin schon gar nicht.«

»Du hast natürlich recht, wir sollten nicht aufgeben«, sagte Nachtwey nachdenklich. »Andererseits können wir die Tallinner schlecht zu ihrem Glück zwingen.«

»Das ist doch nur Taktik«, widersprach Torres. »Kivistik muss als Neue ihren Leuten zeigen, was sie draufhat. Also pokert sie. Sie will nur mehr Subventionen herausschlagen.«

»Sie bekommt aber jetzt schon viel zu viel!« Aumayr schlug im Takt seiner Worte mit den Fingerspitzen auf die Tischkante. »Ich kann einfach nicht verstehen, dass ihr euch ausnehmen lasst wie eine Weihnachtsgans, Christian!«

»Ich mag Weihnachten, Fritz, die Familie kommt zusammen, und alle beschenken einander.«

»Warten wir ab, was Kivistik übermorgen sagt«, beendete Giuliani die Debatte und gab den Kellnern über einen Klingelknopf das Zeichen für den nächsten Gang.

II

Am nächsten Morgen saß Marie um halb acht als Erste am Frühstückstisch der Taskforce und sollte in der halben Stunde, in der sie drei Tassen Filterkaffee trank, auch die Einzige bleiben. Sie war müde, die schlechte Stimmung beim Abendessen hatte sich in ihren Schlaf geschlichen und in einen zähen Morast aus dumpfen Träumen verwandelt.

Dieses Team war offenkundig nur von der Aussicht auf den nahen Vertragsabschluss zusammengehalten worden. Jetzt brachen die persönlichen und fachlichen Konflikte zwischen ihnen auf. Giulianis Versuche, dagegen anzureden, waren wirkungslos geblieben, weil alle spürten, dass sie selbst nicht mehr an einen schnellen Erfolg glaubte.

Der tiefste Riss verlief zwischen Torres und Aumayr, zwischen Umwelt und Wettbewerb also. Giuliani stand inhaltlich auf der Seite von Torres, durfte als Taskforce-Leiterin aber Aumayr nicht verlieren. Und Nachtwey schien sie darin unterstützen zu wollen, indem er Verständnis für alle zeigte.

Dabei war er gestern zwischen die Fronten geraten. Aumayr warf Nachtweys Generaldirektion Verschwendungssucht vor, Torres sah dort hingegen zerstörerischen Geiz am Werk. Von Aumayrs eher müden Sarkasmen provoziert, trieb sie der Zorn zu einer erstaunlich groben Wortwahl, sodass sie Marie bald an eine Aufrührerin erinnerte, die vor einer Horde wütender Bauarbeiter zum wilden Streik aufrief. Kaum vorstellbar, dass es sich hier um die Frau handelte, die laut Giuliani einen fast zwanghaften Hang zur Überkontrolle hatte. Brachten die nächsten Tage nicht noch eine glückliche Wendung, würde hier jedenfalls wohl nicht nur der Vertrag von Tallinn scheitern, sondern auch die Taskforce neu besetzt werden müssen.

Marie nippte an ihrem nur noch lauwarmen Kaffee. Söderberg hatte ihr den Auftrag gegeben, alle Beteiligten unter die Lupe zu nehmen, und es war allemal besser, das auf freier Wildbahn zu tun, als in den Dossiers herumzuwühlen, die er ihr mitgegeben hatte. Doch nach dem zweiten bitteren Schluck gestand sie sich ein, dass sie sich nur vor den Hausaufgaben auf ihrem Laptop drücken wollte. Sie ging zurück auf ihr Zimmer.

Mit wem sollte sie beginnen? Francesca Giulianis Akte hatte sie bereits in Brüssel studiert. Sie kannte ihren Lebenslauf – und eine Menge mehr. Söderberg hatte Giuliani unter Beteiligung des italienischen Inlandsgeheimdienstes AISI gleich, nachdem das Leck in ihrem Büro entdeckt worden war, einem Deep Check unterzogen. Sie hätte ja durchaus Bahrs Komplizin gewesen sein können oder sogar als alleinige Täterin eine falsche Spur zu ihm gelegt haben. Finanzielle Lage, berufliche Situation und Privatleben – nichts war ausgelassen worden, und auch sie war, wie Bahr, abgehört und observiert worden. Ohne Ergebnis. Sauberer als sie konnte man nicht sein.

Bei den übrigen Taskforce-Mitgliedern hatte Söderberg bisher nur nach beruflichen Verbindungen zu Bahr suchen lassen. Auch diese Recherchen hatten nichts ergeben. Selbst die naheliegende Option, dass Bahr Aumayr während seiner kurzen Projektarbeit bei der Wettbewerbsdirektion kennenlernte, hatte sich nicht bestätigt. Aumayr stand viel zu weit oben in der Hierarchie, kaum anzunehmen, dass er in ein solch kleines Projekt involviert war.

Sie klickte den Dateiordner für Torres auf und fand Scans ihrer Bewerbungsunterlagen, ihrer Summa-cum-laude-Promotionsurkunde in Europa-Studien, den Prüfnachweis der Sicherheitsabteilung aus dem Jahr, in dem Torres die Aufnahmeprüfung der Kommission bestanden hatte, und herausragende Zeugnisse der Direktionen, in denen sie bisher gearbeitet hatte. Kompetenz, Einsatzwillen und Effektivität wurden ihr ebenso attestiert wie diplomatisches Geschick und Parkettsicherheit. Es war kein Wunder, dass Torres mit gerade vierunddreißig schon Referatsleiterin und stellvertretende Direktionsleiterin in der DG Umwelt war. Aber wie der gestrige Abend gezeigt hatte, zehrte diese Karriere auch mächtig an ihrem Nervenkostüm.

Das nächste Dossier galt Nachtwey. Sie war neugierig. Er entsprach bisher kaum dem Bild, das sie in ihrem alten Job als politische Beraterin von deutschen Ministerialbeamten und Politikern gewonnen hatte. Es begann mit Äußerlichkeiten – zum Abendessen hatte er sich eigens umgezogen – und setzte sich in seinem Verhalten fort. Trotz der brisanten Stimmung am Tisch hatte er ruhig und aufmerksam zugehört. Selbst als er in die Enge getrieben wurde, schoss er sich den Weg nicht mit Alphatier-Sprüchen frei, sondern blieb freundlich. Das hatte sie zugegebenermaßen ziemlich beeindruckt. Er war sogar als Einziger danach noch mit Aumayr in die Bar gegangen, obwohl der Mann ihm zuvor einige fiese Stiche versetzt hatte.

Ein kurzer Blick auf seine Vita erklärte zumindest die Weltläufigkeit, die er ausstrahlte. Er war nur ein wenig jünger als sie. Geboren in Pretoria als Sohn eines deutschen Diplomaten, Besuch internationaler Schulen in Neu-Delhi und San Francisco, Abitur in einem deutschen Internat. Danach Geschichts- und Wirtschaftsstudium in Lausanne, Paris und Berlin, Promotion. Nach einem Zwischenspiel beim Berliner Senat Wechsel ins Bundeswirtschaftsministerium, wo er innerhalb kurzer Zeit zum Referenten aufstieg. Dann zunächst Entsendung zur EU-Kommission nach Brüssel und schließlich Übertritt in den EU-Dienst als Direktionsleiter für Strategie und Politische Koordination in der GD Regionalentwicklung. Bestimmt schwebte Nachtweys Fuß bereits in der Luft, um den nächsten Schritt auf der Karriereleiter zu nehmen.

Ein geradliniger Werdegang ohne Brüche. Welche Disziplin musste ihm das abverlangt haben, dachte Marie, und es fiel ihr schwer, diese Bilderbuchkarriere mit dem so entspannten und lockeren Dandy zu verbinden, den sie bisher in ihm gesehen hatte.

Marie scrollte und las, las und scrollte, bis sie sich aufseufzend zurücklehnte. Es war bereits kurz nach elf, und immer noch wollte es nicht richtig hell werden.

Sie ging zum Fenster und schob die Gardine zur Seite. Es schneite in großen Flocken so dicht und regelmäßig, als würde es nie mehr aufhören. Die Gasse sah verwunschen aus. Aber die Wettervorhersage hatte keinen Sinn für Märchenromantik. Morgen würde die Temperatur knapp über die Null-Grad-Marke klettern und der flauschige weiße Teppich da unten auf dem Kopfsteinpflaster sich in einen grauen Matsch verwandeln.

Sie sehnte sich nach einem langen Winter, in dem die eiskalte Luft alle Konturen schärfte. So einen Ausnahmewinter, wie es ihn kurz nach ihrem achtzehnten Geburtstag gab. Grachten, Kanäle und Seen waren zugefroren, und endlich wurde wieder die *Elfstedentocht* ausgerufen, der große Schlittschuhlauf durch elf Städte. Mein Gott, fünfundzwanzig Jahre war das jetzt schon her. Trotz ihrer Volljährigkeit hatte sie zu Hause um ihre Teilnahme kämpfen müssen. Aber dann hatte sie doch in Leeuwarden ihre Schlittschuhe geschnürt und sich gemeinsam mit mehr als sechzehntausend Starterinnen und Startern auf die hundertneunundneunzig Kilometer lange Strecke gemacht, zur Freude der gesamten Niederlande.

Achtzig Jahre, nachdem zum ersten Mal eine Frau die ganze Tour geschafft hatte und in ihrer Folge so viele andere, die doch angeblich zu schwach waren für ein solches Abenteuer, war auch sie, Marie Vos, ins Ziel gewankt, hatte nicht zu denen gehört, die bei zehn Grad minus und Windböen aufgaben, hatte geschafft, was niemand ihr zugetraut hatte. Oder besser gesagt: ihr Vater, der all das für überflüssiges Helden-Getue hielt und für verschwendete Energie, die keinen einzigen Cent einbrachte.

In der Klarheit dieses Winters hatte Marie erkannt, dass sie sich von den Ängsten und Schwächen ihres Vaters befreien und ihren eigenen Weg gehen musste. Und der hatte sie jetzt bis in den nordöstlichsten Zipfel der EU geführt.

Am liebsten hätte sie sich den Mantel übergeworfen und wäre hinausgelaufen, aber stattdessen trieb sie ihre Disziplin, die sie damals auf dem Eis in sich entdeckte, zurück an den Schreibtisch, zu Fritz Aumayr, Mitglied im Kabinett der Vizepräsidentin für Wettbewerb und Digitale Zukunft.

Wie Nachtwey hatte er in Paris studiert, zuvor in Wien, danach in London. Auch er war zunächst von seiner Regierung für drei Jahre zur EU-Kommission entsandt worden, ehe er das Angebot annahm, dauerhaft in den EU-Dienst zu wechseln. Was könnte dieser Mann nicht noch alles erreichen, wenn er sich nicht vorher zu Tode trank? Was trieb ihn überhaupt an, was interessierte ihn? Giuliani und Nachtwey hatten gestern einige Male versucht, die Atmosphäre mit Themen jenseits des Jobs zu entkrampfen, aber Aumayr hatte sich auf das Spiel nicht eingelassen und nichts Privates von sich preisgegeben. Stattdessen hatte er sich auf den Riesling konzentriert, den er zuvor überaus sorgfältig ausgewählt hatte.

Marie wurde vom Ton einer eingehenden Nachricht aus ihren Gedanken gerissen. Giuliani teilte ihr mit, dass sich die Taskforce erst wieder zum Abendessen treffen würde und sie den Tag für die Vorbereitung der kommenden Sitzungswoche nutzen wollte.

Es schneite noch immer. Durfte sie jetzt endlich hinaus? Sie schaute auf den Ordner mit den Dokumenten zu den Tallinn-Verhandlungen.

Vielleicht später. Aber erst einmal ein schneller Lunch, hier auf dem Zimmer. Sie griff nach der Karte auf dem Schreibtisch und bestellte über das Haustelefon.

Einige Minuten später klopfte es. Das ging schnell. Marie sprang vom Schreibtisch auf. »Coming!«, rief sie und öffnete die Tür.

Christian Nachtwey stand vor ihr. »Oha, hatten Sie mich etwa schon erwartet?«

»Wenn Sie ein Sandwich mit Käse und Schinken sein sollten, ja.«

Er verzog das Gesicht. »Ich weiß ja, dass Niederländer

wenig Aufhebens um ihr Mittagessen machen. Aber wie können Sie sich den Magen mit so einer Banalität füllen, wo wir doch gleich Kuchen essen wollen?«

Hatte sie etwa einen Termin verpasst?

Er schien ihre Gedanken gelesen zu haben. »Sie haben nichts vergessen. Ich bin auf dem Weg ins Café Maiasmokk und dachte mir, Sie hätten vielleicht Lust, mit mir die Stadt zu erkunden. Entschuldigen Sie, falls ich gestört habe.«

»Nein, warten Sie. Ich wollte sowieso einen Spaziergang machen. Ich rufe nur schnell im Restaurant an.«

12

Draußen stoben nur noch vereinzelte Schneekristalle durch die graue Luft. Nachtwey hatte einen großen Schirm organisiert und sie galant eingeladen, sich bei ihm unterzuhaken. Vollkommen übertrieben bei dem Schneefall, aber sie nahm die Einladung an und war überrascht, wie schnell sie mit ihm in einen gemeinsamen Rhythmus fand.

Es waren nur ein paar Minuten bis zum Maiasmokk. Nachtwey gab ihr eine kurze Einführung in die Geschichte des ältesten Cafés des Landes und in die Tradition der Marzipanherstellung, nicht ohne sich für seine Einfallslosigkeit zu entschuldigen, sie ausgerechnet in einen solchen Touristen-Hotspot zu locken. »Aber im Winter ist der Betrieb überschaubar, und die Kuchenauswahl ist großartig.«

Die Kaffeehausatmosphäre im Erdgeschoss gefiel ihr gut, doch er führte sie zielstrebig in den ersten Stock hoch. Hier waren die Räume wie Salons ausgestattet. Nachtwey steuerte einen Erker an. Auf dem Tisch stand ein kleines Kärtchen, über das sich in geschwungener Handschrift sein Name zog.

»Guten Tag, Herr Dr. Nachtwey. Schön, dass Sie wieder einmal hier sind«, begrüßte ihn die Kellnerin auf Deutsch und nahm ihnen die Mäntel ab. Marie bemerkte neugierige und etwas neidische Blicke von den Nachbartischen.

»Sind Sie Stammgast oder stiller Teilhaber?«, fragte sie, nachdem sie ihre Bestellung aufgegeben hatten.

»Zumindest gefühlt Stammgast. Ich komme tatsächlich bei jedem meiner Tallinn-Aufenthalte hierher.«

Marie lächelte. »Also waren Sie schon häufiger in Estland? Auch vor der Taskforce?«

Kuchen und Kaffee wurden gebracht. Nachtwey wartete mit einer Antwort, bis sie die erste Gabel genommen hatte und die feinen Schokoladenstückchen in ihrem Mund für eine kleine Endorphinausschüttung sorgten.

»Sehr gut, nicht wahr?« Er sah sie zufrieden an. »Sieben-, achtmal? Das erste Mal als Student in den frühen Neunzigern. Seitdem mag ich die Atmosphäre in Tallinn. Und mir gefällt, dass sich der einzigartige Charakter dieses Landes gerade nicht aus irgendeinem Reinheitsgebot ergibt, sondern aus der besonderen Mischung von nord-, west- und osteuropäischer Kultur.«

»Sie meinen also, die Esten müssten den Deutschen und den Russen eigentlich dankbar für die ewige Fremdherrschaft sein?«

»Mevrouw Vos! So etwas sollte man hier besser nicht laut sagen. Den Esten zuliebe, aber auch deswegen.« Er wies auf die Fenster, die auf den Pikk hinausgingen, und beugte sich so verschwörerisch zu ihr herüber, dass sie sich ihm ebenfalls näherte. »Die russische Botschaft«, flüsterte er, »mit Dutzenden Abhörgeräten, die allesamt auf uns gerichtet sind.« Sein Mund verzog sich zu einem Lachen, dabei stieß er einen so lauten Hickser aus, dass Marie und alle anderen um sie herum zusammenschraken.

»Entschuldigen Sie, das ist mir sehr unangenehm.« Er errötete leicht, nestelte hektisch ein frisches Stofftaschentuch aus seiner Jacketttasche und reichte es ihr.

Erst jetzt bemerkte Marie, dass ihre Wange bei seinem Tourette-Ausbruch ein paar Tröpfchen Speichel abbekommen hatte. Sie zwang sich zu einem Lächeln, während sie sich die Wange abtupfte.

»Die Waschräume sind im Untergeschoss«, sagte er.

Nachtwey brauchte sicher kein Mitleid, aber seine Scham tat ihr weh. »Ich bin doch kein Prinzesschen, Herr Nachtwey«, sagte sie streng.

Befreit lachte er auf. »Sie sind wunderbar, Mevrouw Vos. Unterhielten wir uns nicht auf Englisch, sondern in meiner Muttersprache, würde ich Ihnen jetzt das Du anbieten.«

»Uff. Ihr Deutschen mit eurem albernen Siez-Duz-Gehabe!«, antwortete sie auf Deutsch.

Er grinste. »Danke. Würdest DU mir dann auch verraten, wie viele britische Unternehmen du seit dem Brexit für die Niederlande einkassiert hast?«

»Oh, du hast mich gegoogelt.«

»Ich wollte wissen, wem ich da Zutritt zu meinem Lieblingscafé verschaffe. Es war übrigens nicht allzu schwer, dich zu finden.«

»Tatsächlich? Mir war gar nicht bewusst, dass ich im Netz verewigt bin.«

Marie konnte entspannt ihren Kuchen genießen. Zwei Leute Söderbergs hatten überprüft und bestätigt, wofür sie selbst gesorgt hatte: dass nichts über ihre beruflichen Tätigkeiten im Netz zu finden war. Nur ein paar Dinge, die Söderberg für Neugierige wie Nachtwey dort platziert hatte.

Eine knappe Stunde später standen sie wieder vor der Tür des Cafés, und Nachtwey lud sie zu einem Rundgang durch die Altstadt ein. Sie liefen den Pikk Richtung Meer entlang, bis Marie vor einem Werbeaufsteller stoppte. »Kennst du das hier?«, fragte sie.

»Den KGB-Gefängniskeller? Ja, ich war mal drin, aber nur kurz. Kein schöner Ort.«

»Können wir hinein? Es würde mich interessieren.«

»Gerne. Ich warte so lange im Café dort drüben.«

»Hast du Angst, die würden dich dabehalten?«

Nachtwey räusperte sich verlegen. »Um ehrlich zu sein, es wäre nicht gut für mein Tourette. Zu enge Räume, zu viel gespeicherte Gewalt in den Wänden.«

»Entschuldige, ich weiß noch zu wenig über Tourette. Und bis auf dieses eine Mal im Café hattest du ja auch längere Zeit nicht …« Ja, was hatte er nicht, wie sollte sie es benennen?

»… mein Erstaunen über diese eigenartige Welt hinausgerufen?« Er sagte es mit einem fast jungenhaften Grinsen, aber diese Erklärung, die ihr von Giuliani schon auf dem Flughafen Zaventem angekündigt worden war, wirkte doch ziemlich aufgesetzt. »Du hast recht, ich habe eine ganz gute Phase. Aber ich will nicht übermütig werden. Ich warte wirklich gerne auf dich.«

»Kommt nicht infrage. Lass uns weitergehen.«

Er schlug vor, ihr bei einem weiteren Ausflug den offiziell nicht vorhandenen dreiundzwanzigsten Stock des Hotel Viru zu zeigen, in dem der KGB eine große Abhörzentrale betrieben hatte.

Herr Nachtwey ging also ganz selbstverständlich von einem zweiten Date aus. Das fand sie bemerkenswert, aber noch bemerkenswerter erschien ihr, dass es für sie genauso selbstverständlich war. Ehe sie weiter darüber nachdenken konnte, hatte er sie schon zur Olaikirche weitergezogen, deren Tür allerdings verschlossen war. Winterzeit.

»Verdammt, das hätte ich vorher recherchieren sollen«, sagte er. »Aber so leicht gebe ich nicht auf.«

Zwanzig Minuten später standen sie auf einem der Wehrtürme der Stadtmauer. Er stellte ihr die »Top-Destinationen für Ein-Tages-Tallinn-Touristen« vor, reicherte sie mit »Nachtweys Geheimtipps« an, und Marie durfte sich eine Tour zusammenbauen, die sie bis zum frühen Abend in Bewegung hielt.

Es kam ihr so sehr wie Urlaub vor, dass irgendwann ihr Arbeitsethos protestierte. Doch was sollte sie tun? Die Tallinner Wirtschaftsdezernentin hatte die Taskforce auf Stand-by gesetzt, Giuliani brauchte sie gerade nicht, und die Ermittlungen im Fall Dennis Bahr hätte sie nur in Brüssel vorantreiben können. Und dann gehörte es ja auch zu ihrem Job, die Taskforce besser kennenzulernen und zugleich Informationen zu streuen, die ihre Legende als Giulianis Assistentin stärkten.

Es war gut, mit Nachtwey zu beginnen, denn ihr war nicht ganz klar, ob sich hinter seiner Neugier nicht tiefes Misstrauen verbarg. Er lenkte das Gespräch auf die Arbeit und stellte ihr ein paar vermeintlich harmlose Fragen, um dann wie en passant auf den Kern zu stoßen: ihre Funktion in der Taskforce. Was dachte sie als erfahrene Wirtschaftsjuristin eigentlich über den letzten Vertragsentwurf?

Auf diese Frage aber war sie gut vorbereitet. Sie sprach einige Fallstricke an, auf die sie Giuliani hingewiesen hatte, und kritisierte heftig die Vorabsprachen zwischen EU-Kommission und Wasserwirtschaft.

Offensichtlich hatte sie den Test bestanden, denn Nachtwey schlug vor, das Taskforce-Dinner zu schwänzen und gemeinsam ein neues Restaurant auszuprobieren. Wollte er sie etwa abschleppen? Es hätte sie ein wenig enttäuscht. Trotzdem stimmte sie zu.

Doch als sie dann in dem kleinen Restaurant im Souterrain eines alten Bürgerhauses saßen und er die Karte kommentierte, wirkte er so authentisch, dass sie ihren Verdacht beiseiteschob. Er wollte hier einfach nur essen, und er wollte es lieber in angenehmer Begleitung tun als allein.

Die Vorspeise war gerade serviert worden, als Marie vom Geräusch einer hereinkommenden SMS abgelenkt wurde. Nachtwey ermunterte sie nachzuschauen, immerhin seien sie ja im Dienst.

Sie zog das Handy kurz aus der Tasche und sah, dass die Nachricht von Berend kam. Okay, das sollte sie sofort erledigen.

Sie entschuldigte sich und ging auf die Damentoilette. »Wie stehen die Dinge?«, hatte er geschrieben, und es war klar, was er damit meinte. Mist, sie hätte ihm gleich reinen Wein einschenken sollen. Sie begann, ihre Antwort einzutippen. Eindeutige Worte. Dass jede Affäre ein Ende haben musste und die ihre ein gutes verdiente. Aber das war missverständlich. Sie setzte neu an. Dass sie nie daran gedacht hätte, ihr ganzes Leben mit ihm zu teilen. Verdammt, sie hörte ihn schon lachend antworten, dass natürlich jeder sein kleines Geheimnis brauche. Es hatte keinen Zweck, sie musste es ihm von Angesicht zu Angesicht sagen. Sie schrieb »Stecke mitten in der Arbeit. Wir reden, wenn ich zurück bin. Marie« und kehrte zum Tisch zurück.

Als der zweite Gang serviert wurde, entschied sie, dass jetzt die Afterwork-Phase begann. Und auch Nachtwey verschwendete keinen Gedanken mehr an berufliche Themen.

Zurück auf der Straße, ließ sie ein eiskalter Wind zusammenschrecken. Sie beeilten sich, zum Hotel zu kommen, doch unterwegs blieb Nachtwey plötzlich stehen und zeigte zu einem Park auf der anderen Straßenseite.

»Dort oben! Die Outdoor-Eisbahn! Wie konnte ich die nur vergessen?! Da müssen wir noch hin!« Er wirkte in diesem Augenblick, als könnte es kein größeres Abenteuer für ihn geben, und wie zur Bestätigung seiner Theorie, dass sein Tourette ein Ausdruck des Erstaunens sei, entfuhr ihm ein lauter Hickser.

»Es ist ein wenig kalt, findest du nicht?«

»Aber Marie! Werden euch da draußen in den Poldern nicht gleich nach der Geburt Schlittschuhe angeschnallt? Und du bist doch ein waschechtes Poldermeisje? Na, komm schon!«

Ohne eine Antwort abzuwarten, stapfte er die Treppe hoch.

Oben am Kiosk zeigte er auf die orangefarbenen Leih-Schlittschuhe hinter der Kasse. »*Oranje boven!* Es gibt keine Zufälle!«

Sogar dicke Socken konnte man hier kaufen. Sie setzten sich auf eine Bank und schnürten die Schuhe.

»Fester, Christian, du musst sie fester binden, sonst knickst du um«, rief sie ihm auf Deutsch zu.

Nachtwey nickte, mit leicht erhitztem Kopf tief über die Schuhe gebeugt, ein Lächeln huschte über sein Gesicht.

Er ließ ihr den Vortritt, und sie glitt über das gerade erst frisch abgezogene Eis. Zwei, drei Schritte, dann hatte sie ein schönes, nicht zu schnelles Tempo erreicht. Es war wundervoll.

Das fremde Stimmengewirr, das kratzende Geräusch der Schlittschuhe, wenn jemand neben ihr einen Spurt einlegte, die Mischung aus Jungen und Alten, die lachend hintereinander herliefen oder ihre Runden drehten, und natürlich die Teenagerpärchen, die in den Ecken standen und sich neckten und küssten. Wo war überhaupt Nachtwey?

Sie drehte sich um, und da stand er nicht weit vom Eingang auf dem Eis, die Hand an der Bande, und versuchte mit staksigen Schritten voranzukommen. Sie lief schnell auf ihn zu und bremste im Slide ab, sodass ihm eine kleine Eiswolke entgegenstob. »Du kannst gar nicht laufen?«

Er zuckte mit den Schultern.

»Ja, aber«, setzte sie an und brach wieder ab, um ihn nicht in Verlegenheit zu bringen. »Na, also dann …« Diesmal hielt sie ihm den Arm zum Unterhaken hin.

Seine ersten Schritte waren noch holprig, doch dann, wie durch ein Wunder, glitt er recht stabil weiter.

»Du hast ja geschummelt!«, rief sie.

»Na ja, aber nur ein kleines bisschen.« Er lachte laut und verlor prompt das Gleichgewicht. Im Sturz drohte sie mitzufallen, konnte sich aber gerade noch rechtzeitig von ihm lösen. So nicht, mein Freund. Jeder stürzt für sich allein! Sie grinste ihn an.

Nachtwey hielt ihr die Hand entgegen. Wollte er sie etwa zu sich aufs Eis ziehen? Aber glücklicherweise hatte er nicht vor, vollends kindisch zu werden. Er kam erstaunlich geschmeidig hoch und stand auf einmal sehr nah bei ihr.

»Ich hoffe, du findest es nicht übergriffig …«

Oh nein, sie hatten es doch bis hierher so schön geschafft.

»… aber Francesca ist vielleicht ein wenig zu gutgläubig, was Aumayr angeht. Seit unserem Ausflug an die Bar gestern Abend bin ich fest davon überzeugt, dass er die Taskforce scheitern lassen will, falls wir die Tallinner überhaupt noch einmal an den Verhandlungstisch bringen.«

»Und was soll ich damit anfangen?«

»Pass ein wenig auf ihn auf und halte Francesca auf dem Laufenden. Du kommst von außen, dir wird sie vielleicht eher glauben als dem Vertreter einer anderen Generaldirektion.«

»Du überschätzt meine Rolle, Christian.«

»Das glaube ich nicht, du bist immerhin das Poldermeisje!«

Und dann glitt Nachtwey noch sicherer als zuvor in die Mitte der Eisfläche, drehte eine elegante Kurve und kehrte zu ihr zurück.

13

Bevor sie begriff, was sie aus dem Schlaf gerissen hatte, lag Marie schon auf dem Boden hinter ihrem Bett. Es konnte eigentlich nur ein Schuss gewesen sein, der die Routinen ihres Selbstschutztrainings ausgelöst hatte. Adrenalingeflutet, alle Muskeln angespannt, bereit für einen Sprung. Doch wohin?

Sie robbte zum Bettpfosten, atmete tief durch, hob den Kopf und schaute zum Fenster. Im selben Moment knallte es, und die Scheibe zersplitterte. Marie zuckte zurück. Das waren keine Schüsse. Vielleicht Steine. Und was kam jetzt? Molotowcocktails? Wieder flog etwas ins Zimmer, es klang metallen, eine Dose. Beißender Rauch stieg in kleinen dichten Wolken auf. Marie sprang geduckt auf und warf die Dose durch das geborstene Fenster zurück auf die Straße. Ihre Augen tränten, ein ätzender Schmerz brannte in ihrem Rachen. Sie stürzte aus dem Zimmer.

Barfuß und im Pyjama lief sie die Treppe hoch in die zweite Etage und klopfte heftig gegen Giulianis Tür. Es dauerte schier endlos, bis Giuliani einen Spalt weit öffnete.

»Mein Gott, was ist …«

Marie drückte die Tür auf, rannte an ihr vorbei ins Badezimmer, zog den Pyjama aus und stellte sich unter die kalte Dusche. Es dauerte eine Weile, bis sie das Reizgas aus Schleimhäuten und Poren herausgewaschen hatte. Die Kälte des Wassers ließ sie zittern, sie regelte die Temperatur hoch und wärmte sich auf, ehe sie aus der Dusche stieg und sich ein Handtuch umwickelte.

Giuliani erwartete sie mit einem seidenen Morgenmantel.

Maries Stimme versagte beim ersten Versuch, sie hustete und räusperte sich einige Male, ehe sie in ein paar heiser geflüsterten Worten zusammenfassen konnte, was geschehen war, und dass Giuliani die Rezeption informieren solle. Giuliani griff zum Telefonhörer neben dem Bett und wählte. Ihr Wecker zeigte fünf Uhr. Sie begann, dem Nachtportier die Situation zu schildern, wurde von ihm aber unterbrochen. Eine Weile hörte sie schweigend zu, ehe sie ankündigte, dass sie mit Marie in die Empfangshalle kommen würde.

»Er hat die Polizei schon informiert«, sagte sie und legte auf. »Christian ist unten. Ihm ist dasselbe passiert.«

»Und was ist mit den anderen?« Langsam kam Maries Stimme wieder zu Kräften.

»Nichts, vermute ich. Ihre Zimmer liegen wie dieses hier zum Innenhof.« Sie schaute auf Maries nackte Füße und holte eine eingeschweißte Tüte mit weißen Frottee-Badeschuhen aus dem Kleiderschrank.

Als Erstes traf ein Kommando von vier Leuten mit schwerem Atemschutzgerät ein. Der Portier händigte ihnen einen Generalschlüssel aus. Sie liefen zu den Aufzügen. Im ersten Impuls wollte Marie ihnen folgen, doch dann fiel ihr ein, dass sie nach der Rückkehr von ihrem Ausflug mit Nachtwey brav die Regeln befolgt hatte und ihr Laptop im Safe lag. Es gab keine Sicherheitslücke. Nachtwey schien Ähnliches gedacht zu haben. Jedenfalls hatte auch er sich kurz erhoben, ehe er sich wieder in das Polster zurückfallen ließ. In der Bewegung hatte sich sein Hotel-Bademantel geöffnet, und Marie bemerkte das eingestickte Monogramm auf der Brusttasche seines blauen Pyjamas.

Ihr spöttischer Blick war ihm nicht entgangen. Er zuckte leicht mit den Schultern, als wollte er erklären, dass er gegen seine Spleens machtlos sei.

Wenig später betraten zwei Zivilpolizisten die Eingangshalle. Der Portier schien sie zu kennen, jedenfalls zeigte er sofort auf die Sitzgruppe.

Die beiden nahmen ihnen gegenüber Platz. Der Jüngere, ein Mann von Anfang dreißig, musterte sie eine Weile, ehe er ihnen etwas auf Estnisch zunuschelte und mit einer müden

Handbewegung auf seinen rund zwanzig Jahre älteren Kollegen wies.

»Das ist Leutnant Valter, Chef des Kriminalbüros der Präfektur Nord, mein Name ist Saadla, leitender Kommissar«, sagte der Ältere in einem Englisch mit starkem Akzent.

So sollte es beinahe das gesamte Gespräch über bleiben. Valter sagte oder fragte etwas in der Landessprache, und Saadla übersetzte, ohne je selbst eine Frage zu stellen. Allerdings dolmetschte er nur in die eine Richtung. Valter beherrschte Englisch also gut genug, um ihre Antworten zu verstehen.

Marie und Nachtwey hatten eben geschildert, was ihnen widerfahren war, da kehrte das Räumkommando in die Empfangshalle zurück. Der Truppführer erstattete Bericht und übergab Saadla eine Plastikfolie mit zwei zerknitterten Bögen Papier, und das Kommando rückte ab.

Valter setzte die Befragung fort und geriet schnell mit Giuliani aneinander, als er Details über die Vertragsverhandlungen der Taskforce wissen wollte. Seine Forderung, konkreter zu werden, wies sie mit dem Hinweis auf ihre Verschwiegenheitspflicht in einem strengen Ton amtlicher Autorität zurück, er wurde sichtlich immer wütender. Auch wenn Giuliani recht hatte, mit einer Konfrontation war niemandem geholfen.

Marie schaltete sich ein und versuchte, etwas Druck aus der Sache zu nehmen. Hilfsbedürftigkeit zog bei Polizisten fast immer. »Wir fürchten um unsere Gesundheit. Konnten Ihre Kollegen feststellen, ob es sich um normales Reizgas handelt?«

Valter schaute sie eine Weile an, als fragte er sich, ob sie die Wahrheit vertrüge. Seine Antwort war sehr kurz, und als Saadla übersetzte, erwies sie sich als Frage.

»Warum waren in Ihren Zimmern die Vorhänge nicht geschlossen?«

Nachtwey, der bisher geschwiegen hatte, beugte sich vor und fixierte den Leutnant. Marie spürte deutlich seinen Zorn. Aber er blieb kontrolliert.

»Sie meinen, offene Vorhänge begreift man in Estland traditionell als Einladung zum Steinewerfen?«

»Wenn Sie mehr über unsere Traditionen erfahren wollen, können wir das Gespräch gerne im Kriminalbüro fortsetzen«, übersetzte Saadla seinen Chef, und Marie meinte, aus seinen Augen den Verdruss lesen zu können, mit diesem Vorgesetzten geschlagen zu sein.

Noch eine solche Gockelei, und die Eskalation wäre nicht mehr fern. Also mischte sie sich wieder ein. »In Brüssel haben wir Lichtsmog, Leutnant Valter. Darum vergisst man hier leicht, die Vorhänge zu schließen. Würden Sie uns wegen des Reizgases empfehlen, ein Krankenhaus aufzusuchen?«

Valter, der sich ganz auf Nachtwey konzentriert hatte, war für einen Moment irritiert. Dann nickte er gnädig Saadla zu, der die Erkenntnisse des Räumkommandos weitergab. Es handelte sich um handelsübliche CS-Gas-Kartuschen. Die Zimmer waren schon gelüftet worden, sodass sie ihr Gepäck herausholen konnten, um in andere Zimmer umzuziehen.

»Sind das Bekennerschreiben?«, fragte Marie und wies auf die Plastikfolie, die Valter neben sich auf dem Sofa abgelegt hatte.

Valter sagte etwas, aber Saadla schwieg beharrlich, bis der Leutnant es selbst übernahm, seine Sätze in ein glasklares Englisch zu übersetzen. »In Brüssel, wo sogar nachts die Sonne scheint, herrschen vielleicht andere Sitten. In Estland jedenfalls wirft man mit Steinen keine Liebesbriefe durchs Fenster. Ob diese Schreiben uns weiterbringen, wage ich allerdings zu bezweifeln, solange Sie uns wichtige Informationen vorenthalten.« Er stand auf und überließ die Verabschiedung seinem Kommissar.

Beim Frühstück berichtete Marie, dass Saadla sie etwas später angerufen hatte, um mitzuteilen, dass er die Ermittlungen führen würde. Das Telefonat war konstruktiver verlaufen als die Live-Show am frühen Morgen, blieb aber leider ebenfalls ergebnislos. Er hatte ihr den Text des Bekennerschreibens vorgelesen. Ein Pamphlet mit dem Aufruf zum Widerstand gegen die »E(U)mperors«, die gekommen seien, das Baltikum zu unterwerfen, so wie es einst die Sowjetunion getan hatte. Gefolgt von Behauptungen, die in rechtsnationalen Kreisen wie Mantren heruntergebetet wurden.

»Saadla will es jetzt über den Geheimdienst versuchen. In den rechtsextremen Gruppen soll es V-Leute geben«, schloss Marie.

»Soso, es soll da welche geben.« Nachtwey schmierte Butter auf sein Brötchen, als wollte er es durch den Tisch drücken. »Ihr werdet sehen, am Ende kommt dieses dumme Nationalistenpack doch wieder ungeschoren davon.«

»Also bitte, es muss ja nicht gleich ›Pack‹ sein, wer für nationales Selbstbestimmungsrecht eintritt. Immerhin geht es bei diesem Vertrag um die Grundversorgung, und man kann durchaus geteilter Meinung sein, ob wir damit nicht eine Grenze überschreiten«, sagte Aumayr.

Entrüstet schob Torres ihr komplettes Frühstück – ein bislang kaum angerührtes Schälchen Fruchtsalat – von sich, als hätte er ihr auch noch das letzte bisschen Appetit verdorben. »Du willst behaupten, diese Terroristen wären in Wahrheit ehrenwerte Streiter für staatliche Souveränität?«

Aumayr balancierte einen Löffel mit einem halben weich gekochten Ei in seinen weit geöffneten Mund und kaute genüsslich, ehe er antwortete. »Ehrlich, Beatriz, es rührt mich, dass deine Eltern für eure siegreiche Revolution anno 74 nur ein paar rote Nelken in die Gewehrläufe des Militärs stecken mussten. Und ich liebe auch die Vorstellung, dass unsere baltischen Freunde nur Hand in Hand dastehen und Volkslieder trällern mussten, um die Russen zu verjagen. Aber Gewaltlosigkeit im Kampf um politische Selbstbestimmung ist, historisch betrachtet, doch die große Ausnahme, nicht wahr?«

Für eine Sekunde fürchtete Marie, dass Torres aufspringen und Aumayr eine Ohrfeige versetzen würde, so heftig arbeitete der Zorn im Gesicht der Portugiesin.

Nachtwey legte seine Hand auf ihren Arm. »Das Eis, auf

dem du dich jetzt bewegst, ist ziemlich dünn«, sagte er mit scharfem Unterton zu Aumayr.

»Machen wir die Dinge nicht größer, als sie sind«, schaltete sich Giuliani ein. »Es handelt sich hier weder um Terrorismus noch um eine Revolution oder einen Befreiungskampf. Das war nur eine Einzelaktion von ein paar politischen Wirrköpfen.«

Eine halbe Stunde später hielt ein Wagen vor dem Hoteleingang, um Marie und Giuliani ins Wirtschaftsdezernat zu fahren. Giuliani stand näher bei der Tür, ließ Marie aber den Vortritt. Jetzt war sie also nicht nur Quartiermacherin, sondern auch Bodyguard. Umso erleichterter war sie, als sie den Mann erkannte, der auf der Beifahrerseite ausstieg. Söderberg hatte ihr ein Foto von ihm aufs Laptop spielen lassen. Es war Toomas Kiisler, der örtliche Sicherheitschef der EU.

Trotzdem checkte auch Marie noch einmal die Straße, ehe sie Giuliani zunickte. Die Taskforceleiterin huschte in den Wagen, als wäre sie die Kronzeugin in einem Mafiaprozess. So richtig überzeugt schien sie von ihrer Einzeltäter-Theorie nicht zu sein.

Kiisler erklärte, das EU-Büro werde vom Außenministerium eine gründliche Untersuchung des Überfalls verlangen, und Marie hielt das angesichts des feindseligen Auftritts von Leutnant Valter auch für angebracht. Aber Giuliani lehnte ab, um »wegen ein paar Spinnern« die Atmosphäre nicht noch weiter zu belasten.

»Die Lage stellt sich mittlerweile etwas anders dar.« Kiisler hielt ihnen zwei Blätter entgegen. »Das sollten Sie lesen, bevor Sie Kivistik treffen.«

Es war die Kopie eines Zeitungskommentars samt Übersetzung ins Englische. Ein Totalangriff auf die Arbeit der Taskforce. Die EU versuche, in Tallinn Probleme zu lösen, die die Esten gar nicht hätten, und schaffe dadurch erst wirkliche. Diese verkappte Zwangsverstaatlichung der Wasserwirtschaft sei nur der Anfang einer groß angelegten Kampagne zur Einschränkung der prosperierenden Märkte des

Baltikums. Vor allem die schwächelnden Staaten Südeuropas würden so versuchen, die rasante wirtschaftliche Entwicklung und Innovationsfähigkeit Estlands zu stoppen. Niemand möge es für einen Zufall halten, dass die Taskforce ausgerechnet von einer italienischen Politikerin angeführt werde.

Maries Handy klingelte. Das Display leuchtete auf, und Berend strahlte sie mit seinem Best-of-Sonnyboy-Lächeln an, zumindest so lange, bis sie ihn wegdrückte und den Flugmodus einschaltete.

»Ist diese Zeitung relevant?«, wollte Giuliani wissen.

»Ja, und es ist noch komplizierter. Bis vor einem Jahr zählte der *Estland Kurier* zu den wichtigen liberalen Stimmen im Land. Dann wurde er verkauft und die Redaktion in einem schleichenden Prozess umgebaut. Es gibt immer noch ein paar liberale Artikel, aber der Grundtenor hat sich gewandelt. Estland zuerst! Trotzdem sind die Verkaufszahlen nur leicht gesunken. Das passt zum Rechtsruck bei den Wahlen.«

»Wer hat die Zeitung denn gekauft?«, fragte Marie.

»Der Sohn des Innenministers und Schatzmeisters von ›Freies Estland‹.«

14

Die Bank mit den abgeschabten rostbraunen Hartplastikschalen, die ihnen als Warteplatz auf dem Flur zugewiesen wurde, war sicher nur für sie aus dem Keller geholt worden. Sie wechselten einen kurzen Blick und ließen die Provokation ins Leere laufen. Locker an die Wand gelehnt, erzählte Giuliani Marie von ihrem bisher einzigen Aufenthalt in Amsterdam. Den erstaunlich oft herein- und herauslaufenden Mitarbeitern Kivistiks mussten sie wie alte Freundinnen erscheinen, die froh über jede Minute waren, die man ihnen hier zum Plaudern ließ.

Nach einer Viertelstunde wurden sie endlich von einem jungen Burschen in einem grauen Anzug abgeholt, in den er sichtlich noch hineinwachsen musste. Er führte sie in ein kleines Besprechungszimmer und verschwand wieder.

»Die estnische Gastfreundschaft scheint unter der neuen Führung etwas gelitten zu haben«, sagte Giuliani nach einer Weile. Sie zeigte auf den gähnend leeren Flaschenkühler am Ende des Tisches.

In diesem Moment trat Jaana Kivistik mit einem geradezu herzlichen Lächeln ein, in ihrem Schlepptau der junge Mann mit dem grauen Anzug und zwei weitere, nicht viel ältere, die ihre Anzüge allerdings so gut ausfüllten, dass sie mehr nach Bodyguards als nach Referenten aussahen.

»Verzeihen Sie dieses Versäumnis, aber leider ist meine Zeit heute so begrenzt, dass es wenig Sinn machen würde, jetzt noch Getränke nachzuordern«, sagte Kivistik, während sie ihnen gegenüber Platz nahm.

Sie war in Maries Alter, Anfang bis Mitte vierzig, und ähnlich groß gewachsen und schlank wie Giuliani, in ihrer Erscheinung weniger elegant, aber in ihrer Widersprüchlichkeit durchaus attraktiv. Die fast runde Kopfform und eine kleine Nase verliehen ihr etwas Kindliches, das jedoch von vollen Lippen und ihren Augen konterkariert wurde. Das linke war etwas kleiner und wirkte spöttisch, das rechte sanft und zugewandt. Eine Asymmetrie, die es nicht leicht machte, ihre Stimmung einzuschätzen.

Erst jetzt schien sie Maries Anwesenheit zu registrieren, sie beugte sich zu einem der Muskelpakete an ihrer Seite herüber. Ihr langes, fast weißblondes Haar fiel wie ein Vorhang vor ihr Profil. Sie zischelte einige Sätze heraus.

Der Mann schaute Giuliani streng an und setzte sofort zum ersten Angriff an. »Die Beigeordnete ist irritiert, dass Sie ein Mitglied Ihrer Taskforce mitgebracht haben. Wir hatten vereinbart, dass Sie zu diesem informellen Gespräch allein kommen.«

Giuliani schien dieses Manöver vorausgesehen zu haben, denn mit einem Lächeln erklärte sie direkt an Jaana Kivistik gerichtet, dass Marie kein Mitglied der Taskforce, sondern ihre persönliche Assistentin sei, ihre Anwesenheit also am Charakter des Gesprächs nichts ändern würde. Kivistik habe immerhin gleich drei Assistenten aufgefahren.

Als Kivistik gnädig nickte, fuhr Giuliani mit einer Lobrede über die bisherige Haltung der Beigeordneten in den Verhandlungen fort und zeigte großes Verständnis für die Zwickmühle, in der Kivistik als führendes Mitglied einer Partei stecken musste, die im Grundsatz so antieuropäisch eingestellt war. Gerne würde sie helfen, eine Lösung dafür zu finden. Sie hatte dabei viel Wärme in ihre Stimme gelegt, und Marie meinte zu spüren, dass dahinter nicht nur Strategie lag, sondern so etwas wie die Idee eines solidarischen weiblichen Netzwerkens. Aber Kivistik sah das offenkundig ganz anders.

»Sie behaupten einen Gegensatz, den es nicht gibt, Francesca. Es hat unserem Land noch nie Vorteile gebracht, sich einer fremden Großmacht zu unterwerfen. Ob sie mit Waffen kommt oder mit Geld. Wir lassen nicht zu, dass uns die EU in einer nur scheinbar großherzigen Umarmung erstickt.

Das ist auch die Position von ›Freies Estland‹, für die ich mich als Vorstandsmitglied ganz besonders eingesetzt habe.«

»Aber Jaana, bleiben wir doch bei der Sache. Was wollen Sie denn stattdessen tun? Glauben Sie ernsthaft, der jetzige Betreiber WPT würde einen Folgevertrag mit Ihnen abschließen? Das Management dort weiß ganz genau, dass die privatwirtschaftliche Wasserversorgung in Europa ein Auslaufmodell ist. Und dass wir WPT bei Rückführungsverhandlungen andernorts nicht mehr so großzügige Angebote machen werden, wenn sie uns hier in Tallinn in den Rücken fallen.«

»Das interessiert mich alles nicht, Francesca. Sie denken nur rückwärtsgewandt. Wir Esten schauen nach vorne. Und da ist kein WPT zu sehen, denn auch die sind Vergangenheit.«

Für ein paar Sekunden herrschte Stille, und Marie hatte den Eindruck, dass Kivistik ihren Coup genoss.

»Das mag ja sein«, setzte Giuliani erneut an. »Aber es wird in dieser Situation auch kein anderer internationaler Wasserkonzern bei Ihnen einsteigen. Dazu ist die Zustimmung im Europäischen Parlament für eine Rekommunalisierung der Wasserversorgung viel zu groß. Alle großen Player kennen den Gesetzesentwurf, den wir für den Fall vorbereitet haben, dass sie nicht mitspielen. Mindestquoten für Investitionen, Verschärfung der Grenzwerte bei der Abwasserreinigung, Ausgleichsabgaben für Grundwasserverbrauch und einiges mehr – die würden am Ende nur noch draufzahlen, glauben Sie mir.«

»Hören Sie sich eigentlich selbst noch reden, Francesca? Was Sie da beschreiben, ist Erpressung in Corleone-Manier und illegale Kartellbildung. Daran beteiligen wir uns nicht. Estland steht im Welt-Index der Wirtschaftsfreiheit ganz oben. Darum nehmen wir Balten unser Schicksal wieder selbst in die Hand. Ehrlich und auf unsere Weise.«

»Sie wollen also doch verstaatlichen, nur ohne unsere Unterstützung?«

»Aber Francesca, glauben Sie im Ernst, wir hätten uns aus

den Klauen des Sozialismus befreit, um dann wieder alles zu verstaatlichen?«

Giuliani unterbrach sie ungehalten. »Lassen wir die Fakten sprechen: Im ganzen Baltikum gibt es kein Wasserunternehmen, das eine Großstadt wie Tallinn versorgen könnte. Vom Kapitalbedarf für die Entschädigungen an WPT ganz abgesehen! Ich frage mich, was die estnische Staatsführung mit Ihnen veranstalten wird, wenn Sie am Ende Ihrer Kamikaze-Aktion mit leeren Händen dastehen!«

Marie schlug die Augen nieder, weil sie fürchtete, man könne an ihrem Blick ihr Erstaunen über diese ganz und gar undiplomatische Attacke ablesen.

»Abgesehen davon, dass unsere Verfassung eine solche Einmischung der Staatsführung in kommunale Angelegenheiten verbietet, würde der Premierminister es nicht wagen, deswegen einen Koalitionsstreit mit meiner Partei vom Zaun zu brechen. Und erlauben Sie auch mir ein offenes Wort: Ihre Ignoranz und Unkenntnis über das Baltikum sprechen Bände über den Stellenwert, den wir in der EU haben. Hätten Sie sich informiert, wüssten Sie, dass mit Lietuvos Vairen einer der modernsten High Potentials im Bereich der Wasser- und Energieversorgung seinen Sitz in Litauen hat. Aber«, sie machte eine kurze Pause, in der schlagartig wieder ein gekünsteltes Lächeln in ihr Gesicht rückte, »wir wollen versöhnlich auseinandergehen, denn Sie werden ja in Kürze abreisen. Ich wünsche Ihnen und Ihrem Heimatland alles Gute. Vielleicht wird Italien ja eines Tages unserem Beispiel folgen und sich ebenfalls dem Brüsseler Diktat widersetzen.«

Diesmal nahm Giuliani Kivistiks Provokationen entgegen, ohne mit der Wimper zu zucken. »Vielen Dank für Ihre Zeit, Jaana. Aber selbstverständlich reisen wir erst ab, wenn uns der Abbruch der Verhandlungen vom Bürgermeister in einem unterzeichneten Dokument bestätigt worden ist.«

Kivistik und Giuliani erhoben sich fast gleichzeitig.

»Dann wünsche ich Ihnen noch einen schönen letzten Tag in meiner Heimat, Francesca. Die Tallinner Post ist schnell. Matis bringt Sie zum Ausgang.«

Im Erdgeschoss angekommen, steuerte Giuliani auf das Foyer zu, aber Kivistiks Assistent bog in einen Seitengang ab.

»Bitte hier entlang. Aus Sicherheitsgründen«, sagte er wichtig.

Sie folgten dem Burschen. Weiter hinten im Gang leuchtete matt ein grünes Notausgangszeichen mit einem Pfeil zur Rückseite des Gebäudes. Giuliani schaute Marie fragend an, die schnell eine Nachricht an Kiisler tippte: »Hinterausgang jetzt.«

15

Die zwei Männer mussten sich hinter einem Transporter verborgen haben. Jedenfalls waren sie sofort da, als Giuliani und Marie den Hinterhof betraten und die Tür hinter ihnen laut ins Schloss fiel.

Halb verborgen auf Hüfthöhe, hielten sie schweres Gerät in den Händen.

Marie konnte die mit großen Stabblitzen verbundenen Spiegelreflexkameras erst identifizieren, als die Männer sie wie Waffen auf sie richteten. Die Auslöser klickten zusammen mit den Blitzen im Schnellfeuer. Giuliani wandte sich instinktiv ab und legte schützend die Hand vors Gesicht.

Endlich kam ihr Van durch das Hoftor gefahren. Der Fahrer drückte aufs Gas, die Männer sprangen zur Seite, der Wagen bremste scharf ab, Marie riss die Seitentür auf, sie sprangen hinein. Auf der anderen Seite wurde eine Kamera gegen das Fenster gedrückt, eine weitere Salve von Blitzen blendete sie. Dann schoss der Van mit durchdrehenden Reifen davon.

Zurück auf dem Innenstadtring, atmete Giuliani auf. »Das wird wieder schöne Presse geben.«

»Kivistik weiß die Klaviatur jedenfalls zu spielen«, sagte Marie.

»Und doch konnte ich ihr mit meinem kleinen Wutausbruch den Namen ihres neuen Partners entlocken.« Giuliani lächelte süffisant.

Marie war baff. »Sie waren extrem überzeugend. ›Lietuvos Vairen‹ – schon mal gehört, Toomas?«

»Leider nein. Litauisches …? Keine Ahnung, was ›Vairen‹ bedeutet, ich kann nur ein paar Brocken Litauisch.«

»Überlassen wir das Söderbergs Computernerds. Wissen wir eigentlich, was aus Kivistiks Vorgänger geworden ist?«

»Henrik Laar?«, fragte Giuliani. »Er wurde von heute auf morgen ausgetauscht. Ich habe mich beim Bürgermeister nach ihm erkundigt, aber der sagte nur, dass Laar aus familiären Gründen in Pension gegangen sei. Dabei dürfte er höchstens Ende fünfzig sein.«

»Mehr wissen wir auch nicht«, sagte Kiisler. »In der Regel tauchen wir nicht so tief in das lokale Geschehen ein. Aber wenn Sie mögen, setzen wir uns nachher zusammen an den Computer und versuchen, mehr herauszufinden.«

»Sind wir denn verabredet?«

»Niklas Söderberg hätte gerne einen Zwischenbericht. Unser Safe Room ist schon für Sie reserviert, Marie.«

Der Wagen verließ den Innenstadtring und bog in ihre Gasse ein. Auf dem Bürgersteig gegenüber dem Hotel hatte sich ein Häuflein protestierender Menschen versammelt. Vermummt in dicke Mäntel, mit pelzbesetzten Ohrenklappenmützen, langen Schals und Moonboots, hielten sie handgemalte Pappschilder in die Höhe. »EU go home!« »No Immigration / No Islamisation / No EU«.

Kiisler und Marie musterten die Demonstranten misstrauisch, aber sie alle hatten die Pensionsgrenze weit hinter sich gelassen und waren voll und ganz mit dem herumkreisenden Becher einer Thermoskanne beschäftigt. Keine Gefahr. Als sie begannen, ihre Parolen herunterzuleiern, war Giuliani bereits im Foyer, und Kiisler konnte dem Fahrer das Zeichen zur Abfahrt geben.

Es war schon nach halb sieben, als Marie das EU-Gebäude endlich wieder verlassen konnte. Sie war erschöpft. Zu viele Gespräche, zu viele Informationen für einen Tag.

Söderberg hatte sie detailliert zu dem nächtlichen Zwischenfall, zu ihren Eindrücken von den Taskforce-Mitgliedern und zu ihrem Gespräch mit Kivistik befragt. Danach hatten Kiisler und sie gefühlt das halbe estnische Webseitenangebot nach Henrik Laar durchforstet.

Sie brauchte jetzt dringend eine ruhige Stunde für sich. Vorher musste sie allerdings einen letzten Anruf erledigen. Denn zweimal noch hatte Berend sie an diesem Nachmittag zu erreichen versucht, und jedes Mal hatte sie ihn wegdrücken müssen. Vielleicht war er nicht einfach nur ungeduldig, sondern steckte in irgendwelchen Schwierigkeiten? Kurz zurückzurufen war das Mindeste, auch wenn sie ihn bei seiner Herzensangelegenheit weiter zappeln lassen musste.

Sie wählte Berends Nummer, aber diesmal sprang seine Mailbox an. Es blieb kompliziert. Sie beschloss, ihm den Speicher vollzuquatschen, damit er nicht dachte, sie wäre verärgert, denn dann würde er sie sicher noch mehr belagern.

Sie erzählte ihm von ihrem Spaziergang, der sie am Hotel Viru vorbei bis hinunter zum Fährhafen führte. Und sie zeichnete ein paar kurze Porträts von der Taskforce, die ihr allesamt etwas zu spöttisch gerieten.

Besonders für ihre Schilderung von Nachtwey schämte sie sich, noch während sie sprach. Denn nach einigen etwas zu begeisterten Sätzen über seine Bildung, sein Stilbewusstsein und seinen kulinarischen Geschmack hatte ihr Instinkt ihr geraten, zur Beruhigung einen großen Brocken rohes Fleisch in Berends einsames Gehege zu werfen. Nachtweys Tourette-Tick – so anstrengend und unangenehm. Sie war sich nicht einmal zu schade, ihn nachzuäffen. Verdammt, das war erbärmlich und gemein, und es reichte jetzt auch. Sie verabschiedete sich etwas zu förmlich und legte auf.

Von Norden kehrte sie in die Altstadt zurück. Ein schön geschwungenes V, das auf die Holzläden eines historischen Hauses gemalt war, zog ihre Aufmerksamkeit an. Ein veganes Restaurant. Warum eigentlich nicht?! Die Taskforce saß eh schon beim Essen, und von ihrer ruhigen Stunde waren noch keine dreißig Minuten vergangen.

16

Der Rotwein sorgte immer noch für ein wohliges Gefühl in ihrem Körper, als sie in die Gasse zu ihrem Hotel einbog. Beinahe hätte sie Mitleid mit den greisen Verfechtern eines sortenreinen Estlands gehabt, die weiter stur vor dem Hotel ausharrten. Doch beim Näherkommen bemerkte sie, dass zwar die Schilder noch dieselben waren, nicht aber die Frauen und Männer, die sie trugen. Diese hier waren mindestens dreißig Jahre jünger. Es waren auch nicht mehr nur acht oder neun, sondern mehr als doppelt so viele, und sie skandierten ihre Parolen viel lauter und ziemlich aggressiv.

Das Hotel hatte einen kräftigen jungen Mann abgestellt, der die Zwischentür bewachte. Als Marie in den Windfang trat, schloss er auf und hinter ihr gleich wieder ab.

Francesca Giuliani erwartete sie wie angekündigt im Foyer. Sie hatte Marie eine SMS geschickt und um einen Bericht gebeten. Die ruhige Stunde war vorbei.

Giuliani zeigte auf ihren Weißwein. »Sie auch?«

»Ich glaube, ich bleibe besser bei Rot.«

»Was haben Sie herausgefunden?«, fragte sie, nachdem Marie ein erstes Mal an ihrem Glas genippt hatte.

Viel zu wenig, musste Marie eingestehen. Sie hatten ein Interview mit Laar gefunden, in dem er auf persönliche Gründe für seinen Rücktritt verwies, alles andere seien nur haltlose Spekulationen. Allerdings hatte er der Tallinner Presse erst zwei Tage vorher ein neues städtisches Förderprogramm für estnisches Design vorgestellt und angekündigt, es in den nächsten Monaten höchstpersönlich betreuen zu wollen.

»Entweder er hat über Nacht eine schlimme ärztliche Diagnose bekommen, oder er ist intern mit irgendeiner krummen Sache aufgeflogen, oder aber Kivistik selbst hat dafür gesorgt, dass er geschasst wurde«, schloss Marie. »Aber für keine dieser Versionen haben Toomas' Quellen irgendwelche Hinweise geliefert, und Laar selbst können wir nicht fragen. Seit seinem Rücktritt ist er wie vom Erdboden verschwunden.«

»Da kann ich wohl weiterhelfen«, sagte Giuliani nicht ohne Stolz. »Ich hatte vorhin ein interessantes Telefonat mit dem italienischen Botschafter. Laar und er standen in engem Kontakt wegen einer Präsentation von Tallinner Unternehmen auf der Mailänder Möbelmesse. Bis Laar auch für ihn vollkommen überraschend zurückgetreten ist. Aber Signor Feltri hat versprochen, mir die Kontaktdaten von Laar zu geben.«

»Warum hat er es nicht sofort getan?«

»Er verlangt eine Gegenleistung. Wir müssen uns die Telefonnummer morgen persönlich abholen. Er scheint arge Sehnsucht nach einem Plausch mit einer Landsmännin zu haben. Hat denn Söderberg in Sachen Lietuvos Vairen etwas zu bieten gehabt?«

»Nicht viel. Das Unternehmen sitzt in Vilnius. ›Vairen‹ ist ein Kunstwort, das sich aus den litauischen Wörtern für ›Wasser und Energie‹ zusammensetzt. International ist die Firma bisher nicht in Erscheinung getreten. Sie sind dran in Brüssel, aber wir müssen uns noch gedulden.«

»Das habe ich dem Team beim Abendessen auch gesagt und bin auf wenig Begeisterung gestoßen. Selbst Christian war unleidlich. Aber was soll ich tun? Die Tallinner sollen unter keinen Umständen behaupten können, wir wären vor Ende der Verhandlungen abgereist. Also müssen wir diesen Brief abwarten, und vielleicht geschieht bis dahin ja auch noch ein Wunder.«

Maries Handy signalisierte eine eintreffende Nachricht. »Wo sind die drei denn jetzt?«, fragte sie unbeirrt, während eine weitere Mitteilung hereinrauschte.

»Schauen Sie besser nach«, meinte Giuliani. »Es ist bestimmt wichtig.«

Die Nachrichten kamen nicht von Berend, wie Marie

befürchtet hatte, sondern von Toomas Kiisler. Die erste enthielt einen Link zur Webseite des *Estland Kuriers*. Sie klickte ihn an, und gleich unter dem Logo der Zeitung starrten sie zwei Frauen durch eine Autoscheibe hindurch gestresst und blass überblitzt an.

Marie zeigte Giuliani das Foto.

»Hat uns Kiisler noch etwas Schmeichelhafteres zu bieten?«

Aber auch die zweite Nachricht mit der englischen Zusammenfassung des Artikels war wenig erfreulich. Die Fotografen hätten die Eurogruppe bei ihrem heimlichen Rückzug erwischt. Und Kivistik wurde mit den Worten zitiert, die Selbstbestimmung des estnischen Volkes sei nicht käuflich, und es sei höchste Zeit für einen osteuropäischen Abwehrverbund gegen die südwesteuropäische Hegemonie in der EU. Die Esten ließen sich nicht länger als Europäer zweiter Klasse behandeln.

Giuliani stand auf und nickte Marie müde zu. »Sie wollten wissen, was die anderen machen. Genau das, was ich jetzt auch tun werde. Ich gehe ins Bett, vielleicht schaue ich zum Aggressionsabbau noch eine Folge *Vikings,* oder ich chatte mit meinem Gatten, der mich eh für verrückt erklärt hat, weil ich die Universität gegen die Politik eingetauscht habe. Ach herrje, nein, nicht wie alle anderen. Fritz Aumayr ist natürlich in der Bar zu finden.«

Fritz Aumayr saß in einem zerknitterten anthrazitfarbenen Anzug mit dem Rücken zur Bar auf einem für ihn viel zu zarten Hocker. Nach vorne gebeugt, stützte er sich mit einer Hand auf dem Oberschenkel ab, den Blick starr auf die Tür gerichtet, wie eine Katze, die ein Mauseloch fixiert. »Marie, ja, so was, meine Lieblingsholländerin!«, rief er lauthals durch den Raum.

Die wenigen Gäste warfen ihr Blicke zu. Ein Auftritt, den sie hasste wie die Pest. Aber sie beschloss, Aumayrs Spiel mitzuspielen, und swingte mit einem strahlenden Lächeln auf ihn zu, ihr halb volles Weinglas hielt sie mit drei Fingern leicht affektiert am Rand fest. Prinzessin Minima van Oranje-Nassau.

»Fritz! Mein Bester! Sind Sie so gut gelaunt, weil wir hier noch ein paar Tage Urlaub machen dürfen?«

Er schaute sie von unten herauf grinsend an. »Du sprichst doch garantiert Deutsch, meine Liebe, oder? Und du bist Holländerin, also duzen wir uns. Ganz nach den Traditionen deines furchtbar flachen Landes.« Er prostete ihr mit dem Whiskyglas zu und leerte es bis zur Neige. »Noch mal dasselbe für mich und für die Lady ein frisches Glas Rotwein, und zwar von dem, den ihr für die Ehrengäste versteckt!«

Marie blinzelte dem Barkeeper zu und signalisierte ihm, er solle schön langsam machen, während sie sich auf den Hocker neben Aumayr setzte.

Er drehte sich ächzend zu ihr herum und stützte sich mit den Ellenbogen schwer auf der Theke ab. »Schöner Mist, was?«

»Was meinst du, Fritz?«

»Na alles. Die Freiheitskämpfer heute früh, die Provinzdiktatorin am Vormittag, und natürlich unsere italienische Spitzenpolitikerin, die uns nicht nach Hause fahren lässt.«

»Wenn ich es richtig verstanden habe, spielt die Provinzdiktatorin dir und deiner Generaldirektion prima in die Hände.«

»Das ist wahr! Ein Toast auf Jaana Kivistik!« Er griff nach dem Glas, das der Barkeeper ihm gerade hingestellt hatte, und ließ den Whisky genießerisch über seine Zunge laufen.

»Was ich aber noch nicht verstanden habe, ist, warum du so sehr gegen den Vertrag bist.«

»Das liegt doch auf der Hand, Liebchen. Ich, Fritz Aumayr, vertrete hier bis zum bitteren Ende das hohe Gut der Freiheit des Marktes! Dieser Vertrag würde den Wettbewerb so einschränken wie kaum ein anderer zuvor – und wenn dann erst einmal die Dämme gebrochen sind …«

»Aber was nützt denn ein freier Markt, wenn er das Lebensnotwendige unerschwinglich macht und die Menschen am Ende quasi versklavt?«, provozierte sie ihn weiter.

»Oh mein Gott, Marie! Was bist du für ein Stimmungstöter! ›Versklaven‹? Mit so einer frühkommunistischen Scheiße kommst du mir? Das Proletariat hat nichts zu verlieren als seine Ketten? Ich sag dir was. Das Proletariat und Arm in Arm mit ihm die Bourgeoisie haben nichts zu verlieren als ihre 150-Zentimeter-LED-Backlight-TVs. Vielleicht kämpfen ein paar von ihnen auch noch für ihr Recht auf einen Aluhut, und sicher ganz viele für das auf kotzbilliges Fleisch und sowieso für das auf einen Vierzig-Euro-Flug zu einem Plastikstrohhalm, der tief im Arsch eines Zehn-Liter-Sangria-Eimers steckt! Schau sie dir an, diese traurigen Lemminge, wie sie alles dafür tun, damit die Welt noch schneller auf den Abgrund zutreibt, hin zu den Klippen, über die sie sich, all ihren Schund und Schrott umarmend, glücklich in die Vernichtung stürzen dürfen. Du hast mich nach dem Nutzen des freien Marktes gefragt? – Das ist er! Wir stärken das Recht der Lemminge auf ihre Selbstvernichtung. Ist das nicht ein wirklich sinnvolles, gutes und schönes Recht?«

Auf diese Suada hin, die Aumayr trotz seines Promillepegels fehlerfrei abspulte, musste Marie sich erst einmal selbst einen großen Schluck Wein genehmigen. Sie hatte irgendwelche neoliberalen Argumente erwartet, aber was war das gerade gewesen?

Aumayr kicherte in sich hinein. »Jetzt hab ich dich erschreckt, was? Dabei bist du die Einzige in der Taskforce, die mich am Ende verstehen könnte. Ich habe dich genau beobachtet. Du bist keine Optimistin wie Giuliani, die ihren Lebenssinn daraus zieht, die Welt Schritterl um Schritterl zu verbessern. Du bist auch keine Ästhetizistin – oh entschuldige, ich hoffe, ich hab dich nicht angeschlatzt, zu viele Zischlaute in einem Wort – eine Ä … also, eine, die wie Nachtwey so auf die geschmeidigen Seiten des Lebens fixiert ist, dass ihr dessen Grauslichkeit am Arsch vorbeigeht. Und du bist auch keine Romantikerin wie Torres, die von einer Revolution träumt, aus der der wahre gute Mensch heraushupft wie der Teufel aus dem Kasten. Nein, Marie, du bist tough, du siehst den ganzen Dreck und fragst dich höchstens, warum der liebe Gott, von dem auch du weißt, dass es ihn leider gar nicht gibt, die Menschheit so grindig eingerichtet hat.«

Marie war zum zweiten Mal an diesem Tag baff. Woraus auch immer Aumayr diese Schlüsse zog, er hatte recht. Sie war all dies nicht: nicht optimistisch, nicht ästhetizistisch, nicht romantisch. Aber sie war definitiv auch keine Geistesverwandte dieses sprachverliebten Zynikers und Nihilisten. Denn das war er doch? Sie musste noch einmal nachfragen.

Sie gab dem Barkeeper ein Zeichen. »Einen Whisky für den Herrn und einen für mich, aber meinen auf Eis.«

Aumayr lachte und legte ihr wie einem alten Freund dankbar seine große Hand auf den Arm.

»Jetzt schauen wir einmal, ob ich dich tatsächlich verstehe, Fritz. Du bist also ein Verfechter des freien Marktes, weil der am besten und schnellsten dafür sorgt, dass die Menschheit zugrunde geht?«

Der Barkeeper stellte die Gläser vor ihnen ab. Aumayr griff nach seinem Whisky und wartete auf Marie. Sie stießen klirrend an und tranken.

»Ich zeig dir was.« Er zog sein Smartphone aus der Innentasche seines Jacketts und wischte eine Zeit lang über den Bildschirm. »Ah, da ist es ja.« Er stellte das Handy quer auf den Tresen und startete ein Video. »Population Zero!«

Ein gigantischer Staudamm war zu sehen. Eine Weile geschah nichts. Dann brach eine gewaltige, schäumende Welle über ihn hinweg und riss ihn und alles im Tal dahinter mit sich fort. Ein Bildschnitt. Flusswasser jagte durch einen Canyon, ergoss sich ins Meer, vermischte sich tosend mit den entgegenprallenden Wellen, aus denen große Fische flussaufwärts sprangen. Wieder ein Schnitt, und man sah von oben ein riesiges, von grünen Landflächen durchzogenes Flussdelta, über das Vogelschwärme hinwegzogen.

»Ist das nicht wunderbar? Der Colorado-River, einige Jahrzehnte, nachdem die Menschheit ausgerottet ist und sich die Natur Stück für Stück alles zurückholt.« Er schaute sie begeistert an, und an seinen Pupillen konnte sie erkennen, wie betrunken er inzwischen war. »Die Erde – sie ist so fantastisch schön.«

»Ja, Fritz, das ist sie, aber …«

»… ›aber‹, ganz genau, aber der Mensch ist das Problem«, fiel er ihr ins Wort. »Weißt du, was meine Lieblingssätze in diesem Film sind? ›Die Menschheit ist nur ein Wimpernschlag in der Erdgeschichte. Die Erde ist widerstandsfähig. Nach kurzer Zeit hat sie das Chaos aufgeräumt, das wir hinterlassen haben. Alles, was wir dafür tun mussten, war: zu verschwinden.‹«

»Du bist ja ein Radikalökologe, Fritz!«

»Quatsch. Ich will nur sagen. We can change! Wir können die Welt so zerstören, dass die Menschheit nicht überlebt, und danach wird alles gut. Hast du denn keinen Religionsunterricht gehabt?« Er richtete sich auf und hob den Zeigefinger. »›Als aber der Herr sah, dass der Menschen Bosheit groß war auf Erden, und alles Dichten und Trachten ihres Herzens nur böse war immerdar, da reute es den Herrn, dass er die Menschen gemacht hatte auf Erden, und es bekümmerte ihn in seinem Herzen, und er sprach: Ich will die Menschen, die ich geschaffen habe, vertilgen von der Erde.‹«

»Ich dachte, es gibt keinen Gott.«

»Provozier mich nicht! Ich habe eine ziemlich intensive und schmerzhafte Ausbildung genossen und könnte dir nicht nur einen mehrstündigen Vortrag über den strafenden Gott des Alten Testaments, sondern auch einen über den alles Verzeihenden des Neuen Testaments halten. Aber der Rausch verlangt seinen Tribut, und ich muss ins Bett.« Er prostete ihr zu und zog das Glas leer.

Marie schaute ihn nachdenklich an. Wozu war ein Mensch fähig, dessen Ideal die Ausrottung der Menschheit war? Und was musste in seinem Leben geschehen sein, um an diesen Punkt zu kommen?

Als sie auf ihrer Etage aus dem gehörig schwankenden Aufzug stieg, wusste sie auf einmal, was sie war, wenn sie alles, was Aumayr angeführt hatte, nicht war. Sie war eine von den Desillusionierten. Eine von denen, die das Schlimmste verhindern wollten. Oder war das nur ein Zwischenschritt auf dem Weg zu Aumayrs *dead man's place?*

17

Estland ist ein großes Dorf, Tallinn der Dorfplatz, und alle haben hier ein und dasselbe Hobby: Singen.«

Signor Feltri stimmte, kaum hatten Marie und Giuliani in seinem Büro in der Altstadt Platz genommen, seinen Klagegesang über sein Gastland an. Nach dreijähriger Dienstzeit, die ihm ewig vorkam, würde er das Land bald verlassen.

Während eine lächelnde Assistentin einen Wagen mit Kaffee und Tee hereinrollte, versuchte Marie, die Armee aufstampfender Stiefelabsätze in ihrem Kopf zu ignorieren, die sich von den Salven der früh am Morgen eingeworfenen Schmerzmittel erschreckend unbeeindruckt zeigte.

»Esten sind noch deutscher als Deutsche«, seufzte Feltri. »Ein Zehn-Minuten-Gespräch dauert hier exakt zehn Minuten, auf die Sekunde genau.«

Während Marie sich einen tiefschwarzen Kaffee einschenkte, bestätigte Giuliani die Einschätzung ihres Landsmannes und lieferte ihm zum Beweis einen Bericht über die ultrakurze Beratung der Taskforce mit Jaana Kivistik.

»Ja, einer ihrer Lieblingssätze heißt: Geld lässt sich verdienen, aber Zeit findest du nie in der Lohntüte«, sagte Feltri kopfschüttelnd. »Zeit kann man hier nur verlieren. Und die Freiheit natürlich, das wissen sie alle nur zu gut. Darum hat Signora Kivistik mit ihrem Widerstand gegen die EU auch einen solchen Heldenstatus unter den Rechtsnationalisten.«

»Dabei ist Estland bis jetzt doch von der NATO über die EU bis zur OECD in jede Organisation eingetreten, die es gibt«, sagte Giuliani. »Wieso dieser plötzliche Umschwung?«

»Eine Abwehrreaktion ihres Überlebensinstinkts. Ausländer bedeuten grundsätzlich Ärger, und deshalb lässt man sie lieber draußen vor der Tür stehen. Die Esten kennen es seit mehr als tausend Jahren nicht anders, als dass ihr Land besetzt wird. Von den Dänen, den Schweden, den Deutschen natürlich und nicht zuletzt von den Polen. Ganz zu schweigen vom großen Nachbarn Russland, der hier fast das ganze letzte Jahrhundert gewütet hat. Die Angst vor ihm ist hier am tiefsten verwurzelt. Zu Recht, denn die Russen haben dafür gesorgt, dass über dreihunderttausend Esten nach Sibirien deportiert wurden und so Platz machten für ihre eigenen Landsleute. Sehen Sie …«

Er nahm in aller Ruhe einen Schluck von seinem Espresso, ehe er aufstand und zu einem Einbauregal hinter seinem Schreibtisch ging. Dort griff er nach einem schwarzen Stein und hielt ihn hoch. »Ölschiefer. Damit deckt die Energiewirtschaft hier zu drei Vierteln ihren Bedarf. Er wird in der Nähe von Narva an der Ostgrenze abgebaut, wo neunzig Prozent der russischstämmigen Esten leben. Um sich an die europäischen Umweltziele zu halten, hat Estland sich bereit erklärt, den Abbau zu reduzieren und mittelfristig ganz einzustellen. Aber das bedeutet, dass fast alle Leute dort ihre Jobs verlieren werden. Stellen Sie sich das einmal vor. Die kollektive Unzufriedenheit, die sich da Bahn bricht. Die Massendemonstrationen, Unruhen sogar. Und das Ganze angefacht von unzähligen Reportagen und Kommentaren der russischen Fernsehsender, die dort in Narva geschaut werden. Und auf welche Art auch immer kommen ein paar Leute ums Leben, und der russische Präsident sieht keine andere Möglichkeit mehr, als seinen bedrängten Landsleuten zu Hilfe zu eilen.«

Er legte den Stein zurück und wischte sich die Hände an einem Taschentuch ab, das er aus einer gleich danebenstehenden Schachtel zog. Offenkundig hielt er diesen Monolog des Öfteren.

»Nun ja, wir können kaum die Russen gegen Kivistik einsetzen.« Giuliani seufzte. »Aber was ist mit Henrik Laar?«

»Ja, Laar könnte tatsächlich wissen, wo ihre Schwachstellen liegen.«

»Und wo hält er sich jetzt auf?«

Feltri beugte sich vor, als hätten die Wände seines Arbeitszimmers Ohren. »In seiner Datscha am Võrtsjärv-See. Man erreicht ihn nur über eine Geheimnummer auf seinem Festnetzanschluss.« Er zog ein Blatt aus der Druckerablage und reichte es Giuliani. »Adresse und Telefonnummer. Geben Sie die an niemanden weiter, er hat sich aus Sicherheitsgründen zurückgezogen. Mit einem Geländewagen brauchen Sie einen halben Tag dorthin.«

»Das sollten wir schaffen. Grazie, Signor Ambasciatore«, sagte Giuliani.

Es klopfte, Feltris Assistentin trat ein und erinnerte ihn an seinen nächsten Termin.

Marie und Giuliani standen auf und zogen ihre Mäntel an, die die Assistentin griffbereit hinter der Tür abgelegt hatte.

»Aber seien Sie vorsichtig«, sagte Feltri, während er sie zur Tür begleitete. »Man kann den ganzen Hund aufessen und am Ende noch am Schwanz ersticken. Eigentlich ein russisches Sprichwort, aber heutzutage das Motto der Esten.«

Draußen auf der Straße musste Marie sich unwillkürlich strecken, als wäre sie gerade aus tiefem Schlaf erwacht. Dann seufzte sie tief auf.

Giuliani nickte. »Er könnte von seinem Gastland definitiv etwas über Zeitmanagement lernen.«

Sie liefen durch die eisige, prickelnde Luft zurück zum Hotel, als fast zur gleichen Zeit ihre Handys zu summen begannen. Sie drehten sich voneinander weg und nahmen ihre Gespräche an.

Marie hörte Söderbergs besorgte Stimme. »Marie, die Lage in Tallinn gerät außer Kontrolle. Ich lasse euch sofort evakuieren. In Ülemiste läuft das Boarding für einen Flug nach Brüssel. Ich halte das Flugzeug bis zu eurer Ankunft am Boden. Wo seid ihr?«

»Giuliani und ich sind auf dem Weg zum Hotel.«

»Kivistik hat eine Pressemitteilung herausgegeben. Sie betrachtet die weitere Anwesenheit der Taskforce als Provokation, weil ihr gestern damit gedroht hättet, die staatliche Souveränität Estlands aufzuheben. Sie fordert euch auf, das

Land zu verlassen, ehe sich der Volkszorn Bahn bricht. Eine ernst zu nehmende Drohung. Wir haben Informationen, dass sich ihre hitzköpfige Parteibasis in mehreren Stadtteilen zusammenrottet. Kiisler koordiniert mit den lokalen Behörden den Transfer vom Hotel zum Flughafen. Ich kümmere mich darum, dass unser Hoher Vertreter für Außenpolitik den estnischen Außenminister anruft, um eine ungestörte Ausreise sicherzustellen. Sag mir Bescheid, sobald ihr an Bord seid.«

Er legte auf, bevor Marie fragen konnte, ob die anderen Mitglieder der Taskforce auch schon alarmiert worden waren. Die Antwort las sie an Giulianis erschrockener Miene ab. Christian Nachtwey hatte ihr soeben von schweren Krawallen vor dem Hotel berichtet. Sie sollten direkt zum Hintereingang kommen.

Sie erreichten die schmale Gasse zum hinteren Eingang des Hotels über eine Seitenstraße. An der Ecke stand ein Polizeiauto, dessen Besatzung ihnen neugierig nachstarrte, während sie zur Tür eilten.

Nachtwey stand bereits da, um ihnen aufzuschließen. »Sie haben gerade ein paar Hooligans von ›Freies Estland‹ aus der Lobby geknüppelt, aber jetzt strömen die Leute von allen Seiten herbei«, sagte er angespannt. »Packt nur das Allernötigste ein. Und nehmt unbedingt diese Treppe hier. Ich lasse inzwischen Torres und Aumayr herunterkommen.«

Marie sprintete die Treppe hinauf, knapp hinter ihr Giuliani.

Als sie die Tür zu ihrem Zimmer öffnete, drangen von draußen die typischen Krawallgeräusche herein. Splitterndes Glas, dumpfe Schläge, Geschrei und explodierende Feuerwerkskörper. Sie zog den Vorhang leicht zur Seite und schaute vorsichtig aus dem Fenster. Unter ihr blockierte im Halbkreis dicht aneinandergedrängt ein kleiner Trupp Männer und Frauen mit blauen Baseballkappen und in leuchtend gelben Westen den Haupteingang. Als einer von ihnen unter einem Böller wegtauchte, entdeckte Marie das Wort »POLITSEI« auf seiner Weste.

Mit einigem Abstand standen Demonstranten um sie herum und skandierten Parolen. Das Pflaster war an mehreren Stellen aufgebrochen. Immer wieder sprinteten durchtrainierte Typen aus der Menge heraus nach vorne und warfen Steine oder Holzstücke, die sie zuvor von den Caféterrassen abgerissen hatten, auf die Polizisten. Nur zwei von ihnen waren mit Schilden ausgerüstet und versuchten mühsam, die Kollegen und sich zu schützen.

Auch das Hotel wurde beharkt. Sie sah, wie einer der Demonstranten eine Zwille spannte und auf die Fenster zielte. Sie presste sich dicht an die Wand und sah, wie die Scheibe ihres Fensters zersprang und die Scherben auf das Parkett klirrten.

Sie atmete tief durch und lief quer durchs Zimmer zum Safe, holte ihr Laptop heraus, stopfte es in die Tasche, legte eine Jeans, einen Pullover und ein paar T-Shirts darüber, und stürzte hinaus.

Im Treppenhaus stieß sie beinahe mit Giuliani zusammen, die in der einen Hand eine prall gefüllte Reisetasche trug und mit der anderen ein Handtuch gegen ihre Stirn drückte.

»Nichts Ernstes«, wiegelte sie ab und nahm kurz das Handtuch herunter. Über ihre Augenbraue zog sich ein blutender Schnitt. Marie schob ihre Hand unter Giulianis Arm und hielt sie fest, während sie weiter die Treppe hinunterstürmten.

Als sie den kleinen Vorraum im Erdgeschoss erreichten, fiel ihr Blick auf Fritz Aumayr, der sich in eine Nische gezwängt hatte. Er hielt die Augen geschlossen, schwitzte stark und presste seine Aktentasche gegen die Brust. Torres spähte zusammen mit Nachtwey durch einen Spalt in der Hintertür, während sie entschlossen ihre langen dunklen Locken im Nacken zusammenband, als würde sie sich auf einen Nahkampf vorbereiten.

Nachtwey legte den Finger an seine Lippen. »Alle da?«, flüsterte er. »Der Wagen kann nicht bis hierher fahren. Die Demonstranten bräuchten dann nur in die Gasse zu stürmen, und wir säßen in der Falle. Wir müssen also zur Straße vorlaufen und dort in den Van springen, klar?« Er schaute wieder hinaus und signalisierte ihnen, sich direkt hinter ihm aufzustellen. »Haltet euch aneinander fest, wir gehen als Gruppe. Bereit? Auf mein Zeichen.«

Hinter ihnen ertönte ein lautes Schluchzen. Aumayr war auf die Knie gefallen und hatte seinen Kopf in den Händen vergraben.

»Beeilt euch, bei drei müssen wir los!«, rief Nachtwey. »Der Fahrer öffnet gleich die Seitentür für uns – nur zehn Meter, Fritz, läppische zehn Meter!«

Aumayr griff nach Torres' Hand, die ihn mit verblüffend großer Kraft in einem Zug aufrichtete.

»Drei …«

Marie schob Giuliani dicht an Nachtweys Rücken heran.

»Zwei …«

Nachtwey öffnete vorsichtig die Tür, scannte die Umgebung und machte eine Kopfbewegung in Richtung des Wagens. »Eins«, sagte er ruhig. »Go!«

Sie traten nacheinander heraus. Der Van wartete auf der Seitenstraße am Eingang zur Gasse mit aufgeschobener Seitentür. Der Fahrer schaute sich unruhig um. Vor ihm stand das Polizeiauto mit laufendem Motor.

Als Nachtwey den Wagen erreichte, gab er Marie ein Zeichen, sich zusammen mit Aumayr auf die hintere Bank zu setzen.

»Fritz, geh da rein!«, sagte sie streng, nachdem sie ihre Tasche in den Van geworfen hatte.

Er ließ sich gerade auf die Rückbank fallen, als die Polizisten vor ihnen die Sirene einschalteten.

»Porco dio! Schluss mit dem Lärm! Ihr lockt das Pack doch an!«, rief Giuliani.

Die beiden Polizisten starrten jedoch nur weiter vor sich hin und reagierten selbst dann nicht, als die ersten Demonstranten um die Ecke kamen und aufgeregt ihre Mitstreiter vom Haupteingang zu sich winkten.

Giuliani kletterte zu Aumayr auf die Rückbank, der zitternd sogleich Zuflucht bei ihr suchte. Sie drückte ihn an sich wie ein kleines Kind.

Hinter sich hörte Marie, wie Torres eine Kanonade von portugiesischen Flüchen ausstieß. Ein Böller war direkt auf ihre Daunenjacke geflogen und hatte explodierend ein großes Loch in den Stoff gerissen.

»Torres, come on, wir müssen weg!«, rief Nachtwey, aber sie starrte weiter abwechselnd wütend auf die Federn, die aus ihrer Jacke herausquollen, und auf den tobenden Mob, als überlegte sie, ob und wie sie die Randalierer dafür bestrafen könnte.

Der Chauffeur trat ungeduldig aufs Gaspedal, der Motor heulte laut auf.

Endlich drehte sich Torres zum Wagen um, doch im selben Augenblick explodierte eine Salve von Feuerwerkskörpern nah an ihrem Kopf. Vor Schmerz krümmte sie sich zusammen und drückte die Hände fest gegen die Ohren.

»Beatriz, hierher!«, rief Marie, aber Torres schaute nur verstört um sich, als könnte sie Marie nirgendwo entdecken. Schließlich machte sie ein paar unsichere Schritte in Richtung des Autos, drehte plötzlich aber wieder ab und wankte dem Mob entgegen. Das war das Zeichen für die Demonstranten, sie mit allem, was ihnen zur Verfügung stand, zu beharken. Innerhalb von Sekunden wurde sie zum Ziel von Steinen und Feuerwerkskörpern, und nur durch Zufall entging sie einem Verkehrsschild, das wie ein Frisbee auf sie zuflog.

Zwei dicht aufeinanderfolgende Schüsse ließen Marie zusammenzucken. Einer der beiden Polizisten hinter ihr hatte sich jetzt doch dazu bequemt, etwas zu tun. Er stand neben der Autotür, eine Granatpistole in den Händen, und wartete nun ab, wie sich die Sache weiter entwickeln würde. Durch die schmale Gasse waberte der Rauch der Tränengasgranaten, aber die Menge wich nur ein wenig zurück, und einzelne Demonstranten waren darauf vorbereitet und zogen Tücher aus ihren Taschen.

»Christian!«, rief Marie. »Sie schafft es nicht!«

Nachtwey rannte zu den Polizisten und deutete verzweifelt auf Torres, die sich in der Rauchwolke desorientiert um die eigene Achse zu drehen begann. Aber keiner der Beamten machte Anstalten, sich eine Gasmaske überzuziehen und Torres da herauszuholen.

Kurz entschlossen band sich Marie einen Schal vor Mund und Nase, zog im Van einen Nothammer aus seiner Halterung und sprintete durch die wabernden Wolken hindurch zu Torres, die nur noch ein von Hustenanfällen geschüttelter Schemen im Rauch war.

Hinter sich hörte sie Nachtwey rufen. Da war sie schon bei Torres, legte den Arm um sie und zog sie mit sich zurück. Plötzlich schlug von hinten eine Hand auf ihre Schulter ein und riss sie beinah zu Boden. Sie ließ Torres los und drehte sich einmal um die eigene Achse und ließ dabei den Nothammer kreisen. Aber der Mann, der ihnen aus dem Mob heraus nachgelaufen sein musste, wich aus, und es gelang ihm, Torres' Arm zu fassen. Es begann ein Tauziehen um Torres, bis Marie dem Mann den Hammer wütend ins Gesicht schleuderte. Der Angreifer brach schreiend zusammen, Blut tropfte in den Schnee.

Marie griff nach Torres' Arm und schleppte sie zurück Richtung Van.

Das Tränengas wirkte immer stärker, Maries Kehle und Lunge brannten, ihre Augen tränten, und die Anstrengung ließ sie würgen. Kurz bevor sie den Van erreichten, rutschte Marie auf dem glatten Kopfsteinpflaster aus und stürzte mit Torres zu Boden.

Stöhnend drückte sie sich wieder hoch, aber ein Trupp von Hooligans hatte den Vorfall bemerkt und sprintete direkt auf sie zu. Sie hörte ihre stampfenden Stiefel, während sie Torres mühsam wieder auf die Beine brachte. Ihr fehlte der Atem, um nach Christian zu rufen, aber das erledigte in diesem Moment Giuliani, die aus dem Wagen heraus das Geschehen verfolgte.

Ein Faustschlag traf Marie im Kreuz, ein anderer Typ versuchte, ihr Torres zu entreißen. Sie hatte keine Chance mehr zu einer Gegenwehr, als an Torres vorbei ein unwahrscheinlich hoher Tritt den Kopf des Demonstranten traf, sodass dieser ohne einen einzigen Laut auf den Bürgersteig stürzte und wie tot liegen blieb. Es war Christian. Er zerrte an Maries Schulter, sodass sie sich wieder in Gang setzte, und schob sich zwischen sie und die Schläger.

In ihrem Rücken hörte sie noch zwei dumpfe Schläge, Aufschreie und wie Körper zu Boden gingen. Dann war Christian bei ihr.

Gemeinsam zerrten sie Torres weiter zum Van. Christian schubste erst Torres, dann Marie in den Wagen, sprang hinterher und zog die Tür zu. »Abfahrt!«, rief er dem Fahrer zu, der sofort beschleunigte, im Slalom um das Polizeiauto herumfuhr und die Seitenstraße entlangschoss.

Erst auf dem Narva-Boulevard hatte Marie sich so weit erholt, dass sie sich wieder um die anderen kümmern konnte. Torres, die viel mehr Tränengas abbekommen hatte als sie, sah sie aus ihren verquollenen Augen mit einem verwirrten, fast zufriedenen Lächeln an. Auch Aumayr wirkte etwas stabiler, obwohl er immer wieder nervös durch das Rückfenster schaute. Giuliani hatte sich inzwischen am Erste-Hilfe-Set des Autos bedient und ihre Wunde über dem Auge provisorisch verbunden. Sie sah etwas verwegen aus. Als sie Maries Blicke bemerkte, hob sie den Daumen.

»Das war verdammt mutig von dir, Marie«, flüsterte Christian in ihr Ohr. Er legte seinen Arm um sie, und sie lehnte sich eng an ihn. Sie roch seinen Schweiß, sein Hemd, seinen Atem und fühlte sich sicher.

18

»Hey Mann, wenn mich nicht alles täuscht, ist deine Tusse im TV.«

Es war Didi gewesen, der ihn auf die Sendung des NOS Jugendjournals aufmerksam gemacht hatte.

»Die jagen sie aus irgend so 'nem Ostland raus. Was zum Teufel macht die eigentlich?«

Er hatte sofort den Fernseher in seinem Büro angeschaltet.

Shit, das war wirklich Marie, mit einem Tross total verschreckter Leute um sich herum. Das musste diese Taskforce sein. Es sah nicht gut für sie aus, aber die Sprecherin aus dem Off erklärte, dass sie inzwischen unversehrt auf dem Weg nach Brüssel waren.

Action, Beer! Er warf sich die Jacke über und rannte zum Parkplatz neben seinem Showroom. Gott sei Dank, der Aston war noch verfügbar. Noch während er losfuhr, schickte er Marie eine Voicemail, dass er schon so gut wie in Zaventem sei, um sie abzuholen. Auf der Autobahn telefonierte er mit seinem Geschäftsführer, dem er auflud, was er eigentlich hatte erledigen wollen, und beinahe hätte er danach noch auf niederländischer Seite einen Auffahrunfall auf der Überholspur verursacht, als er zweimal die dürre SMS-Antwort Maries auf ein freundliches, persönliches Wort überprüfte. Aber sie gab nicht mehr her als die Mitteilung, dass Marie per Taxi zum Debriefing mit ihrem Chef in die Rue Montoyer fahre, wo er sie dann ja abholen könne.

In der Rue de la Science hatte er nach einiger Herumkurverei endlich einen freien Parkplatz vor einem italienischen Restaurant entdeckt. Er parkte ein, schickte Marie die Adresse und vertrieb sich die Zeit damit, die Speisekarte neben dem Eingang zu studieren.

Er kannte sie auswendig, als Marie eine gute Stunde später an das Fenster der Beifahrerseite klopfte, die Tür öffnete, sich auf den Sitz sinken ließ, mit einer Handbewegung, dass er losfahren durfte, und erschöpft anstelle einer Begrüßung »Home sweet home« seufzte.

Erst nach einer Weile wollte sie wissen, wie er davon erfahren hatte, und als er von der Sendung erzählte und fragte, was denn da in Tallinn eigentlich passiert war, winkte sie ab. »Na, du weißt dann doch schon alles?!«

»Ein paar Details wären schön«, meinte er und spürte, wie in ihm die Erleichterung über ihre Rettung in ein Gefecht mit dem aufsteigenden Ärger über ihre Garstigkeit geriet. Das war nicht fair von ihm, rief er sich zur Ordnung, und tatsächlich gab sie sich jetzt auch etwas Mühe, während er einen schier unendlichen Strom von Roller- und Radfahrern vorüberziehen lassen musste, ehe er nach rechts abbiegen konnte. Sie zog ihr Handy hervor.

»Hier«, sagte sie und hielt ihm den Bildschirm entgegen.

Berend wandte seinen Blick vom Seitenspiegel ab und schaute auf das Display. Ein Trupp hochgerüsteter Polizisten eines Einsatzkommandos lief, begleitet von chaotischem Geschrei und kleineren Explosionen, in Richtung eines unsichtbaren Gegners. Dann ein Bildschnitt, und die Aufnahmen zeigten, wie Marie und diese Taskforce die Gangway zu einem Flugzeug hinaufhasteten. Vor Marie hatten zwei Frauen schon die Mitte der Treppe erreicht, während sie plötzlich stoppte und sich zu dem Mann hinter ihr umdrehte, ein schlanker, schicker Typ. Sie flüsterte ihm etwas ins Ohr. Er nickte, drehte sich nun seinerseits um und winkte einen dicken Kerl zu sich, der sich mit gesenktem Kopf am Geländer festkrallte, legte den Arm um ihn und führte ihn bis nach oben zur Flugzeugtür.

»Rechts Christian Nachtwey, links Fritz Aumayr«, sagte Marie, als er sie fragend anschaute. »Hab dir von ihnen erzählt.«

»Hat euch die Polizei ins Flugzeug getrieben?«

»Nein, dieses Einsatzkommando war okay. Der Innenminister hatte es losgeschickt, aber es kam erst am Flughafen ins Spiel. Anfänglich hatte die lokale Polizei nur so wenig Streifenbeamte eingesetzt, dass wir es kaum lebend rausschafften. Und dann hatten diese Typen auch noch so die Hosen voll, dass sie einfach in ihrem Wagen sitzen blieben, als wir am Flughafen ausstiegen und in die Halle liefen. Oder es war genau ihr Auftrag gewesen, die Schlägertrupps unserer freundlichen Gastgeberin bei ihrer Arbeit ja nicht zu behindern. Hier, da ist sie.«

Berend sah eine hellblonde Frau mit dünnen Lippen und falschem Lächeln hinter einer Phalanx von Mikrofonen stehen, ehe er in den Seitenspiegel schaute, Gas gab und zwischen zwei Pulks von Radfahrern hindurchschoss. Ihm war kalt, und er sehnte sich nach einem ordentlichen Glas Whisky. Aber er blieb bei der Sache.

»Was erzählt sie?«

»Dass sie die Unannehmlichkeiten bedauere und es eine Untersuchung geben werde und bla-bla-bla. Hier, das ist alles, was ich aus dem Peterson noch retten konnte.« Sie klopfte wütend auf ihre Tasche.

»Wer ist Peterson?«

»Was, Berend, was! Unser Hotel, mein Gott.«

Sie brauchte definitiv etwas Aufmunterung. »Aber hey, du bist doch versichert, oder? Ich hab noch 'nen ganzen Haufen Rechnungen für teure Klamotten zu Hause. Reich die mal bei der Versicherung ein. Bringt 'nen satten Scheck als Pflästerchen auf der Wunde.«

Er grinste und schaute zu ihr herüber. Marie starrte immer noch auf das Display ihres Handys und schien seine Einladung zum Betrug gar nicht gehört zu haben. Oder sie tat nur so.

»Das heißt, die Mission in Tallinn ist abgeblasen?«

Sie zuckte nur mit den Schultern, ließ sich tief in den Sitz sinken und gähnte herzhaft.

Ein paar Minuten später, als er an einer roten Ampel

wartete, schaute er sie an. Sie saß inzwischen wieder aufrecht da, ganz steif, die Augen fest geschlossen und den Griff ihrer Handtasche mit beiden Händen so umklammert, dass die Knöchel weiß hervortraten, so, als wäre diese Tasche ihre einzige Chance auf ein besseres Leben.

Sie hatte einen Horrortrip hinter sich und war total fertig, ganz klar. Aber hätte sie dann nicht umso eher in seine Arme sinken müssen? Nicht mal ein einziges Wort, dass er in null Komma nichts da gewesen war und sich um sie kümmerte?

Sie war einfach zu geschockt. Und sie war anders als alle anderen, deswegen wollte er sie ja. Und darum reagierte sie auch anders. Tough eben. Stillos von ihm, so herumzujammern. Und erst recht war jetzt nicht der richtige Zeitpunkt für ein intensives Gespräch über ihre Zukunft als Liebespaar, das sah er ein.

19

Hatte sie zu bitchy reagiert? Vielleicht. Aber es war seine Entscheidung, zu ihr zu kommen, ohne erst zu fragen, ob sie überhaupt das Bedürfnis nach seiner Gesellschaft hatte. Ihre Antwort wäre von schmerzlicher Eindeutigkeit gewesen: keineswegs.

Ihn sofort wieder nach Hause zu schicken, wäre allerdings auch nicht fair gewesen. Nur sollte er nicht meinen, dass ihr etwas Ablenkung guttäte – keine in gierigen Sex überleitenden Massagen mehr, keine Sternerestaurants und keine schicken Präsente. Das Beste, was er tun konnte, war, schnell wieder zurück nach Zandvoort zu fahren, damit sie ihre dringend benötigte Ruhe bekam. Auch und gerade, damit sie das Chaos in ihrem Kopf ordnen konnte, denn sie fühlte noch immer fast körperlich ihre instinktive und nicht enden wollende Umarmung mit Christian Nachtwey auf dem Weg zum Flughafen. Sie hatte sich aufgehoben gefühlt, in diesem Kokon aus Vertrautheit, Geborgenheit empfunden, die eine Sehnsucht stillte, von deren Existenz sie bis dahin nichts gewusst hatte.

»Schenk mir schon mal was ein«, sagte sie, als sie ihre Wohnung betraten. »Ich bin gleich bei dir. Ich muss mich nur ein bisschen frisch machen.«

Es gelang ihr, ihm ein Lächeln zu schenken, bevor sie durchs Schlafzimmer ins Bad ging.

Nach einer langen heißen Dusche zog sie ihren Bademantel über und setzte sich auf die Bettkante. Sie schlüpfte in ihre Hausschuhe und seufzte. Nur ein paar Minuten Ruhe … Sie rollte sich auf der Bettdecke zusammen, drückte ein Kissen an den Bauch und sackte sofort weg.

Sie stand in einer Nische am Hintereingang des Hotels, neben ihr Aumayr, der seinen massigen Leib an sie drückte. Sein Gewicht presste ihr die Luft aus den Lungen, während er sie mit seinen melancholischen Augen stumm anstarrte. Weit entfernt hörte sie Nachtwey rufen. »Marie! Wir hauen ab!« Sie wollte zu ihm laufen, aber Aumayr ließ sie nicht los. Er wurde schwerer und schwerer und drängte sie immer tiefer in die Nische, sosehr sie sich auch wehrte.

»Christian, wo bist du?«, rief sie, aber Aumayr legte ihr die Hand auf den Mund, und sie rang immer heftiger nach Luft. Mit letzter Kraft versuchte sie, sich von diesem monströs aufquellenden Körper zu lösen. »Christian!«, schrie sie, aber ihre Stimmbänder waren wie gelähmt.

Sie riss die Augen auf. Wo war sie? Zu Hause? Ja, da in der Dunkelheit leuchteten die fluoreszierenden Ziffern ihres altmodischen Weckers. Sie schob die Bettdecke zurück und zerrte den Gürtel ihres Bademantels auf. Erleichtert atmete sie tief ein und aus.

Sie tastete vorsichtig neben sich. Herrje, Berend war noch da. Sie horchte auf seinen Atem. Tief und regelmäßig. Schaute wieder auf den Wecker. Viertel vor sechs, sie hatte neun Stunden am Stück geschlafen.

Erst in der Küche schaltete sie das Licht ein. In ihrem Kopf hallte noch ihr Verzweiflungsschrei aus dem Albtraum nach. *Christian!* In ihrer Not hatte sie nach ihm gerufen. In Tallinn war er buchstäblich für sie in die Bresche gesprungen, als der heranstürzende Mob sie und Torres zu überrollen drohte.

Und Aumayr? Wofür stand der abstoßende wuchernde Körper, der sie zu erdrücken drohte? Dieses Gefühl zunehmender Beklemmung und Ausweglosigkeit, so grotesk verzerrt es im Traum war, sie kannte es nur allzu gut aus ihrer Jugend, umhüllt von der deprimierenden Atmosphäre eines versteinerten Haus-Garten-und-Küchen-Alltags – *so wie es sich gehört.* Gut möglich, dass Berends Antrag ihre Angst wiedererweckt hatte, einmal genau dort zu enden, wovor sie damals weggelaufen war. Diese überflüssige Warnung aber hätte sich ihr Unterbewusstsein gerne sparen können.

Kaffee oder Tee? Tee bedeutete zurück ins Bett. Kaffee bedeutete das Laptop einschalten und die Spur im Fall Bahr wieder aufnehmen.

Also Kaffee. Um Berend nicht zu wecken, benutzte sie die Cafetière. Während Marie darauf wartete, dass das Wasser kochte, entschied sie, mit der desaströsen Aktion im Parc de Pede zu beginnen.

Mit Kaffee und Laptop setzte sie sich an den Esstisch. Immerhin gab es da neues Material, eine umfangreiche Datei. Nachwuchspolizist Alpha-4 hatte ihr sein Helmkamera-Video von der gescheiterten Verhaftungsaktion vertraulich zugeschickt – offenbar aus Ärger, dass seine Aussage von seinem Truppführer so heruntergemacht worden war.

Aber der Film war eine einzige Enttäuschung. Die Bilder von der Laufstrecke waren zu dunkel und kontrastarm, und dann hatte der Junge auch noch vergessen, die Kamera nach dem Einsatz auszuschalten, und den ganzen Heimweg aufgezeichnet. Es war nichts darin zu sehen, was ihr weiterhalf.

»Also zurück zur Taskforce«, durchbrach sie leise mit sich selbst redend die Stille im Raum. Söderbergs Rechercheteam hatte ihr ein paar neue Dateien überspielt. »Wen zuerst?«

Aumayr natürlich. Fancy Fritz hatte in Tallinn bewiesen, dass sich hinter seiner Fassade aus misanthropischen Zynismen eine extrem labile Persönlichkeit verbarg. Schwachstelle Nummer eins. Zweite Schwachstelle: sein Alkoholproblem. Die dritte: sein Zerstörungstrieb.

Sie nahm sich noch einmal Aumayrs Vita vor. Achtundvierzig Jahre alt und unverheiratet .... Hm, kein sich um und für dich sorgender Lebenspartner. Aber hielt sich da irgendwo eine Freundin, ein Liebhaber versteckt? Mit wem hast du Sex, Fritz? Sie schaute die Umfeldrecherchen durch. Keine Beschwerden über sexuelle Übergriffe, kein Klatsch über Affären im Büro und auch keine Escort-Eskapaden auf Dienstreisen. Der einzige Alltagsausbruch, den er sich gönnte, war in Brüssel Standard: Jeden Donnerstag füllte er sich – wie eine Menge andere EU-Beamte – in einer der Bars am Place de Luxembourg ab, wo man niemals ein verfängliches Wort von ihm hörte.

Sie schaute auf sein Foto. Sollte es etwas Sinnliches an ihm geben, dann vielleicht seine aufgeworfenen, weinroten Lippen. Doch als sie das Bild heranzoomte, wirkte es eher, als wäre er nicht ganz optimal an einer Hasenscharte operiert worden.

Aber vielleicht ist dir die Lust ja auch schon früh ausgetrieben worden, als du laut Vita bei den Benediktinern im Klosterinternat warst. Daher also deine Bibelkenntnisse. Komm, Fritz, ist dort vielleicht etwas geschehen, das dich zum Atheisten und Zyniker gemacht hat, vielleicht ja sogar zum Verräter?

Beim Beziehungsthema kam sie vorläufig nicht weiter, aber vielleicht beim Geld? Sie klickte sich zu Aumayrs finanzieller Situation durch, die Security hatte hier ganze Arbeit geleistet.

Als Spitzenbeamter bekam er auch ein Spitzengehalt. Sein Vermögen war parallel zu seinem Aufstieg auf der Karriereleiter angewachsen. Er hatte ein eigenes Haus in Linz, frei von Hypotheken, fuhr einen dicken Tesla, und zweimal im Jahr machte er Urlaub in einem teuren Kurhotel in den Bergen seiner Heimat. Mehr Extravaganzen leistete er sich nicht. Keine ungewöhnlich hohen Ausgaben waren entdeckt worden, keine Kredite. Aber 2013 war ein auffälliger Sprung seines Endsaldos um fünfzigtausend Euro nach oben notiert worden, obwohl er im selben Jahr ein dreimonatiges Sabbatical genommen hatte.

Sie lehnte sich zurück und nippte an ihrem Kaffee. Woher kam dieser plötzliche Geldsegen, und warum hatte er sich für drei Monate aus dem Verkehr gezogen?

Um die zweite Frage zu beantworten, benötigte sie Einsicht in die Personalakten. Da sollte sich sein Antrag auf unbezahlten Urlaub finden lassen. Für die erste wäre ein Blick auf die Kontoauszüge seiner Bank oder gleich seine Steuererklärung hilfreich. Sie hoffte darauf, dass der Spieltrieb von Söderbergs Computernerds groß genug war, dass sie sich über Rechtsfragen hinwegsetzten und ein paar Firewalls unterliefen.

Die Küchenuhr zeigte mittlerweile Viertel vor sieben, und Marie war voller Tatendrang. Aus ihrem Schlafzimmer drang kein Ton. Sie ging auf Zehenspitzen ins Bad, zog sich an, nahm im Flur ihren Mantel und zog die Tür so leise wie möglich hinter sich ins Schloss. Im Fahrstuhl schickte sie Berend eine Nachricht. »Sorry, Eilauftrag. Gute Heimfahrt, Marie.«

Es sollte sich zeigen, dass Aumayr noch einen vierten Schwachpunkt hatte. Marie war über den Flur zu den Kollegen in der Abteilung Human Ressources gegangen und hatte um Einblick in Aumayrs Sabbatical-Antrag gebeten. Sie wurde an den Abteilungsleiter Personalbetreuung verwiesen, der gutmütig nickte, als sie ihren Dienstausweis der Security zeigte.

Der Mann, ein Niederländer um die sechzig, stellte sich nur mit seinem Vornamen Justus vor und lud sie ein, neben ihm am Rechner Platz zu nehmen. Dort wühlte er sich durch einige Dateiverzeichnisse, bis er auf Aumayrs Ordner stieß. Er öffnete eine Bilddatei, und ein deutlich jüngerer Aumayr sah ihr entgegen.

»Das ist unser Mann«, sagte er. »So frisch ist er damals reingekommen.« Plötzlich zögerte er. »Ich erinnere mich jetzt. Ich habe diese Angelegenheit damals selbst geregelt. Es ist ziemlich privat.«

»Alles bleibt unter uns«, versicherte ihm Marie, aber sie verschwieg, dass sie die Zahl der Mitglieder der Gruppe »uns« nach Bedarf erweitern würde.

Als sie eine halbe Stunde später die Personalabteilung verließ, hatte sie einen ebenso eindringlichen wie beklemmenden Einblick in Fritz Aumayrs qualvolle Vergangenheit erhalten. Man hatte Aumayrs Antrag auf ein dreimonatiges Sabbatical genehmigt, obwohl er damals gerade erst ein Jahr für die EU arbeitete. Aumayr hatte sich als eines der Opfer von Kremsmünster geoutet, jenes berüchtigten österreichischen

Klosterinternats, in dem den Zöglingen die Liebe Gottes mit grausamer Hand in den Leib getrieben wurde. Seit mindestens 1960 und bis in die Neunzigerjahre hinein waren die Schüler dort schwer misshandelt und sexuell missbraucht worden. Wer sich gegen die Vergewaltigung wehrte, wurde von den Patres mit einem Ochsenziemer gezüchtigt oder für vogelfrei erklärt und der Gewalt der Mitschüler ausgeliefert. Das alles entnahm Marie einem Artikel, den Aumayr seinem Antrag beigelegt hatte. Justus, der von diesem Fall noch immer sichtlich berührt war, hatte der Personalakte einen weiteren Bericht aus den Oberösterreichischen Nachrichten hinzugefügt, als hätte er die Rechtmäßigkeit von Aumayrs Antrag noch weiter belegen wollen.

Es war ein Bericht über einen Strafprozess gegen den Haupttäter, der im Internat »Pater Pumpgun« genannt wurde, weil er seinen Opfern einen Gewehrlauf auf den Kopf setzte, wenn sie nicht gehorchten. In seinem Antrag hatte Aumayr erklärt, dass er nicht nur am Prozess teilnehmen, sondern auch ein Symposium organisieren und an einem Theaterstück mitarbeiten wolle, damit dieses Drama nicht in Vergessenheit geriet.

Ein großes Foto zum Artikel zeigte den Täter mit verpixeltem Gesicht am Anklagetisch stehen, dahinter, im Zuschauerraum, saßen seine Opfer. Marie hatte Fritz Aumayr sofort entdeckt, das Gesicht zur Maske erstarrt, die sonst so vollen Lippen zu einem blutleeren Strich zusammengepresst.

Der Artikel ließ schließlich auch ahnen, woher die fünfzigtausend Euro stammten, die damals auf Aumayrs Konto geflossen waren. Die Opfer hatten die Kirche auf Schadensersatz verklagt, nachdem sie sich aus der Verantwortung hatte stehlen wollen.

»Zwölf Jahre Gefängnis für einen Täter und ein paar Tausend Euro Entschädigung. Ich kann mir kaum vorstellen, dass es diesen zerstörten Seelen damit leichter wird, ein gutes Leben zu führen«, hatte Justus so betroffen gesagt, dass Marie ihn beinahe gefragt hätte, ob er ähnliche Erfahrungen gemacht hatte.

»Nehmt ihn nicht zu hart ran. Was immer er getan haben mag. Diese Jungen sind zu einem ewigen Überlebenskampf verdammt.«

»Wir stehen noch ganz am Anfang unserer Ermittlungen. Vermutlich wird es ihn gar nicht treffen«, sagte sie so leichthin wie möglich, aber Justus' Blick blieb voller Sorge.

20

Marie war ihm schon wieder entwischt, verdammt!

Er war von einem Geräusch geweckt worden und hatte nach ihr getastet, aber ihr Bett war leer. Gut, es war ja auch schon hell. Aber in der Küche war Marie auch nicht. Nur ein halb voller Becher mit lauwarmem Kaffee stand noch auf dem Esstisch, daneben ihr aufgeklapptes Laptop. Sie hatte sich nicht einmal ein halbwegs anständiges Frühstück gegönnt. War Hals über Kopf geflüchtet.

Jetzt sah er ihre armselige WhatsApp-Nachricht. Gute Heimfahrt … hm, man erwartete also von ihm, dass er schleunigst das Feld räumte. Er goss den Rest Kaffee aus der Cafetière in einen Becher und trank einen Schluck. Was hatte sie dazu gebracht, sich so schnell und klammheimlich aus dem Haus zu schleichen – ohne ihm endlich die erlösende Antwort zu geben?

Gedankenverloren klapperte er auf der Tastatur des Laptops herum. Die Lüftung sprang an, der Bildschirm leuchtete auf. Sie hatte in der Eile nicht einmal daran gedacht, das Gerät ganz auszuschalten. Er überflog den Text auf dem Display. Vielleicht beantwortete der ja seine Fragen.

Anscheinend hatte irgendein österreichischer Beamter ihre Aufmerksamkeit auf sich gezogen. Er betrachtete die Passagen, die sie farblich markiert hatte. Dieser Aumayr war also 2013 für ein paar Monate abgetaucht, und als er zurückkehrte, hatte er fünfzig Mille mehr auf dem Konto. Junge, Junge, wenn das schon ausreichte, um eine tiefschürfende Untersuchung in Gang zu setzen … In seiner Branche scherte es niemanden, wenn er nach drei Stunden Arbeit fünfzig Mille mehr im Tresor liegen hatte.

Mal schauen, was Marie sonst noch so beschäftigte. Er rief

die Liste der zuletzt geöffneten Dokumente auf. Das erste war ein Bericht für einen gewissen Söderberg. Er begann mit der Zusammenfassung einer gescheiterten Festnahme. Schön, schön, das klang schon weniger langweilig. Er zog sich einen Stuhl heran.

Eine Stunde später hatte er nicht nur den kompletten Bericht über Bahrs Verschwinden, seinen unerklärlichen Kältetod und die mit einer Ausnahme lächerlich identischen Aussagen der Verhaftungseinheit gelesen, sondern auch Maries Anmerkungen in der Kommentarspalte, in denen sie bissig darüber spekulierte, warum der Fall so schnell an Priorität verloren hatte. Er musste grinsen, sie hatte sich ordentlich Luft gemacht. Marie at her best. Diese Kommentare hatte sie sicher nicht an Herrn Söderberg geschickt. Ganz frisch noch von heute früh fand er am Ende des Berichts noch einen Link auf ein Video eines »Alpha-4«.

Er klickte ihn an. Es waren wohl Bilder von einer Aktion, die mächtig schiefgelaufen war, anfangs schwach belichtet und verwackelt. Dann wurde es besser, aber da befand sich das Polizeiteam schon auf dem Weg zurück zur Basis. An den Straßenaufnahmen war zu erkennen, dass der Alpha-4-Typ mit der Helmkamera neben dem Fahrer saß. Von den Rückbänken drang Lachen nach vorne und kurz darauf ein Fluchen und Schimpfen, als ein Lieferwagen vor einer Trattoria anfuhr und knapp vor ihnen auf die Hauptstraße einbog, um langsam vor ihnen herzuschleichen.

»Alarm!«, wurde im Chor gebrüllt.

Auf dem Bildschirm erschien jetzt die Hand des Fahrers, er drückte auf eine Taste am Armaturenbrett, und sofort ertönte das gellende Auf und Ab der Sirene. War ja klar.

Ein Straßenschild wischte vorbei. Neerpedeweg.

Berend verfolgte, wie der Lieferwagen rechts an den Straßenrand ausscherte, um den Polizeibus vorbeizulassen, und wie Alpha-4 zu ihm herübersah. Ein Schriftzug auf der Wagenseite, *Stay Cool*, kurz darauf tauchte im Bild das Profil des Fahrers auf, der sehr starr geradeaus schaute. Laut Maries Anmerkungen hatte der Film nichts Verwertbares geliefert.

Aber warum war sie dann so schnell aufgebrochen? Er öffnete seinen Webmail-Account und schickte eine Kopie des Films an seine eigene E-Mail-Adresse. Dann schickte er das Laptop wieder in den Ruhemodus und brühte sich einen frischen Kaffee auf.

Er würde den Teufel tun, schon wieder ohne eine Antwort nach Hause zu fahren. Gut, Marie hatte Stress, und sicher saß ihr noch der Schock von Tallinn in den Knochen. Aber sie müsste ja nur einmal alle ihre Bedenken beiseiteschieben und ihr Herz sprechen lassen. Sie war jetzt am Zug, heute Abend musste sie sich endlich bekennen. Die Stunde der Wahrheit.

Er tippte eine Nachricht, beschloss aber, sie erst nachmittags abzuschicken. Er wollte ihr nicht allzu viel Zeit geben, um sich ein neues Schlupfloch zu suchen.

Okay, stay cool, Beertje. *D-Day* naht.

21

Kurz vor der Mittagspause legte Söderberg Maries Bericht über die Tallinner Mobattacke zur Seite und seufzte. »Erst wenn der letzte europäische Zusammenhalt zerstört und der letzte Glaube an die Demokratie verloren ist, werden die Nationalisten merken, dass sie ohne die EU von den Großmächten zerfleischt werden.«

Marie sah ihn zweifelnd an. »Ist das nicht so ein alter Spontispruch, bei dem es eigentlich um Bäume, Flüsse und Fische ging?«

»Du bist viel zu jung, um das zu wissen.«

»Ich habe mit zehn Jahren die gesammelten Aufkleber meines Cousins geerbt, als er nach Kalifornien ausgewandert ist. Soll ich auch ein paar Sprüche zitieren?«

Söderberg winkte grinsend ab. »Ich bin froh, dass du alle heil aus dieser Situation herausgeholt hast, Marie.«

»Es war knapp. Und ohne Herrn Nachtwey wäre es sicher nicht so glimpflich abgelaufen.«

»Deinem Bericht nach scheint er ja ein wahres Nahkampftalent zu sein.«

»In deutschen Internaten soll das von Vorteil sein, erklärte er mir.«

»Ich meine mich zu erinnern, dass Wehrsport generell eine große Tradition in Deutschland hat. Aber ich werde ungerecht. Gut, dass er helfen konnte.« Er nahm eine schmale Akte von einem Stapel und reichte sie ihr. »Kiisler hat mir ein kleines Dossier über Jaana Kivistik zusammengestellt.«

Sie klappte den Aktendeckel auf und fand drei Blätter. Abzüglich der Bilder waren es vielleicht anderthalb Seiten Text. »Übersichtlich.«

»Leider. Wir waren auf öffentlich zugängliche Quellen

beschränkt. Der estnische Geheimdienst ist gerade etwas empfindlich, wenn er eine Einmischung in seine Angelegenheiten wittert. Kiislers Gesprächspartner wurden ziemlich einsilbig, als er ihren Namen erwähnte. Es wurde angedeutet, sie verfüge über Möglichkeiten, Karrieren zu zerstören. Außerdem genießt ihre Familie immer noch größten Respekt, weil ihre Großeltern während der sowjetischen Besetzung verfolgt wurden.«

Marie überflog den Rapport. Alle privaten Informationen im Dossier stammten aus einem Interview mit einem Hochglanzmagazin. Marie las erstaunt, dass diese straighte Politikerin musisch begabt war. Kivistik hatte an der Musikakademie Dirigat und Komposition studiert. Während des Studiums Anfang der 2000er-Jahre hatte sie ehrenamtlich bei der Organisation eines Chorfestivals mitgewirkt und dabei den Hauptsponsor kennengelernt. Mihkel Kivistik, Eigentümer einer estnischen Hotelkette, zwanzig Jahre älter als sie. Zuerst engagierte er sie als Managerin in einem seiner Hotels, nicht viel später heirateten sie und führten das Unternehmen gemeinsam, bis es in schweres Fahrwasser geriet.

»Einem Wirtschaftsmagazin zufolge«, hatte Kiisler zusammengefasst, »musste Mihkel die Kette wegen erheblicher Schulden an eine internationale Gruppe veräußern. Der Verkauf brachte jedoch so viel Geld ein, dass die Kivistiks von da an als Immobilienentwickler und Investoren auftreten konnten. Vor anderthalb Jahren erkrankte Mihkel an Bauchspeicheldrüsenkrebs und starb innerhalb weniger Wochen. Kurz vor Ausbruch seiner Krankheit waren er und Jaana in die Partei ›Freies Estland‹ eingetreten, nur wenige Monate nach seinem Tod wurde sie in den Vorstand gewählt.«

Sie klappte die Akte zu. »Möglicherweise finanziert sie ja die Partei. Sollte sie vielleicht zufällig auch ein paar Anteile von Lietuvos Vairen halten?«

»Leider hat sich diese Firma extrem gut abgeschirmt. Die Nerds sitzen dran.«

»Also gut, dann gehe ich auch besser wieder an die Arbeit.«

Söderberg hob die Hand. »Halt, damit du nicht denkst,

wir drehten hier nur Däumchen. Wir konnten Dennis Bahrs Trojaner identifizieren.« Er legte eine Kunstpause ein, um die Spannung zu erhöhen. »Unsere russischen Freunde waren wieder unterwegs. Oder um genauer zu sein, Bahr hat einer Hackergruppe die Tür geöffnet, die schon mehrfach für den russischen SWR gearbeitet hat.«

»Keine große Überraschung«, behauptete Marie. »Das Baltikum ist die offene Flanke, von der aus die NATO nach Sankt Petersburg herüberwinken kann.«

Söderbergs Lippen zuckten ironisch nach oben. »Planst du, ins Auswärtige Amt zu wechseln? Ja, alles richtig. Nur gibt es eben auch genügend andere Dienste, denen es gefällt, wenn wir uns immer gleich auf Russland einschießen. Selbst die französische DGSE hätte hinter dieser Aktion stecken können. Immerhin sind in Paris zwei der weltgrößten Wasserversorgungsunternehmen angesiedelt, und die Regierung hat sich intensiv, aber vergeblich bemüht, einen Franzosen in die Taskforce zu bringen.«

Marie war wütend über sich selbst. »Keine große Überraschung« – warum hatte sie sich dazu verleiten lassen, so dick aufzutragen? Söderberg schien es allerdings nicht weiter zu kümmern.

»Wir werden uns mit der Frage nach den Auftraggebern noch genug beschäftigen. Aber jetzt geht es um sehr Konkretes vor Ort. ›Auch kleine Lecks können große Schiffe zum Kentern bringen‹, sagt man bei uns in Schweden. Wir müssen uns um dieses Leck kümmern. Der Trojaner ist zwar zerstört und Bahr tot. Aber der war nur ein kleines Licht. Inzwischen wissen wir, dass er auf einige der Informationen, die er weitergeleitet hat, selbst keinen Zugriff hatte. Jemand muss sie ihm also zugesteckt haben. Und dieser Jemand sitzt weiter irgendwo in der EU-Kommission und wird neue Quellen auftun und vermutlich auch selbst Informationen weitergeben.«

»Bahr hat doch an einem Projekt von Aumayrs Generaldirektion Wettbewerb mitgearbeitet. Auch wenn Aumayr an diesem Projekt nicht direkt beteiligt war, könnten die beiden sich nicht trotzdem über den Weg gelaufen sein?«

Söderberg sah sie neugierig an. »Du hast Aumayr im Blick?«

Sie erzählte ihm von Aumayrs Vernichtungsfantasien in der Bar und von dem erbarmungswürdigen Bild, das er unter der hereinbrechenden Gewalt des Mobs abgegeben hatte. Dinge, die nicht in ihrem Bericht standen. Nur das, was sie über das in Kremsmünster erlittene Trauma herausgefunden hatte, wollte sie vorerst für sich behalten. Diese Geschichte könnte vielleicht vor Gericht für mildernde Umstände sorgen, aber bei der Frage, ob er ein doppeltes Spiel trieb, half es nicht weiter.

»Also, kurz gesagt«, durchbrach Söderberg die Stille, die nach dem Ende ihres Berichts eingetreten war, »er ist ein angstgetriebener Zyniker mit einem schweren Alkoholproblem. Das sind natürlich Einfallstore für fremde Dienste. Allerdings dürfte dieses Profil in Brüssel häufiger zu finden sein. Na ja, es ist wenigstens eine Möglichkeit. Bleib mal an ihm dran.«

Zurück an ihrem Schreibtisch, zog sie widerwillig die Mappe mit den Bahr-Ermittlungen hervor. Wie oft hatte sie die schon durchgelesen? Ohne Ergebnis. Alles, was den belgischen Polizisten vor Ort aufgefallen war, war auf das Allernötigste eingedampft und in leblosen Standardformeln zusammengefasst worden. Dörrobst, das bei jedem Wiederkäuen schaler schmeckte. Sie musste sich endlich selbst ein Bild von Bahr machen, wollte noch einmal ganz von vorn beginnen.

22

Marie hatte es sich nicht so leicht vorgestellt. Der zuständige Hauptkommissar schien Schwierigkeiten zu haben, sich überhaupt noch an den Fall Bahr zu erinnern, und wollte sich auch ganz offensichtlich nicht weiter damit befassen. Kaum hatte sie am Telefon ihre Bitte ausgesprochen, hatte sie auch schon die Erlaubnis, Bahrs Wohnung zu betreten.

Und nun, keine Stunde später, mäanderte sie durch das penibel aufgeräumte Wohnzimmer. Ihr Aufpasser, ein kleiner und dicklicher Kommissar mit kargem Haar und großem Schnauzer, hatte sich in eine Ecke des Raums zurückgezogen und verfolgte gelangweilt, wie sie Schubladen aufzog, Schranktüren öffnete und Regale nach was auch immer scannte.

Sie wechselte den Raum und kam in eine Art Musikzimmer mit einer Hifi-Anlage, die in ihrem Understatement ziemlich teuer aussah, und einer Regalwand voller Schallplatten. An der Wand gegenüber hatte Bahr einem gewissen Jacques Brel eine Art Tempel errichtet.

Vor einer großen Collage aus Plattencovern, Autogrammkarten und Filmpostern stand auf einem Tischchen zwischen zwei Fünfzigerjahre-Sesseln ein weiterer Plattenspieler mit einer Monobox. Ein Dekostück, dachte sie, aber es lag eine Platte auf dem Teller. Auch von Jacques Brel. Sie schaltete das Gerät ein und setzte mit leicht zitternden Fingern die Nadel auf das Vinyl, so wie sie es als kleines Mädchen unter väterlicher Aufsicht manchmal hatte tun dürfen.

Es knisterte einige Sekunden lang. Dann setzte das Lied mit Streichern ein, und Brel sang auf Französisch: »Jef, du bist nicht allein, aber hör auf zu heulen, hemmungslos vor aller Welt, bloß weil dich eine falsche Blondine vorgeblich besten Alters hat fallen lassen.«

»Wundervoll, nicht wahr?«

Sie fuhr erschreckt herum. Der dicke Schnauz stand mit glänzenden Augen vor ihr.

»Er übertreibt ein wenig, oder?«

»Wie können Sie so etwas sagen, Madame?« Er wirkte ehrlich erschüttert. »Das ist der große Brel! So hören Sie doch: ›Komm, noch habe ich meine Gitarre, ich bring sie für dich zum Klingen.‹ Man muss einen Stein im Brustkorb haben, wenn einem da nicht die Tränen in die Augen steigen.«

Er wirkte so enthusiastisch und lebendig, sie wollte ihm die Freude nicht nehmen. Sie zeigte auf die Collage. »Dann ist das hier ja eine besonders schöne Wand für Sie.«

Er nickte und begann, ohne Punkt und Komma über die Platten und Filme Jacques Brels zu reden und dass der noch keine vierzig war, als er seinen Bühnenabschied im Pariser Olympia gab, »Lungenkrebs, verstehen Sie, und wenn Sie mal die Filmaufnahmen davon sehen können, sein letztes Lied ›Ne me quitte pas‹, nein, verlass mich nicht – der Schweiß rinnt ihm übers Gesicht wie ein Meer aus Tränen! Und auf wie viele Arten er dieses ›ne me quitte pas‹ zu singen vermochte, mit jedem Mal bricht es einem das Herz erneut entzwei, Madame!«

Herrje, noch ein Romantiker. Angestrengt musterte sie die Collage, während er weiterredete. Moment.

Sie trat näher an die Wand heran und blickte auf ein kleines Foto. Im Vordergrund war Dennis Bahr mit einem Mann an einem Tisch zu sehen, im Hintergrund ein Pärchen, alle hatten sie Weingläser in der Hand, und alle waren bester Laune. Aber da, zwei Tische dahinter, am rechten Bildrand leicht unscharf und klein, das war doch: Fritz Aumayr. Ohne jeden Zweifel.

Sie bemerkte erst jetzt, dass der Kommissar verstummt war und sich hinter ihr auf die Zehenspitzen gestellt hatte, um zu sehen, was sie sah. Sie löste das Foto von der Wand. »Sieht aus wie eine Bar oder ein Club. Wo könnte das sein?«

Er beugte den Kopf tief über das Bild. »Keine Ahnung, Madame«, sagte er nach einer Weile. »Aber ich weiß, wer es Ihnen sagen könnte. Sehen Sie das Blatt dort im Aufsteller für die Getränkekarte?«

»Und?«

»Der schwarze Kreis mit den weißen Flecken, der unruhige Strich daneben. Das ist das Logo der Fondation Jacques Brel und seine Signatur. Vermutlich war es ein Konzertabend der Stiftung. Sie finden sie direkt am Brüsseler Parlament, an der Place de la Vieille Halle aux Blés.«

»Vielen Dank, Monsieur le Commissaire, ich fahre sofort hin!«

Kurz bevor die Tür hinter ihr zufiel, hörte sie, dass der Kommissar die Platte noch einmal gestartet hatte. »Jef, du bist nicht allein …«

Am späten Nachmittag war ihrer Laune von zwei Seiten ordentlich zugesetzt worden. Nicht nur, dass Berend in Brüssel geblieben war und sie, versteckt hinter blumigen Formulierungen, zu einer Aussprache in ihr eigenes Zuhause einbestellte, auch ihr Optimismus in Sachen Bahr war wieder verflogen. In der Brel-Stiftung hatte man ihr zwar bestätigen können, dass das Foto vor knapp zwei Jahren während eines Konzerts anlässlich von Brels Geburtstag entstanden war. Und man kannte sogar Dennis Bahr, ein zurückhaltender Deutscher, der hin und wieder das Filmprogramm der Stiftung besuchte und Fördermitglied geworden war. Aber den Mann dort hinten auf dem Foto, den hätten sie noch nie gesehen.

War dieses Zusammentreffen denn nur Zufall gewesen? Hätten sie sich gekannt, dann hätte Bahr doch sicher irgendwann einmal Giuliani gegenüber erwähnt, dass Aumayr und er die Leidenschaft für den großen Brel teilten? Oder hatte er es lieber verschwiegen, weil sie eine andere Leidenschaft teilten, hatten sie womöglich eine Affäre? Sie versuchte vergeblich, sich Aumayr als Liebhaber Bahrs vorzustellen.

Marie schrieb eine Aktennotiz für Söderberg, die sie aber

nicht abschickte. Er wollte handfeste Ergebnisse, keine weiteren Spekulationen. Sie lehnte sich müde in ihren Bürosessel zurück und erschrak, als ihr bewusst wurde, wie sehr sie die Zeit vergessen hatte. Draußen war es längst dunkel.

Sie musste schleunigst nach Hause fahren und Berend Adieu sagen.

Das Telefon riss sie aus ihren Gedanken. Es war Francesca Giuliani, die die Taskforce noch an diesem Abend in ein Restaurant namens »La Table de Mo« einbestellte. Marie fühlte, wie der Stress ihre Zellen flutete. Berend würde es für eine Ausrede halten, mit der sie einer Entscheidung aus dem Weg gehen wollte. Die Chance, im Guten auseinanderzugehen, würde das nicht verbessern. Ja, womöglich würde das seine Hoffnungen und Bemühungen sogar nur weiter befeuern. Andererseits …

»Marie? Sind Sie noch dran?«

»Ja, sorry. Ich werde pünktlich da sein.«

»Prima, haben Sie etwas Neues für mich? Vielleicht etwas über Lietuvos Vairen?«

»Nein, leider noch nichts.«

Es blieb kurz still in der Leitung.

»Ich hoffe, der Security-Abteilung ist bewusst, in welcher Krise wir uns befinden. Wir brauchen endlich Ergebnisse!«, sagte Giuliani dann in einem ungewohnt scharfen Ton.

»Absolut bewusst. Und darum wissen wir jetzt immerhin schon, dass Bahr für eine russische Organisation gearbeitet haben muss. Der Trojaner konnte dorthin zurückverfolgt werden.«

Verdammt. Normalerweise reagierte Marie gegenüber ungeduldigen Auftraggebern ruhig und distanziert, aber immer noch abgelenkt von der Sache mit Berend, hatte sie für eine Sekunde die Kontrolle verloren und Giulianis Druck nachgegeben.

»Das nennen Sie ›nichts‹? Das muss die Taskforce unbedingt erfahren. Wenn die Russen unser Projekt nutzen, um einen Keil in die EU zu treiben, werden die Generaldirektionen uns sicher zusätzliche Mittel bereitstellen.«

Marie hätte sich am liebsten die Zunge abgebissen. »Francesca, das war eine hoch vertrauliche Information nur für Sie! Wenn das die Runde macht, verlieren wir einen wichtigen Vorsprung.«

»Ja, Marie, natürlich. Wir halten es intern, selbstverständlich«, hörte sie Giuliani zerstreut antworten. »Wir sehen uns also um halb sieben.«

Marie hatte keine Lust, Berend die Sache in einem Telefonat zu erklären. Sie schrieb ihm nur, dass sie zum Abendessen mit der Taskforce dienstverpflichtet worden sei und später komme.

Er las die Nachricht sofort, konnte sie sehen, aber er antwortete nicht.

23

Das »La Table de Mo« im angesagten und leicht abgeschabten Stadtviertel Stalingrad wirkte von außen wie eine Studentenkneipe, die sich seit Jahrzehnten tapfer gegen alle Moden behauptete. Vielleicht hatte es mit dem schmalen, hohen Ladenfenster des Gründerzeithauses zu tun oder mit der grauen Fassadenfarbe, ganz gewiss aber mit dem Logo, das den Namen in bauchigen Siebzigerjahre-Lettern zeigte. Dahinter verbarg sich allerdings ein elegantes Restaurant mit gestärkten weißen Tischdecken, stylishem Porzellan und einer Küche auf Sterne-Niveau.

Giuliani hatte am Telefon erwähnt, dass Nachtwey den Tisch besorgt hatte, und man merkte schnell, dass er auch hier ein gern gesehener Gast war. Ihnen wurde nicht irgendein Platz zugewiesen, sondern ein großer runder Tisch in einer Art Separee im hinteren Teil des Restaurants. Und der Inhaber, den Nachtwey als »Mo« vorstellte, behandelte sie wie alte Freunde, obgleich die Mitglieder der Taskforce weitgehend mit sich selbst beschäftigt waren.

Aumayr saß vielleicht noch die Scham über seinen Zusammenbruch in Tallinn in den Knochen. Jedenfalls hatte er sich über seinen Teller gebeugt und gab sich alle Mühe, ihnen zu zeigen, dass er ungestört jedem Molekül seines Menüs nachschmecken wollte.

Torres wirkte deprimiert und schien die Atmosphäre kaum ertragen zu können. Sie habe Kopfschmerzen, sagte sie, verschwand mit einer Entschuldigung nach draußen und kehrte erst zurück, als die leeren Teller nach der zweiten Vorspeise abgeräumt wurden. Gleich nach dem Hauptgang verdrückte sie sich wieder, diesmal auf die Toilette.

Nur Nachtwey machte einen stabilen und positiven

Eindruck. Ab und zu warf er Marie einen mal belustigten, mal gelangweilten Blick zu, als wollte er ihr vorschlagen, diese müde Party baldmöglichst zu verlassen.

Erst beim Dessert kam Giuliani endlich zum Thema. Die einzelnen Taskforce-Mitglieder hatten die Aufgabe gehabt, mit der Leitung ihrer Generaldirektion zu prüfen, wie man die Verhandlungen doch noch zugunsten der EU entscheiden könnte. Kompensationsangebote, Sonderförderungen, irgendetwas, mit dem man die estnische Staatsregierung so unter Druck hätte setzen können, dass sie bei der Stadtspitze in Tallinn einschreiten würde – es hatte keine Denkverbote geben sollen.

Nach den ersten zögerlich hervorgebrachten Worten hatte Giulianis Stimme wieder an Energie gewonnen. Sie war ganz offensichtlich nicht bereit, sich in eine Niederlage zu fügen, und an den Blicken, die sie in die Runde warf, war gut zu sehen, von wem sie sich am ehesten Hilfe erhoffte: von Torres, vor allem aber von Nachtwey.

Doch es war Aumayr, der seine innere Emigration verließ und als Erster antwortete. »Francesca, ich hätte das schon viel früher sagen sollen. Sie sind eine echte Kämpferin und die beste Taskforce-Leiterin, die man sich für dieses schwierige Projekt wünschen kann. Ich schätze Ihren Enthusiasmus …«

Torres unterbrach ihn mit einem genervten Aufstöhnen.

Alle schauten sie überrascht an.

»Mein Gott, komm zum Punkt, Fritz!« Sie hatte bei jedem ihrer Worte mit dem Dessertlöffel ungeduldig auf den Porzellanteller geklopft.

»Ich bin so gut wie fertig, meine Liebe«, sagte Aumayr mit ironischer Herzlichkeit, ehe er sich wieder Giuliani zuwandte. »Es ist mir sehr wichtig, Ihnen meine persönliche Wertschätzung auszusprechen, denn ich muss Ihnen heute leider mitteilen, dass weder meine Kommissarin noch unsere Generaldirektion das Projekt über die bisherigen Zusagen hinaus unterstützen können. Jedes weitere Zugeständnis würde die Europäische Union nur noch erpressbarer machen.

Meine Kommissarin ist entschlossen, die Präsidentin um meine Demission aus der Taskforce zu bitten.«

»Das kann ja wohl nicht wahr sein! So ein leeres Diplomatengeschwätz!« Torres wurde wütend und fuhr mit der Hand unter ihrer Nase hin und her, als wollte sie Aumayr wie Schnodder fortwischen.

»Beatriz!«

Torres zeigte sich von Giulianis Ermahnung unbeeindruckt. »Die Esten erniedrigen uns, und eure Generaldirektion hat nichts Besseres zu tun, als zu kapitulieren? Ja, natürlich, weil es euch so verdammt gut in den Kram passt! So einfach ist das!« Ihre Stimme rutschte eine Oktave nach oben und wurde immer lauter. »Aber verstehst du denn nicht? Wir können sie damit doch nicht einfach davonkommen lassen. Ich meine, wir reden von lächerlichen 1,4 Millionen Leuten in einer Union von 514 Millionen. Und sogar noch weniger, denn es geht ja nur um die Anhänger dieser nationalistischen Affen, also um vielleicht null Komma eins Prozent der ganzen EU!«

Die Gäste im Hauptraum schauten neugierig zu ihnen herüber.

»Beatriz! Mäßigen Sie sich!« Giulianis scharfer Verweis riss Torres aus ihrer Rage. Sie schlug die Augen nieder und rieb sich jetzt verlegen über die Nase.

»Bitte, Beatriz.« Giuliani schlug einen versöhnlicheren Ton an. »Den Willen eines Landes mit der schieren Masse der EU zu brechen, das wäre das Ende unserer Union, nicht wahr?«

Torres machte eine fahrige Handbewegung. »Kein Land ist gezwungen, in der EU zu bleiben, wenn es die Regeln nicht akzeptieren will. Dieser Nationalismus wird die EU zerstören, nichts anderes!« Sie sprach zwar leiser, aber mit einem vibrierenden Unterton, der nicht allein von Zorn und Sorge getragen zu sein schien, sondern von einer tiefergehenden nervösen Labilität.

»Ich bin ja im großen Ganzen deiner Meinung«, sagte Nachtwey beruhigend. »Dieses ständige Austarieren absurdester Interessen bremst uns immer wieder aus. Aber Francesca hat absolut recht. Wir dürfen unsere Ideale nicht preisgeben. Du als Portugiesin verstehst das mehr als viele andere. Schließlich habt ihr die Freiheit in einer der schönsten friedlichen Revolutionen aller Zeiten errungen.«

Torres hatte ihm mit immer größer werdenden Augen zugehört. Plötzlich sprang sie mit einem Schluchzen auf und lief zu den Waschräumen.

Sie sahen einander ratlos an.

»Also dann«, seufzte Giuliani und folgte ihr. Sie nahm sie in den Arm und streichelte ihr sanft über die Schulter, während sie auf sie einsprach. Torres schien sich zu beruhigen, die Eskalation war abgewendet. Giuliani kehrte an den Tisch zurück, Torres ging weiter zu den Toiletten.

»Meine Güte, es geht hier fast zu wie im italienischen Parlament. Gibt es jenseits emotionaler Aufwallungen vielleicht noch einen Sachbeitrag?« Sie schaute Nachtwey auffordernd an, der mit seiner Regionalförderung die größten Möglichkeiten besaß.

»Ich habe leider auch keine guten Nachrichten«, sagte er und tupfte seine Lippen an der Stoffserviette ab. Es wirkte wie eine demütige Geste. Weder hatte er noch mehr Geld loseisen können, noch hatte sein Team eine Möglichkeit gesehen, Estland an anderer Stelle die Daumenschrauben anzuziehen.

Giuliani dachte eine Weile nach. »Vielleicht gäbe es noch eine andere Option. Reden wir darüber, bevor Torres zurückkommt. Sie ist mir dafür gerade zu labil. Die Russen …«

Marie unterbrach sie. »Ich halte das für eine ganz schlechte Idee, Francesca.«

»Ich nehme Ihre Warnung zur Kenntnis, Marie, aber hier muss meine Assistentin schweigen. Die Abteilung Söderberg hat herausgefunden, dass Russland hinter Dennis Bahrs Spionage steckt. Ihr habt euch intensiv mit der estnischen Politik beschäftigt. Können wir mit dieser Information in Tallinn noch etwas erreichen?«

»Na bumm!«, sagte Aumayr auf Österreichisch, ehe er

wieder ins Englische wechselte. »Ich wusste nicht, dass wir so wichtig sind.«

»Wir sind natürlich wichtig, Fritz«, antwortete Nachtwey. »Aber ich vermute, für die Russen ist das nicht viel mehr als ein Routinefall. Die interessiert nun mal alles, was im Baltikum geschieht.«

Marie nickte. »Ich wüsste nicht, wie uns das helfen könnte.«

Giuliani sah sie eisig an. »Vielleicht braucht es einfach nur etwas Fantasie? Die Esten sind sehr empfindlich, was die russische Einmischung in ihre inneren Angelegenheiten angeht. Und ›Freies Estland‹ hasst die Russen sogar. Wenn wir zeigen könnten, dass es nicht nur Spionage, sondern Sabotage war; das Ziel genau darin bestand, einen Vertragsabschluss zu vereiteln, müsste dann nicht gerade Kivistiks Partei eine Kehrtwende machen und unseren Vertrag als Abwehrmaßnahme gegen Russland betrachten?«

»Das klingt erst mal logisch«, nickte Nachtwey. »Ich fürchte allerdings, damit würden wir das genaue Gegenteil bewirken. Für Kivistik & Co wäre eine erfolgreiche russische Spionageattacke nur ein weiterer Beweis für die Schwäche der EU. Es spricht zu viel dagegen, es öffentlich zu machen. Hat Herr Söderberg denn dazu etwas gesagt, Marie?«

Was war das? Wieso ging er davon aus, dass sie direkten Kontakt mit Söderberg hatte? Hatte Giuliani Christian Nachtwey etwa von ihrem wahren Auftrag erzählt? Nein, unvorstellbar. Vielleicht war er aber auch selbst drauf gekommen und testete sie jetzt? Nein, auch zu unwahrscheinlich. Vermutlich war alles ganz harmlos und er dachte einfach nur, dass sie als Assistentin an diesem angeblichen Gespräch zwischen Giuliani und Söderberg teilgenommen hatte. Und entsprechend reagierte sie nun auch. »Ich war bei dem Gespräch leider nicht dabei.«

Ein Lächeln huschte über Nachtweys Gesicht. »Hab dich« schien es auszudrücken. Begann sie, Gespenster zu sehen?

»Söderberg soll ein kluger Mann sein«, sagte Aumayr und

leerte sein Glas. »Wo bleibt eigentlich Torres? Ich bin schon so lange nicht mehr beschimpft worden.«

»Ich werde nach ihr sehen«, sagte Nachtwey. »Nicht, dass sie sich aus Scham eingeschlossen hat.«

»Ich komme mit.« Marie erhob sich. »Oder wolltest du etwa die Damentoilette inspizieren?«

24

»Alles okay, Beatriz?«, rief Marie, als sie den Waschraum betrat. Aus einer der Kabinen drang ein Röcheln. Marie warf sich gegen die Tür, dahinter lag Torres zitternd auf dem Boden. Sie brachte sie in Seitenlage und fühlte ihren Puls.

Nachtwey stürzte herein. »Was ist mit ihr?«

Marie wies mit dem Kopf hinter die Toilette. Ein kleiner Spiegel lag zerbrochen auf den Fliesen, daneben eine Rasierklinge und ein Schnupfröhrchen.

»Der Puls ist heftig, ihr Herz schlägt extrem schnell, aber sie ist bei Bewusstsein«, fasste Marie die Lage zusammen.

»Keinen Arzt«, stammelte Torres.

»Alles wird gut, Beatriz«, sagte Nachtwey beruhigend, der jetzt dicht neben Marie hockte. »Wir kriegen das hin. Dein Kreislauf ist ein bisschen durch, und du hast Angst. Ganz normal, wenn die Line etwas zu lang war. Mach dir keine Sorgen. Du musst nur atmen, ruhig und tief. Du bist jung, dein Herz ist stark und schlägt wie eine Eins. Hörst du mich, Beatriz?«

Sie nickte schwach.

»Ich rede mit Mo«, sagte Nachtwey und erhob sich.

Marie hatte das Schnupfset eben tief in Torres' Handtasche versenkt, als Nachtwey zurückkehrte. Zwei junge Burschen in Küchenkleidung folgten ihm. Nachtwey winkte Marie in den Vorraum. »Sie tragen sie in Mos Büro«, flüsterte er. »Solange der Kreislauf hält, warten wir ab, bis die Wirkung nachlässt. Vielleicht noch eine halbe Stunde, je nachdem, wie viel sie sich reingezogen hat und wie regelmäßig sie schnupft. Wenn das Herz aber doch aus dem Takt kommt, müssen wir den Notarzt rufen. Im Fall der Fälle hat Mo einen Defibrillator an Bord. Hat schon zweimal funktioniert.«

Die Küchenjungen schleppten Torres aus dem Waschraum.

»Ich gehe mit ihnen«, sagte Nachtwey. »Informiere du die anderen.« Ein hoher Hickser entfuhr ihm. Der erste heute Abend. Sie nickte und wollte gehen.

»Warte«, er legte seine Hand auf ihren Arm und schaute ihr in die Augen. »Sag ihnen nichts von dem Koks, okay? Es würde Torres die Karriere kosten.«

Marie zögerte. »Okay«, sagte sie schließlich, und Nachtwey strich ihr wie zum Dank zart über den Arm.

Marie erzählte am Tisch von einem kleinen Schwächeanfall, der Kreislauf, alles kein Problem. Während es sie einige Mühe kostete, Giuliani von einem Krankenbesuch abzuhalten, saß Aumayr nur stumm da und sah sie mit großen Augen an. Wie geschockt. Entweder er war ein brillanter Schauspieler, oder er fühlte sich irgendwie verantwortlich für Torres' Zusammenbruch.

Sie sollten beide nach Hause fahren, schlug Marie vor, Nachtwey würde sich um die Rechnung kümmern und gemeinsam mit ihr für Torres' Heimkehr sorgen. Sie müsse nur einmal kurz telefonieren gehen. Sie gab dem Kellner ein Signal für die Mäntel, und zu dritt verließen sie das Restaurant.

Während Aumayr und Giuliani in ein Taxi stiegen, zog Marie ihr Handy aus der Tasche. Gott sei Dank nahm er ihren Anruf an.

»Hey Berend«, sagte sie.

»Ja?«, fragte er mit skeptischem Unterton.

»Hör zu, bevor du sauer wirst. Es liegt nicht an mir. Unsere Portugiesin hat eine Line zu viel gezogen und ist zusammengeklappt. Ich muss sie zusammen mit einem Kollegen nach Hause bringen.«

»Bist du jetzt also auch noch Krankenschwester?«

»Ich habe hier einen Job zu erledigen, und ich werde ihn gut erledigen. Wie man es von mir erwarten darf«, gab sie scharf zurück. »Und danach …«, aber da hatte er schon aufgelegt.

Eine Stunde später war Torres wieder leidlich auf die Beine gekommen. Ein Kellner fuhr sie gemeinsam zu Torres' Wohnung nach Etterbeek. Während Nachtwey im Wohnzimmer wartete, half Marie Beatriz aus ihrem engen Kostüm, brachte sie ins Bett und setzte sich neben sie.

Auf dem Nachttisch lag ein kleines Fotoalbum. Marie zog es zu sich heran. Sie hatte Familienbilder erwartet, aber das Album enthielt auch Zeitungsartikel und Briefe. Berichte über einen Mann, vielleicht ein Politiker, oder ein Bürgermeister. Auf einigen der Fotos war Torres neben ihm zu sehen, als Kind, als Teenager, als junge Erwachsene. Die Zeitungsartikel im hinteren Teil des Albums stammten aus einem portugiesischen Lokalblatt. Immer wieder wurde der Name eines französischen Wasserkonzerns erwähnt, den Marie aus Giulianis Unterlagen kannte. Und das Wort »Tribunal«. Auf der letzten Seite klebte eine Sterbeanzeige für einen Manuel Torres, der von einer Familie Torres samt Beatriz betrauert wurde.

Marie bemerkte erst jetzt, dass Torres sie anschaute. »Mein Lieblingsonkel. Ich habe ihm versprochen, dass wir gewinnen werden.«

Marie nickte. »Das werden wir.«

Torres' Lider wurden schwer. Ein paar Atemzüge später schien sie schon eingeschlafen zu sein, da murmelte sie etwas auf Portugiesisch und schob ihre Hand in die von Marie. »Geh nicht fort«, flüsterte sie, jedenfalls klang es danach. Beatriz' Gesicht wirkte auf einmal ganz kindlich.

»Ich bleibe gerne noch ein wenig«, antwortete Marie sanft auf Niederländisch. »Und nicht nur, weil mich zu Hause nur Streit erwartet.«

Als Marie später die Tür zum Wohnzimmer öffnete, stand Nachtwey vor einem schmalen Regal und musterte mit schief gelegtem Kopf eine kleine CD-Sammlung. Er hatte eine kleine Stehlampe angeschaltet, die zusammen mit ein paar Kerzen auf dem Couchtisch für ein angenehmes Licht sorgte. Auf dem Tresen der offenen Küche stand eine dunkle Flasche, in den beiden Gläsern daneben schimmerte Rotwein.

Nachtwey sah sie fragend an.

»Sie schläft«, sagte Marie. »Ganz ruhig.«

»Das ist gut.«

»Ich habe ihr versprochen, dass ich noch bleibe.«

»Ich ihr auch. Sie konnte es nur nicht hören.« Er drückte einen Schalter an einer kleinen Kompaktanlage, die im Regal stand. »Musikalisch erfüllt Beatriz jedenfalls alle Klischees ihrer Heimat. Sie besitzt nur zwei Dutzend CDs, und ich finde Fado, Fado und Fado, mindestens fünfzig Jahre alten Weltschmerz. Nur diese hier scheint etwas neuer.« Er hielt eine CD-Hülle hoch, während die Musik einsetzte.

»Noiserv«, las sie. »Kennst du die?«

Er schüttelte den Kopf. »Mir fiel nur dieser schöne Songtitel auf. »Don't say hi if you don't have time for a nice goodbye«.

Ach Gott, dachte sie, so einen Satz hätte sich auch Berend gerade für sie ausdenken können.

Sie lauschten eine Weile der Musik. Marie spürte, wie sich die Melancholie des Songs in sie einschlich.

»Richtig glücklich klingt das aber auch nicht.«

»Stimmt, auch diesem Portugiesen steckt die *saudade* tief in den Genen. Aber ich habe ein Gegenmittel gefunden. Na ja, es könnte auch ein Verstärker sein. Wir werden sehen.« Nachtwey holte die Gläser aus der offenen Küche.

»Ich hoffe, Beatriz verzeiht es mir, ich konnte nicht widerstehen. Ein 2015er Niepoort aus Bairrada. Eine stolze Portugiesin, unsere Torres. Leider mit großen Problemen. Trinken wir zuerst auf ihr Wohl.«

Nachtwey wollte Marie ein Glas reichen, aber in diesem Moment schlug sein Tourette zu, und eine kleine unkontrollierte Bewegung sorgte dafür, dass sich ihre Bluse rot färbte. Ihm entfuhr ein Fluch auf Deutsch, während sie noch an sich heruntersah und den Schaden begutachtete. Plötzlich musste sie laut lachen. »Was für ein beschissener Tag!«

Sein Gesicht hellte sich auf, und er stimmte in ihr Lachen ein, das gar nicht mehr aufhören wollte, sich immer weiter verselbstständigte, schon beinahe überschlug und mit einem Mal in ein Schluchzen überging, das ihren ganzen Körper schüttelte, bis sie diesen unerbittlich aufgestauten Strom von Tränen nicht mehr zurückhalten konnte.

»Oh mein Gott, Marie!« Nachtwey stellte die Gläser schnell ab und nahm sie in seine Arme, oder öffnete er sie nur, und sie sank hinein? Wie lange hatte sie nicht mehr richtig geweint? Es war, als löste sich in ihr der Druck vieler Jahre, und alle nordholländische Deichkunst aus Sich-nicht-so-wichtig- und Zusammennehmen, aus Wegstecken und Verdrängen wurde davon mitgerissen, bis sie in all ihrer Verletzlichkeit dastand. Dagestanden hätte, wenn Christian ihr nicht die ganze Zeit über Schutz geboten hätte, sie ermutigte, nicht dagegen anzukämpfen, während er sanft über ihr Haar strich.

Als sie schließlich erschöpft innehielt, schien es ihr, als hätte sie stundenlang geweint, aber die CD mit der traurigen Musik lief noch.

»Ich habe dein Hemd ganz nass geweint«, flüsterte sie und zupfte etwas verschämt an dem feuchten Stoff herum.

»Sind holländische Tränen eigentlich salzhaltiger? Dann könnte mein Hemd die Rotweinflecken aus deiner Bluse ziehen.«

»Du könntest es ja mal überprüfen«, flüsterte sie. Eine leise Furcht stieg in ihr auf, aber sie verlor sich, als sich seine Lippen über ihre Wangen zu ihrem Mund vortasteten. Sie begann, sein Hemd aufzuknöpfen, er ihre Bluse, beides landete übereinander auf dem Boden. Sollten sich ihre Tränen um seine Rotweinflecken kümmern, während ihre Zungen miteinander spielten und ihre Hände ihre Körper erkundeten, kurz ausruhten, wo es sich gut anfühlte, um wieder neuen Spuren zu folgen, bis sie endlich nackt waren und sich ihre Körper aneinanderschmiegten und ineinander eintauchten.

25

Sie hatte es so lange wie möglich hinausgezögert. War neben ihm liegen geblieben und hatte den Figuren nachgespürt, die seine Fingerkuppen auf ihren Arm malten, ehe sie sich auflösten. Traumbilder. Er schien die Ruhe dieser Zwischenwelt, in der sie sich versteckten, ebenso zu genießen wie sie und machte keine Anstalten, sie wieder zu verlassen.

Aber die LED-Uhr des Backofens in der Küche erinnerte daran, dass jeder weitere Moment ihres Beisammenseins die Auseinandersetzung mit Berend verschärfen würde. Um kurz nach drei entzog sie sich Christian endlich mit der fadenscheinigen Begründung, dass Beatriz aufwachen könnte.

Sie duschte lange, schaute noch einmal nach ihr, die weiterhin tief und fest schlief, und kehrte ins Wohnzimmer zurück. Als Christian mit mildem Spott feststellte, sie rieche nach Torres' Duschbad, begriff sie, dass sie mit vollen Segeln auf ein Drama zusteuerte.

»Ich muss los«, sagte sie tapfer, beugte sich zu ihm herunter und küsste ihn.

»Ja, ich weiß.« Er schaute bedauernd zu ihr hoch, »bis bald.«

Eilig verließ sie die Wohnung, aber es brauchte zwei Anrufe, bis endlich ein Taxi geschickt wurde.

Als der Wagen vor ihrer Haustür hielt, war es schon fast halb fünf. Während sie die Taxitür so leise wie möglich zudrückte, hörte sie einen Motor anspringen. Sie schaute die Straße hoch und sah fünfzig Meter weiter den blauen Aston Martin aus der Parkreihe ausscheren und schnell davonfahren. Berend!

Instinktiv hob sie den Arm und ließ ihn auf halbem Weg wieder sinken. Er hatte nur auf sie gewartet, um sie genau das sehen zu lassen. Nicht schön, aber vielleicht besser so. Jedenfalls hatte er nun die klare Antwort, die er gefordert hatte. Wenn auch nicht die, die er von ihr hatte hören wollen.

Etwas zerrte sie erbarmungslos aus großer Tiefe zurück an die Oberfläche, ein leiernd wiederkehrendes Geräusch, dem sie willenlos zu folgen hatte, bis ihr Bewusstsein erwachte. Sie tastete mit geschlossenen Augen nach ihrem Telefon und drückte auf den Button.

Es war Söderberg. Aber warum rief er zu nachtschlafender Zeit an?

»Hörst du mich, Marie?«

»Äh, natürlich, Niklas. Ich wollte heute etwas später ins Büro …«

Er unterbrach sie. »Heute ist Samstag, Marie. Du musst nicht ins Büro kommen. Du bist, einen Moment, bitte, …« Er verdeckte das Mikrofon, sie hörte, wie er hektisch mit jemandem redete.

»Du bist« – ja, was? Vom Fall abgezogen? Suspendiert? Hatte Beatriz etwas mitbekommen und sich bei Giuliani beschwert, die es dann brühwarm an Söderberg weitergab?

»Sorry, Marie. Wo war ich – ach ja, du bist zusammen mit Giuliani für Viertel vor eins auf einen Flug nach Tallinn gebucht. Treffpunkt am Gate. Giuliani brieft dich.«

»Oh mein Gott«, entfuhr es ihr. »Ich glaube«, sie wollte fortfahren, »ich bin nicht wirklich reisetauglich«, aber sie zog gerade noch die Reißleine, »das geht in Ordnung, schickt mir jemand den Eincheck-Code?«

»Liegt schon in deinem Account. Kleines Gepäck reicht. Ihr kommt gleich morgen früh wieder zurück. Und, Marie?«

»Ja?«

»Iss etwas, bevor du Kopfschmerztabletten nimmst. Gute Reise!«

Als die Maschine die schwedische Küste überflog, warf Marie ihre dritte Ibu ein. Die Ereignisse des vergangenen Abends kamen ihr immer unwirklicher vor. Sie sah sich darin wie eine Fremde. Ihr Herumgeheule und diese seltsamen Vorstellungen. Demnächst würde sie ihren Kaffee aus einer rosafarbenen Einhorntasse trinken. Und überhaupt, Sex mit einem, der in ihren Fall involviert war.

Und Berend? Das schlechte Gewissen hatte sie doch noch gepackt. Aber vorerst musste es reichen, dass sie ihm eine Nachricht geschickt hatte, mit Beweisfoto vom Gate samt Display mit Flugdaten: »Muss nach Tallinn. Wir reden später.«

»Denn vorher sprechen wir miteinander«, dachte sie, während sie auf ihrem Laptop das Pressefoto hochzoomte, das Henrik Laar mit ein paar Hipstern eines Tallinner FinTech-Unternehmens zeigte. Als er noch in Amt und Würden war.

Giuliani war es in einem Telefonat gelungen, Kivistiks Vorgänger zu einem Treffen zu überreden. Zunächst sei Laar extrem schroff gewesen, hatte sie am Gate erzählt. Habe sich empört gezeigt, dass jemand seine geheime Festnetznummer herausgegeben hatte, und mit der Drohung, bei einer erneuten Kontaktaufnahme gegen sie vorzugehen, gleich wieder aufgelegt. Eine halbe Stunde später habe dann Giulianis Mobil geklingelt. Henrik Laar. Er rief vom Apparat einer Kneipe an, hörte zu, was sie zu sagen hatte, versuchte, sie halbherzig abzuwimmeln, und nannte ihr nach längerem Schweigen die Koordinaten eines Parkplatzes am Rande eines Naturschutzgebietes namens Võrtsjärv. Dort solle Giuliani überprüfen, ob die Unterseite eines Papierkorbs auch wirklich dicht war.

Marie hatte die Augenbrauen hochgezogen, aber auf weitere Kommentare verzichtet. Allmählich war kaum noch zu entscheiden, ob die Legionen von Spionagefilmen die Realität konspirativer Arbeit abbildeten oder die Realität nur die Spionagefilme.

Giuliani schob einen Stapel Akten zurück in ihre Tasche. »Fertig. Und? Geht es Ihnen besser?«

»Ich war nur etwas übermüdet, die Nacht war – kurz.«

Giuliani nickte wissend. »Bevor Sie zum Gate kamen, habe ich übrigens mit Torres telefoniert.«

Warum legte Giuliani eine Kunstpause ein? Wollte sie ihr die Gelegenheit zu einer Beichte geben?

»Und wie geht es ihr?«

»Viel besser. Sie klang auch nicht ganz so, wie soll ich sagen, verbissen wie sonst. Ich soll Ihnen jedenfalls ausrichten, wie dankbar sie Ihnen und Christian ist. Sie hätten sich als echte Freunde erwiesen.«

26

Irgendwann war es ihm zu viel geworden, und er hatte sich in seinen Aston gesetzt. Dort wollte er warten, bis Marie nach Hause kam. Sie kam spät. Viel zu spät, um noch ein ernstes Gespräch zu führen.

Also startete er den Motor und scherte wütend aus der Parklücke aus. Ein paar Straßen weiter hatte er aus Trotz auf dem Handy nach einem schönen Fünf-Sterne-Hotel für sich gesucht.

Schließlich hatte er sich für das Hotel Omega im Herzen Brüssels entschieden. Das Gebäude hatte zuvor jahrhundertelang als Knast gedient, aber das interessierte ihn so wenig wie der Preis, der für die billigste Suite bei satten siebenhundert Euro pro Nacht lag. Und als er dann noch las, dass nicht nur Robbie Williams, sondern auch die Stones dort logiert hatten, buchte er telefonisch. Ankunft jetzt gleich, noch vor Morgengrauen.

Er musste ein Zeichen setzen – für Marie und für sich. Dass sie und der »Kollege« sich noch immer um diese Torres kümmerten, bloß weil ihr Näschen überfüllt war, wer sollte das glauben? Aber auf das, was sie in Wirklichkeit tat – und mit wem genau –, wollte er seine Fantasie jetzt nicht loslassen.

Eine Viertelstunde, nachdem Marie vor ihrem Haus aus dem Taxi gestiegen war, übergab er dem *voiturier* des Omega seine Autoschlüssel und ließ sich nach einem schnellen Check-in auf ein Kingsize-Bett in einem Schlafzimmer fallen, das zweimal so groß war wie Maries Wohnung. Dann bestellte er beim Zimmerservice eine Flasche schottischen Scapa-Whiskys und das erstbeste Gericht von der Nachtspeisekarte, ein paar Sandwiches mit gegrilltem Ziegenkäse, gerösteter roter Paprika und Pesto.

Während er sie mürrisch in sich hineinstopfte, überlegte er, ein Escort-Girl zu ordern. Wie wurde das hier überhaupt gemacht? Auch über den Zimmerservice? Aber nach ein bisschen lustlosem Kopfkino verwarf er den Plan wieder. Zu banal. Auch Rache musste Stil haben. Außerdem hatte er keine handfesten Beweise für was immer Marie da getrieben hatte. Oder mit wem, aber dieser hicksende Nachtwey, von dem sie aus Tallinn ein wenig zu viel berichtet hatte, der stand natürlich ganz oben auf der Liste. Noch während er seine Eifersucht anfütterte, fiel er in einen tiefen Schlaf.

Am Samstag erwachte er gegen Mittag und griff sofort nach seinem Handy. Marie hatte eine einzige Nachricht geschickt.

Automatisch öffnete er sie. Sie enthielt nicht mehr als ein Bild von einem Flughafengate, darunter zwei Zeilen. *Muss nach Tallinn. Wir reden später.* Er setzte sich auf. Mein Gott, war sie schon wieder auf dem Weg in dieses verdammte Estland!? Warum? Und mit wem? Seine Daumen flogen schon über die Tastatur, um nach einer Erklärung zu verlangen. Aber nein, vergiss es, sie war ja gerade weit oben in der Luft.

Er warf sein Handy neben sich, griff nach dem halb vollen Glas Whisky, das er etwas abseits auf dem riesigen Bett geparkt hatte, und leerte es in einem Zug. Dann ließ er seinen Kopf zurück in die Kissen sinken, während die Wärme des Alkohols den Weg in seinen Magen suchte. Herrlich, dieses sanft brennende Gefühl ließ ihn augenblicklich wieder angenehm träge werden und in Gedanken entspannt mit Marie reden.

Nein, Marie, mit solchen Fluchtspielchen lass ich mich von dir nicht verrückt machen. Dass du eine unabhängige Frau bist, war mir immer klar. Musst du mir jetzt nicht mit einer durchgemachten Nacht beweisen. Oder hast du Bindungsangst? Kein Problem, für eine Therapie ist es nie zu spät – zur Not komme ich sogar mit, wenn's hilft. Was sagst du? Du willst, dass ich mich endlich und für ewig an die Gesetze halte? Kein Problem, mein Herz, der Plan steht ja längst! Und glaub nicht, dass ich dann zum langweiligen

Hauspascha werde. Gegen mein *Sjwahduhfiefruh* kommt auch der schickste Brüsseler Sesselfurzer nicht an, schon gar nicht so 'n Deutscher mit Weihnachtsmannnamen. Sorry, Schatje, lad diesen Nachtwey ruhig zu deinem Junggesellinnenabschied auf einen leckeren Striptease ein, und dann kannst du ihn für immer in die Wüste schicken, denn von da an hast du mich, Berend Schroot, the only one.

Er musste lachen. Unter ihrem Juristinnen-Kostüm war sie ein Wildpferd. Und sie liebte ihn, dafür hatte er ein Gespür. Aber jetzt erst einmal ein Luxus-Frühstück. Er zog die Karte vom Nachttisch. Wenigstens gab es hier *breakfast with bubbles*. Gute Idee, damit ließ sich die Stimmung oben halten.

Zwanzig Minuten später informierte ihn ein dezentes Klopfen, dass ein exotischer Obstsalat, frisch gebackenes Dinkelbrot, ein luftiges Omelett mit Trüffelmayonnaise und eine halbe Flasche Ruinart Brut vor der Tür auf ihn warteten. Er rollte den Wagen auf seine Privatterrasse hinaus und genoss die milde Wintersonne.

Einer plötzlichen Laune folgend, rief er wieder den Zimmerservice an und bat, ihm alle Autozeitschriften zu besorgen, die in einem Umkreis von einem halben Kilometer in Buchläden und Kiosken zu finden waren. Er schlüpfte zurück unter die Bettdecke und schaltete sein Handy auf Flugmodus.

Den Rest des Nachmittags vertiefte er sich in Langzeittests von Geländewagen, Berichte über die intelligentesten Radarwarner, die kleinsten tragbaren Starthilfe-Powerbanks und andere wissenswerte Dinge aus der Autowelt.

In Ülemiste wartete Kiisler in einem Mercedes Coupé auf sie. Nachdem sie eine Weile gefahren waren, wurde Giuliani nervös. »Wir müssen direkt weiter nach Võrtsjärv. Warum fahren Sie in die Stadt?«

Kiisler schaute sie über den Rückspiegel an. »Sicherheitsprotokoll. Man könnte uns observieren.«

Er bog häufig ab, überfuhr an Kreuzungen konsequent gelbe Ampeln, und gleich zweimal hörte Marie hinter sich wildes Gehupe, nachdem jemand an der Ampel seinen Wagen abgewürgt hatte und nicht wieder in Gang bekam.

»Diese Fahrkünstler sind Leute von uns«, sagte Kiisler trocken.

Als über Funk ein Signal hereinkam, drückte er aufs Gas und verließ die Stadt in südlicher Richtung. Unterwegs wechselten sie in einen dunkelgrünen Land Rover.

Sie fuhren rund zwei Stunden, ehe sie in einen Wald abbogen und nach weiteren zwanzig Minuten den Parkplatz erreichten. Marie stieg aus und tastete vorsichtig den Boden des Müllkorbs ab, noch ein zweites Mal, aber da war nichts. Sollte Giuliani sich verhört haben? Sie wollte gerade zum nächsten Korb gehen, als ein Oldtimer-Geländewagen aus russischer Produktion auf den Parkplatz einbog und neben dem Land Rover parkte. Das Fenster wurde heruntergekurbelt, Laar sah sie missmutig an.

»Von hier aus fahren die Damen mit mir weiter.«

»Ich bin verpflichtet, die beiden zu begleiten«, sagte Kiisler.

»Dann wird es kein Gespräch geben.« Er begann, die Scheibe wieder hochzukurbeln.

»Moment!« Giuliani öffnete ihre Tür und stieg aus. »Wir vertrauen Henrik.«

»Zehn Kilometer westlich von hier gibt es ein Dorf mit einer Kneipe«, sagte Laar zu Kiisler. »Da können Sie warten. Punkt siebzehn Uhr sind wir zurück. Sollten Sie mir folgen, ist sofort Schluss.«

Marie signalisierte Kiisler ihr Einverständnis.

»Siebzehn Uhr«, wiederholte Kiisler.

Während der Fahrt redete Laar kein Wort. Die Heizung im Wagen schien defekt zu sein, vielleicht wollte er sie bei lächerlichen fünf Grad minus aber auch einfach nicht einschalten. Sie fuhren eine halbe Stunde abseits der Landstraße über schmale Straßen, durch Waldstücke und an großen, mit Schnee bedeckten Ackerflächen entlang, bis der Võrtsjärv vor ihnen auftauchte. Kurz vor dem See bog Laar in einen unbefestigten Seitenweg ab, und nach einigen Windungen sahen sie sein »Ferienhäuschen«, eine zweistöckige Blockhausvilla.

Als Giuliani in den warmen Wohnraum trat und den großen Kachelofen sah, seufzte sie auf. Laar ließ sie eine Weile alleine, bevor er mit einem großen Tablett in den Händen zurückkehrte. Wortlos deckte er ein, stellte drei Flaschen Palmse-Bier, einen Korb mit dunklem Brot und einen Teller mit geräucherten Fischfilets auf den Tisch. »Entschuldigen Sie die Umstände Ihrer Anreise. Es geht nicht anders«, wandte Laar sich an Giuliani.

»Wir ahnten nicht, dass Sie Ihren Aufenthaltsort so geheim halten«, erwiderte Giuliani.

»Ich musste sichergehen, dass man Ihnen nicht folgt. Und ich wollte nicht, dass hier ein Wagen mit Diplomatenkennzeichen durch die Dörfer fährt. ›Freies Estland‹ hat seine Leute überall und auf dem Land die meisten. Aber kommen wir zur Sache. Und bedienen Sie sich.«

Marie fügte sich in ihre Assistentinnenfunktion, stellte Giuliani einen Teller zusammen und schenkte Bier in ihre Gläser ein. Als Giuliani zu sprechen begann, konzentrierte sich Laar ganz auf sie, und Marie hatte Zeit, ihn genauer zu betrachten.

Er war Ende fünfzig, nicht sehr groß und etwas übergewichtig. Hinter einer schmucklosen, aber teuren Brille mit Metallrahmen lauerten unter dicken blonden Augenbrauen kleine, wache Augen. Seine Wangen hingen kraftlos herab, und die zwei tiefen Falten, die sich von seinem kleinen Mund herunterzogen, ließen sein Doppelkinn noch stärker hervortreten.

Giuliani versuchte erst gar nicht, um den heißen Brei herumzureden. Sie schilderte knapp den Fortgang der Verhandlungen nach seiner Entlassung und fasste ihr letztes Gespräch mit Kivistik zusammen.

Laar hörte ihr mit unbewegter Miene zu. Auch als der Name Lietuvos Vairen fiel, verzog er keine Miene. Marie konnte nicht erkennen, ob er überrascht war oder nur erfuhr, was er längst wusste.

»Was erwarten Sie von mir, Francesca?«, fragte Laar, nachdem Giuliani ihren Bericht beendet hatte. »Ich bin im

Ruhestand. Mein Einfluss reicht nur noch eine Angelschnur weit.«

»Ich ahne, in welch schwieriger Lage Sie sich befinden. Dass Sie in unserem Sinne auf die Stadtspitze einwirken, hatte ich gar nicht zu hoffen gewagt. Aber Sie können uns dabei helfen, die Hintergründe zu verstehen.«

»Ich soll meine Landsleute verraten.«

»Wir beide waren uns immer einig, dass unsere Zusammenarbeit Ihrem Land erhebliche Vorteile bringt. Die Einzige, die Ihre Landsleute verrät, ist Kivistik, weil sie den Vertrag auf dem Altar ihrer politischen Interessen opfert.«

»Als Italienerin kennen Sie sich mit Altären besser aus. Wir sind hier nicht sehr religiös.«

»Dafür erhebt ›Freies Estland‹ den Nationalismus zur Staatsreligion. Und wie alle Fundamentalisten zerstören sie am Ende das, was sie zu schützen vorgeben. Jeder weiß, dass das Baltikum nur in einem starken, geeinten Europa geschützt ist. Sie sind viel zu erfahren und viel zu klug, um anzunehmen, dass die Amerikaner wegen Estland einen Krieg mit den Russen anfangen würden. Die USA isolieren sich, Kivistik und ihre Leute isolieren Estland, und wenn alle Verbindungen gekappt sind, wird Estland zur zweiten Krim und die Geschichte Ihrer Unterdrückung wird sich grausam wiederholen. Das dürfen Sie nicht zulassen, Henrik.«

Laar lächelte leise. »Und das alles nur wegen eines kleinen gescheiterten Vertrags über die Tallinner Wasserversorgung. Sie fahren große Geschütze auf, Francesca.« Er griff nach einer der Bierflaschen und nahm einen tiefen Schluck. »Essen Sie. Es ist zu viel für mich alleine.«

Eine Weile sah er ihnen konzentriert zu, als prüfe er, ob sie die Köstlichkeit von Fisch und Brot zu würdigen wussten. Dann stand er auf und öffnete die Klappe des Kachelofens. Er stocherte ein wenig in der Glut herum und legte ein Holzscheit nach. »Also gut«, sagte er schließlich. »Was ich Ihnen sagen werde, haben Sie nicht von mir. Ich hänge sehr an diesem Land.«

»Sie haben sich bisher auf mein Wort verlassen können,

nicht wahr? Aber wir möchten natürlich mit Ihren Informationen arbeiten. Darum müssen Sie uns sagen, was nur Sie wissen können und wir darum nicht öffentlich verwenden dürfen.«

»Was ich weiß, wissen in Tallinn einige. Leute, die Kivistik in die Quere gekommen sind, und Leute, die ihr den Weg nach oben ebnen können.«

»Und warum schweigen die alle?«

»Weil Kivistik einen Schatz von ihrem Mann geerbt hat. Einen Tresor mit Dokumenten aus der Zeit der großen Privatisierung.« Laar atmete tief ein und berichtete aus der großen Umbruchszeit.

Die estnische Regierung hatte Anfang der 1990er eine Agentur gegründet, mit deren Hilfe die staatlichen Unternehmen privatisiert werden sollten. Nachdem man längere Zeit auf den großen Betrieben sitzen geblieben war, änderte man die Regeln und ließ auch ausländische Investoren zu. In dieser Zeit bekam Mihkel Kivistik einen Job in der Agentur. Die Unternehmen wurden versteigert oder gingen in den Direktverkauf, manchmal ohne Ausschreibung. Nach knapp drei Jahren waren fünfundneunzig Prozent ganz oder teilweise privatisiert. Und Kivistik war immer beteiligt.

»Sicher ziemlich gute Zeiten für Korruption und organisierte Kriminalität, oder?«, fragte Marie.

Laar schaute sie gequält an. »Seien Sie froh, dass Sie einen solchen Systemwechsel nicht mitmachen mussten. Unsere Regierung hat damals einen radikalen Wirtschaftskurs eingeschlagen. Unsere Arbeitslosenquote wurde nur noch von der Inflationsrate übertroffen. Fast jeder Dritte lebte unterhalb der Armutsgrenze. So etwas könnt ihr Westler euch nicht vorstellen. Und trotzdem, junge Frau, ging es meistens legal zu. Aber wo man einen Baum fällt, fallen immer auch Späne.«

»Und diese Späne hat Mihkel Kivistik aufbewahrt.«

Laar nickte. »Bis heute fürchtet jeder, der damals mitgespielt hat, dass er ein Namensschild in Mihkels Tresor hat. Zu Recht. Zweimal hat es hier in den letzten Jahren große Korruptionsskandale gegeben. In beiden Fällen traf es Leute, die den Kivistiks zuvor in die Quere gekommen waren. Der erste noch zu Mihkels Lebzeiten, beim zweiten musste Jaana schon die Fäden gezogen haben.«

»Aber er selbst hat nicht falsch gespielt und sich seine Hotelkette zum Spottpreis unter den Nagel gerissen?«, fragte Giuliani.

»Mihkel war nicht dumm. Er hat mit finnischen Investoren zusammengearbeitet und sich tief verschuldet. Niemand hat je Beweise für einen Betrug gefunden. Und viele haben es versucht.«

»Und mit diesen alten Geschichten lässt sich auch der politische Aufstieg von Jaana Kivistik erklären?«

»Ihre Assistentin ist eine schlaue, aber etwas neugierige junge Frau, Francesca.« Laar stand auf, nahm die leeren Bierflaschen vom Tisch und verschwand damit in der Küche.

27

Einige Minuten lang war in Laars guter Stube nichts zu hören als das knackende Holz im Ofen. Marie und Giuliani schauten sich ratlos an. Sollte das Gespräch damit schon beendet sein?

Giuliani wollte gerade aufstehen, als Laar mit neuem Bier zurückkehrte. Er schenkte ihnen nach und setzte sich wieder. »Gut, kommen wir zum eigentlichen Punkt. Beweise habe ich nicht, aber es müssen noch andere Dokumente in diesem Tresor liegen. Zu den vier Hotels, die Mihkel erworben hat, zählte auch das Viru in Tallinn. Sicher haben Sie schon davon gehört, dass der KGB dort eine beachtliche Abhörzentrale betrieb. Es ist ihm garantiert eine Menge Technik in die Hände gefallen, als die Russen 1991 Hals über Kopf verschwinden mussten. Technik, die er leicht nutzen konnte, um die Konferenzräume in seinen Hotels zu verkabeln. Und die waren über Jahre hinweg die bevorzugten Treffpunkte aller estnischen Parteien.«

Sein Verdacht, erklärte Laar, habe sich erhärtet, als vor einem Jahr unerfreuliche Dinge über den engsten Vertrauten des Parteivorsitzenden von »Freies Estland« ans Licht kamen. Die beiden waren kurz nach der Jahrtausendwende noch führende Mitglieder einer anderen Regierungspartei gewesen. Sie saßen zusammen in denselben Ausschüssen, galten politisch wie privat als siamesische Zwillinge.

Trotzdem geriet nur der mittlerweile verstorbene Vertraute des Vorsitzenden in den Fokus. Der Presse wurde ein Tonband zugespielt, auf dem zu hören war, wie er sich bei der Vergabe neuer Mobilfunklizenzen hatte bestechen lassen.

Dem Vorsitzenden selbst gelang es gerade noch rechtzeitig, sich von seinem alten Freund zu distanzieren. Niemand wäre wohl wirklich überrascht gewesen, wenn danach auch Material über ihn verbreitet worden wäre.

Laar tupfte sich den Schweiß von der Stirn und trank von seinem Bier. Vermutlich hatte er seit Wochen nicht mehr so viel geredet wie bei diesem Treffen.

»Aus den Hintergrundgeräuschen jedenfalls war zu schließen, dass die Unterhaltung in einem von Kivistiks Hotels stattgefunden hatte. Keine zwei Monate nach diesem Skandal schlug der Vorsitzende Jaana Kivistik als neues Vorstandsmitglied vor. Und im Übrigen soll er es auch gewesen sein, der den Bürgermeister dazu brachte, mich zu entlassen und durch Jaana zu ersetzen. Glauben Sie an solche Zufälle?«

»Ich wünschte mir, wir würden einen Beweis dafür finden«, sagte Giuliani.

»Sie haben nicht zufällig eine Idee, ob dieser Tresor in Kivistiks Haus steht?«, fragte Marie.

»Würden Sie Sprengstoff in Ihrem Haus aufbewahren?« Laar erhob sich. »Aber jetzt müssen wir fahren. Ihr Sicherheitsbeamter sollte besser nicht in Panik geraten.«

»Eine letzte Frage noch. Könnten Sie sich vorstellen, dass Jaana Kivistik mit dem russischen Geheimdienst zusammenarbeitet?«

»Jaana?« Sein Lachen wirkte, als müsste er eine Gräte herauswürgen. »Ich halte sie für absolut skrupellos. Aber das wäre grotesk!«

»Und warum?«

»Die Geschichte ist historisch verbürgt. Jaanas Großeltern waren bei der großen Säuberung 1949 verhaftet und im Tallinner KGB-Gefängnis gefoltert worden. Man hat sie zusammen mit Tausenden enteigneten Bauern nach Südwestsibirien deportiert. Der Mann starb Mitte der Fünfzigerjahre kurz nach der Geburt seiner Tochter, also Jaanas Mutter. Seine Frau blieb schutzlos mit dem Kind zurück. Erst 1959 durften sie nach Estland zurück. Beide starben an Krebs, lange bevor Jaana volljährig wurde. Und auch das geht auf die Rechnung der Russen. Die Kolchose in Kasachstan, auf der die Großmutter zuletzt arbeiten musste, befand sich in der Nähe des Atomwaffentestgeländes von Semipalatinsk. Verstehen Sie? Der Hass, mit dem Jaana Kivistik Russland öffentlich geißelt, er kommt aus tiefstem Herzen.« Er schaute auf die Uhr. »Es ist wirklich höchste Zeit.«

»Wenn es möglich wäre, würden Sie in Ihr altes Amt zurückkehren?«, fragte Giuliani auf dem Weg zum Auto.

Er musste nicht lange überlegen. »Gewiss nicht. Hier draußen geht es mir besser als je zuvor. Es gibt kaum Menschen.«

Während sie im Dunkeln fern der Dörfer zurückfuhren, schwiegen sie. Erst kurz vor dem Parkplatz räusperte sich Laar und fuhr mit seiner Antwort fort, als wäre nicht eine halbe Stunde seit seinem letzten Satz vergangen. »Aber ich will rehabilitiert werden. Wir Esten sind stolze Menschen. Und darum achten wir einander für gewöhnlich. ›Freies Estland‹ aber spaltet unsere Gesellschaft. Gerade jetzt, wo in der jungen Generation die Grenzen der Herkunft verwischen. Wenn Sie diesem Spuk ein Ende bereiten wollen, können Sie auf meine Hilfe rechnen.«

Erst gegen Abend verließ Berend seine Bettenburg, um sich auf der Terrasse ein bisschen Wind um die Nase wehen zu lassen. Er sog die kalte Luft tief in seine Lungen ein. Hinter der Silhouette der Stadt ging die Sonne in einem Meer aus rosaroten Farben unter, und hoch über sich sah er bereits ein paar Sterne funkeln.

Würde auch Marie in diesem Moment in den Himmel schauen?

Natürlich nicht, schließlich war er in ihrer Beziehung der Romantiker.

Tja, Marie … sie würde doch irgendwann zurückkommen. Und dann? *Berend, ich muss dir was beichten …*

Ach was, er sah nur Gespenster. Der Schlüssel lag bei ihm, er musste die Regie übernehmen, um ihre Zweifel ein für alle Mal zu besiegen. Das Projekt mit Didi könnte für diesen Schlüssel sorgen … Aber es war noch mehr nötig.

Er schaltete die Terrassenheizstrahler ein und schaute

wieder zum Horizont, an dem ein paar letzte orangerote Lichter aufflackerten. Vielleicht sollte er ihr zeigen, dass er nicht nur Autos mit fetter Marge verkaufen konnte, sondern seine Cleverness ab sofort zum Wohle der Gesellschaft einsetzen wollte … sie auf ihrem eigenen Terrain erobern … das könnte es sein. Er musste ihr bei ihrem Fall helfen und damit ihrem Misstrauen gegenüber seiner Gesetzestreue ein für alle Mal ein Ende machen.

Aber wie? Marie hatte ihm so gut wie nichts über ihren neuen Job erzählt, und er konnte ja schlecht in Tallinn anrufen und sie fragen, wie er ihr zur Hand gehen könne.

Er ließ sich in die Kissen des Kanapees sinken und starrte eine Weile auf die festlich beleuchtete Turmspitze des Brüsseler Rathauses, bis ihn der auffrischende Wind schaudern ließ.

Er kehrte ins Zimmer zurück und orderte eine neue Flasche Scapa. »Der Geist muss wehen«, hatte ein örtlicher Dichter, der es in Berends Schulbuch geschafft hatte, einmal geschrieben, aber vor allem musste der Geist doch geschmiert werden. Und es war höchste Zeit für ein One-Man-Brainstorming.

28

Am Sonntagmorgen erhielt Marie einen Anruf von Söderberg, während sie in der Schlange am Frühstücksbuffet stand und aus einer großen Thermoskanne einen Strahl Kaffee in ihren Becher laufen ließ. Die Orga-Leute hatten sie dieses Mal als angebliche Mitarbeiterinnen der Generaldirektion für Bildung, Jugend, Sport und Kultur in ein preisgünstigeres und unauffälliges Hotel etwas außerhalb des Zentrumsrings eingebucht. Es war ein massives, dunkles Gebäude aus der Zarenzeit, einstmals aus weißem Kalkstein erbaut, aber im Verlauf der Jahrzehnte hatte sich eine schwarze Patina darübergelegt. Der Frühstückssaal befand sich im Keller, wo zwei Frauen in Dirndltracht mit dicken Brotscheiben und ebenso dicken Scheiben Wurst und Käse am Buffet regelmäßig für Nachschub sorgten.

»Tarnung weiterhin aktiv?«, fragte Söderberg.

Marie konnte nicht erkennen, ob es ironisch gemeint war. Am Abend zuvor hatte sie einen ausführlichen Bericht über ihren Besuch bei Laar verfasst, in dem sie ihren Spott über die antiquierten Sicherheitsmaßnahmen des ehemaligen Wirtschaftsdezernenten nicht verbarg. Söderbergs Antwort darauf war so nüchtern wie eindeutig: »Versteck von Kivistiks Dossiers ermitteln. Rufe dich morgen an.«

Hastig nahm sie den vollen Becher und stellte sich etwas abseits hinter eine Säule. Durch die kleinen Fenster hoch oben in den Gewölben fing sie ein paar Sonnenstrahlen ein. Sonntagsruhe, keine Krawalle, keine Demonstranten.

»Natürlich«, sagte sie nur.

»Morgen könnt ihr aus der Deckung kommen. Und schon heute Abend zieht ihr in euer Fünf-Sterne-Hotel vom letzten Mal zurück.«

Marie nippte vorsichtig an ihrem Becher, in dem der Kaffee dampfte. »Heute Abend? In einer halben Stunde steigen wir ins Taxi zum Flughafen.«

»Change of plan. Werde ich euch gleich im Safe Room des EU-Hauses auf der Rävala erklären. In diesem Augenblick bereiten sie da alles für eine Videokonferenz vor. Während ihr bei Laar wart, haben wir hier ein paar komplexe Ermittlungen abgeschlossen. Mit brisanten Ergebnissen. Giuliani weiß auch schon Bescheid. Bis gleich!«

Sie kehrte zum Buffet zurück und starrte eine Weile grübelnd auf die Schüsseln mit fermentiertem Kohl, als Giuliani neben sie trat.

»Er hat Sie informiert, oder? *Che sfiga!* Und ich habe nur Kleidung für zwei Tage dabei.«

An der Tür zum EU-Haus wurden sie von Toomas Kiisler empfangen, der während der Begrüßung über ihre Schultern hinweg ständig auf die Straße blickte, als erwarte er jeden Moment den Aufmarsch einer wütenden Masse von Demonstranten.

Er führte sie in einen großen kahlen Raum, wo ein hochzolliger Monitor wie ein Altar aufgebaut war. Davor eine Kamera, deren Objektiv auf zwei Holzstühle gerichtet war. Auf den Bodenfliesen dazwischen standen eine Flasche Wasser und zwei Gläser.

Marie schaute Kiisler überrascht an. Er zuckte mit den Schultern. »Unser Konferenzraum wird gerade renoviert.«

Giuliani setzte sich und schaute ungeduldig auf den Bildschirm. »Bild!«, rief sie laut.

Nach ein paar Sekunden erschien Niklas Söderberg in Lebensgröße vor ihnen. Er saß an seinem Schreibtisch in der Rue Montoyer und machte sich gerade eine Notiz, dann winkte er mit seinem teuren Füller, um anzuzeigen, dass er bereit war.

»Guten Morgen, Niklas!«, begann Giuliani das Gespräch gut gelaunt. »Früher mussten wir sonntagmorgens immer in die Kirche gehen, wo man uns eintrichterte, dass wir alle

Sünder sind. Ich hoffe, Sie haben eine etwas frohere Botschaft für uns.«

Söderberg schaute auf seine Uhr. »Es ist Sonntag, der 13. Februar, 10:35 Uhr. Anwesend sind Francesca Giuliani, Marie Vos und Niklas Söderberg. Anlass der Besprechung ist der Bericht LV 1.0 der EU-Security-Abteilung Finanzen & Strategie.«

Er wartete einen Moment und machte sich wieder eine Notiz. Unsichtbar für Söderberg begann Giuliani, mit dem Fuß zu wippen.

»Wenn Kivistik einen Deal mit Lietuvos Vairen macht, liefert sie damit die Trinkwasserversorgung ihrer Hauptstadt auf einem Silbertablett an Russland aus«, fing er an. »Dieses scheinbar so harmlose Unternehmen befindet sich nämlich im Besitz von Anteilseignern in der Rechtsform von Holdings, Limited-Briefkastenfirmen und geschlossenen Fonds, die wiederum im Besitz anderer Holdings, Briefkastenfirmen und geschlossenen Fonds sind, die wiederum ebenfalls Eigentum von und so weiter und so fort sind …«

Er schaute sie prüfend an, als wolle er sich vergewissern, dass sie die Tragweite seiner Ausführungen auch wirklich begriffen.

»Alle diese Unternehmen haben ihren Sitz oder wenigstens ihre Bankkonten in Staaten wie Costa Rica, den Seychellen und vor allem den Cook-Inseln, weil man da alle ausländischen Rechtshilfeersuchen konsequent durch den Schredder jagt. Ein Glücksfall für uns: Mit seinem Hauptsitz ist Lietuvos Vairen auf Zypern registriert und als EU-Mitglied …«

»Niklas, beschränken wir uns auf das Wesentliche«, unterbrach Giuliani ihn. »Die Details können Sie in Ihrem schriftlichen Bericht nachliefern.«

Söderbergs Augenbraue zuckte kurz nach oben, ehe er eine Handbewegung machte, mit der er klarmachen wollte, dass nie etwas anderes geplant war. Ganz so kurz wollte er es dann aber doch nicht machen, dafür gefiel ihm die Geschichte offensichtlich zu gut.

Als die eigentlichen Eigentümer dieses Schachtelkonstrukts hatten sich drei Milliardäre aus Russland erwiesen, allesamt Jugendfreunde des Präsidenten. Dass sie ihm die größten Deals ihres unternehmerischen Daseins und also ihren Reichtum verdankten, begründete eine Loyalität, die sie regelmäßig in den Katharinensaal des Kremls führte, um zu erfahren, womit sie ihrem Präsidenten eine Freude bereiten konnten. In diesem Fall war das offenbar der Kauf der Wasserbetriebe von Tallinn.

Giuliani spielte immer nervöser mit dem Druckkopf ihres Kugelschreibers.

»Ehrlich gesagt bin ich skeptisch, Niklas«, sagte sie, nachdem er mit einem Nicken endlich das Ende seines Berichts markiert hatte. »Und zwar nicht, weil ich das den Russen nicht zutraute. Aber Kivistik ist, nach allem, was wir hier gehört haben, absolut russlandfeindlich eingestellt, aus persönlichen wie politischen Gründen. Was sollte sie also dazu bringen?«

»Auch uns hat das überrascht, Francesca. Aber die Antwort auf Ihre Frage ist leider so banal wie naheliegend: Gier. Erlauben Sie mir dazu noch ein paar Details. Sie werden sie vielleicht ins Spiel bringen müssen.«

Sein Rechercheteam hatte herausgefunden, dass zum Erbe Mihkel Kivistiks ein kleiner Exporthandel für Zierfische auf Malta gehörte. Bei einer kurzfristig angesetzten Buchprüfung waren zwei beeindruckend hohe Transaktionen aufgefallen. Die Firma hatte für ein paar Silbermaid-Lippfische und eine Partie von Dreibindenbrassen jeweils zweihundertfünfzigtausend Euro erhalten. Pro Exemplar fünfundzwanzigtausend Euro. Der Wunsch, einmal Fotos dieser so seltenen Wesen zu sehen, war unerfüllt geblieben, denn es gab gar keine Fische, die so hießen. Was den Käufer, der sich hinter einer Briefkastenfirma in Panama verbarg, nicht daran gehindert hatte, die Rechnung dafür über die zypriotische Pilatus Bank zu begleichen.

Für Söderbergs Team war das der zweite Glücksfall, denn die Bank lag seit Längerem unter schwerem Beschuss der

EU-Regulierungsbehörde und konnte sich nicht noch einen Konflikt leisten, sodass man erstaunlich schnell Zugang bekam. Zeit, die man für die Aufschlüsselung der Konstruktion hinter der Briefkastenfirma nutzen konnte, bis da ein konkreter Name stand. Nämlich der von einem der drei so hilfsbereiten Freunde des russischen Präsidenten. Mit anderen Worten: Sie hatten Kivistik für ihr Entgegenkommen beim Verkauf der Wasserwerke mit einer halben Million Euro belohnt.

»Durchaus vorstellbar, dass Kivistik gar nicht weiß, von wem sie sich da bestechen ließ. Aber vielleicht war es ihr auch einfach egal, solange das Geld stimmte.«

Giuliani wandte sich an Marie. »Erinnern Sie sich daran, was uns der italienische Botschafter erzählt hat? Dass die Umstellung der estnischen Energieversorgung Russland in die Hände spielt?« Ehe Marie antworten konnte, mischte sich Söderberg ein.

»Exakt, Francesca. Der Präsident will sein Reich zurück und tut seit Jahren alles dafür, die baltischen Staaten zu destabilisieren: Fake News für die russische Minderheit auf allen Kanälen, ständige Verletzungen des estnischen Luftraums durch MiG-Jäger und Seemanöver quasi vor Tallinns Hafeneinfahrt. Aber das ist nur das Säbelrasseln, das jeder sehen kann. Hinter den Kulissen passiert viel mehr. Sie helfen der russischen Mafia dabei, in Lettland und Litauen Banken aufzukaufen, in denen sie ihr schmutziges Geld waschen können, und versuchen, die Infrastruktur unter ihre Kontrolle zu bringen.«

»Lietuvos Vairen könnte immer wieder aufs Neue die Wasserpreise erhöhen, worunter die benachteiligte Minderheit im Osten am meisten leiden würde, und ihr bei Verzug den Haupthahn ganz zudrehen«, schloss Marie.

Söderberg wirkte beinahe begeistert von dieser Strategie. »Dazu noch eine kleine Bankenkrise, dann tagelang gewalttätige Proteste und Aufruhr, und schließlich muss nur noch ein alter Genosse leise ›Hilfe!‹ rufen, und schon reitet die russische Kavallerie herbei wie in der Ostukraine. Ich warte auf den Tag, an dem endlich öffentlich zugegeben wird, dass wir uns längst im Kalten Krieg 2.0 befinden.«

Jetzt war klar, dass es hier in Tallinn um viel mehr als eine gerechte Wasserversorgung ging. Im Zusammenspiel mit der Forderung von Kivistiks Rechtsnationalisten nach einem Austritt aus der EU ergab dieser russische Infiltrationsversuch eine toxische Mischung.

»Um Erfolg zu haben, müssen wir Kivistik mit Beweisen konfrontieren«, sagte Giuliani.

»Bekommen Sie, aber nicht digital«, antwortete Söderberg. »Vor einer halben Stunde ist ein Kurier mit Diplomatenpost ins Flugzeug gestiegen.«

»Die übrigen Mitglieder der Taskforce …«, setzte Giuliani an.

»… wurden bereits informiert, dass sie aufgrund neuer Entwicklungen anreisen müssen«, unterbrach sie Söderberg. »Sie kommen morgen Abend. Bis dahin haben Sie genug Zeit, Kivistik zu stellen. Und noch etwas: Dass es hier um Bestechung geht, bleibt unter uns dreien. Es gab schon genügend Indiskretionen in der Taskforce, nicht wahr?«

»Was wird danach mit Kivistik passieren?«, fragte Marie.

»Hängt ganz allein von ihr ab«, sagte Söderberg. »Wenn sie jetzt alles richtig macht, könnte sie von uns aus irgendwann sogar Premierministerin werden. Solange sie nicht vergisst, wer ihr in dieser ihrer tiefsten Not zur Seite stand.« Er schraubte seinen Füllfederhalter zu und blickte direkt in die Kamera.

»Ach, Marie …« Er schwieg, bis auch sie ihn ansah. »Vergiss nicht die Kivistik-Dossiers! *Lycka till!*«

Berend öffnete seine Augen erst, als er zum dritten Mal an diesem Morgen die Kirchenglocken hörte. Beim ersten Läuten hatte er nur das Kopfkissen gegen seine Ohren gepresst, beim zweiten Mal hatte er sich zwar aufgerichtet, war aber von einem schnell zunehmenden Dröhnen in seinem Kopf wieder in die Kissen gedrückt worden. Tief und langsam atmend hatte er versucht, seinen Herzschlag wieder zu beruhigen, der in seinem Schädel einen äußerst schmerzhaften Nachhall erzeugte, und war dabei glücklich wieder eingeschlafen. Er versuchte, sich zu erinnern, ob ihm am Abend ein grandioser Gedanke durch den Kopf gegangen war.

Vergeblich. Er konnte sich nur an ein paar Fetzen erinnern. Mutlos schlug er die Bettdecke zur Seite und entdeckte neben sich einen halb vollen Teller mit flämischen Fritten, einer nicht gerade frisch wirkenden angebissenen Garnelenkrokette und einer ausgelutschten Zitronenspalte. Er unterdrückte einen Brechreiz und machte, dass er unter die Dusche kam.

Auf diese Weise würde er nie etwas erreichen, hielt er sich vor, während er ein paar Mal den Temperaturregler heftig hin und her drehte. Zwanzig Minuten später verließ er das Hotel für einen langen Spaziergang durch die Innenstadt.

Erst als es ihm gelungen war, aus seinen Erinnerungsfetzen wieder ein zusammenhängendes Ganzes zu formen, erlaubte er sich eine Rast und bestellte auf einer windigen Terrasse am Großen Markt inmitten einer Gesellschaft vor Kälte zitternder Touristen einen Doppio. Nach einer zweiten Tasse konnte er es sogar wagen, seinen aufkeimenden Hunger mit einer Portion originaler Brüsseler Waffeln zu stillen.

Als adäquates Mittel gegen die Kälte und um seinen Geist ein bisschen zu befeuern, bestellte er zum Nachtisch ein Winterbier von Noirolles, das ihm so gut schmeckte, dass er gleich ein zweites bestellte.

Gegen vier Uhr schlenderte er zurück zum Hotel Omega und machte sich an die Arbeit.

Der Fall Bahr bedrückte Marie sehr, das hatten die zornigen Anmerkungen in ihren Notizen deutlich gezeigt. Darin lag seine Chance. Ja, diese traurige Type Bahr, auf die musste er sich konzentrieren. Er startete noch einmal den Film, den er sich von ihrem Laptop zugemailt hatte, und spulte bis zu dem Punkt vor, an dem der Kamerabulle begann, aus dem Fenster zu starren. Berend schaltete die Zeitlupe ein, um nichts zu verpassen. Aber da war nichts, gar nichts, bis dieser Lieferwagen von *Stay Cool* wieder ins Bild kam. Komisch, dass der Fahrer nicht ein einziges Mal rüberschaute, da wäre doch wohl jeder neugierig gewesen, so ein Transporter voller hochgerüsteter Bullerei. Und überhaupt, ein Tiefkühler, der abends von einer Trattoria wegfährt … das war nicht logisch. Fleisch und Fisch wurden immer morgens an die Restaurants geliefert, damit das Defilee der Tierleichen nicht an Gästen vorüberzog, die gerade auf einem Stück Fleisch etwas früher verstorbener Geschwisterchen herumkauten. *Stay Cool*, das war ein Punkt, den Marie definitiv übersehen hatte.

Und jetzt? Was sollte er jetzt mit dieser messerscharfen Analyse anfangen?

Erst im Aufzug kam ihm die befreiende Idee.

In seiner Suite griff er nach dem Handy und drückte eine Kurzwahltaste.

Didi, alter Kampfgefährte, falscher Umgang, echter Freund und auch Experte für alles, was mit Lastwagen zu tun hat. Nein, Didi, wir reden jetzt nicht über diesen irren Jahrhundertdeal, hör zu, alles wird gut, und viel besser, als du ahnst, aber vorher hab ich eine dringende Frage. Schenk dir einen Whisky ein, das mach ich nämlich auch, und denk mal eben mit mir nach …

Eine Dreiviertelstunde später waren die Seidenlaken seines XXL-Bettes mit den Adressen von Speditionen übersät, die Kühltransporte anboten.

Als er auflegte, hatte Didi seinen Verdacht bestärkt. Der Lkw von *Stay Cool* hätte zu dieser Stunde nicht an diesem Ort sein dürfen.

Und noch ein bisschen später an diesem Abend lieferte ihm Didi auch die Adresse der Verleihfirma, der dieser Wagen gehörte. Sie hatten nur einen einzigen zu vermieten.

29

Marie, Giuliani und Kiisler warteten schon seit über einer halben Stunde im Hotelfoyer, als Kivistik endlich die versprochene Mitteilung schickte: »EKKM, 8:00.«

Auf der Fahrt erklärte ihnen Kiisler, dass es sich um ein privates Kunstmuseum in der Nähe des Fischereihafens handelte. Eine Viertelstunde später stoppten sie vor einem sanierungsreifen Industriegebäude.

Eine neue Nachricht ploppte auf: »Aussteigen, warten.«

Das Außenthermometer des Wagens hatte sie schon auf vier Grad minus vorbereitet, aber der böige Wind ließ Marie noch tiefer in ihre Jacke kriechen.

Ein paar vereinzelte Lastwagen rauschten vorbei. Auf dem großen Parkplatz direkt gegenüber verlor sich eine Handvoll Autos. Dahinter verstellte ein riesiger lang gestreckter Betonkomplex den Blick auf den Horizont. Er erinnerte an einen notgelandeten Weltraumkreuzer, der sich brachial vom Meer aus ins Landesinnere hineingefräst hatte.

Kiisler folgte ihrem Blick. »Unsere ehemalige Stadthalle. Wurde für die Olympischen Spiele 1980 errichtet. Als ›Lenin-Palast für Kultur und Sport‹.«

Oben auf der Terrasse blitzte etwas auf.

Er hatte es auch gesehen. »Ein guter Ort, um uns zu beobachten.«

»Sie checken, ob wir Gäste mitbringen«, sagte sie zu Giuliani.

»Wen denn? Ein Entführungskommando?«

»Es würde in das Bild passen, das Kivistik sich von der EU macht. Aber an ihrer Stelle würde ich mir mehr Sorgen darüber machen, dass wir den estnischen Geheimdienst informiert haben könnten, damit er ihre Beichte mitschneidet.«

Kivistik ließ sich Zeit. Vielleicht wollte sie ein letztes Mal das Gefühl der Macht auskosten, die ihr seit Maries Anruf am Vorabend zwischen den Fingern zu zerrinnen begann. Marie hatte sich bei ihr herzlich für das Gesprächsangebot bedankt, das der Taskforce angeblich von ihrem Freund Winston B. Turner übermittelt worden war. Der Name ihres Geschäftsführers auf Malta. Eine Weile war in der Leitung nur ein leises Rauschen zu hören gewesen, ehe Kivistik anordnete, man möge sich am Morgen ab sieben Uhr bereithalten.

Maries Handy meldete eine neue Nachricht. »Lennusadam.«

»Der Seeflughafen, eine Außenstelle des Meeresmuseums«, übersetzte Kiisler, »fünf Minuten von hier.«

Vor dem Eingang des Museums erwartete sie einer der beiden breitschultrigen Mitarbeiter Kivistiks und übergab sie im Foyer an seinen schmalen Kollegen. Er führte sie in die Ausstellungshalle.

Die düstere Atmosphäre dieses riesigen Hangars aus den 1920er-Jahren war einschüchternd. Im schwachen Schein der Notbeleuchtung waren die hohen Kuppelgewölbe, die an eine mittelalterliche Kathedrale bei Kerzenschein erinnerten, nur schemenhaft zu erkennen. Sie liefen über eine aufgeständerte Brücke auf ein gut fünfzig Meter langes U-Boot zu. Ein Steg führte aufs Deck. Dort empfing sie Kivistiks dritter Bodyguard. Er zeigte auf eine beleuchtete Luke und ließ Giuliani und Marie an Bord gehen. Dann schob er sich Kiisler in den Weg. »Nur die beiden.«

Sie stiegen eine steile Treppe hinab in einen Raum mit Klappbetten und Torpedo-Rohren und gelangten schließlich durch eine weitere Luke in eine halbwegs wohnlich ausgestattete Kammer, wahrscheinlich die Offizierskabine.

Kivistik saß dort auf einer rot gepolsterten Bank hinter einem schlichten Holztisch und wies wortlos auf die Rohrstühle an den Kopfseiten des Tisches.

»Das Boot ist nach Lembit benannt«, durchbrach sie nach einer Weile die Stille. »Sagt Ihnen der Name etwas? Nein, natürlich nicht, Sie wissen nichts über uns Esten. Lembit war ein großer estnischer König, Anfang des 13. Jahrhunderts. Nach einer Niederlage vereinigte er sechstausend Krieger zu einem Heer, das gegen die deutschen Kreuzritter und christlichen Missionare ins Feld zog.«

»Hatten sie Erfolg?«, fragte Giuliani.

Kivistik zuckte mit den Schultern. »Der Sieg ist nicht alles.«

»Und Lembit?«

»Fiel in der großen Schlacht am Matthäustag 1217. Ein Held bis heute!«

»So manche Niederlage verwandelt sich auf längere Sicht in einen Sieg. Man muss nur die richtigen Konsequenzen aus seinen Fehlern ziehen«, antwortete Giuliani.

»Sollte ich einmal eine Schlacht verlieren, werde ich an Ihre Worte denken.«

»Oh, Sie haben sie schon verloren, fürchte ich.«

»Ach ja? Weil ich aus steuerlichen Gründen einige meiner unternehmerischen Aktivitäten über eine Firma auf Malta abwickle? In Estland nennen wir das ökonomische Vernunft.«

»Wenn die Firma, an die Sie die Wasserversorgung Tallinns für Jahrzehnte verpachten wollen, eine halbe Million Euro an Ihre maltesische Firma überweist, nennen die Esten das dann auch noch ökonomische Vernunft oder eher Korruption?«

»Haltlose Vorwürfe. Sie wollen mich nur provozieren.«

Marie zog einen Datenstick und ein Blatt Papier aus der Tasche und legte beides vor Kivistik auf den Tisch. »Wenn Sie unsere Beweise überprüfen möchten. Auf der Kopie finden Sie das Wichtigste zusammengefasst, auf dem Stick die Belege.«

Ein metallenes Geräusch ließ Kivistik aufhorchen. Sie stand auf und ging ans Schott, um sich zu vergewissern, dass niemand die Treppe betreten hatte. Aber es war wohl nur das Material, das arbeitete. Auf halbem Weg zurück zum Tisch blieb sie hinter Marie stehen. »Ich habe nicht so viel Zeit. Kommen Sie zur Sache!«

Marie drehte sich zu ihr um. »Haben Sie sich eigentlich nie gefragt, wie es möglich ist, dass ein kleiner Player wie

Lietuvos Vairen über so viel Kapital verfügen kann? Oder wussten Sie die Antwort längst, und es schert Sie den Teufel, dass Sie sich von Ihren russischen Erzfeinden kaufen lassen?«

Kivistik machte wütend einen Schritt auf sie zu. »Das lasse ich mir von Ihnen nicht sagen! Meine Familie …«

»Ich weiß um das Schicksal Ihrer Familie«, fuhr Marie scharf dazwischen. »Setzen Sie sich jetzt! Bitte.«

Der helle Teint der Dezernentin war noch blasser geworden. Als sie sich zurück auf die Bank schob und dabei mit der Hand auf dem Tisch abstützte, war gut zu sehen, dass sie zitterte.

Marie zog ihr Tablet aus der Tasche, entsperrte es mit Fingerabdruck und Iris-Scan und hielt Kivistik die geöffnete Datei entgegen.

Kivistik scrollte eine Weile durch die Seiten. »Wie kann ich überprüfen, ob das alles stimmt?«

»Gar nicht. Jedenfalls nicht, ohne Ihren Geheimdienst einzuschalten, und selbst der wird vermutlich nicht die Möglichkeiten haben, die es für eine solche Recherche braucht.«

»Ich soll Ihnen also vertrauen.«

»Es wäre besser für Sie. In Kürze werden wir die Geschäfte von Lietuvos Vairen auffliegen lassen. Spätestens da werden Sie wissen, dass es sich um belastbares Material handelt. Aber dann ist es natürlich zu spät.«

»Es ist schon jetzt zu spät. Wenn Sie mich nicht verraten, werden es die Russen tun. Ein Vorstandsmitglied von ›Freies Estland‹ verkauft die Wasserversorgung der Hauptstadt an russische Geldwäscher. Das wird das ganze politische System ins Chaos stürzen.«

»Wie ich schon sagte«, antwortete Giuliani, »Sie haben großes Glück. Die EU kann nicht zulassen, dass Russland das Baltikum destabilisiert. Dafür sind wir sogar bereit, Leute wie Sie zu retten. Wir drei werden dieses Boot mit einem Deal verlassen. Und anders als Ihr toter König Lembit werden Sie dabei nicht untergehen, sondern Ihre politische Karriere fortsetzen.«

»Zu welchem Preis?«

Marie erläuterte ihr den Plan, den Söderbergs Team vorbereitet hatte. Kivistik musste ihnen die Inhaberaktie ihrer maltesischen Firma übergeben. Dann würde man für manipulierte Zeugenaussagen und Unterlagen sorgen, mit denen sich ein Komplott gegen Kivistik belegen ließe, bei dem russische Akteure ein Netz von Briefkastenfirmen gegründet und mit Geld ausgestattet hatten und das ganze Konstrukt Kivistik ohne ihr Wissen, geschweige denn Zutun zugeschrieben hatten. Sobald das Team Söderberg dieses Material erstellt hat, schätzungsweise in zwei, drei Tagen, sollte die Beigeordnete dieses Material veröffentlichen und außerdem erklären, dass die Verhandlungen mit Lietuvos Vairen abgebrochen wurden. Mit dem Argument, dass wegen undurchsichtiger Eigentumsverhältnisse der Firma ein Versuch einer russischen Einflussnahme zu befürchten sei. Stattdessen würden die Verhandlungen mit der EU wieder aufgenommen.

Kivistik dachte eine Weile nach. »Und danach geht es für mich einfach so weiter wie bisher?«

»Natürlich benötigen wir ein Geständnis, dass Sie sich haben bestechen lassen und unserer Sicherheitsabteilung gefälschte Unterlagen zugespielt haben, um uns davon zu überzeugen, dass Sie unschuldig waren«, antwortete Marie.

»Sie wollen mich erpressen.«

»So würde ich das nicht nennen. Wir stellen uns einen Austausch von Leistungen vor. Wir schweigen, und Sie übergeben uns das Archiv, mit dem Sie und Ihr Mann seit Jahren Teile der Führungsebene Ihres Landes im Griff halten.«

Kivistik sah sie irritiert an. »Ich weiß, dass solche Gerüchte über uns im Umlauf sind. Ich schwöre Ihnen: Es gibt kein Archiv.«

»Überlegen Sie es sich gut, Jaana. Wenn Sie uns die Dokumente übergeben, können Sie irgendwann ganz nach oben kommen. Vorsitzende Ihrer Partei werden oder sogar Premierministerin. Sie haben dabei von uns nichts zu befürchten, solange Sie den Rechtsstaat und die Demokratie in diesem Land nicht abschaffen. Wenn Sie uns das Archiv aber vorenthalten, nageln wir unsere Beweise an das Tor des Rathauses und schauen mit Freuden dabei zu, wie Sie geteert und gefedert werden.«

30

Didi war ein echter Freund. Ein Pfundskerl, der keine Fragen stellt, sondern sich ins Auto setzt und zu dir fährt, wenn du tief in der Scheiße steckst. Einer, der dich Montag früh aus dem Bett klingelt, um mitzuteilen, dass er dich unten im Speisesaal deines Schickimicki-Hotels erwartet. Der schwer underdressed in brauner Lederjacke, Armeehose und Springerstiefeln aufspringt, sobald du dort in sein Blickfeld kommst, und dich mit seiner hohen, durchdringenden Stimme begrüßt, als wärest du soeben von den Toten auferstanden.

»Beeeeertje!«

Ein Freund, der dich umarmt, als wollte er dich nie wieder loslassen. Der dir sagt, wie gut du aussiehst, obwohl du kaum über die Ringe unter deinen Augen hinweggucken kannst und heftig nach der dritten Flasche Scapa stinkst, mit der du in der Nacht deine ständig wiederkehrenden Zweifel und Grübeleien über die flüchtige Marie ertränkt hast. Der schon ein herzhaftes Frühstück für dich bestellt hat und dir eine Schüssel mit pochierten Eiern rüberschiebt. Der dir seine bedingungslose Hilfe bei der Suche nach einem Kühlwagen anbietet, wenn du davon überzeugt bist, dass es deiner schönen, aber wackligen Beziehung einen Schubs in die richtige Richtung geben wird. Der keine überflüssigen Fragen stellt und dich mit ein paar Energydrinks nach oben schickt, weil dir eine kalte Dusche guttäte. Und der in der Zwischenzeit einen Plan ausheckt, um herauszufinden, wer in der bewussten Nacht mit diesem Kühltransporter herumgegondelt ist.

Ein echter Freund. *Right or wrong*, das war ihm schnuppe, aber nicht, dass er für dich die Nummer der Firma *Stay Cool* in dein Handy eintippt und den Kühlwagen reserviert. Und der unterwegs keine einzige Silbe über den einen oder anderen Autodeal verliert, mit dem sich eine verdammt goldene Nase verdienen ließe.

Der Autoverleih befand sich in Vilvoorde, einem Vorort von Brüssel, der zur Hälfte aus roten Backsteinhäusern bestand, über die die Abgase der Fabriken von der anderen Hälfte aus einen Grauschleier gelegt hatten. *Stay Cool* lag an einem kleinen Kanal inmitten eines Sammelsuriums kleinerer Zement- und Walzwerke und bot eine hübsche Aussicht auf zwei Kühltürme, die scheinbar planlos in die Landschaft gestellt worden waren. Didi fuhr an dem Verleih vorbei und parkte seinen BMW ein paar Hundert Meter weiter auf einem modderigen Grasstreifen. Er hatte den Wagen schon vor Jahren von Berend gekauft, als der ihn mit Deluxe-Speichenfelgen und extrabreiten Reifen ausstattete und als Mafia Edition 535i anpries.

Berend stieg aus und checkte die Umgebung. Obwohl die neue Arbeitswoche längst begonnen hatte, war in diesem Industriegebiet nichts los. Nur ein verirrter Bussard drehte seine Runden über dem Flickenteppich aus Lagerschuppen, Werkstätten und Containern, ehe er die Suche nach Essbarem in ländlichere Gegenden verlagerte.

»Ich zahle cash, du stehst dabei und peilst die Lage«, sagte er zu Didi. »Und dann schauen wir, was in diesem Tiefkühler zu finden ist.«

Ihre übliche Rollenverteilung. Er agierte vorne auf der Bühne, der joviale Sprücheklopfer, der seine Opfer mit großzügigen Versprechungen zur Schlachtbank führt. Während Didi der unauffällige Mann im Hintergrund blieb, der dann den Job erledigte und an den sich später niemand mehr erinnern konnte.

Am Zaun hing eine Werbetafel von *Stay Cool*, die einen Fünf-Sterne-Service versprach. Es gab keine Überwachungskameras, und der Fuhrpark dieses Autoverleihs … pfff. Zwei Mercedes-Transporter, die ihre besten Zeiten lange hinter sich hatten, zwei Suzuki Splash, die nicht viel besser in Schuss waren, und ein brauner Citroën CX-Oldtimer, bei dem sein geschultes Auge sofort die Übergänge zwischen Lack und Rost erkennen konnte. Der Kühltransporter musste die jüngste Investition des Hauses sein, schätzte Berend. Er erkannte das Logo an der Wagenseite und musste sich zurückhalten, nicht gleich einen Blick ins Innere zu werfen.

Im Liliput-Büro von *Stay Cool* saß ein Junge, der aussah wie achtzehn und wahrscheinlich jünger war. Für einen Moment blitzte Unsicherheit in seinen Augen auf, als sie hereinpolterten. Er griff an sein dünnes, blondes Kinnkraut und versteifte sich hinter dem Schreibtisch.

»Wir beide haben heute Morgen doch telefoniert, nicht wahr?«, fragte Berend leutselig. »Ähm … sorry, ich habe den Namen vergessen.« Er tippte sich mit gespielter Verzweiflung an die Stirn.

»Jeffrey«, sagte der Junge.

»Ah, natürlich, Jeffrey. Ich muss dringend eine Ladung gefrorener Haifischflossen an ein paar chinesische Restaurants ausliefern. Sind gerade in Zaventem angekommen. Großartig, dass ihr uns aus der Klemme helft! Ihr seid die Einzigen, die noch einen Kühltransporter frei haben.«

Der Junge entspannte sich und zog einen Stift aus der Brusttasche seines makellos weißen Overalls. »Ah, ja«, sagte er und nahm ein Formular aus einer Ablage.

Berend zog einen Hocker heran, um mit ihm auf Augenhöhe zu sein. »Wir kommen aus Holland, aber das ist kein Problem, oder?«

Jeffrey schüttelte den Kopf. »Mein Papa ist auch ein Holländer«, sagte er ernst. »Normalerweise arbeiten wir hier zu zweit, aber heute ist er bei meiner Oma. Wie möchten Sie bezahlen?«

»Also in diesem Fall dann natürlich auf gute holländische Manier!« Berend zog ein Geldbündel aus der hinteren Hosentasche. »Butter bei die Fische. Pass auf, der Kühler steht heute Abend wieder vor der Tür. Aber setz ruhig mal einen ganzen Tag auf die Rechnung.«

Er zählte die Scheine ab und breitete sie auf dem Schreibtisch aus. »Das ist die Kaution, und das …«, er schob drei Zehner in seine Richtung. »… ist für dich, Jeffrey. Als kleines Trostpflaster, denn allein machts hier auch keinen Spaß, oder?«

Ein Lächeln glitt über das Gesicht des Jungen.

Nachdem er eine Kopie von Berends Führerschein gemacht und ihm das Manual für den Kühltransporter ausgehändigt hatte, ging er mit ihnen nach draußen.

Unter Berends wohlwollendem Blick übertrug er aus dem Mietbuch die vorhandenen Schäden ins Übergabeprotokoll. Es ging schnell, der Wagen sah, abgesehen von einer kleinen Delle in der Stoßstange, picobello aus.

Berend zeigte grinsend darauf: »Die haben wohl meine Kollegen von der Konkurrenz auf dem Gewissen?«

Jeffrey sah ihn fragend an.

»Ach, ich sah sie vorbeifahren am …« Berend sah ihn nachdenklich an. »Warte mal, letzten Mittwoch, richtig? Oder bringe ich jetzt alles durcheinander?«

Der Junge wollte ihm schon die Autoschlüssel übergeben, aber Berend behielt die Hände in den Taschen, um ihn zu einer Antwort zu zwingen. Vor lauter Unbehagen rutschte Jeffrey in seinen Dialekt. »Ikkik zaol 's efkes kieke …«, sagte er. Er klappte das Mietbuch auf und begann, es aufmerksam durchzublättern.

»Ja, ich erinnere mich, es war definitiv am Mittwoch«, half ihm Berend.

»Ach ja, diese beiden Ostblocker … ja, hier habe ich sie … der Mieter hieß Herr *Tsjoekiefiets*.« Er lachte über den verballhornten Namen, und Berend stimmte herzlich ein.

»Nee, nee, er hat den Wagen tadellos zurückgebracht.« Er ließ das Buch zuschnappen. »Aber ich will Sie nicht länger aufhalten.«

Nun würde er endlich seine Schlüssel loswerden können, dachte er wohl, aber Berend stoppte ihn erneut und drückte ihm seine Karte in die Hand. »Hier, Jeffrey, meine Telefonnummer, nur für alle Fälle.«

Der Junge nahm sie überrascht an, wahrscheinlich fragte er sich, welche Fälle das sein könnten.

»Dann bis achtzehn Uhr!«, rief Berend, als er in den Wagen stieg. Im Wegfahren hob er kollegial die Hand zum Gruß. Der Junge winkte zurück, erstaunt über so viel unholländische Großzügigkeit und Herzlichkeit.

»So, jetzt denkt Jeffrey, dass wir gar nicht so üble Kerle sind«, sagte Berend zufrieden.

Sie parkten gleich neben Didis BMW und stiegen aus.

»Check and double check!«

»And triple check«, ergänzte Didi.

Berend öffnete die Türen zum Frachtraum. Kälte schlug ihm entgegen, aber es war noch keine Eisbildung zu erkennen. Er schaltete das Licht ein und schaute sich sorgsam die Türkanten an. Alles glatt und sauber. Er tastete die Stangen und Haken ab, an denen normalerweise die Tierkadaver hingen, wischte mit den Händen über die Stahlwände und überprüfte auch die Gitter über den Lampen. Nein, nichts deutete darauf hin, dass Bahr hier seine letzten Minuten verbracht hatte. Keine Stofffetzen, keine in höchster Not zurückgelassenen Mitteilungen, nichts.

Didis Kopf erschien in der Tür. »Im Fahrerhaus war nichts. Hast du was gefunden?«

»Es wird Plan B«, sagte Berend.

31

Eine halbe Stunde später bog Berend auf die Place du Vieux Marché des Grains ein und parkte den Kühlwagen vor dem Café *Van Alle Markten*, das als Heimstatt der niederländischsprachigen Exilanten in Brüssel bekannt war.

Ganz nach der großen Tradition holländischer Gastfreundschaft hatten die Gäste in diesem Lokal ihre Bestellungen selbst an der Theke abzuholen. Während er an der Bar zwei Espressi bestellte, schaute er auf das junge, lärmende Volk, das die Happy Hour mit naturfreundlichen Wraps in Kombination mit unfiltrierten Bio-Landbieren einleitete. Die Barfrau schob ihm ein Tablett mit den Tassen herüber.

»Besten Dank«, sagte er und reichte ihr einen Zehner. »Kann ich hier telefonieren?« Er zeigte verstohlen auf Didi. »Mein Mitarbeiter feiert sein Dienstjubiläum. Ich bin sein Abteilungsleiter und würde gerne ein paar Kollegen zu einer kleinen Feier einladen, aber es soll eine Überraschung bleiben …« Er beugte sich zu ihr herüber. »Wenn ich mit meinem eigenen Handy anrufe, sieht jeder, dass es der Chef ist, und dann geht wieder keiner ran.« Er schüttelte verständnislos den Kopf. »Weil sie Angst haben, heute Abend zu Überstunden antanzen zu müssen.«

»Wo arbeitet ihr denn?«, fragte sie misstrauisch.

»Im SMK, Studienzentrum für Mechanistische Kommunikation …« Er nestelte in seiner Innentasche herum. »Wie dumm, meine Visitenkarten stecken noch in meiner Anzugjacke … haha, heute bin ich total undercover unterwegs.« Er fügte ein konspiratives Augenzwinkern hinzu. »Könnte ich vielleicht jetzt? Mein Kollege geht gerade raus, um eine zu rauchen.«

Die Barfrau schaute ihn herablassend an und wies seufzend

mit dem Kopf in Richtung der offenen Küche hinter ihr. »Nimm das Haustelefon. Auf dem Regal in der Besenkammer.«

Berend faltete beide Hände vor der Brust und dankte ihr mit einer kleinen Verbeugung.

Die Köche mussten an Gäste gewöhnt sein, die kurz mal telefonierten, denn sie schauten nicht hoch, als er eintrat. Er schlüpfte in das Kabuff mit den Putzmitteln, schloss die Tür hinter sich und wählte die Notrufnummer der Polizei. Sobald sich der Beamte meldete, begann er mit gedämpfter Stimme, hastig zu sprechen. »Hier Sjef Voordewind vom Café Van alle Markten. Wir haben ein Problem, eine Schlägerei. Ich habe auch eine Pistole gesehen ...« Er stieß gegen ein paar Besen, die polternd umfielen. »Ich sitze jetzt mit dem Personal in der Küche ...« Er trat gegen einen Eimer. »Diese verdammten Holländer sind immer so ...«

Der Beamte unterbrach ihn: »Wie viele sind es?«

»Drei Männer. Sorry, muss schnell auflegen.« Er verließ die Kammer, machte eine charmante Verbeugung vor der Barfrau und ging mit dem Tablett an einen Tisch. Er trank die beiden Tassen aus und fischte die dazugehörigen Kekse aus der Folienverpackung, behielt dabei aber Didi im Auge, der, den Fuß gegen den Kühlwagen abgestützt, genüsslich seine Zigarette rauchte.

Als sein alter Kumpel die Kippe auf den Boden warf, verließ Berend das Lokal.

In der Ferne waren bereits die Sirenen zu hören. Gutes Timing, der zweite Akt konnte beginnen.

Während Didi die Nummer von *Stay Cool* in sein eigenes Handy eintippte, öffnete Berend die Türverriegelung des Tiefkühlers.

Der Lärm der Sirenen schwoll an. Didi signalisierte ihm, dass am anderen Ende abgenommen wurde.

Berend öffnete die Beifahrertür für Didi und setzte sich hinter das Steuer. Um sie herum schreckten die Passanten auf, als zwei Polizeiautos weiter hinten um die Ecke rasten.

Er schob den Schlüssel ins Zündschloss, während Didi

draußen in schlechtem, rumpligem Englisch fluchte, dass er und sein Kumpel direkt vor ihrem Haus in eine Razzia geraten seien. Dass er, Choekivitch, dringend die Pässe brauche, damit sie ihre Identität bestätigen konnten. Dass sie die aber in diesem *fucking* Kühllaster bei den *fucking* Fahrzeugpapieren in diesem *motherfucking* Handschuhfach vergessen hätten. Dass sie sie jetzt sofort haben müssten, weil die Bullen voll auf Terroristenjagd wären! Also solle bitte jemand ganz, ganz schnell mit diesen Ausweisen bei ihnen vorbeikommen, oder wäre es ihnen lieber, wenn er die verdammten Terroristenjäger direkt zu *Stay Cool* schickte? Didi drehte das Telefon in Richtung der Polizeiautos, die ein paar Meter von ihnen entfernt mit quietschenden Reifen abbremsten. »I give you ten minutes!«, warnte er und legte auf.

Hinter ihnen öffneten sich die Türen der Polizeiautos, die Beamten sprangen heraus und riefen ein paar Befehle. Didi kletterte in den Wagen, und Berend fuhr gesittet an, während Didi die Aktion weiter im Seitenspiegel beobachtete. Er grinste. »Gute Show.«

»Wenn es um lästige Holländer geht, taucht die Bullerei hier von Herzen gerne auf«, antwortete Berend. »Applaus übrigens für dein furchtbares Englisch. Bist ein echtes Naturtalent!«

»Noch ein Vorteil dieses Autohandels mit den Weißrussen …«

»Den Handel machen wir klar, sobald das hier hinter uns liegt, Didi. Hat Jeffrey, äh … cool reagiert?«

»Zu Tode erschrocken, der Bursche«, sagte Didi. »Wahrscheinlich telefoniert er jetzt schon panisch mit Papa.«

Sie mussten nicht lange warten, denn schon ein paar Hundert Meter weiter in der Rue de l'Eculier begann sein Handy zu piepen. Berend fuhr rechts ran, schaltete die Freisprecheinrichtung ein und nahm ab.

Es war Jeffrey. Und er war in der Tat völlig von der Rolle. Stotternd entschuldigte er sich und fragte, ob Meneer Schroot so freundlich sein würde, im Handschuhfach nach ein paar Ausweisen zu suchen.

»Klar, Kumpel«, sagte er beruhigend.

Er lehnte sich entspannt zurück, während Didi die Klappe laut aufspringen ließ.

»Ja, da sind zwei, worum gehts?«

Es sei ein Notfall, fuhr der Junge fort, sonst hätte er sie nicht damit belästigt. Diese beiden Ostblocker, über die sie bei der Übergabe gesprochen hatten, na ja, die brauchten dringend ihre Ausweise, sie hatten ihn angerufen, es ginge da um eine polizeiliche Angelegenheit von größter Bedeutung.

»Hmm«, sagte Berend. »Das können wir jetzt gerade gar nicht brauchen, oder?«

Aus dem Lautsprecher drang ein verzweifeltes Schweigen.

»Wo müssen die Ausweise denn hin?«, fragte Berend, als käme ihm gerade eine Idee. »Ich meine, wo in Brüssel leben die Herrschaften?«

Sie hörten, wie der Junge hastig in seinen Papieren blätterte. Ah ja, da, in der Rue Traversière, der Herr Choekivitch wohne da und, ja, auch sein Kollege.

»Oh, das ist ja ganz in der Nähe«, sagte Berend. »Na, Jeffrey, mach dir keine Sorgen, die Jungs kriegen ihre Ausweise binnen fünf Minuten zurück. Ich fahr gleich hin. Ach, nur um sicherzugehen. Schick mir mal eben ein Foto des Mietformulars mit ihren Namen, so wie du die dort notiert hast. Denn aus dem Geschreibsel auf ihren Pässen werde ich nicht klug.«

Er gab Jeffrey noch hinreichend Gelegenheit, sich zu bedanken, und legte auf.

»Volltreffer, ist wirklich fast um die Ecke«, sagte Didi und hielt sein Handy mit dem Routenplaner hoch. »In Sint-Joost-ten-Node. Fünf Minuten.«

32

Und wieder erwies sich Didi als ein echter Freund. Jemand, der bereit war, die Drecksarbeit zu machen. Der ihn im Windschatten hielt, damit keine Spuren zu ihm und über ihn zu Marie führten. Der bereit war, die Ärmel hochzukrempeln, und dafür keine Gegenleistung verlangte. Obwohl Didi, um ganz ehrlich zu sein, diese selbstlose Hilfe vielleicht doch ein wenig als Sprungbrett hinein in diesen goldenen Autodeal betrachtete. Aber ja, auch in der Freundschaft gingen Geben und Nehmen Hand in Hand.

Tatsache blieb, dass Didi in diesem ärmsten Viertel Belgiens mit einem eilends zusammengereimten Angriffsplan als Stoßtrupp voranging und das Abrisshaus betrat, in dem ihre Zielobjekte wohnten. Tatsache war aber auch, dass sie immer noch nichts gegen die Herren Choekivitch und Sodorov in der Hand hatten, denn seit wann war es verboten, spät in der Nacht in einem Kühlwagen herumzucruisen?

Sie hatten das Glück, dass alle anderen Hausbewohner entweder auf der Arbeit oder im Heimaturlaub waren und sie deshalb ungesehen eine Tür aufbrechen konnten, um in das Wohnheim zu gelangen. Ein improvisiertes Namensverzeichnis neben den Briefkästen im Flur verriet, dass Oleg Choekivitch im Keller biwakierte.

Und sie hatten Glück, dass Herr Sodorov bereits nach Russland zurückgekehrt war, sodass sie es nur noch mit diesem Herrn Choekivitch zu tun hatten, der in Unterhose vor ihnen stand, weil er sich gerade den Overall mit dem Signet eines Hühnerschlachthofs für die Nachtschicht anziehen wollte.

Und zugegeben, um diesem Herrn Choekivitch die Zunge zu lösen, musste Didi zu ein paar physischen Überredungsmitteln greifen, nachdem der Überraschungseffekt ihres resoluten Besuchsantritts und der improvisierten Fesselaktion auf einem Küchenstuhl verebbt war – aber immerhin hatte er bis dahin schon zugegeben, dass er an besagtem Mittwochabend mit besagtem Kühltransporter in der Nähe des Parc de Pede unterwegs war.

Dass bei dieser Prozedur bald Blut floss, ging Berend zwar gegen den Strich, aber er konzentrierte sich darauf, die unfreiwillige Unterhaltung aufzuzeichnen, und ließ Didi machen, eingedenk des Zeitdrucks und weil der Point of no Return ihrer Aktion sowieso längst überschritten war. Auch war er höchst erstaunt, wie hartnäckig ihr Verdächtiger sich weigerte, die Fragen zu beantworten, mit welcher Ladung er dort herumgefahren war und in wessen Auftrag.

Rundum ärgerlich waren schließlich die fantasielosen Ausreden, mit denen sich Herr Choekivitch nach endlich erfolgter Klärung der Ladungsfrage bemühte, seine Rolle in dieser Angelegenheit auf Statistenniveau herunterzuspielen. So behauptete er, dass sein Kumpel Sodorov ihn überredet hätte, den Taxichauffeur zu spielen, und dass er nicht mehr zu sagen wüsste, als dass dieser Herr Bahr ein ganz gewöhnlicher Kunde war, der irgendwo abgeholt werden musste, und er sei dann ja auch absolut freiwillig eingestiegen. Dass sich ihr Passagier in den Frachtraum setzte, war da nur logisch, weil er ja gerade erst aus diesem dreckigen Wasser herausgestiegen war.

Und genauso logisch war es doch, dass sie Herrn Bahr die Gelegenheit gaben, seine nassen Sportklamotten auszuziehen, und dass sie sogar einen Overall für ihn mitgenommen hatten, der ihm freilich ein paar Nummern zu groß gewesen sei, ihm aber doch gute Dienste hätte leisten können, bis er zu Hause angekommen wäre.

Dass sie dann einige Zeit auf einem Parkplatz standen und danach herumgefahren waren, bis kein Geräusch mehr aus dem Laderaum zu hören war, zugegeben, das hätte ihn alarmieren müssen. Aber dass die Kühlung auf Maximum gestellt war, das musste ein technischer Fehler gewesen sein, oder sein Beifahrer hatte es heimlich getan. Aber sowieso war es da ja auch schon zu spät gewesen.

Und ehrlich gesagt, war es doch Glück im Unglück gewesen, dass sie ihm diesen zu großen Overall leicht wieder hatten ausziehen können, wo er doch so steif gefroren war, denn es galt ja, ihn schnell wieder auf seine Umgebungstemperatur zurückzubringen, um diese außerordentlich bedauernswerte Pannenserie als einen verhängnisvollen Unfall erscheinen zu lassen.

Also hatten sie den Herrn Bahr später in der Nacht in den Graben neben dem Weiher gerollt, in der Annahme, dass man ihn dort erst am folgenden Tag in aufgetautem Zustand finden würde. Wie auch immer, sie hatten den Wagen dann ganz ordnungsgemäß zurückgegeben, und zwei Tage später hatte jeder von ihnen, das müsse er eingestehen, für diese unglückliche Taxifahrt fünfzigtausend Rubel erhalten, die cash bei ihren Familien in Kaluga abgeliefert wurden.

Danach musste Didi all seine Kreativität aufbringen, um Herrn Choekivitch (den sie mittlerweile schon Oleg nannten) doch noch zu einem offenen Wort über seinen Auftraggeber und dessen Kommunikationswege zu verleiten, was erst glückte, nachdem Didi in Olegs Arbeitstasche eine Schere aus gehärtetem Stahl entdeckte, mit der die Schlachter all diesen Hühnern, die auf dem Laufband bei ihnen vorbeischauten, die Flügelchen abknipsten. Didi musste nur mit einem kurzen Schnitt in den Stoff der Unterhose einen kleinen Eingriff androhen, und schon zeigte sich Oleg kooperativ.

Alles sei über anonyme Kanäle gelaufen, er schwor es bei seiner Familie und allem, was ihm lieb war. Er bekäme häufiger Aufträge dieser Sorte, und längst nicht alle endeten tödlich, das wolle er nachdrücklich anmerken, und immer begann es damit, dass er ein Prepaid-Handy in seinem Briefkasten fand. Dann musste er auf einen Anruf warten, in dem ihm jemand einen Auftrag erteilte, den er für drei Monatslöhne erledigte. Und ja, man redete mit ihm in seiner Muttersprache, wobei es ihm nicht gelungen sei, den vorhandenen Akzent zu identifizieren.

Und vielleicht hätte Oleg sogar noch ein bisschen mehr erzählen können, aber im Hausflur waren Schritte zu hören, seine Wohngenossen kehrten von ihrer Schicht zurück, sodass es vernünftiger schien, Abschied von diesem Informanten zu nehmen. Vorher allerdings sah sich Didi noch kurz genötigt, diese wirklich scharfe Schere ein letztes Mal knapp unter dem Bund von Olegs Unterhose anzusetzen, weil die Frage, wo genau er das Handy (»ein Nokia, ich schwörs«) entsorgt hatte, nach einer ehrlichen Antwort verlangte.

Und dann galt es nur noch, die in Streifen gerissenen Bettlaken an Olegs Händen und Füßen ein wenig fester zu zurren und ihm mit einem Knebel ein paar stille Stunden zu verordnen, sodass ihnen ein sicherer Abzug garantiert war.

33

Und wenn jetzt auch wir zur Zielscheibe einer russischen Intervention werden? Wir sind doch gerade erst diesem Lynchmob entkommen.«

Mit Fritz Aumayrs angsterfüllter Reaktion hatte Francesca Giuliani nicht gerechnet, als sie und Marie die eben eingeflogene Taskforce über die russische Connection von Lietuvos Vairen informierten.

Marie bemerkte, dass Aumayrs Worte bei Christian und Beatriz Eindruck hinterließen. Ging es darum? Wollte Aumayr das Team verunsichern? Und wollte er so mehr über mögliche Schutzmaßnahmen der Sicherheitsabteilung herausfinden? Falls das sein Ziel war, hatte er Erfolg, denn bevor Marie reagieren konnte, tappte Giuliani schon in die Falle.

»Wir sind bestens aufgehoben. Das hiesige Sicherheitsteam um Toomas Kiisler wurde bereits aufgestockt. Und dann haben wir auch schon seit einiger Zeit eine qualifizierte Kraft an unserer Seite.«

Marie warf ihr vergeblich warnende Blicke zu.

»Es ist an der Zeit, euch die echte Marie Vos vorzustellen. Sie ist keine frisch eingestellte Assistentin, sondern Niklas Söderbergs Akteurin in unserem Team. Sie hat uns zusammen mit unserem heldenhaften Christian vor dem Mob gerettet, und sie wird auch weiterhin auf uns aufpassen, nicht wahr, Marie?«

Aumayr sah sie staunend und misstrauisch an, auch Beatriz' Versuch, ihr Erschrecken über diese Enthüllung hinter einem Lächeln zu verbergen, misslang. Wenn Aumayr ein Spion war, kannte er jetzt seinen Feind. Und sollte er unschuldig sein, müsste er sich fragen, ob seine radikalen Weltuntergangsfantasien mittlerweile aktenkundig waren.

Während sich Beatriz, die eben noch ganz erholt und entspannt wirkte, von nun an Sorgen machen dürfte, ob ihr Kokainkonsum doch noch Konsequenzen haben würde. Besten Dank, Francesca! Und wie reagierte Christian?

Er sah sie fasziniert an, als wäre eine Verkleidung von ihr abgefallen und sie säße jetzt in einem roten weichen Fellkleid da.

»Du hast uns alle reingelegt!«, sagte er. »Dabei hätte uns dein Name warnen sollen: Ein schlauer Fuchs bist du!«

Giuliani räusperte sich. So viel Aufmerksamkeit für Marie, und insbesondere von Christian, schien ihr nicht zu gefallen. Umso bildhafter erzählte sie nun von ihrem morgendlichen Gespräch mit Kivistik, wobei sie zu Maries Erleichterung immerhin Söderbergs Direktive folgte, Stillschweigen über Kivistiks Schmiergeldempfang zu bewahren. Unterdessen gab sich irgendjemand alle Mühe, Marie abzulenken. Immer wieder vibrierte in ihrer Hosentasche das Telefon. Anrufversuche, Mailboxinfos, was um Himmels willen war da los?

Wie eine Schülerin im Unterricht zog sie das Telefon unter dem Tisch hervor. Es war Berend. Zum Teufel noch mal. Wie alt war er eigentlich – fünfzehn?

Giuliani kündigte eine kurze Pause wegen anderer Verpflichtungen an und verließ den Raum. Marie stellte sich auf einige Nachfragen zu ihrem Undercover-Auftrag ein, als Aumayr sich von seinem Stuhl hochquälte. Aber er ging nicht zu ihr, sondern zu Christian. Die beiden tuschelten eine Weile miteinander, während Beatriz ihr halb den Rücken zukehrte und mit bemerkenswerter Geschwindigkeit eine Nachricht in ihr Smartphone tippte.

Marie zog sich in die gegenüberliegende Ecke des Raums zurück und wählte Berends Nummer. Nichts passierte. Warum ging er jetzt nicht an den Apparat, nur wenige Minuten nach dieser wilden Kommunikationsattacke? Seine Mailbox sprang an, und sein launiger Spruch, der sie sonst nachsichtig schmunzeln ließ, kratzte an ihren Nerven.

»Berend, was glaubst du eigentlich? Dass ich hier Urlaub mache? Ich sitze den ganzen Tag über in wichtigen

Besprechungen!«, begann sie, und von da an kollerten Wörter, einer eigenen Logik folgend, weiter aus ihr heraus, bis sie kaum mehr Luft hatte und innehielt.

Gerade in diesem Moment lachte Christian wieder lauthals, gefolgt von einem ebenso heftigen Tourette-Ausbruch. Sie atmete tief durch, um ihre Stimme zu beruhigen. »Also, Berend, ich muss zurück in die Sitzung. Ich melde mich wieder, okay?«

Als sie das Telefon wegsteckte, kam Beatriz auf sie zu. »Ärger?«

»Männer sind manchmal einfach nur – ach, vergiss es.«

Beatriz nickte und strich ihr über den Arm.

Marie traf eine Entscheidung. »Hör zu, Beatriz, die Sache mit dem Kokain kommt in keine Akte. Aber du musst mir versprechen, damit aufzuhören. Es macht dich kaputt.«

Aus Beatriz' Miene wich die Anspannung. »Es hört sich verrückt an, die Sache im Restaurant kam gerade rechtzeitig. Ich steckte in einer Krise. Monatelang. Und dann hat mir jemand was angeboten. Es würden doch eh alle bei uns schnupfen. Ich habe mich bald selbst nicht mehr wiedererkannt. Bis zu diesem Abend. Ich habe danach alles weggespült. Danke, Marie.«

34

Der muss es sein«, sagte Berend.

Er stand mit Didi auf dem Bürgersteig einer verlassenen Straße in Vilvoorde. Der Wind jagte ihnen ein paar vereinzelte Regentropfen ins Gesicht, während sie auf einen Gully am Fahrbahnrand starrten. Didi leuchtete mit einer Taschenlampe durch die Gitterstäbe.

Kurz zuvor hatten sie den Kühlwagen zurückgebracht und die Dankesbekundungen des Vaters entgegengenommen, der das Servicedesk in diesen turbulenten Zeiten doch lieber wieder selbst besetzte. Nein, er habe nichts mehr von den russischen Kunden gehört, scheint wohl alles in Ordnung gekommen zu sein. Und nochmals herzlichen Dank, Jeffrey habe Blut und Wasser geschwitzt, denn bei diesen Ostblockern musste man ja mit allem rechnen. Und bei der verdammten Bullerei sowieso.

Sie hatten verständnisvoll genickt und sich schnell verabschiedet. Und jetzt folgten sie Choekivitchs Spuren. Nur ein paar Straßen vom Autoverleih entfernt hatten er und Sodorov den erfolgreichen Abschluss ihrer Aktion in einem mediterranen Restaurant namens »Der karibische Seeräuber« gefeiert. Kurz zuvor hatte er seinem anonymen Auftraggeber telefonisch Vollzug nach Plan gemeldet. Der letzte Befehl für ihn hatte gelautet, das Handy abzuschalten und zu entsorgen. Dieser Gully war ihm dann als perfekter Ort dafür erschienen.

»Das Ding sollte im Schlammfänger liegen«, meinte Didi. »Schaffen wir erst mal das Gitter beiseite.« Er ging zu seinem BMW und holte Lappen und einen Wagenheber aus dem Kofferraum. Berend checkte unterdessen die Straße. Nirgendwo brannte Licht, und an den meisten Fenstern und Türen waren die Rollläden geschlossen.

Leise setzen sie den Wagenheber zwischen Deckel und Boden an. Das Gusseisen bewegte sich nur ein paar Millimeter. Sie versuchten es erneut, aber das Ding saß einfach zu fest. Didi setzte den Heber anders an und nutzte den Bordstein als Scharnierpunkt. Langsam hob sich das Ungetüm über den Rand, Didi schob seinen Springerstiefel dazwischen und zog den Deckel sachte auf den Asphalt.

Berend schnappte sich die Lampe und leuchtete hinein. Tief im Schacht wurde das Licht von einem schwarzen Brei verschluckt. Er kniete sich hin und steckte seinen Arm in das Loch, erreichte nur mit Mühe die Wasserkante. Also stand er wieder auf und zog Jacke und Pullover aus. »Wollen doch mal sehen, was ich als Kanalreiniger so draufhabe.«

Er legte sich flach auf den Boden, Kinn und rechte Wange in den nassen Rinnstein gedrückt, und schob seine Schulter so tief wie möglich in den Abflusskasten hinein. Gewissenhaft durchkämmte er den Bodensatz des Schlammfängers.

Der erste Gegenstand, den er aus dem Morast hervorzog, war ein Feuerzeug. Der zweite eine dick mit Toilettenpapier umwickelte Rasierklinge samt Halter. Es folgten ein Schlüsselbund und eine ganze Serie undefinierbarer Gebilde aus Plastik. Schließlich legte er ein modderiges Ding auf den Gehweg, das der Form nach ein Handy sein konnte. Didi nahm es und reinigte es unter dem Licht einer Straßenlaterne. Augenblicke später hob er triumphierend den Daumen.

Berend drückte sich hoch, rieb sich mit den Lappen Schlammreste und ein paar Kellerasseln von seinem eiskalten Arm und zog Pulli und Jacke wieder an.

Gegenüber wurde rasselnd ein Rollladen hochgezogen. Rasch schob Berend den Gullydeckel zurück, bis er rumpelnd in den Rahmen rutschte, Didi schnappte sich den Wagenheber, und noch bevor ein neugieriger Belgier seinen Kopf durch die Tür stecken konnte, fuhren sie los.

»Einen Mord aufgeklärt, samt einem geständigen Verdächtigen und handfestem Beweismaterial«, sagte Berend zufrieden, während sie die Auffahrt zur A1 nahmen. »Keine schlechte Ausbeute für nur einen Tag Detektivarbeit.«

Er drückte Maries Kurzwahltaste, um ihr alles brühwarm zu erzählen. Aber nur das Freizeichen tönte eine Weile lang aus dem Lautsprecher, und dann sprang ihre Mailbox an. Er versuchte es noch mehrfach, aber beim letzten Mal wurde die Verbindung schon nach dem ersten Freizeichen unterbrochen.

»Sicher in einer Besprechung«, sagte er zu Didi.

Sein Kumpel antwortete mit einem Seufzer. »Hör mal, Beertje«, begann er. »Marie muss nicht alles wissen. Natürlich wäre sie mächtig überrascht von deinem Geschenk, aber das war es dann auch schon. Weil sie mit der Aussage unseres Verdächtigen nichts anfangen kann. Wir haben nichts Schriftliches, und Tsjoekie Choekivitch wird sicher keine Silbe davon wiederholen, nur weil Marie ihn im Verhörraum lieb und nett danach fragt. Sofern sie ihn überhaupt noch auftreiben kann. Denn wenn Tsjoekie auch nur über eine einzige Gehirnzelle verfügt, bucht er in diesem Augenblick ein One-Way-Ticket zurück nach Hause. Und überhaupt. Glaubst du echt, dass sie ihrem Chef erzählen würde, wie sie an ihr Wissen gekommen ist?«

Didi hatte recht. Marie hätte dann unangenehm viel zu erklären gehabt. Angefangen bei der Frage, wie ihr Quasi-Verlobter an interne Ermittlungserkenntnisse gelangen konnte. Von Didis robuster Verhörtechnik gar nicht zu reden. Vielleicht wäre das alles sogar noch egal, wenn er ihr Bahrs Auftraggeber gleich mitservieren könnte. Aber der hielt sich irgendwo in diesem tropfnassen, schmierigen Nokia versteckt, das in Lappen eingewickelt auf der Rückbank lag.

»Also was dann?«, fragte er.

»Ich setz dich erst mal bei deinem Tausendsternehotel ab. Dann reite ich weiter nach Haus und gebe Tsjoekies Handy meinem Neffen. Das ist so ein Nerd, der bringt selbst meine tote Oma zum Reden. Gib ihm ein paar Tage.«

»Deal«, sagte Berend erlöst.

Und nach so einem Tag konnte er Didi natürlich nicht verabschieden, ohne ihn an der Bar des Omega noch auf einen vierzig Jahre alten Glenglassaugh einzuladen und dabei einige ihrer schönsten gemeinsamen Coups Revue passieren zu lassen, in Vierfarbcolor und Director's Cut. Und erst dann wäre die Zeit reif, ihm zu sagen, dass er gerne einsteigen würde in dieses Once-of-a-lifetime-Geschäft. Unter einer Bedingung: dass Didi die ebenso einmalige Chance ergriffe, die er ihm jetzt anbieten würde.

»Didi, ich höre in Zandvoort auf und ziehe nach Brüssel. Für mich geht es jetzt um alles oder nichts. Du übernimmst die Werkstatt und den Showroom und bezahlst mich mit deinem Gewinn aus dem Geschäft mit den Weißrussen. Damit schlägst du mit einer Klappe gleich einen ganzen Schwarm von Fliegen. Erstens: Du hast dann genügend Platz für all die schicken Karren. Zweitens: Du kannst danach endgültig in die ehrbare Welt überwechseln. Und drittens: Du bekommst alles zum Freundschaftspreis. Es ist ein All-in-One-Deal, Didi.«

Natürlich konnte Didi nicht verbergen, dass er das Angebot blitzschnell durchkalkulierte, und schon gar nicht, wie sehr ihm das Endergebnis gefiel. Zumal er auch kein Problem damit hatte, zuzugeben, dass er sich tatsächlich nach einem etwas ruhigeren Leben sehnte, eins ohne ständige Sorge wegen seines leicht delikaten Verhältnisses zu Polizei und Justiz.

Also ja, sie hatten einen Deal, auf Ehrenwort. Und sollte es doch noch irgendwo überraschend haken, würden sie auch das hinbekommen. Geld war ein Mittel, kein Ziel, das war ihre Maxime seit Jahren, oder? Na klar! Also dann, immer geradeaus und noch ein Glas auf ihr unbezahlbares *sjwahduhfiefruh*.

Eine halbe Stunde später übergab er Didi die Reserveschlüssel für seine zwei Lagerhallen und begleitete ihn zu seinem BMW in die Tiefgarage. Erst da sah er, dass Marie ihn angerufen hatte. Ungeduldig hörte er noch im Aufzug ihre Nachricht ab. Offenbar hatte sie sich aus einer Besprechung ausgeklinkt, denn im Hintergrund waren Stimmen zu hören. Was sie nicht davon abhielt, ihn anzuzischen, er solle sie nicht weiter mit seinen Anrufen traktieren. Dass sie dort bei der Arbeit sei, Tag und Nacht. Und darum echt keine Zeit hätte, ständig ans Telefon zu gehen, um mit ihm zu plaudern. Also, wenn es nicht zu viel verlangt wäre, dann bitte gern ein bisschen piano, Beer!

Nach diesem Ausbruch zögerte sie einen Augenblick, als hätte sie begriffen, dass sie sich von ihrem Stress hatte mitreißen lassen. In diesem kurzen Moment hörte er im Hintergrund ein hohes hicksendes Geräusch. Das musste dieser Nachtwey gewesen sein. Über dessen Tick hatte Marie sich ja mal lustig gemacht.

Er drückte schnell die Stopptaste, um ihr nicht weiter zuhören zu müssen.

Zurück in seiner Suite, versuchte er, mit einem dritten Glas Glenglassaugh die euphorische Stimmung wiederherzustellen, in die er bei seiner Aktion mit Didi geraten war, aber es gelang ihm nicht, das beängstigende Gefühl fortzuspülen, dass sein Überraschungspaket niemals gut genug für Marie sein würde, selbst wenn es ein astreines, rechtssicheres Dossier mit Auftraggebern und allem Pipapo enthielte.

35

Marie zog unwillkürlich den Kopf zwischen die Schultern, so tief und schnell zogen die dichten blauschwarzen Wolkenbänder über die Halbinsel Paljassaare hinweg. Sie stand mit Christian und Beatriz auf einem Parkplatz vor dem Klärwerk.

Das Land war flach, die Gegend unwirtlich. Hinter ihnen lag ein Industriehafen mit Lagerhallen, Produktionsanlagen und Brachflächen. Erst weiter im Norden sollte es ein großartiges Vogelschutzgebiet und einen wunderbaren Sandstrand geben, hatte ihnen Kiisler erzählt, der sie an diesem Vormittag nicht begleitete, weil er im EU-Büro eine spanische Delegation begrüßen musste.

Ihr Ausflug nach Paljassaare war das Ergebnis eines Streits, der sich am Vortag in der Taskforce lange hingezogen hatte. Giuliani hatte darauf gedrungen, Kivistik ein Angebot zu machen, mit dem sie ihr Gesicht wahren konnte. Mit Aumayrs Fundamentalopposition hatte sie gerechnet, nicht aber damit, dass sich plötzlich auch Christian gegen sie stellen würde. Er hatte durchblicken lassen, dass er einige seiner Förderzusagen ohne Rückendeckung seines Chefs gemacht und deswegen eine Menge Ärger bekommen hätte. Jetzt bestünde die Chance, das Angebot wieder auf Normalmaß zurückzuschrauben. Giuliani und er waren heftig aneinandergeraten, bis Beatriz eine Lösung fand. Die Tallinner Sanierungswünsche für das Klärwerk auf Paljassaare waren bisher nur grob geprüft worden, weil man endlich zu einem Abschluss hatte kommen wollen. Hier Zusagen zurückzunehmen, wäre ein ganz normales Vorgehen und kein Affront. Sie hatte sich dazu bereit erklärt, noch am selben Tag den Sanierungsplan mit ihrem Brüsseler Team durchzugehen, und Christian hatte sich um einen Ortstermin mit Kivistik gekümmert.

Auf die Minute pünktlich bog ein schwarzer Mercedes um die Ecke und parkte mit einigen Metern Abstand. Kivistik war allein gekommen. Sie zog ihr Smartphone aus der Manteltasche und telefonierte kurz, während sie auf die Mitglieder der Taskforce zulief.

»Wie schon besprochen, wollen wir heute herausfinden, ob und wo Ihre Verwaltung den Investitionsbedarf hier zu großzügig bemessen hat«, begann Christian nach einer knappen Begrüßung. »Für einen Erfolg unserer Verhandlungen wäre es sehr hilfreich, wenn ein kritischer Blick dazu führte, unser Budget etwas zu entlasten. Natürlich nur in einem Umfang, der Sie nicht in eine unangenehme Situation bringt.«

»Ich danke für Ihre Fürsorge«, sagte Kivistik kühl. »Warten wir ab, was der Betriebsleiter sagt.«

Wenige Minuten später eilte ein Mann aus dem Verwaltungsgebäude herbei. »Was genau möchten Sie sehen?«

»Vor allem geht es uns um die Nachklärbecken«, sagte Beatriz.

»Die befinden sich am nördlichen Ende des Geländes. Ich schlage vor, mit unseren E-Buggys hinzufahren. Ich müsste nur die Fahrer aus der Kantine holen. Unsere komplette Mannschaft ist in der Mittagspause.«

»Lassen Sie die Leute Pause machen«, antwortete Christian. »Wir möchten die ganze Anlage besichtigen. Das geht am besten zu Fuß. Warm genug angezogen sind wir doch?«

Kivistik schaute mit gleichgültiger Miene zu Marie und Beatriz. Es war ihr Klima, sollten doch die Damen aus Brüssel diese Frage beantworten.

»Dann gehen wir«, sagte Beatriz.

Nach ein paar Minuten erreichten sie ein Areal mit acht riesigen Rundbecken von gut und gern fünfunddreißig Metern Durchmesser. Über ihnen waberten Nebelschleier, in die immer wieder Möwen hineinstießen, um etwas aus dem schlammigen Wasser zu fischen. Der Geruch war gewöhnungsbedürftig.

Marie wäre gern weitergegangen, aber Christian winkte den Betriebsleiter zu einem der Becken. »Sehen doch ganz gut aus, auch die Schlammräumer laufen einwandfrei übers Wasser«, sagte er. »Warum sollen die denn ersetzt werden?«

»Herr Nachtwey war offenbar fleißig und hat über Nacht viel gelernt«, flüsterte Beatriz Marie zu.

»Bist du zufrieden mit ihm?«, flüsterte sie zurück.

»Er vergeudet seine Energie für Peanuts.«

Der Betriebsleiter zog ein Tablet aus der Tasche und kam nach einigen Erklärungen zu dem Schluss, dass man mit modernen Feinstsieben die Aufnahmekapazität deutlich erhöhen könnte.

»Ihr Ingenieure wollt immer das Neueste vom Neuesten. Dabei ist die ganze Anlage doch schon jetzt überdimensioniert«, ätzte Christian.

Der Betriebsleiter starrte ihn eine Weile schweigend an, ehe er antwortete. »Wir Esten sind dafür bekannt, nicht nur für den Moment zu denken.«

An Christians Gesicht war abzulesen, dass er sich veralbert vorkam. »Halten wir also fest, dass hier ein funktionierendes und mehr als ausreichendes System ersetzt werden soll. Da werden wir doch noch einmal strenger rechnen müssen.« Christian hatte sich im Reden zu Beatriz umgedreht, als hätte sie das Protokoll zu führen.

»Gehen wir weiter«, rief er mit Feldherrenstimme und übernahm die Führung, während er den Betriebsleiter mit ständigen Nachfragen auf Trab hielt. Knapp hinter ihnen folgte Kivistik, im Bemühen, kein Wort zu verpassen.

Beatriz hatte sich bei Marie untergehakt und ihre Schritte verlangsamt, um etwas Abstand zu den anderen zu gewinnen. »So meint Christian also, Kivistik vor einer unangenehmen Situation zu bewahren? Ich möchte nicht wissen, wie es aussieht, wenn er jemandem die Hölle heißmacht.«

Marie nickte. »Er spielt sicher nur bad cop, good cop in einer Person. Und am Ende bietet er einen Kompromiss an.«

»Ach, Marie. Du bist ja befangen.« Beatriz schaute grinsend zu ihr hoch.

Die nächste Klärstufe lag vor ihnen. »Ich bin gespannt, was er sich jetzt einfallen lässt. In den Unterlagen ist uns nichts Ungewöhnliches aufgefallen«, raunte Beatriz ihr zu.

Diesmal handelte es sich um ein einzelnes rechteckiges Umlaufbecken von sechzig mal hundertdreißig Metern, das durch schmale Betonwände in lange Bahnen unterteilt war, die an den Enden miteinander verbunden waren. In etwa der Hälfte der Bahnen sprudelte es wild, während das Wasser in den anderen still dahinfloss.

Auf Maries fragenden Blick erklärte Beatriz leise, dass es sich um ein Belebungsbecken handelte, in dem das Wasser mithilfe von Lebendschlamm aus Bakterien und anderen Einzellern gereinigt wird. Der zugeführte Sauerstoff diene diesen Tierchen als Futter.

Inzwischen hatte sich Christian mit dem Betriebsleiter direkt vor eines der Sprudelbecken gestellt. Die drei Frauen blieben hinter ihnen auf dem Weg stehen.

Christian beugte sich vor und schaute kritisch in den Wassernebel hinein. Er befragte den Betriebsleiter wie ein Polizist, der einen Dieb in flagranti erwischt hatte, und ließ während der Antworten immer wieder ungeduldig eine Hand kreisen, um den armen Kerl anzutreiben. Sie mussten extrem laut sprechen, um das Sprudeln des Wassers und das Rauschen der Sauerstoffanlage zu übertönen. Trotzdem schnappte Marie nur Fragmente auf. Anscheinend ging es um Sauerstoffdüsen, die die Stromkosten um einige Hunderttausend Euro senken würden. Christian nickte immer wieder und schüttelte am Ende verärgert den Kopf.

Kivistik, die das Geschehen stoisch verfolgte, sah Marie zornig an. »Wir haben einen Deal. Weiß das der Idiot da vorne nicht?«, schien sie mit ihrem Blick zu fragen.

Marie hob beschwichtigend die Hand und verzog das Gesicht, als ob alles nur ein zugegebenermaßen albernes Spiel wäre, das sich aber am Ende zum Guten auflösen würde. Selbst war sie sich dessen allerdings nicht mehr ganz so sicher, denn Christian reagierte immer unwirscher.

Schließlich drehte er sich zu ihnen um. »Wären Sie so

nett, mir hier einmal weiterzuhelfen, Jaana? Ich verstehe Ihren Mann einfach nicht.«

Sie stiegen zu Christian und dem Betriebsleiter auf den kleinen Vorsprung am Beckenrand. Beatriz schaute besorgt auf das Geländer herunter, das ihnen nur bis knapp über die Knie reichte, und schob unauffällig ihre Hand unter Maries Arm.

»Jetzt erklären Sie uns das noch einmal genauer«, verlangte Christian.

Der Betriebsleiter sah Kivistik fragend an. Sie nickte, und er nahm ein weiteres Mal die Anstrengung auf sich, über den Lärm der Anlage hinwegzureden.

Auch deswegen hörten sie den Elektro-Kleinlaster viel zu spät.

36

Auf der Pritsche hockten zwei gedrungene Gestalten mit langen Stäben in der Hand, wie der Fahrer trugen sie Masken. Der Wagen bremste abrupt, die beiden Männer richteten die Stäbe wie Lanzen auf sie und stießen sofort zu.

Dumpf prallten die Enden auf die Brustkörbe Kivistiks und des Betriebsleiters. Instinktiv rissen die beiden ihre Arme hoch, als könnten sie so den Sturz abwenden, Entsetzen in ihren Blicken, die Münder stumm aufgerissen.

Geistesgegenwärtig zog Christian die neben ihm stehende Beatriz mit sich zu Boden, die sich dabei umso heftiger an Maries Arm festkrallte, sodass die erneut zustoßenden Stangen knapp über sie hinweg ins Leere zischten.

Das alles hatte keine Minute gedauert, dann beschleunigte der Kleinlaster und verschwand hinter einem Gebäude.

Nichts als das Sprudeln des Sauerstoffs und das Gekreisch der Möwen war zu hören. Kein Hilferuf, kein heftiges Wasserschlagen. Vermutlich hatten die beiden längst eine der Leitern erreicht und würden gleich triefnass aus dem Becken klettern. Was für ein kindischer Racheakt. Fehlte nur noch, dass die Attentäter ein Video der Szene ins Netz stellten, um Kivistik komplett der Lächerlichkeit preiszugeben.

Marie löste sich aus Beatriz' Umklammerung, stand auf und ging zum Beckenrand. Christian folgte ihr.

»Verdammt, wo sind die?«, rief er.

»Lass sie uns da rausholen«, rief Marie.

Christian sah sie ängstlich an. »Ich bin kein guter Schwimmer.«

»Dann mach ich es allein«, aber bevor sie ins Wasser springen konnte, hielt Beatriz sie am Hosenbein fest.

»Nicht springen!«, rief sie gellend. »Um Gottes willen!«

»Lass das, Beatriz!«, brüllte Marie und versuchte, ihr Bein aus ihrem Griff zu befreien.

»Du ertrinkst! Jeder ertrinkt da«, schrie sie.

»Du spinnst. Ich bin Rettungsschwimmerin!«

»Du gehst unter wie ein Stein! Die Wasserdichte ist reduziert. Durch den Sauerstoff. Bitte!«

Marie sah gehetzt zwischen Beatriz und dem Becken hin und her.

»Die Anlage muss erst ausgeschaltet sein! Spring nicht!« Sie brach in Tränen aus.

»Ich laufe zur Zentrale!«, rief Christian und rannte los.

Marie strich der weinenden Beatriz über die Schulter, während sie Kiisler anrief. »Rufen Sie in dieser verdammten Leitstelle an, die Anlage muss sofort gestoppt werden. Sie sollen Taucher schicken! Und einen Notarzt! Und informieren Sie Saadla, und dann kommen Sie. Schnell!«

Beatriz zitterte am ganzen Körper. »Denen kann niemand mehr helfen.«

Marie schaute Christian hinterher. Er war nicht so schnell, wie sie vermutet hatte. Aber auf halbem Weg kam ihm ein Transport-Buggy mit zwei Arbeitern entgegen und stoppte neben ihm. Die Männer schienen nicht zu begreifen, was er ihnen erklärte. Jedenfalls dauerte es, er redete auf sie ein, aber sie taten nichts. Dann endlich griff einer zum Funkgerät, während der andere Christian auf die Ladefläche zog.

Als der Wagen vor Marie hielt, sprang Christian ab. »Das läuft ja immer noch.«

»Sie müssen die Anlage abschalten!«, rief Marie den Arbeitern zu, die sie nur verwundert ansahen, schließlich an den Beckenrand traten und in das blubbernde, schmutzig trübe Wasser schauten.

»Sprecht ihr kein Englisch, Französisch, Deutsch? Tut was! Es geht um Leben und Tod!«

Hinter ihnen hielt ein zweiter Buggy. Marie stürzte auf den Fahrer zu. »Stellen Sie diese Anlage ab, verdammt!«

»Nun mal langsam, hier kommt ja nichts weg. Mein Name ist Moora, leitender Ingenieur. Was ist Ihnen denn da so

Wertvolles ins Wasser gefallen, dass wir unsere ganze Anlage herunterfahren sollen?«

»Wertvolles? Menschen, verdammt! Ihr Chef und die Dezernentin! Zwei Männer haben sie mit Stangen hineingestoßen!«

Er wurde immer blasser, griff zu seinem Funkgerät und redete gehetzt in das Mikrofon. Noch während er sprach, verebbte das Rauschen und Sprudeln im Becken. Eine knarrende Stimme war zu hören. Jemand stellte eine Frage, die Moora übersetzte.

»Wo sind diese Männer hin?«

»Mit einem Ihrer Kleinlaster weg. In die Richtung.« Sie zeigte auf das Betriebsgebäude.

Er gab die Information durch und erhielt wohl einige Anweisungen, ehe er das Mikro wieder zurücksteckte. »In ein paar Minuten sind unsere Taucher hier.«

Der Ingenieur entfernte sich einige Meter und telefonierte eine ganze Weile, bis aus der Ferne ein Buggy heranpreschte, in dem vier behelmte Männer in Taucheranzügen saßen. Mit einigem Abstand folgten ein Polizeiauto, ein Mannschaftsbus mit Blaulicht und ein Rettungswagen.

»Da kommen sie ja.« Nach aller Gelassenheit war ihm jetzt die Erleichterung anzumerken.

Während die Taucher ins Becken stiegen, sprangen die Polizisten aus dem Bus und stellten sich in Reihe auf. Saadla kletterte aus dem Wagen.

Als Marie mit ihrem Bericht fertig war, hob Beatriz die Hand wie eine ängstliche Schülerin und erklärte, auf der Beifahrertür über dem Firmenlogo habe ein grellroter Streifen geklebt, der nichts mit dem Logo zu tun gehabt hätte.

Saadla nickte, aber ihm war anzusehen, dass er nicht wusste, was er mit dieser Information anfangen sollte. Er ging zu seinen Leuten, gab ein paar Anweisungen und ließ sie ausschwärmen.

»Kommen Sie«, er zeigte auf den Mannschaftsbus. »Leutnant Valter wartet im Verwaltungsgebäude.«

Sie wollten gerade gehen, als die Taucher aufstiegen und

den Arbeitern etwas zuriefen. Dann wurden nacheinander Kivistik und der Betriebsleiter aus dem Becken gezogen.

»Bitte«, mahnte Saadla. »Sollte hier ein Wunder geschehen, werden wir es erfahren.«

Marie ließ sich mit Beatriz ein wenig zurückfallen. »Hör zu, Beatriz. Valter ist definitiv nicht unser Freund! Wenn der uns etwas anhängen kann, wird er nicht zögern. Also, kein Wort über Sauerstoff und Wasserdichte, verstanden?!«

37

Die frostige Atmosphäre in dem Konferenzraum, in dem Valter sie erwartete, weckte in Marie böse Erinnerungen an ihr juristisches Prüfungskolloquium. Hartweiße Wände, weiß lackierte Tischplatten und Sitzschalen, der Boden mit hellgrauem Linoleum belegt. Valter passte gut hierher. Er saß hinter einer Barriere von Tischen, links von ihm Saadla, rechts ein Uniformierter mit seinem Laptop.

Mit zwei Metern Abstand waren vor ihnen drei Stühle für die Zeugenbefragung aufgestellt worden. Christian reagierte auf den Tribunalaufbau mit lümmeliger Lässigkeit. In seinem karierten Tweedanzug rutschte er tief in die Sitzschale und schlug die Beine übereinander, sodass Valter ständig einen ungeduldig wippenden Budapester vor Augen hatte. Beatriz hingegen saß aufrecht und steif da, und Marie hatte instinktiv die Arme vor der Brust verschränkt.

Bevor Valter ein Wort sagen konnte, gab sie zu Protokoll, dass sie trotz ihres diplomatischen Status bereit seien, als Zeugen auszusagen, um die estnischen Behörden bei ihren Ermittlungen zu unterstützen. Aufgrund ihrer Verschwiegenheitspflicht würden sie allerdings Fragen zu Auftrag und Ziel ihres Klärwerksbesuchs unbeantwortet lassen müssen.

Valter eröffnete die Befragung überaus freundlich auf Englisch, bedankte sich für dieses großherzige Entgegenkommen und bat sie nacheinander, das Geschehen aus ihrer Sicht zu schildern. Er sah sie aufmunternd an, nickte oft und gab immer wieder ein verständnisvolles Brummen von sich.

Marie bemerkte, wie sich Beatriz nach und nach entspannte, ihr Rücken wurde etwas runder, sie fasste Vertrauen. Was für ein Fehler, Valter hatte sie mit ihren rot geweinten Augen längst als schwächstes Glied der Kette ausgemacht.

Nachdem sie die Aussagen von Marie und Christian um einige wenige Details ergänzt hatte, konzentrierte sich Valter lächelnd auf sie.

»Sie besichtigen unsere Kläranlage in dieser hochrangigen Delegation, Ms Torres. Man darf Sie also sicher als Experten bezeichnen, denn sonst würde so ein Termin ja keinen Sinn machen, nicht wahr?«

»Na ja, in gewissem Sinne. Aber Sie haben ja gehört, ich kann dazu leider nicht detaillierter aussagen.«

»Gar nicht nötig, Ms Torres, alles gut.« Er lächelte sie weiter an. »Also werden Sie als Expertin sicher auch wissen, welche Gefahr von einem solchen«, er schaute auf seinen Notizblock, »Belebungsbecken ausgeht?«

In Beatriz arbeitete es sichtlich. »Also, wir sind keine Wasserbauingenieure, wenn Sie das meinen. Für unsere Bedarfsermittlungen holen wir die Expertise hoch spezialisierter Fachleute ein.«

»Ja, natürlich. Meine Frage haben Sie allerdings noch nicht beantwortet«, stellte er freundlich fest.

»Entschuldigung, also …«

»Sie werden doch wissen, wie so ein Belebungsbecken funktioniert und was es mit dem Wasser macht?«

»Na ja, irgendwelche Bakterien reinigen es da.« Beatriz traten Schweißperlen auf die Stirn.

»Irgendwelche Bakterien. Also, Ms Torres …«

»Leutnant Valter, worauf wollen Sie denn hinaus?«, schaltete sich Marie ein.

»Ich finde es nur befremdlich, Ms Vos, wie sehr sich die Zeugin bemüht, als Dilettantin zu erscheinen. Bei uns lernt man schon in der Schule, dass Gas die Wasserdichte verringert. Am schönen Beispiel des Bermudadreiecks, in dem die Schiffe auf Nimmerwiedersehen verschwinden. Aber Sie, Ms Torres, eine hoch qualifizierte Expertin der Europäischen Union, Sie wollen keine Ahnung davon haben? Warum stellen Sie sich so dumm?«

Beatriz schaute Hilfe suchend zu Marie herüber. Seit Tagen befand sie sich in einem Sturm, der sie in ihren Grundfesten erschütterte, man hätte sie in diesem Zustand gar nicht mitnehmen dürfen.

»Wir bewundern das estnische Bildungssystem sehr, Herr Leutnant«, griff Marie ein. »Aber es ist vollkommen irrelevant, ob wir in Physik aufgepasst haben. Es geht darum, dass wir von Terroristen angegriffen wurden. Wir alle. Falls Sie also nur Schulwissen abfragen möchten, werden wir jetzt gehen.«

»Schon gut. Eine andere Frage, Ms Torres.«

Die Tür öffnete sich. Ein Polizist ging auf Valter zu und flüsterte ihm etwas ins Ohr. Es schienen zwei Nachrichten zu sein, wenn Marie Valters Reaktion richtig deutete. Bei der ersten nickte er nur, bei der zweiten konnte er seine Überraschung nicht ganz verbergen. Dann richtete er den Blick wieder auf Beatriz.

»Meine Frage, Ms Torres. Sie haben dem Kollegen Saadla berichtet, über dem Firmen logo auf diesem Kleinlaster hätte ein roter Streifen geklebt, richtig?«

Torres nickte.

»Aber es war schon das Logo des Klärwerkbetreibers?«

»Ja, wir kennen WPT Limited doch.«

»Wir stehen wirklich vor einem Rätsel. Es gibt hier vier Fahrzeuge dieser Bauart. Alle vier haben wir ordnungsgemäß abgestellt auf dem Betriebshof vorgefunden. Und keines hatte einen solchen Streifen. Eigenartig, oder?«

Torres schaute unsicher. »Ich weiß nicht, vielleicht – ?«

Marie stand auf. »So kommen wir nicht weiter. Wir lassen uns von Ihnen nicht ins Kreuzverhör nehmen.«

»Nur eine letzte Frage noch. Warum haben Sie ausgerechnet die Mittagspause als Termin für die Besichtigung gewählt? Eine Zeit, in der kein Mensch auf diesem Gelände arbeitet?«

»Den Termin hatte Frau Kivistik vorgeschlagen«, sagte Christian und stand ebenfalls auf. »Sie sollten lieber nach den Tätern suchen, statt hier Ihren Europahass zu zelebrieren, Leutnant. Wir gehen.«

»Ja, die Täter. Alle Mitarbeiter waren in der Kantine, außer

Ihnen wurde niemand an der Pforte eingelassen, und die elektrisch gesicherten Zäune rund um das Gelände sind alle unbeschädigt. Nur Sie scheinen diese Phantome gesehen zu haben.«

»Vielleicht lügt der Pförtner, vielleicht decken sich die Mitarbeiter gegenseitig, vielleicht haben Ihre Leute schlampig gearbeitet. Machen Sie Ihre Arbeit!«, gab Marie zurück.

»Und dazu gehört, Sie unter die Lupe zu nehmen. Eine EU-Delegation, die bekanntlich von Jaana Kivistik des Landes verwiesen wurde. Trotzdem sind Sie zurückgekehrt, und kurz darauf stirbt – in Ihrem Beisein! – Jaana Kivistik. Denn das wurde mir gerade leider mitgeteilt. Sie konnte nicht wiederbelebt werden, ebenso wenig wie das zweite Opfer, das mit alledem nichts zu tun hat. Zu schade, denn er hätte Ihre Geschichte als Lügenmärchen entlarvt!«, rief Valter ihnen hinterher, während sie zur Tür gingen.

»Ich rate Ihnen dringend, im Land zu bleiben. Der diplomatische Status mag Sie schützen, nicht aber den Ruf der EU.«

Er gab dem Polizisten in der Tür ein Zeichen, zur Seite zu treten.

Draußen erwartete Kiisler sie mit der Nachricht, die vermutlich kurz zuvor auch Valter ins Ohr geflüstert worden war.

»Kivistiks Villa steht in Flammen. Und ihr Sommerhaus in Laheema ebenfalls.«

38

Marie war früh aufgestanden, um noch einmal in Ruhe die beiden Dossiers durchzuschauen, die Söderberg ihr am Abend zuvor geschickt hatte. Seine Leute hatten die Taskforce-Mitglieder im Hinblick auf berufliche Kontakte mit Russland durchleuchtet und waren bei Aumayr und Christian tatsächlich fündig geworden.

Sie hatte die halbe Nacht damit verbracht, die Bilder von der Ermordung Kivistiks und dieses Zufallsopfers von Betriebsleiter irgendwo ganz weit hinten in ihrem Kopf zu verstauen. Jetzt saß sie noch im Shirt auf ihrem Doppelbett und scrollte durch den Rapport, den Söderberg in seiner Mail mit einem »nicht sehr spektakulär, aber vielleicht steckt irgendein Ansatz drin« kommentiert hatte.

Aumayr war der Security-Abteilung mit einem recht merkwürdigen Meinungswechsel aus dem Jahr 2011 aufgefallen. Damals arbeitete er noch als Vermögensverwalter bei der Österreichischen Beteiligungs-AG. Zu dieser staatlichen Holding, die die Beteiligungen an börsennotierten Unternehmen wie Telekom, Casinos und anderen nationalen Kronjuwelen verwaltete, gehörte auch ein Investmentfonds namens Austrian Industries. Dieses Unternehmen wollte in die russische Firma Dragota investieren, als sie an die Börse ging, einen der Weltmarktführer in der Förderung und im Verkauf von Rohdiamanten. Nach Aumayrs Ansicht wäre eine staatliche Beteiligung irregulär gewesen, weil Dragota auch in Angola seine Finger im Spiel hatte, wo Blutdiamanten durch Zwangsarbeit gewonnen wurden. Die Sache eskalierte, aber nach einem Gespräch mit dem russischen Botschafter gab Aumayr seinen Widerstand plötzlich auf. Angeblich, weil Dragota inzwischen verkündet hatte, nur noch Diamanten mit Menschenrechtszertifikat auf den Markt zu bringen. »Bestechung?«, hatte Söderberg in die Kommentarspalte daneben geschrieben.

Sie dachte kurz nach. Nein, das war doch zu unwahrscheinlich. In Fritz' großem Traum von der Selbstvernichtung der Menschheit spielte Gier als hochtouriger Motor zwar eine Rolle, aber ihn selbst schien Geld nur so weit zu interessieren, dass er sich den Alkohol kaufen konnte, der ihm schmeckte. Sowieso wirkte Reichtum nicht als Pflaster für die offenen Wunden einer zerstörten Kindheit. Das zu durchschauen, war er klug und alt genug. Sie las weiter.

Auch im Fall von Christian hatte die Security eine Menge Akten gewälzt und Hintergrundgespräche geführt. Christians Sündenfall datierte auf das Jahr 2014, als er im deutschen Wirtschaftsministerium gerade frisch zum Abteilungsleiter befördert worden war. Kaum zwei Monate später winkte er den zuvor umstrittenen Verkauf von drei Tanklagern nahe Hamburg an ein russisches Konsortium namens Summolin durch, obwohl die Entspannungsphase zwischen Ost und West längst wieder vorbei war. Im Vorfeld war er dazu einige Male nach Moskau gereist. Nur anderthalb Jahre später wurde Christian offenbar nach Brüssel weggelobt. Hatte er sich die Finger schmutzig gemacht, oder war er nur ein lästiger Zeuge, der bei einer neuen, gut bezahlten Aufgabe möglichst schnell die Vergangenheit vergessen sollte? Was auch immer dahintersteckte: In den Wochen vor und nach der Entscheidung war er mehrfach zu Verhandlungen und Gesprächen nach Russland gereist.

Aber war das denn wirklich etwas Besonderes? Wie viele hochrangige Beamtinnen und Beamte in den Wirtschaftsministerien der europäischen Staaten waren nicht regelmäßig mit solchen oder ähnlichen Geschäften befasst?

Nein, Söderberg hatte recht. Diese Angelegenheit war alles andere als spektakulär. Reines Tagesgeschäft. Sicher, Christian liebte das Geld mehr, als es Aumayr tat, denn er pflegte einen aufwendigeren Lebensstil. Aber erstens hatte er schon länger das dafür nötige Einkommen, zweitens stieg er immer weiter auf, und drittens wäre solch eine Bestechung stil- und charakterlos. Und sie hatte bisher keinen Menschen kennengelernt, der mehr Wert auf Stil und Charakter legte als Christian.

Marie klappte das Laptop zu und stand auf, als ihr Handy klingelte. Ihr Chef …

»Warum hatte sie keine Leibwächter dabei, verdammt? Fährt einsam und allein durch die Gegend! War sie etwa so dumm zu glauben, dass wir von jetzt an ihr Kindermädchen spielen würden?«

Einen solchen Zornesausbruch hatte Marie bei Söderberg bisher noch nicht erlebt. Man musste keine Psychologin sein, um zu erkennen, dass dahinter die quälende Frage brannte, ob Security Kivistik als neuen Joker in diesem Spiel nicht doch hätte schützen müssen.

»Wir konnten nichts tun, Niklas. Sie hätte es als totale Demütigung und verkappte Verhaftung aufgefasst, wenn wir ihr ein paar Schatten angeboten hätten.«

»Mag ja sein. Sie hätte natürlich selbst dafür sorgen müssen! So ein Mist, unser ganzer Plan wurde über den Haufen geworfen. Und die Russen und die Rechten können sich gleichermaßen die Hände reiben – egal wer von ihnen dahintersteckt. Die Presserundschau ist ein einziges Desaster für uns. Selbst der liberale *Heerold* … ach, vergiss es. Die entscheidende Frage ist, wer hat den Auftraggebern gesteckt, dass Kivistik zu uns zurückwechselt? Von unseren Leuten in Tallinn wussten nur Kiisler davon und die Taskforce.«

»Der Geschäftsführer dieser Firma auf Malta?«, fragte sie, während sie ins Bad ging, um sich ein Glas Leitungswasser zu holen.

»Sitzt vorläufig im Hochsicherheitstrakt des Corradino Prison. Aber es ist natürlich auch möglich, dass Kivistik abgehört wurde. Das spräche ebenso für einen Geheimdienst wie das, was Kiisler bisher von seiner Quelle bei der Tallinner Polizei über die Brände in Kivistiks Häusern gehört hat. Eindeutig Brandstiftung, keine verwertbaren Spuren. Dazu der Anschlag von Paljassaare – drei aufwendige Aktionen zur gleichen Zeit. Das bringt nur eine Organisation mit erheblichen Ressourcen zustande. Ich tippe 10:1 auf die Russen.«

»Dann ging es bei der Brandstiftung gar nicht darum, Kivistiks Archiv zu vernichten, was jetzt alle glauben werden. Sondern darum, alle Spuren zu verwischen, die auf eine Verbindung zwischen Russland und Kivistik hinweisen?«

»So denke ich das«, sagte Söderberg, der sich jetzt wieder auf nordische Normaltemperatur heruntergekühlt hatte. »Kivistik ist tot, aber das Archiv muss ja noch irgendwo zu finden sein. Das ist eine ungeheure Chance für uns, und du und Kiisler werdet sie nutzen.«

»Hat höchste Priorität«, antwortete sie, »träum weiter, Niklas«, dachte sie. Denn wie sollten sie da rankommen?

»Die gleiche Priorität wie …«

Er wurde vom Klingeln des altmodischen Zimmertelefons unterbrochen. Sie ließ das Handy im Bad liegen, huschte zum Nachttisch und nahm den Hörer von der Gabel.

»Feueralarm?«, fragte Söderberg, nachdem sie ins Bad zurückgekehrt war.

»Nein, die Rezeption. Ein unerwarteter, aber willkommener Gast. Ich muss mich schnell anziehen. Henrik Laar steht unten.«

39

Henrik Laar hatte sich im Foyer zwischen zwei mannshohen schwarzen Vasen mit Kunstblumen versteckt. Offenbar wollte er zunächst checken, ob ihr jemand folgte, denn er tauchte erst auf, als sie sich an den Rezeptionisten wandte, um zu fragen, wo ihr Gast abgeblieben sei.

Laar begrüßte sie nur knapp. Nach einem festen Händedruck drehte er sich wortlos um und eilte zum Hauptausgang.

Draußen dämmerte es, und die Laternen warfen ein orangegelbes Licht auf ein paar zusammengefegte Häuflein mit Schutt und Scherben, die noch an die vergangenen Krawalle erinnerten.

»Wohin gehen wir?«, fragte sie.

»Dahin, wo wir ungestört reden können«, antwortete er über die Schulter hinweg.

Laar führte sie zielstrebig durch ein Labyrinth von Hofdurchgängen und Seitengassen der Altstadt. Die scharfen eisigen Böen, die immer wieder wie aus dem Hinterhalt zuschlugen, schienen ihm nichts auszumachen. Seinen schweren braunen Mantel hatte er nicht zugeknöpft, und die Rockschöße schwangen bei jedem Schritt um seinen gedrungenen Körper.

In einer steilen Gasse, in der der Bürgersteig schließlich in Stufen überging, zog er das Tempo so an, dass sie Mühe hatte, Schritt mit ihm zu halten. Oben angekommen, schaute er kurz zu ihr zurück und eilte gleich wieder weiter, um über einen Parallelweg wieder nach unten zu marschieren. Seine antiquierten Spionagetricks feierten eine fröhliche Wiedergeburt.

Er blieb endlich vor einem Lokal stehen, öffnete die Tür

und führte sie durch mehrere kleine Räume, bis sie in einen Keller gelangten. Obwohl Laar noch in der Nacht losgefahren sein musste, hatte er bis jetzt keinerlei Anzeichen von Müdigkeit gezeigt. Doch jetzt ließ er sich mit einem Seufzer an einem Resopaltisch auf einen Küchenstuhl fallen. »Mein Hausarzt hat mir eine halbe Stunde Bewegung am Tag verordnet«, sagte er, während er sich schon wieder erhob, um den Wirt zu begrüßen, einen jungen Mann mit rotem Haar und Bart, der sich die Hände an seiner Schürze abwischte, ehe er Laar schweigend umarmte. Laar nickte in Maries Richtung und sagte mit gedämpfter Stimme ein paar Sätze auf Estnisch.

»Breakfast?«, fragte der Wirt.

»Black coffee«, antwortete sie.

Laar bestellte auf Estnisch und wechselte dann ebenfalls wieder ins Englische. »Ein einfaches Wirtshaus, aber alles, was man bekommt, hat Drei-Sterne-Qualität. Als Stadtrat habe ich hier meine vertraulichen Besprechungen geführt.«

»Und jetzt also wieder«, lockte Marie.

Nachdem der Wirt eine Flasche Viru Valge, zwei Wassergläser und einen Becher Kaffee auf den Tisch gestellt hatte, griff Laar nach dem Wodka und goss beide Gläser halb voll.

»Ich kam schon mit Mihkel Kivistik hierher, als wir in den späten Achtzigern zusammen an der Universität in Tartu studierten. Wir hatten Freunde hier …« Sein Mund verzog sich zu einem amüsierten Grinsen. »Aber vor allem Freundinnen. Für uns Provinzler war Tallinn die große Stadt, in der alles möglich war.«

»Auch unter der russischen Besatzung?«

Laar stieß sachte sein Glas gegen ihres und trank einen großen Schluck. »Hormone scheren sich nicht um Ideologien«, sagte er. »Und in der Zeit brach das System schon langsam zusammen, man wartete nur noch auf den großen Kladderadatsch. Wir konnten die Freiheit riechen. Wer hätte gedacht, dass sich einige von uns heute wieder nach den schlimmen alten, aber eindeutigen Verhältnissen zurücksehnen würden. Früher waren an allem die Besatzer schuld, heute ist es viel komplizierter und unübersichtlich. Jeder gegen jeden. Das stürzt sie von einer Angst in die nächste. Damals half es noch, gemeinsam zu singen. Unsere Liederfeste …« Er nahm noch einen Schluck und beugte sich vor. »Jääb ikka nii …«, begann er leise, »kein Land steht allein … Eigentlich ein ironisch gemeintes Lied, aber es wurde unsere Befreiungshymne.«

Marie nickte. Sie kannte die Geschichte von der Singenden Revolution. Aber sie war an diesem kühlen, dunklen Morgen nicht aus dem Bett gekrochen, um sich von einem trinkfreudigen Ex-Dezernenten ein Ständchen bringen zu lassen. »Was steht noch auf der Tagesordnung?«, fragte sie unverblümt.

»Kivistiks Erbe. Jetzt, da sie tot ist, darf das Material nicht in die falschen Hände geraten.« Er schüttelte den Kopf so entschlossen, dass seine fleischigen Wangen zitterten.

»Ganz Ihrer Meinung«, sagte sie.

Er schüttete den restlichen Wodka hinunter und füllte sein Glas erneut. War er einfach nur ein Alkoholiker, oder trank er sich Mut an, ehe er ihr erzählen würde, was ihm schwer auf der Seele lag? Um ihn zum Reden zu animieren, prostete sie ihm zu und nippte an ihrem Wodkaglas.

»Mihkel Kivistik und ich waren damals Genossen. Nicht diese kommunistische Pseudosorte, sondern echte Kameraden …«

Marie lehnte sich zurück. Okay, ein paar Jugendabenteuer, die konnte sie sich nach den Aufregungen der letzten Stunden gut anhören, zumal sich bestimmt immer wieder die Weltgeschichte hineinmischen würde. Und tatsächlich begann er nun, von Gorbatschows Reich zu erzählen, das am Rande des Zusammenbruchs stand. Und dass es auch danach brandgefährlich war, Widerstand zu leisten, weil der estnische KGB immer noch Jagd auf jeden Dissidenten machte.

Laars Augen flammten über seinem Wodkaglas auf, als er auf das große Tallinner Altstadtfestival am 10. Juni 1988 zu sprechen kam, das Mihkel und er besuchten. Sie hatten den Zug von Tartu genommen, einen Packen aufrührerischer Flugblätter in ihren Rucksäcken.

Laar hob auffordernd sein Glas, als hätte sie seine Geschichte mit Promille im Blut zu bezahlen. Sie trank, während Laar sich mit halb geschlossenen Augen daran erinnerte, wie sie am Tallinner Bahnhof ins Visier von KGB-Agenten geraten waren, sie aber abschütteln konnten, weil sie sich unter die vielen Chöre gemischt hatten, die aus allen Teilen des Landes angereist waren und sich rund um das Bahnhofsgebäude versammelten, um gemeinsam zum Festivalplatz zu ziehen. Und wie sie dann in einem glücklichen Moment ausscherten, Haken schlugen und schließlich am Rande von Telliskivi einen alten Wasserturm entdeckten, wo sie sich ein paar Stunden lang verstecken und die Flugblätter im Keller zurücklassen konnten.

Der Wirt brachte ein großes Servierbrett mit dunkelgrauem Brot und filetiertem Lachs. Er stellte es auf den Tisch und sagte etwas zu Laar, der sie fragend ansah.

»Sie haben selbst eingelegte Essiggurken«, sagte er. »Scharf gepfeffert.«

»Komm ich mit klar«, sagte sie zu seiner Freude.

»Nach der Unabhängigkeitserklärung haben wir uns leider erschreckend schnell auseinandergelebt«, begann er den zweiten Teil seiner Erzählung, und Marie ahnte, dass es noch ein wenig dauern würde, ehe Laar sein Geheimnis preisgab, und sie mit Ungeduld nur alles verderben würde. Abwechselnd nippte sie an Kaffee und Wodka, was einen ganz passablen caffè corretto ergab, und hörte ihm weiter aufmerksam zu.

Das Geld hatte die beiden schließlich auseinandergebracht. Kivistik zählte schon nach wenigen Jahren zu den nouveau riche; mit seiner Hotelkette, aber auch, weil er am laufenden Band neue Immobilien kaufte und clever weiterverkaufte. Laar ging in die Politik und wurde später zum Dezernenten gewählt. In diesem Amt stand er nicht selten seinem alten Jugendfreund gegenüber und verhinderte einige Male, dass Mihkel seine Pläne umsetzen konnte. Es gab in dieser Zeit keinen wirklichen Streit zwischen ihnen, bekräftigte Laar, manchmal schien es mehr wie ein Wettkampf, bei dem mal der eine, mal der andere gewann. Aber seit herausgekommen war, dass Kivistik als Finanzier hinter »Freies Estland« steckte, hatte zwischen ihnen bis kurz vor Mihkels Tod eine stille Feindschaft geherrscht.

Der Wirt brachte die Gurken. Laar stopfte sich eine in den Mund und seufzte. Da sie ihn nicht enttäuschen wollte, griff auch sie nach einem dieser graugrünen Exemplare.

Der erste säuerlich süße Geschmack verwandelte sich, sobald sie hineinbiss, ins Salzige, und als sie fester kaute, schlugen auch die Pfefferkörner hart zu. Um den Brand in ihrem Mund zu löschen, nahm sie einen großen Schluck Viru Valge.

Laar nickte wohlwollend und griff ebenfalls zum Glas. »Feuer mit Feuer löschen!«

Jetzt war Mihkel Kivistik in Laars Erzählung schon beinahe tot, es konnte also nicht mehr lange dauern, bis Laar zum Anlass seines Besuches käme, hoffte Marie. Kopfschüttelnd, als wäre er aufs Neue überrascht, erzählte er, wie Mihkel ihn bat, zu diesem Wasserturm von früher zu kommen.

Das Gelände mit allen Gebäuden hatte zu Kivistiks ersten Investitionen gehört, und er hatte es nie weiterverkauft. Laar hatte ihm immer unterstellt, dass er einfach nur auf einen Preisanstieg spekulierte.

Aber es stellte sich heraus, dass es gleich drei andere gute Gründe dafür gab: Nostalgie, dann ein Gedanke, der sonst eher Laar umtrieb, nämlich das Wohl der Stadt, denn Mihkel hatte an diesem Ort inzwischen eine kleine Künstlerkolonie untergebracht, die gerade für die jungen Leute zu einer Attraktion wurde. Und, am entscheidendsten vielleicht: Es war der Ort seines größten Geheimnisses.

»Dieser Keller unterm Turm, in dem wir unsere Flugblätter deponiert haben …«, raunte Laar jetzt. »Er hat ihn zu einem Tresorraum umbauen lassen und dort sein Geheimarchiv untergebracht. Dieses Geheimnis wollte er mit mir teilen, wie früher. Ein Akt des Vertrauens, mit dem er wenige Tage vor seinem Tod unsere Freundschaft erneuern wollte. Verstehen Sie: sogar über seinen Tod hinaus. Er hatte ein Exemplar unserer revolutionären Flugschrift eingerahmt. Als Geschenk.«

»Nicht mehr?«, entfuhr es Marie schärfer als geplant.

Laars Blick verfinsterte sich, doch nachdem er grimmig ein paar weitere Gurken in sich hineingestopft hatte, lachte er plötzlich so laut auf, dass sie erschrak.

»Natürlich, Mihkel hatte auch eine Akte über mich. Die bekam ich obendrauf. Es waren nur wenige Seiten über eine kleine Sünde.«

Marie zeigte ihm mit einem Achselzucken an, dass sie mit Grautönen vertraut war. »Wo steht dieser Wasserturm genau?«

Laar trank einen Schluck und schmeckte dem Viru Valge lange hinterher. »Direkt gegenüber dem Depoo«, sagte er schließlich. »Es ist eines dieser hippen Kreativ- und Start-up-Quartiere.«

Sie notierte die Adresse in ihrem Handy, während Laar sich nachschenkte, und schrak zusammen, als es plötzlich klingelte.

Es war Giuliani, die wissen wollte, warum Marie sich nicht zum Frühstück und Tagesbriefing eingefunden hatte. Sie tippte eine schnelle Antwort, ehe sie Laar erklärte, dass die Pflicht riefe, und ihn nach dem schnellsten Weg zurück zum Hotel fragte.

»Oh, wir sind ganz in der Nähe. Gehen Sie einfach zur Hintertür hinaus, rechts abbiegen, nach hundert Metern sind Sie auf dem Rathausplatz, und dann sehen Sie schon das Hotel.«

Sie schwankte, als sie die Steinstufen hinaufstieg, und als ihr draußen die bitterkalte Luft entgegenschlug, wurde ihr schwindlig. Aber das Gefühl eines großen Triumphs überstrahlte alles, und nach wenigen Metern rief sie Söderberg an. Kurz vor dem Hoteleingang hatte sie ihren Bericht beendet.

»Ausgezeichnete Arbeit«, sagte er. »Ich werde Kiisler beauftragen, die Beute sicherzustellen. Und du schläfst jetzt erst einmal deinen Rausch aus.«

40

Gegen Mittag wurde sie von lauten Rufen aus dem Schlaf gerissen. Sie ging zum Fenster und schob die Gardine ein wenig zur Seite. Vor dem Hotel hatte sich wieder eine Horde junger Typen in schwarzen Hoodies unter einem Protestbanner versammelt, die mit erhobenen Fäusten ihre Parolen skandierten.

Sie ließ die Gardine zurückfallen und schlüpfte schnell in T-Shirt und Hose. Das Geschrei draußen wurde immer lauter. Sie unterdrückte den Impuls, alle ihre Sachen in den Trolley zu stopfen, und griff nach ihrem Laptop. Dann lief sie die Treppen bis ins oberste Geschoss hoch.

Außer Atem klopfte sie an Christians Tür, der sofort öffnete.

»Ah, gut! Ich wollte dich gerade holen.«

Er hatte den Aufruhr da unten also auch schon mitbekommen.

»Hast du schon etwas gegessen?«, fragte er, während er zum Schreibtisch ging.

»Gegen einen kleinen Lunch hätte ich nichts einzuwenden.«

»Ich lasse uns etwas nach oben bringen.« Er griff nach dem Haustelefon.

Während er eine Bestellung durchgab, linste sie vorsichtig durch einen Spalt in der Gardine. Mittlerweile standen schon rund fünfzig Demonstranten auf der Straße und brüllten im Stakkato nur noch ein einziges Wort.

»Murderers! Murderers!«

Christian stellte sich dicht hinter sie und legte seine Arme um ihre Taille. Einer der Demonstranten schoss eine Rakete ab, die vor ihrem Fenster zu einer Fontäne aus roten

Feuerbällen zerplatzte. Sie drückte sich gegen ihn, und als eine zweite Rakete in einem weißen Lichtkranz explodierte, spürte sie, wie seine Hände sie fester packten, während sein Atem über ihr Ohr strich.

»Romantisch«, sagte sie.

»Schau mal, da rücken schon unsere Hilfstruppen an«, flüsterte er.

Draußen rasten mehrere Mannschaftswagen der Polizei in die Straße hinein. Die Einsatzkräfte sprangen mit Helmen, Schlagstöcken und Schilden auf die Straße und stellten sich in einer Reihe vor dem Hotel auf.

»Spannend«, sagte sie.

Während die Demonstranten ein paar letzte Raketen auf die Hotelfassade abfeuerten, lehnte sie den Kopf gegen Christians Schulter. Mit halb geschlossenen Augen verfolgte sie, wie die Protestler ungläubig feststellten, dass die Ordnungsmacht tatsächlich zu einer Attacke auf sie ansetzte. Es dauerte keine Minute, und die Straße war leer gefegt.

Jetzt, da es draußen nichts mehr zu sehen gab, bewegten sie sich, ohne sich voneinander zu lösen, rückwärts zu seinem Bett. Dass der Zimmerservice just in dem Moment ihren Lunch abliefern sollte, als sie unter die Decke schlüpften, hätte nur eine kleine Verzögerung bedeuten müssen.

Dass Christian stattdessen in seinen Hotelbademantel hineinschoss und dabei den Gürtel versehentlich so zuschnürte, dass sich eine ziemlich offenherzige Falte bildete, und er solchermaßen die Tür öffnete, um den Servierwagen von zwei älteren Frauen zu übernehmen, hätte vielleicht eine mehr oder minder gute Anekdote abgegeben.

Dass die Damen zwar professionell seinen entblößten Oberschenkel ignorierten, sich jedoch in ihrer Muttersprache ein paar schnelle Kommentare zuflüsterten, woraufhin sich Christian peinlich berührt umdrehte, um seine Kleidung zu richten, führte allerdings dazu, dass die beiden nicht nur ihre Zugehörigkeit zur russischen Minderheit verrieten, sondern auch Christian bisher unentdeckte Russischkenntnisse bewies.

Sodass die Situation Marie die scherzhaft gemeinte Frage entlockte, ob er bei seinen Besuchen in Moskau schon einmal Ähnliches erlebt habe. Allerhöchstens hätte sie da von Christian den ironischen Konter erwartet, dass sie noch lernen müsse, Geschäft und Vergnügen voneinander zu trennen. Wonach er die Flasche Weißwein aus dem Kühler und zwei Gläser vom Wagen hätte nehmen und mit Marie anstoßen können, um schließlich dort fortzufahren, wo sie unterbrochen worden waren.

Aber stattdessen hielt Christian mit einem Schlag inne. »Hast du mich mit einem deiner geheimen Netze abgefischt?«

»Natürlich, Christian, das Fischen ist doch mein Beruf.« Sie lachte.

»Und was war der Grund für diesen Fischzug?«

Das Lächeln verschwand aus ihrem Gesicht. »Ich denke, Routine. Zählt zu den Fundamenten unserer Arbeit.«

»Ergänzt um eine gehörige Portion Misstrauen, nehme ich an?«

»Das zweite Fundament, natürlich.«

Christian reichte ihr den Tee.

»Mit einem besonderen Fokus auf Kontakte mit Russland?«

»Du weißt, wie wir ticken, Christian, wir prüfen selbst das Kleingedruckte.«

»Und schon seid ihr über diese lächerlichen Verträge gestolpert, die Summolin 2014 mit dem deutschen Staat abgeschlossen hat?«

»Deine Unterschrift stand unter der Genehmigung … Aber mach dir doch keine Gedanken, bitte. In der Security-Abteilung legen sie selbst das Label deiner Unterhose unter die Lupe …«

Christian schüttelte genervt den Kopf. »Kurz nach Dienstantritt im Ministerium wurde mir eine dicke Akte mit einem fertig vorbereiteten Beschlussentwurf vorgelegt. Ob ich bitte eben mal da unten beim Bleistiftkreuzchen unterschreiben wolle. Angehängt der auch schon ausgefüllte

Dienstreiseantrag für mehrere Termine in Moskau. Ich war der Neue, also tat ich es, obwohl es erkennbar Bullshit war.«

»Hey, das war doch nur ein winziger Teil einer allgemeinen Recherche«, sagte sie versöhnlich. »Außerdem weiß Security, wie solche Riesendeals zustande kommen. Und wer sie dann, koste es, was es wolle, umzusetzen hat.«

»Es war ein strategischer Fehler, die Lagertanks an die Russen zu verkaufen, ganz allgemein und erst recht zu dieser Zeit.«

»Christian!«, sagte sie mit gespielter Strenge. »Jetzt mach es nicht größer, als es ist. Überhaupt warst du ja auch nur kurz im Wirtschaftsministerium.«

Sie ging auf ihn zu, aber die Hand, die sie ihm hinhielt, um ihn zu sich zu ziehen, ignorierte er.

»Hast du meinen Protestvermerk dazu gelesen?«

Sie hob die Schultern. »War nicht in deiner Akte.«

»Meiner Akte?!«, sagte er. »Also bin ich für euch ein Verdächtiger?«

Er schien aufrichtig empört zu sein.

»Hör mal, Christian!«, sagte sie. »Noch 2013 haben wir in den Niederlanden die halbe Maas-Ebene bei Rotterdam an die Russen verkauft, damit sie da riesige Öllagertanks aufstellen können. Verglichen damit, sind deine Lagertanks Fingerhüte!« Sie hob die Hände, um ihm zu zeigen, dass sie ihm keine Vorwürfe machte.

»Was steht denn noch in meiner Akte? Lass mich raten: Ich habe zwei Mal die Zentrale von Summolin besucht, um die Bilanzen des Unternehmens zu überprüfen. Verdächtig?«

Nachtwey verstummte, bis er nach einer Weile plötzlich den Kopf schüttelte und sie mit schuldbewusstem Blick ansah. »Entschuldige, Liebes, du hast da einen empfindlichen Nerv bei mir getroffen. Ich hätte das damals an die Presse durchstechen können. Aber ich habe die Klappe gehalten, weil sie mir im Gegenzug die Abordnung nach Brüssel zusagten. Mein Weggang aus Berlin war der Schlusspunkt einer verdammt schmerzhaften Zeit. Typischer Fall von *wrong time, wrong place.*«

»Aber dafür *the right man*«, sagte sie sanft. »Es ist, wie es ist, irgendwann holt sich jeder seine Narben.«

Sein Handy klingelte, er schaute auf das Display. »Giuliani …«, sagte er und legte den Finger an seine Lippen. Er hörte kurz zu, sagte nur »Okay« und legte mit einem tiefen Seufzer auf. »Sie will mit mir über die Mittelkürzungen in Paljassaare sprechen. Jetzt.«

Zurück in ihrem Zimmer, beschäftigte sich Marie einmal mehr mit der Frage, ob es eine undichte Stelle in der Taskforce gab. Die beiden Berichte, die Söderberg geschickt hatte, gaben nicht viel her. Lauter Ansatzpunkte, die man nach Belieben in jede Richtung deuten konnte. Das hatte sie gerade erst bei Christian erlebt. Seine Reisen nach Moskau, seine Kontakte mit Summolin, das war alles nichts Besonderes. Das Gleiche hätte ihr auch bei Aumayr passieren können, aber wenn Fischen tatsächlich ihr Fachgebiet war, musste sie auch hier wenigstens ein Mal die Angel auswerfen. Das Abendessen der Taskforce war für neunzehn Uhr angesetzt, und Aumayr würde seinen angestammten Platz an der Bar sicher schon eine ganze Weile vorher einnehmen.

Um halb sieben ging sie die Treppe hinunter. Schon in der Lounge hörte sie Aumayrs kräftige Stimme, der den Barkeeper bat, aufzuzählen, welche Gin-Sorten im Haus waren.

»Stopp, gib mir einen Alkkemist«, unterbrach er ihn, und als er Marie entdeckte, »mach mal zwei davon.«

Sie setzte sich auf den Barhocker neben ihn. »Harter Tag heute?«

»Feindliches Feuer aus unerwarteter Ecke«, antwortete Aumayr, während er dem Barkeeper bedeutete, nicht so schüchtern einzuschenken. »Die Iren sind mir in Spanien wegen Griechenland in den Rücken gefallen.«

Sie sah ihn irritiert an.

»Vergiss es. Der gleiche Kampf um Subventionen, nur an anderer Front und um andere Beute.« Er ließ sein Glas gegen ihres klirren und nahm einen kräftigen Schluck. »In jedem Fall ein wahnsinniges Aromenspiel«, sagte er. »Wacholder natürlich, aber auch Muskat, Rosenblüten, Meerfenchel und …«

Während Aumayr noch einmal sorgfältig dem Gin hinterherschmeckte, um seine Auflistung zu vervollständigen, beschloss sie, das heiße Eisen gleich auf den Tresen zu legen.

»Du hast aber doch hinreichend Erfahrung mit mächtigen Gegenspielern? Immerhin hast du mit diesen skrupellosen Halbkriminellen von Dragota verhandelt, die die Welt mit Blutdiamanten überschwemmen wollten.«

Aumayr hatte die Augen geschlossen und schien noch immer den Gin im Abgang zu genießen. »Ich wage zu behaupten, dass durch die Einführung dieses Zertifikats eine Menge Menschenleben gerettet wurden«, sagte er nach langem Schweigen. Seine Stimme klang plötzlich distanziert und offiziell.

Sie beschloss abzuwarten und setzte das Glas an ihre Lippen.

»Das gesamte Verhandlungsverfahren wurde danach in einer internen Untersuchung überprüft«, fuhr er fort. »Stand das auch in meiner Akte?«

»Nein«, antwortete sie ehrlich. »Was war der Anlass für diese Ermittlungen?«

Er stieß ein verächtliches Schnauben aus. »Der Anlass? Der gleiche, aus dem du mir hier Fragen stellst. Professionelles Misstrauen.«

»Wenn wir bei Security Rauch sehen, schauen wir immer nach, ob es da auch brennt.«

»Oft gewinnt man, weil man härter und gemeiner kämpft als der Gegner«, sagte er. »Manchmal gewinnt man, weil man an dem festhält, was gut, wahr oder schön ist. Am besten an allen drei.« Er prostete ihr mit ironischem Blick zu und leerte das Glas in einem Zug.

»War das das Resultat der Ermittlungen?«, fragte sie.

Aumayr gab dem Barkeeper ein Signal für die Rechnung. »Keine Ahnung, aber wäre dabei auch nur ansatzweise ein Verdacht auf eine Verfehlung aufgekommen, würde ich heute nicht hier sitzen. Im Berlaymont sind wir doch alle so unschuldig wie neugeborene Babys, oder?«

Er zeichnete die Rechnung für ihre Getränke und verabschiedete sich mit einem knappen Nicken.

Der hohe Amtsträger in ihm hatte jetzt die Regie übernommen. Noch einmal würde er ihr wohl nicht sein Herz ausschütten, egal wie betrunken er war.

41

Sie musste raus aus dem Hotel, weg von der Taskforce. Kein müder Small Talk, keine wiedergekäuten Strategieüberlegungen und auch keine beiläufigen Befragungen mehr an diesem Abend. Noch während das Dessert serviert wurde, entschuldigte sie sich mit Kopfschmerzen und holte schnell ihren Mantel vom Zimmer. Noch auf der Treppe zog sie ihre Handschuhe an, drückte die große Glastür auf und stand endlich draußen. Frei.

Sie beschloss, sich durch die Altstadt treiben zu lassen. Aber nachdem sie die Stille und Leere in den mittelalterlichen Gassen eine Weile genossen hatte, zog es sie zu dem Ort, an dem sie die einzigen unbeschwerten Momente in diesen Tagen erlebt hatte.

Von der Eisbahn wehten vereinzelt Jauchzer und Rufe zu ihr herunter. Sie zögerte, sah sich um. Nicht weit von ihr entfernt stand ein Paar Arm in Arm. Sie trugen beide grüne Parkas, Partnerlook. Die Frau sagte etwas, er lachte und küsste sie.

Marie fühlte Neid in sich aufsteigen. Gerade weil Berends Antrag so unpassend war, merkte sie nun jeden Tag mehr, was ihr alles fehlte. Und dann tauchte da Christian auf, nicht minder mit der Arbeit verheiratet wie sie, aber trotzdem schien er ihr einen viel offeneren Blick zu haben. Und sie teilten einiges miteinander: das Vergnügen an Ironie und mildem Spott, den Antrieb, an entscheidender Stelle in dieser Welt mitzuspielen, und die Idee, dass ein gutes Leben auf Disziplin und Anstrengung beruhte und nicht auf cleveren Tricksereien. Sie hoffte, dass er nicht aus ihrem Leben verschwand, sobald dieser Tallinn-Job erledigt war.

Sie schaute wieder nach oben zur Eisbahn. Sie hatte doch

genug Zeit. Wer außer dieser netten Erinnerung wartete denn schon auf sie? Noch einmal die Schuhe schnüren und nur für sich allein ein paar schöne, freie Runden drehen. Sie stieg die Treppen zum Eingang hoch.

Kurz bevor am Kassenhäuschen die Reihe an ihr war, zögerte sie. Nein, das war doch nichts. Weit entfernt von dem endlosen Weiß auf den Poldern, wo sie früher Schlittschuh lief, und ohne die angenehme Gesellschaft von Christian wäre das nur eine einsame, traurige Angelegenheit für das Poldermeisje.

Am Absatz der Treppe kam ihr das Paar entgegen, das sich offenbar ein Vorbild an ihr genommen hatte und jetzt zu stutzen schien, als es Marie zurückkehren sah. Aber das war wohl nur Einbildung. Während die beiden die letzten Stufen hinaufstiegen, hatten sie längst wieder verliebt die Köpfe zusammengesteckt.

Schnell lief sie die Treppe hinunter und erreichte kurz darauf den großen Platz mit dem hell leuchtenden gläsernen Siegeskreuz für den estnischen Freiheitskrieg. Sie entschied sich, in einem großen Bogen zum Hotel zurückzukehren.

Als sie eine Kirche passierte, hörte sie plötzlich Gesang. Kein wirkliches Lied, eher etwas Sphärisches. Sie hielt inne, ging zurück und öffnete leise die große schwere Tür.

Im Altarraum stand eine Gruppe von zwanzig Frauen, sie sangen vor leeren Reihen. Es klang wundervoll. Marie schlich bis zur Mitte des Seitenschiffs, ließ sich auf eine der Holzbänke sinken und schloss die Augen.

So eine Musik hatte sie noch nie zuvor gehört. Die fremden estnischen Worte klangen wie mystische Verse, die Alt-Stimmen umhüllten sie bald weich wie ein Kokon, und die Soprane trugen sie hoch ins Gewölbe und führten sie sanft wieder zurück.

Immer noch saß sie versunken da, der Gesang war längst verklungen, als sich behutsam eine Hand auf ihre Schulter legte.

Eine Frau reichte ihr ein Taschentuch. Marie lächelte entschuldigend und tupfte sich die Tränen von den Wangen ab.

Sie flüsterte ihr etwas zu. Marie hob entschuldigend die Arme. »English?«

»Deutsch?«, fragte die Frau mit einem harten Akzent zurück, und Marie nickte erleichtert.

»Es ist nicht öffentlich. Der Chor probt für ein Konzert. Diesen Freitag.« Sie gab ihr einen Zettel.

Kammernaiskoor Sireen, las Marie. »Vielleicht noch ein letztes Lied?«

»Ist okay.« Die Frau lächelte und ging nach vorne zur Chorleiterin. Sie sprachen kurz miteinander, die Dirigentin gab eine Anweisung, und der Chor formierte sich neu, während die Frau zu Marie zurückkehrte und neben ihr Platz nahm.

»Was immer Sie bedrückt, dieses Lied hilft. Es ist von unserer großen Komponistin Ester Mägi und dem Dichter Hando Runnel. ›Siin mu rõõmumaa.‹ ›Hier ist mein Land der Freude‹, und der zweite Vers heißt ›Hier ist das Land meiner Trauer‹. Ach, hören Sie nur zu, Sie müssen den Text nicht kennen, Sie fühlen es.«

Nachdem der letzte Ton verhallt war, wusste Marie, was die Frau gemeint hatte. Sie bedankte sich und verließ die Kirche.

Vor der Tür sog sie lange die kalte, klare Luft ein und schaute auf den fast leeren Platz. Dass es so viel Überwindung kosten konnte, endlich einmal loszulassen. Dabei war der Druck so heftig geworden. Seit Brindisi fühlte sie sich nur noch fremdbestimmt und gehetzt, alles und alle zerrten an ihr, und dazu das Chaos, das allein sie verursacht hatte. Obwohl doch eigentlich alles klipp und klar war: die Chance bei Security nutzen, sich aus einer nur scheinbar unkomplizierten Affäre rechtzeitig verabschieden, den Job gut erledigen und dann mal schauen, was danach mit Christian, aber verdammt nicht noch einmal währenddessen …

Sie schaute in eine Gasse, die an der alten Stadtmauer entlangführte. Das Pflaster leuchtete im Schein gusseiserner Laternen auf, und über den groben Stein der Mauer rieselte das Licht der Bogenlampen. Magisch, dachte Marie, und das

Bild wurde perfekt, als sie nach wenigen Metern das schwach beleuchtete Schild eines Weinkellers entdeckte. Ein Glas Rotwein sollte den Abend in dieser Anderswelt vollenden, ehe sie wieder brav in die Realität zurückkehren würde.

Sie hatte die grünen Holztüren des Lokals noch nicht ganz erreicht, da erlosch das Licht über dem Eingang, und von innen wurden zwei schwere Riegel vorgeschoben. Marie seufzte und blieb einen Moment stehen, als bestünde Hoffnung, dass man noch einmal für sie öffnen würde. Dann ging sie weiter.

Aus der Gegenrichtung torkelte ihr ein Mann entgegen, tief in ein Selbstgespräch verwickelt. Der hatte alle seine Getränke bekommen. Marie wechselte die Seite. Fast gleichzeitig hörte sie hinter sich Schritte und ein scharfes Wispern. Sie drehte sich um.

Es war das Paar vom Eispark. Die Liebe hatte nicht lange gehalten. Die beiden gingen schnell im kurzatmigen Takt eines zornigen Zwiegesprächs, in das sie so vertieft zu sein schienen, dass sie nichts wahrnahmen außer sich selbst.

Marie würde aufpassen müssen, dass sie nicht von ihnen umgerannt wurde. Nach rechts auszuweichen, war wegen des Betrunkenen keine gute Idee. Er war jetzt auch schon fast auf ihrer Höhe, und seine Kurven wurden immer ausschweifender.

Also zog auch Marie das Tempo an. Adieu, du magische Anderswelt.

Sie hatte den Betrunkenen gerade glücklich passiert, als sich etwas Schweres in ihre Seite rammte. Sie flog ungebremst gegen die Parkschranke einer Hofeinfahrt. Splitternd brach die Holzlatte aus ihrer Verankerung und schlidderte zusammen mit ihr über den Boden in den Hof hinein. Direkt neben ihr schlug der Betrunkene auf. Adrenalin löschte ihren Schmerz. Sie versuchte, auf die Knie zu kommen, aber schon wurde sie von zwei Händen nach oben gerissen, tiefer in den Hof gezerrt und in einen tiefschwarzen Seitenweg gewirbelt.

Sie stolperte und stürzte zu Boden. Der Betrunkene, plötzlich ganz klar und nüchtern, beugte sich über sie und schlug ihr mit der Faust ins Gesicht. Sie riss ihren Kopf zur Seite. Seine Faust fuhr schmerzhaft in den Stein, während sie gleichzeitig ihr Bein hochzog und mit dem Schienbein seinen Unterleib so heftig traf, dass er nur noch ächzend zur Seite wegsackte.

Sie sprang auf, wollte fliehen, aber vor ihr stand der Mann im grünen Parka. Marie wollte zuschlagen, doch im selben Moment wurde von hinten etwas über ihren Kopf geworfen, ein Seil, das ihr sofort die Luft abschnürte. Sie versuchte, ihre Finger zwischen Hals und Seil zu bekommen, aber der Mann verpasste ihr einen Schlag in den Magen. Sie klappte nach vorn, das Seil schnitt sich in ihren Hals.

Das wars, sagte eine Stimme in ihr, das wars.

42

Hallo! Hallo!«, rief eine Stimme immer wieder, als versuchte sie, jemanden über eine miserable Telefonverbindung zu erreichen.

»Hallo«, wollte Marie erwidern, aber es kam kein Ton aus ihrer Kehle.

War sie in einen dieser Träume gestürzt, in denen man die Sprache verloren hatte? Es war besser, abzuwarten, bis sie aufwachte.

Aua!

»Nicht!«, wollte sie rufen, aber noch immer vermochte sie keinen Laut hervorzubringen. Stattdessen griff sie nach der Hand, die ihr kleine Ohrfeigen versetzte. Die Hand befreite sich sanft aus ihrer schwachen Umklammerung und schob sich nun unter ihren Kopf.

Das war schön, aber diese Sirene, die sich plötzlich näherte … Ihr Trommelfell platzte fast davon, warum herrschte so ein Alarm in diesem Traum?

Sie versuchte, sich aufzusetzen, aber ein paar Hände hielten sie zurück. Wer war das? Endlich gelang es ihr, die Augen zu öffnen. Zwei alte, gemütlich aussehende Männer redeten beruhigend auf sie ein. In einer Sprache, die sie nicht verstand. Jetzt machten sie Platz für zwei Männer in rotgelben Jacken. Einer von ihnen fragte sie etwas, wieder in dieser seltsamen Sprache, vorsichtig zog sie die Schultern hoch.

Sie halfen ihr, sich aufzurichten. »What happened?«

Sie öffnete den Mund, wollte dieselbe Frage stellen, aber sie brachte nur ein Krächzen hervor.

Eine zweite Sirene näherte sich. Oh, ein Streifenwagen, der neben einem Krankenwagen hielt, galt das alles ihr? Zwei Beamte sprangen heraus und liefen auf sie zu. In einem

Reflex griff sie nach ihrer Brieftasche in der Innentasche ihrer Jacke, zog ihren Diplomatenpass heraus und hielt ihn wie einen Schutzschild hoch.

Eine aufgeregte männliche Stimme redete auf einen der Polizisten ein, während der andere Polizist ihren Pass durchblätterte.

Einer der Rotgelben wickelte sie in eine silberne Decke ein. Sie ließ es zu, es war angenehm warm so. Aber wo war sie bloß? Überleg doch, du warst auf dem Weg ins Hotel …

Der Beamte, der immer noch ihren Pass in der Hand hielt, sagte etwas zu seinem Kollegen, und es musste etwas sehr Beunruhigendes gewesen sein, denn sie schauten sie einige Augenblicke lang so erstaunt an, als wäre sie eben aus einem Raumschiff zur Erde gestürzt. Die beiden rotgelben Männer liefen schnell zu ihrem Wagen.

»You are safe now!«, sagte der eine Polizist eindringlich zu ihr. »You go to the hospital.«

Einer von den alten Männern nickte ihr gutmütig zu, während eine Bahre neben ihr abgestellt wurde. Das Krankenhaus? Das war vielleicht ganz praktisch, die konnten sich gleich mal um das Problem mit ihrer Stimme kümmern.

Die rotgelben Männer hoben sie hoch und legten sie in die aufgeschlagenen Decken der Tragbahre. Stopp, meine Herren, ihr war da etwas heruntergefallen! Sie versuchte, danach zu greifen, doch da hatten sie die Bahre schon angehoben.

Aber der Polizist beugte sich herunter und hob den Gegenstand mit spitzen Fingern hoch. Es war ein Nylonseil mit zwei Holzstücken, die an den Enden festgebunden waren.

Er zeigte auf ihre Kehle.

»They tried to kill you.«

Pures Glück, Marie! Dir hat ein ganzes Geschwader von Schutzengeln auf den Schultern gesessen!

Immer wieder musste sich Marie am nächsten Tag diesen Satz anhören. Christian hatte sie schon früh am Morgen aus dem Krankenhaus geholt – wobei er, wie er erzählte, so viel Druck machen musste, dass es eher nach einer Entführung aussah. Kaum waren sie in der Hotellobby erschienen, hatten sich Giuliani und Torres auf sie gestürzt, hakten sie unter und brachten sie auf ihr Zimmer. Auch Aumayr schien ihre frostige Konfrontation komplett vergessen zu haben. Er umarmte sie wie eine tot geglaubte Tochter, die soeben aus dem Grab gestiegen war.

Giuliani ließ ein großes Frühstück aufs Zimmer bringen, während Christian wiedergab, was Kommissar Saadla ihm erzählt hatte: Marie war von einem Kneipenwirt und einem späten Gast gerettet worden. Der Wirt hatte gerade das Lokal abgeschlossen, als die zwei einen Mann vor Schmerz aufbrüllen hörten, und sofort in Richtung des Schreis gelaufen waren. In der Einfahrt hatten sie dann Marie entdeckt, die sich heftig gegen einen Mann wehrte, während ein zweiter schmerzverkrümmt an der Hauswand lehnte und hinter Marie plötzlich eine Frau auftauchte, ihr ein Seil über den Hals warf und es kräftig zuzog. Als der Wirt über sein Handy einen Notruf absetzte und lautstark eine Beschreibung der Angreifer abgab, ergriffen sie sofort die Flucht.

»Der Arzt hat gesagt, dass die Verletzungen an Maries Hals und Kehle schnell abheilen werden«, sagte Christian. »Die Striemen müssen natürlich behandelt werden. Dafür habe ich das hier bekommen ...« Er hielt eine Tube hoch. »Und das Sprechen wird ihr in den nächsten Stunden ein wenig schwerer fallen.«

Er lächelte sie an, als sie nach dem Verband an ihrem Hals tastete. Sie war noch etwas dösig von all den Schmerzmitteln, schloss die Augen und öffnete sie erst wieder, als Giulianis Handy eine Nachricht meldete.

»Söderberg mit einer Presse-Headline«, sagte Giuliani und las vor: »Missglückter Mordanschlag auf EU-Mitarbeiterin: Werk der Söhne von Tyr.«

»Ein neuer Stern am politischen Himmel Estlands?«, fragte Nachtwey. »Tyr, das war in alten Zeiten doch der Gott des Krieges.«

»Aber auch der des Rechts und der Thingversammlung«, las Aumayr von seinem Handy ab.

»Wie auch immer. Jetzt ist es der Name einer rechtsextremen Splittergruppierung«, sagte Giuliani, die den Artikel schnell durchgelesen hatte. »Sie betrachten sich als Stoßtrupp, der dort handelt, wo Worte nicht weiterhelfen. Es ist als Vergeltungsakt für Kivistiks Ermordung gemeint.«

Als sich Kommissar Saadla zur Vernehmung einfand, verabschiedeten sich die Mitglieder der Taskforce. Nur Christian blieb auf Bitten Giulianis bei Marie. Saadla befragte sie bis ins kleinste Detail. Er wollte sogar wissen, wie das Lied hieß, das die Frauen in der Kirche gesungen hatten, als würde sich darin ein geheimer Code verbergen, der ihn zu den Tätern führen könnte. Das Gespräch forderte ihren Stimmbändern das Äußerste ab.

Danach war sie so erschöpft, dass sie von Christian ins Bett geschickt wurde, wo sie versuchte, sich mit ein paar albernen Kreuzworträtseln zu entspannen. Doch die Bilder des Anschlags blitzten immer wieder unvermittelt auf und mit ihnen kaum weniger schmerzhafte Fragen. Warum sie nicht gleich misstrauisch geworden war, als sie dieses erst so verliebte Paar heftig streitend in der stillen Gasse sah. Und warum sie die Show dieser gespielten Betrunkenheit nicht durchschaut hatte. Sie war wohl nicht ganz bei der Sache gewesen, nachdem sie die Kirche verlassen hatte, hatte sich von ihren Emotionen überwältigen lassen und war dadurch zu einer leichten Beute geworden. Unprofessionell. Hätte sie nur ein paar von Laars altmodischen Tricks berücksichtigt, wäre sie nicht in diesen Hinterhalt getappt …

Ein Klopfen unterbrach ihre Selbstanklage. Es war Christian, der auf einem Tablett lauter gesunde Getränke und Obst brachte.

Er war Gold wert, das war ihr in der Nacht im Krankenhaus erneut klar geworden, als er die Einwände des diensthabenden Arztes gegen ihre Entlassung freundlich, aber bestimmt zurückwies. Und jetzt sorgte er für eine willkommene Ablenkung von ihren Grübeleien, indem er ihr in allen Farben ein paar schöne Sticheleien zwischen Aumayr und

Beatriz beim gestrigen Dinner schilderte, während sie auf dem Bett saß und er ihr den Verband wechselte.

Vorsichtig rieb er die Salbe auf die Striemen. »Du bist ganz knapp davongekommen, Marie«, sagte er. »Wäre der Vagus-Nerv durchtrennt worden, hättest du das nicht überlebt.«

Er schob ihr Haar zurück und streichelte ihren Hals. »Heute Morgen konntest du die Leute nur vage beschreiben«, sagte er. »Erinnerst du dich inzwischen an mehr?«

Weil er gerade eine Mullbinde um ihren Hals wickelte, zuckte sie nur kurz mit den Schultern.

Er schenkte ihr ein Glas Saft ein, während sie sich in die Kissen zurücksinken ließ. Vorsichtig legte Christian sich neben sie. Sie hustete und summte ein paar Töne. Ihre Stimmbänder wurden allmählich wieder etwas geschmeidiger.

»Hab mich auf dem Silbertablett präsentiert.«

»Man ist immer lieber Täter als Opfer«, sagte er. »Selbst das eigene Scheitern ist leichter zu ertragen, als sich die eigene Ohnmacht eingestehen zu müssen. Aber mach dir keine Illusionen. Die haben dich die ganze Zeit über beobachtet. Und hätten sie dich nicht erwischt, hätten sie halt einen anderen von uns ins Visier genommen. Weißt du, in welcher Sprache sie geredet haben?«

Aber darauf hatte sie ebenso wenig eine Antwort wie auf seine anderen Fragen zu den Angreifern, ihrer Kleidung oder irgendwelchen Auffälligkeiten.

Als er sich schließlich vorsichtig von ihr löste und aufstand, stöhnte sie leise auf. »Das Schmerzmittel wirkt nicht lang.«

»Du hast ganz schön was abgekriegt. Hat Giuliani dir schon einen Flug nach Hause gebucht?«

»Nein, warum?«

»Weil es üblich ist, verwundete Soldaten von der Front abzuziehen!«

»Auch wenn sie nur Salbe und Aspirin brauchen, um weiter ihren Job zu machen?«

Christian schüttelte den Kopf. »Das ist unverantwortlich, die haben dich wirklich heftig rangenommen. Vermutlich sollte man dich nicht einmal allein nach Hause fliegen lassen … Was sagt denn Söderberg dazu?«

»Noch nichts. Spreche heute Abend mit ihm.«

Er setzte sich wieder zu ihr aufs Bett. »Hör mal, es geht hier doch nur noch um ein paar Euro mehr oder weniger als Schmiermittel, um den Deal endlich abzuschließen. Und dann ziehen auch wir uns von diesem fernen Außenposten der EU zurück. Bis dahin kannst du nichts mehr ausrichten. Und in Brüssel hast du sicher genug zu tun.«

Aus Christians hilflosen, fast zornigen Überredungsversuchen klang so viel Angst und Sorge um sie. Sie begriff, dass er keine Ruhe geben würde. Am Ende würde er womöglich noch seinen Generaldirektor einschalten, um Söderberg eine Dienstaufsichtsbeschwerde anzudrohen, und damit die ganze Aktion in Gefahr bringen. Es blieb ihr nichts anderes übrig, als mit offenen Karten zu spielen.

»Okay, aber das bleibt unter uns«, sagte sie. »Kivistik besaß ein Archiv. Hochsensibles, politisches Material. Das muss ich nach Brüssel bringen. Söderberg organisiert ein Team, um es sicherzustellen.«

Christian nickte. »Jetzt verstehe ich dich. Das kannst du dir natürlich nicht entgehen lassen. Wie habt ihr davon erfahren? Über einen Insider?«

»Mehr oder weniger«, sagte sie. »Der alte Fuchs Laar wusste Bescheid.«

43

Die Taskforce war nur noch ein Schatten ihrer selbst. Zum ersten Mal auf dieser Reise saßen sie wieder gemeinsam beim Frühstück, Beatriz, Aumayr, Christian, Giuliani und Marie. Giuliani hatte in bester Stimmung von einem Telefonat erzählt, das sie am Vorabend mit dem Bürgermeister geführt hatte, und verkündet, dass sie vermutlich schon bei den heutigen Verhandlungen einen Durchbruch erzielen und vielleicht schon am Wochenende endlich zurück nach Brüssel fliegen könnten. Doch statt mit Freude oder wenigstens Erleichterung darauf zu reagieren, nahmen die Mitglieder ihren Bericht fast gleichgültig auf.

Beatriz schien seit dem Anschlag im Klärwerk täglich mehr von den Tranquilizern einzuwerfen, die ihr der Arzt verordnet hatte. Marie musste unbedingt mit ihr reden. Aumayr hatte sich nach seinem kurzen Anfall von Besorgnis nach dem Anschlag auf Marie wieder tief in sein Schneckenhaus zurückgezogen, und die Luft darin war seinem Gesichtsausdruck nach toxisch. Selbst Christian wirkte ernst und in sich gekehrt. Und sie? Sie versuchte, ihre Kehle zu schonen, obwohl es mit dem Sprechen schon wieder besser ging.

Giuliani beschränkte sich schließlich auf die Bekanntgabe des Ablaufplans. Vor der großen Runde wollte Alvar Saks sie alle in seinem Amtszimmer zu einer Vorbesprechung ohne Kivistiks Nachfolger empfangen.

»Fahrt bitte ohne mich«, sagte Christian, und jetzt huschte endlich einmal ein Lächeln über sein Gesicht. »Ich muss zum Schuhmacher. Meine Budapester sind fertig. Ich komme dann zu Fuß zum Stadthaus.«

»Kannst du das denn nicht nachher machen? Mir wäre lieber, wir gingen als Team in diese Verhandlungen.«

»Das machen wir, Francesca, ganz bestimmt. Ich warte am Eingang auf euch. Aber vorher hole ich noch schnell diese Schmuckstücke der Handwerkskunst ab. Ich habe bisher zu allen erfolgreichen Abschlüssen neue Schuhe getragen. Nennt mich abergläubisch, aber vergesst auch nicht, mir zu danken, wenn alles glatt gelaufen ist.«

Aumayr und Giuliani mussten nun doch lachen, und auch Beatriz' Miene hellte sich für ein paar Sekunden auf.

Anderthalb Stunden später hielt ihr Wagen vor der expressionistischen Backsteinfassade des Stadthauses. Christian war nicht da.

Giuliani schaute nervös auf die Uhr.

Sie warteten noch ein paar Minuten, schließlich nickte Giuliani Marie verärgert zu.

Sie wählte Christians Nummer. »Nur die Mailbox.«

Giuliani sah sie skeptisch an und gab das Zeichen zum Aufbruch.

Als sie das holzvertäfelte historische Amtszimmer des Bürgermeisters von Tallinn betraten, erhob sich dieser aus einem hypermodernen Chefsessel und bat sie mit einer Geste, auf den samtblauen Polsterstühlen am Besprechungstisch Platz zu nehmen. Überrascht stellte er fest, dass Christian fehlte, dessen Generaldirektion doch bekanntlich den Großteil der Vertragskosten übernehmen würde, und bewies damit zugleich, dass er sich in die Materie eingearbeitet hatte. Giuliani entschuldigte ihn mit einem plötzlichen Krisenfall bei einem Regio-Projekt in Ungarn und versicherte, dass er bald eintreffen würde.

Saks begann, die aktuelle Situation zu schildern, die durch die ohnehin schon komplizierte Zusammenarbeit mit »Freies Estland« und den Mord an Jaana Kivistik noch schwieriger geworden sei. Mit ihrem Tod hätten sich mit einem Schlag die Machtverhältnisse innerhalb der Partei verschoben, und plötzlich hätten Leute aus der zweiten Reihe das Sagen, die wenig Interesse an pragmatischen Lösungen, dagegen aber viel Freude an ideologischer Zuspitzung zeigten.

Marie bemerkte, wie sie die Sorge um Christian ablenkte, ihr Blick fiel durch die großen Fenster nach draußen. Gegenüber stand das Siegeskreuz, und hinter den Häuserzeilen am Rand des Platzes lag der Eispark, der für sie auf ewig mit ihm verbunden bleiben würde, ja, und auch die Gasse, in der sie beinahe ums Leben gekommen wäre. Dieser Anschlag kam ihr mit jeder Stunde unwirklicher vor, obwohl ihr Körper es besser wusste. Wenn das hier erledigt war, würde sie sich eine Auszeit nehmen. Ganz allein für sich, eine Woche am Meer, um den Kopf klar zu bekommen und ihren inneren Kompass neu zu justieren. Dann rief sie sich zur Ordnung und hörte noch, wie Giuliani darauf hinwies, dass es in dieser sonst so sicheren Hauptstadt eines EU-Landes neben dem Anschlag von Paljassaare noch zwei weitere schwere Angriffe auf die Taskforce gegeben hätte. Beim letzten sei ihre Assistentin Marie Vos beinahe ums Leben gekommen.

Es war eine Art Opfer-Wettbewerb, der hier ausgefochten wurde, bei dem die Akteure allerdings nicht auf moralische, sondern auf politische und ökonomische Vorteile aus waren. Und so wünschte Saks, dass die EU ihm in der Öffentlichkeit den Rücken stärkte. Sie sollte bekannt geben, dass der russische Infiltrationsversuch über die litauische Firma Lietuvos Vairen allein von der Tallinner Stadtregierung, namentlich von Herrn Saks unter der Mithilfe von Jaana Kivistik, aufgedeckt worden war.

Giuliani erklärte, dass man ihm diesen Wunsch sehr gerne erfüllen würde. Im Gegenzug sollte er seine starke Position aber nutzen, um durchzusetzen, dass die Stadtverwaltung ihre übertriebenen Sanierungspläne für das Klärwerk Paljassaare zurücknimmt.

Saks zog die Stirn kraus und setzte zu einer Gegenrede an, aber Giuliani schlug großmütig als Kompromiss vor, ein paar Prozent der so eingesparten Mittel in den Arbeitsschutz des Klärwerks zu stecken, was der Bürgermeister gerne als sein Verdienst ausgeben dürfe.

Hier ging es auch nicht anders zu als auf dem Käsemarkt

von Alkmaar, dachte Marie, man sprach nur in gewählteren Worten.

»Ein paar Prozent werden sicher nicht reichen, Frau Giuliani«, erklärte Saks. »Am Ende kommt es auf die Summe unter dem Strich an, und wenn die deutlich niedriger ausfällt als in Jaanas letztem Vorschlag, habe ich ein Problem mit Artur Jalakas. Sie werden ihn gleich kennenlernen, er ist Jaanas Nachfolger in der Partei. Ein äußerst unangenehmer Mensch.«

Als Giuliani etwas missmutig und abwehrend die Hand hob, beugte Saks sich vor, als wollte er etwas besonders Vertrauliches sagen. »Wenn wir bei den nächsten Wahlen wegen zu großer Nachgiebigkeit abgestraft werden, hat es die EU bald nicht mehr nur mit den Nationalisten in Polen, Ungarn und Slowenien zu tun, sondern auch noch mit denen in Estland. Am Ende investieren Sie doch gar nicht in unsere Wasserbetriebe, sondern in ein Bollwerk gegen diese autoritären Regierungen. Denken Sie bitte daran.« Er schaute auf die Uhr. »Aber jetzt müssen Sie aufbrechen. Enna führt Sie in einer kleinen Schleife durch das Stadthaus. Es muss nicht jeder wissen, dass wir schon gesprochen haben.«

Auf dem Flur versuchte Marie erneut, Christian zu erreichen. Wieder sprang nur seine Mailbox an. »Verdammt. Melde dich! Ich bin kurz davor, dir Kiisler hinterherzuschicken.«

»Vielleicht sollten Sie das tatsächlich tun«, sagte Giuliani, als sie das Treppenhaus am anderen Ende des Gebäudes betraten.

»Ich hoffe immer noch, dass er vor dem Besprechungsraum auf uns wartet.«

Sie stiegen eine Etage nach oben. Vor der schweren gläsernen Brandschutztür zeigte Enna ihnen den Weg und verabschiedete sich.

»Francesca, darf ich Sie kurz sprechen?« Aumayr, der das Gespräch zwischen dem Bürgermeister und Giuliani mit zunehmend düsterer Miene verfolgt hatte, zog sich mit ihr in eine Ecke des Treppenhauses zurück. Unnötigerweise, denn was er sagte, war bestens zu verstehen.

»Das ist eine schamlose Erpressung! Darauf gehen Sie doch nicht ein, oder?«, zischte er. »Autoritäre Regierungen, pfff! Diese Subventionsjäger drohen mit der Pest und bringen uns die Cholera.«

»Fritz, wir haben Ihre Einwände lang und breit diskutiert und Finanzierungswege gefunden, denen auch Ihre Kommissarin zugestimmt hat. Es ist jetzt nicht der Zeitpunkt, das Paket wieder aufzuschnüren!«

»Sie wollen diese irre Russengeschichte also nicht zum Vorteil der EU nutzen?«

»Natürlich werde ich versuchen, einige von Christians Kürzungsvorschlägen durchzusetzen. Aber wenn der Vertrag zu scheitern droht, akzeptieren wir zur Not auch die Komplettsanierung des Klärwerks.«

»Das ist …«, Aumayr schluckte herunter, was er sagen wollte.

»Konsens, Fritz, das ist der Konsens, den wir auf Kommissionsebene gefunden haben. Aber warten wir doch erst einmal ab, was wir erreichen können.«

Maries Telefon klingelte. Sie nickte Giuliani erleichtert zu. »Gott sei Dank, Christian! Wo bleibst du denn?«

Im Hintergrund hörte sie einen aufheulenden Motor und wildes Gehupe. »Marie, ist Francesca auch da? Kannst du auf laut schalten?«

»Brauchen Sie Hilfe, Christian?«, fragte Giuliani.

»Tut mir leid, ich wusste nicht, wie gefährlich ein Schuhkauf in Tallinn sein kann. Ich bin aber gleich da.«

»Mir ist nicht nach Scherzen zumute, Christian«, sagte Giuliani. »Was ist passiert?«

»Ich habe meine Schuhe abgeholt und nach einem Taxistand gesucht. Ein Mann und eine Frau folgten mir. Fast wie bei Maries Überfall. Also bin ich losgesprintet. Die beiden waren aber zu durchtrainiert.« Er redete schnell und aufgekratzt, die Aufregung schien noch nachzuwirken. »Ich bin in eine Straßenbahn gesprungen und zwei Haltestellen später umgestiegen. So bin ich sie losgeworden. Und jetzt sitze ich im Taxi. Mit neuen, aber ramponierten Schuhen. Aber meine Chauffeurin ist top. Maximal zehn Minuten. Fangt zur Not ohne mich an.«

44

Was Arroganz und Machtgehabe betraf, stand Artur Jalakas seiner Vorgängerin in nichts nach. Kaum hatte der Bürgermeister die Verhandlungsrunde mit einigen konzilianten Sätzen eingeleitet, ergriff er das Wort und erklärte, die Taskforce sollte dankbar sein, dass man nach der Ermordung Kivistiks überhaupt noch einmal an den Verhandlungstisch zurückgekehrt sei. Denn allein die Einmischung der Europäischen Union in die Tallinner Wasserwirtschaft habe eine Situation geschaffen, in der es zu diesem Mord und dem feindlichen Übernahmeversuch durch Russland kommen konnte. Nur in Anerkennung von Jaana Kivistiks Einsatz sei er bereit, die Gespräche fortzusetzen. Für ein positives Ergebnis bedürfte es allerdings großer Zugeständnisse der EU.

Er zog einige Papiere aus seiner Aktentasche, als Christian eintraf.

»Entschuldigen Sie meine Verspätung, Herr Bürgermeister. Es gab da leider ein paar Menschen, die verhindern wollten, dass ich an diesem Meeting teilnehme.«

»Sind Sie etwa angegriffen worden?« Saks schaute ihn beunruhigt an.

»Ich hatte Glück. Aber was mir Sorgen macht, ist die große Bereitschaft in gewissen Kreisen dieses Landes, Ziele mit Gewalt durchzusetzen«, antwortete Christian und fixierte dabei Artur Jalakas.

»Meinen Sie mit ›gewissen Kreisen‹ etwa uns?«

Sofort ging Giuliani dazwischen. »Wir sitzen hier, um eine Einigung zu erzielen, die uns allen nutzt. Keiner nimmt an, dass ›Freies Estland‹ für die Angriffe auf uns verantwortlich ist.«

»Also gut, dann hat sich der Herr wohl nur sehr missverständlich ausgedrückt«, Jalakas nahm mit einer generösen Geste eine Entschuldigung an, die es nicht gab.

»Dann dürfen wir jetzt fortfahren?«, fragte Saks. »In der letzten Verhandlungsrunde hat Jaana Ihnen einen Vertragsentwurf vorgelegt. Sie haben uns eine Stellungnahme dazu angekündigt.«

Giuliani führte alle Forderungen Kivistiks auf, denen die EU-Kommission zuzustimmen bereit war, und nannte dazu die jeweiligen Förderbeträge. Es klang gewaltig, und das war es auch.

Saks nahm ihre Ausführungen mit Befriedigung auf, während Jalakas nur ungeduldig mit seinem Kugelschreiber spielte. Erst als sie in einem Nebensatz die Sanierungsprojekte auf Paljassaare erwähnte, die sich glücklicherweise als unnötig erwiesen hätten, hörte er aufmerksam zu. Bei jedem Punkt nickte Christian kräftig, als wollte er betonen, für wie aussichtslos er es hielt, noch etwas dagegen einzuwenden.

Alvar Saks bedankte sich für die Zustimmung der Taskforce zu wesentlichen Forderungen der Stadt, verwies aber auf Gutachten, die den Sanierungsbedarf für das Klärwerk bestätigten.

»Sie haben schon heute eine der modernsten Kläranlagen in Europa, Herr Bürgermeister«, sagte Christian. »Die EU kann das nicht noch weiter subventionieren. Das wäre unverantwortlich, solange in anderen Regionen Europas kaum die Mindeststandards erreicht werden.«

»Also so kommen wir hier nicht weiter!« Jalakas' Einwurf klang wie ein Grunzen. »Sie lehnen schon die notwendigsten Maßnahmen ab, damit wir gar nicht erst auf die Idee kommen, über wirkliche Verbesserungen zu sprechen.« Er schob die Blätter, die er zu Beginn aus seiner Tasche gezogen hatte, in die Mitte des Tisches. »Bedienen Sie sich.«

Marie sah Saks an, dass auch er dieses Papier noch nicht kannte.

»Nach dem Mord an Jaana Kivistik haben wir die Unterlagen überprüft. Im Antrag unseres Wirtschaftsdezernats fehlten bisher wichtige Investitionsbedarfe, derer Finanzierung wir hiermit nachfordern.«

Giuliani überflog die Liste nur kurz. »Wir können aber doch nicht wieder ganz von vorne anfangen, Herr Jalakas. Jeder dieser Punkte würde umfangreiche Prüfungen nach sich ziehen. Diese Zeit haben wir nicht. Und vor allem sind die Summen, die Sie da aufrufen, fern jeder Realität.«

Saks hob zu einer Antwort an, aber Jalakas kam ihm zuvor. »Ich verstehe Sie ja, Frau Giuliani. In Brüssel erwartet man von Ihnen, dass Sie auf der Internationalen Wasserkonferenz, die in wenigen Wochen bei uns in Tallinn stattfindet, einen fertigen Vertrag präsentieren. Aber das ist Ihr Problem. Sie wollen uns für Ihre Blaupause einspannen, also werden Sie auch angemessen dafür zahlen.«

Wieder setzte Saks an, doch diesmal fuhr ihm Christian in die Parade, der bei jedem weiteren Wort von Jalakas unruhiger geworden war und jetzt von seinem Stuhl aufsprang. »Ich habe gelernt, dass die Esten ein ehrliches Wort zu schätzen wissen, Herr Jalakas. Ja, der politische Druck auf uns ist hoch. Aber nicht, weil sich irgendwer in Brüssel irgendetwas in den Kopf gesetzt hätte, sondern weil Dutzende Kommunen von irrwitzigen Verträgen in den Bankrott getrieben werden. Nur darum nehmen wir hin, dass Sie kübelweise Dreck über Europa ausschütten, und nur darum gehen wir auf lauter unverschämte Forderungen ein, statt sie Ihnen einfach um die Ohren zu hauen.«

Christians Gesicht war hochrot angelaufen, eine glänzende blonde Strähne hatte sich aus seinem sonst so akkurat gezogenen Scheitel gelöst, und es sah aus, als würde er jeden Moment über den Tisch springen, um Jalakas am Revers zu packen. Marie sah, dass Giuliani ihn unter dem Tisch anstieß, und auch Saks versuchte, ihn zu unterbrechen, aber er sprach einfach noch lauter, sodass auch seine zwischendurch auftretenden Tourette-Laute nur noch wie Ausrufezeichen zu seinen Attacken wirkten.

»Mit Ihrer nationalistischen Propaganda und Ihren Freunden auf der Straße haben Sie uns in Lebensgefahr gebracht!

Wir haben den Anschlag von Paljassaare nur knapp überlebt, vorgestern wurde meine Kollegin beinahe getötet, und eben hätte es fast mich erwischt! Die Grenze ist erreicht. Die Europäische Union wurde nicht gegründet, um Extremisten wie Ihnen die Steigbügel zu halten. Ich ziehe hiermit die Zusagen meiner Generaldirektion für die Klärwerksanierung vollständig zurück. Und ich prophezeie Ihnen: Eines Tages, wenn Mütterchen Russland kommt und Ihr so einzigartiges Land an seiner Brust zerquetscht, wird Ihr Volk ganz allein dastehen – weil Sie es verraten haben!«

»Es reicht jetzt, Christian!«, rief Giuliani scharf. Sie war aufgesprungen und starrte ihn an. Christian schaute sie verwundert an. Schweißperlen standen auf seiner Stirn, seine Lippen zitterten leicht, die Gesichtsfarbe wechselte auf einen Schlag ins Kalkweiße. Er sank schweigend zurück auf seinen Stuhl und starrte vor sich hin.

»Ich danke für Ihre ehrlichen Worte, Herr Nachtwey«, sagte Saks kalt. »Der Anlass Ihres – sagen wir – Ausbruchs war ein Thesenpapier von Herrn Jalakas. Nun, es enthält Forderungen, über die wir uns noch nicht verständigt haben. Dass allerdings ein hoher Beamter der EU unsere Europatreue, unsere Liebe zur Demokratie, ja unser ganzes Volk solchermaßen in den Schmutz zieht, stellt unsere Gespräche von Grund auf infrage. Wir werden uns vorerst vertagen. Ihr Zeitdruck, da hat Artur recht, ist Ihr Problem. Nicht unseres!«

45

Giuliani hatte ihren Zorn im Zaum gehalten, bis die Schiebetür des Vans ins Schloss fiel. »Sind Sie denn vollkommen verrückt geworden, Christian? Ein halbes Jahr Arbeit! Und wir standen so kurz vor dem Ziel! So kurz!« Sie drückte Daumen und Zeigefinger so fest aufeinander, dass das Blut aus den Kuppen wich.

Aumayr räusperte sich. »Na ja, das neue Papier von diesem Jalakas wäre sowieso der Todesstoß gewesen.«

Giuliani ignorierte ihn. »Sie haben nicht einmal ansatzweise das Recht dazu gehabt, die Zusagen Ihrer GD zurückzuziehen, Christian! Das wird Konsequenzen haben. Wenn Sie glauben, man könnte mir in den Rücken fallen, haben Sie sich getäuscht.«

Marie hatte zunächst den Eindruck gehabt, Christian würde Giulianis Standpauke zerknirscht über sich ergehen lassen. Doch jetzt hob er den Kopf und schaute Giuliani mit einem fast jungenhaften Grinsen an. »Sie sind doch sonst nicht so pessimistisch, Francesca. Ich gebe zu, ich habe es vielleicht ein wenig übertrieben. Aber Jalakas' Attacke hätte alle unsere Pläne durchkreuzt. Ich habe dem einen Riegel vorgeschoben. Jetzt sollen die sich eine Weile über den hässlichen Deutschen erregen, und dann entschuldige ich mich damit, dass ich nach der Verfolgungsjagd unter Schock stand. Bis dahin haben Sie Zeit, dem Bürgermeister klarzumachen, dass er Jalakas' Forderungskatalog abräumen muss. Und wenn ihm das nicht gelingt, fließt unser schönes Geld eben in eine andere Stadt.«

Giuliani sah ihn fassungslos an. »Das soll Ihr Plan gewesen sein? Beleidigen Sie nicht meine Intelligenz, Christian. Die Wahrheit ist: Sie sind da drin komplett durchgedreht. Und ich weiß nicht, was schwerer wiegt, Ihr Amoklauf oder die lächerliche Art und Weise, wie Sie ihn jetzt schönzureden versuchen. Jedenfalls sind Sie so für das Team nicht mehr tragbar.«

»Verzeihung, Francesca. Sie sind eine Politikerin und verstehen Verhandlungen so zu führen, wie Politiker sie nun einmal führen. Aber wir in der Kommission leisten Tag für Tag Kärrnerarbeit, um die grandiosen Pläne unserer Politiker in Programme zu übersetzen, die den Haushalt nicht sprengen. Wir kämpfen mit harten Bandagen. Ich habe Sie immer unterstützt und Ihre Wünsche selbst gegen die Bedenken meiner GD-Leitung durchgesetzt. Aber Sie sind nicht die Taskforce. Die Taskforce sind wir vier! Also bitte ich um etwas Vertrauen in meine Erfahrung und um ein bisschen mehr Respekt!«

Mein Gott, wie sehr musste ihn dieser Vorfall am Morgen aus der Bahn geworfen haben! Christian vibrierte geradezu vor Wut. Giuliani hingegen war während Christians Suada immer ruhiger geworden.

Sie kündigte an, mit Christians Generaldirektor Kontakt aufzunehmen und noch einmal mit dem Bürgermeister zu telefonieren, um sich für Christians Auftritt zu entschuldigen. Als der Van hielt, stieg sie als Erste aus und ging ins Hotel, ohne auf die anderen zu warten.

»Ich könnte einen Wodka vertragen. Bist du dabei, Fritz?«, fragte Christian auf Deutsch.

»Selbstverständlich. Wann, wenn nicht jetzt?«

»Du auch, Marie?« Er blieb beim Deutsch, wirkte wie aufgeputscht.

Marie schüttelte den Kopf. »Muss arbeiten«, antwortete sie auf Niederländisch. Es war ihr egal, ob er es verstand.

»Beatriz? Ein Gläschen Viru Valge?«

Aber auch sie winkte ab.

Statt Wodka ließ Marie sich Apfelkuchen und Kaffee aufs Zimmer bringen. Sie setzte sich aufs Bett und streckte die Beine aus. Das alles musste erst einmal sortiert werden.

Christian war ein Meister der Diplomatie. Es passte nicht zu ihm, wie ein deutsches Überfallkommando in die estnische Seele einzumarschieren. War er also wirklich ein so großartiger Schauspieler, wie er Giuliani gegenüber erklärt hatte?

Gestern noch hatte sie gedacht, wie vertraut er ihr in der kurzen Zeit geworden war. Aber worauf beruhte das überhaupt? Wenn sie ehrlich war, waren die paar Dinge, die er jenseits von Hobbys und Interessen über sich preisgegeben hatte, eigentlich immer nur eine Replik auf das, was sie zuvor berichtet hatte. Als würde er sein Selbstbild ganz nach ihr ausrichten. Alles war ihr so rund und so schlüssig erschienen. Wie eine perfekte Inszenierung.

Sie zog ihr Laptop zu sich heran und gab seinen Namen in die Suchmaschine ein.

Ganz oben standen Links zur Webseite der EU-Kommission. Mehrfach wurde er dort als Ansprechpartner für Förderprogramme seiner Generaldirektion benannt. Außerdem war er an einer ganzen Reihe von Planungs- und Strategiepapieren als Co-Autor beteiligt. Eine kurze Pressemitteilung informierte über seine Bestellung zum Leiter eines türkisch-zypriotischen Hilfsprogramms. Dann folgten ein paar ältere Links zu Dokumenten aus seiner Zeit im deutschen Wirtschaftsministerium.

Sie sah Ergebnisseite für Ergebnisseite durch, obwohl die Anzahl der Links, die nichts mit ihm zu tun hatten, ständig zunahm. Aber was war das da eben gewesen? Sie scrollte zurück. Ein Berliner Sportverein. Der große Individualist Christian in einem Sportverein? In Erwartung einer weiteren falschen Spur klickte sie den Link an.

Ein PDF-Dokument mit seitenlangen Auflistungen von Wettkampfergebnissen diverser Sportarten. Sie wollte schon aufgeben, als sie zu den Terminankündigungen für das Jahr 2006 kam. Da stand tatsächlich sein Name. »Selbstverteidigung im Hauptstadt-Dschungel. Orientierungsworkshop für Fortgeschrittene in Kampfsportarten.« Daneben ein verkleinertes Passfoto. Schon damals der blonde Scheitel.

Ein ernster, fast böser Blick. Sechsundzwanzig war er da. Sie las die Ankündigung. »Einführung in die Kampfsportarten Sambo und Sysmaga, zu denen nach den Sommerferien Kurse angeboten werden. Der Kursleiter hat ein Jahr lang die renommierte Moskauer Schule des Sysmaga-Lehrers M. Riatkov besucht und an Trainings in Vancouver, Brüssel und Kiew teilgenommen.«

Marie startete eine neue Suche, kombinierte Christians Namen mit »Sysmaga«, »Sambo«, »Riatkov« und dem des Sportvereins. Nichts. Entweder hatten die Kurse nicht stattgefunden, oder der Webredakteur des Vereins war nachlässig geworden. Und auch sonst war Christian offenbar nicht mehr als Kampfsportler in Erscheinung getreten.

Sie entschied sich trotzdem, Söderberg anzurufen.

»Warte«, meldete er sich. Er bat jemanden, die Kobe-Filets einzupacken und noch eine Weile kühl zu stellen, er komme gleich wieder. Sie hörte eine Ladenklingel und dann Straßenverkehr.

»Was hast du für mich?«

»Um ehrlich zu sein, ich weiß es nicht. Ich kann mir hier gerade aus nichts mehr einen Reim machen.«

Söderberg räusperte sich. Das war sicher nicht das, was er von seinen Leuten hören wollte.

»Also gut, erzähl mal.«

Sie berichtete von der Besprechung im Stadthaus und von dem Streit zwischen Christian und Giuliani. Nachdem er bisher alles dafür getan habe, den Vertrag zu ermöglichen, wirke es nun beinahe so, als wollte er die Verhandlungen sprengen. Und Aumayr sei über den plötzlichen Verbündeten natürlich begeistert gewesen.

»Warten wir ab, wie Nachtweys Chef reagiert. Vielleicht ist er nur neuen Instruktionen seiner Direktion gefolgt.«

»Es gibt noch etwas. Ich habe einen weiteren Link zu Russland in Nachtweys Vita gefunden.«

Als sie die Sysmaga-Schule in Moskau und den Namen Riatkov erwähnte, pfiff Söderberg leise. Sie hörte, wie er sich eine ruhigere Ecke suchte und sich leicht ächzend irgendwo hinsetzte, ehe er berichtete, was Security und die befreundeten Geheimdienste über Riatkov wussten.

Demnach leitete er im ersten Tschetschenienkrieg eine Spezialeinheit und verantwortete im Anschluss die Nahkampfausbildung der Speznas, der russischen Polizei-Sondereinheiten. Einige Zeit später gründete er die Sysmaga-Schule und wurde bald verehrt wie ein Guru. Bis heute trainierte er zuweilen mit dem russischen Präsidenten.

Seine Idee und sein Konzept verbreitete Riatkov über seine Meisterschüler, indem er Lizenzen für ausländische Dependancen an sie vergab. Mittlerweile führten sie Sysmaga-Schulen in Nord- und Südamerika, Europa und neuerdings auch Nahost. Beliebte Treffpunkte nicht nur für ganz normale Kampfsportfans, sondern auch für russische Botschaftsangehörige, Sicherheitsleute von Oligarchen, Mitglieder von Motorradklubs und Rechtsextremisten. Was dort hinter den Kulissen ablief, hatte bisher allerdings kein Dienst herausfinden können.

»Die Schulen haben abhörsichere Räume, und alle Versuche, V-Leute einzuschleusen, endeten unschön. Und deshalb hat kein Geheimdienst mehr als ein paar Observationsberichte zu bieten«, schloss Söderberg.

»Nachtwey war ein Jahr lang in Moskau, und wir wissen nichts davon?«, fragte sie unwirsch.

»Wenn du einmal Langeweile haben solltest, kannst du gerne alle Führungskräfte bis zurück zur Entbindungsstation scannen«, gab Niklas ebenso unwirsch zurück, ehe er versöhnlicher fortfuhr: »Vermutlich hat er nach seinem Abitur noch mal einige Zeit bei seinen Eltern verbracht. Sein Vater war von 1998 bis 2004 deutscher Botschafter in Moskau. Aber wir überprüfen das. Und wir sorgen dafür, dass Herr Nachtwey vorerst nicht mehr ohne uns telefoniert. Du wolltest meinen Rat, Marie: Vergiss Aumayr und achte mehr auf Nachtwey. Dieser Link, das war gute Arbeit! Informiere bitte auch Kiisler.«

»Nur noch eine Frage. Wie steht es um die Bergung von Kivistiks Akten? Kann ich noch etwas tun?«

»Die Kommissionspräsidentin hat bisher kein grünes Licht gegeben. Mein Vorschlag, das Material wegen der Regierungsbeteiligung von ›Freies Estland‹ vorerst ohne Wissen der Esten zu sichern, hat für Ärger gesorgt. Warten wir's ab. Hej då, Marie.«

»Tot straks, Niklas.«

Sie rief sofort Kiisler an. Eben erst hatte er mit Christian telefoniert, weil er den morgendlichen Vorfall bei der estnischen Polizei anzeigen wollte. Aber Christian hatte sich geweigert, weil eh nichts dabei herauskäme und es ihn nur Zeit kosten würde.

Wahrscheinlich hatte er recht damit, aber im Zusammenhang mit Maries Erkenntnissen erschien es Kiisler nun verdächtig. Wo lag die Grenze zwischen Intuition und Paranoia? Würde auch sie nach ein paar Jahren in diesem Job überall verborgene Motive und Verrat wittern?

46

Hatte er Marie schon verloren? Oder schlimmer, hatte er sie denn jemals gehabt? Direkt vor seinen Augen kreischte ein Möwenpaar ihm eine spöttische Antwort entgegen. Er schaute den kräftigen, grau-weißen Vögeln hinterher, die sich übers Meer hinweggleiten ließen. Bis zum Horizont war die graue Wassermasse gleichförmig schaumbekrönt. Sollte er nicht so allmählich mal ein paar Signale ernst nehmen?

Die Funkstille seit ihrem Ausbruch auf der Mailbox, zum Beispiel, obwohl der ihr ja selbst noch im gleichen Moment peinlich gewesen war. Und vor allem natürlich, dass sie ihm bisher noch nie gesagt hatte, dass sie ihn vermisse und wie sehr sie sich auf ihr nächstes Treffen freue.

Ein paar Regentropfen fielen ihm ins Gesicht. Er bedeckte sein Whiskyglas mit der Hand und blieb stehen, um das Meer zu beobachten, das sich unermüdlich an Land stürzte.

Er war in sein Penthouse an der Nordseeküste zurückgekehrt, hatte zuvor nur noch schnell im *Herenhuis* das Oberhemd abgeholt. Das Geschenk, das Marie ihm ohne jeden Anlass gemacht hatte, außer dem einzig vorstellbaren, ihm zu zeigen, dass sie ihn – ach verdammt, sie stand sich selbst im Weg.

Berend atmete tief die Seeluft ein. In Brüssel war er einfach nicht weitergekommen, und im Hotel Omega mehr und mehr zum Gefangenen seiner Grübeleien geworden. Er wusste einfach nicht, was er tun sollte. Und was gerade nicht.

Hier hatte er wenigstens noch sein Autohaus. Der Geschäftsführer hatte ihm bereits eine Liste der neuen Ankäufe geschickt, mit einem fast neuen Porsche Cayman GT4 als Highlight. Morgen würde er mal einen Blick darauf werfen.

Unter ihm, auf dem Platz am Casino, wurde es lebhafter.

Spieler ließen sich am Taxistand zur Happy und vielleicht auch Lucky Hour absetzen, bevor sie zum Dinner in das Restaurant hinüberwechselten.

Keine schlechte Idee überhaupt. Ein paar Stündchen Ablenkung an den Spieltischen würden ihm guttun. Vielleicht hatte Didi Lust, dort mit ihm den Abend zu verbringen. Er griff nach seinem Handy, und Didi meldete sich sofort.

»Hey, Mann, ich wollte gerade bei dir anklingeln. Die Weißrussen haben solchen Hunger, dass sie schon am Wochenende zu einer Probemahlzeit einfliegen. Ich hab die Kroketten zu dir ins Kühlhaus bringen lassen. Ach ja, und dann hat übrigens dieser Neffe von mir das Handy klargemacht.«

Berend setzte sein Glas auf dem Balkongeländer ab. »Und?«

»Magere Beute. In dem Teil selbst steckten keine Daten mehr, durch den Wasserschaden oder weil dieser russische Penner sie gelöscht hat. Aber es gibt einen schönen Beifang. Mein Herr Neffe konnte eine Voicemail-Nachricht abrufen. Sehr kurz. Auf Russisch.«

»Von wem?«

»Keine Ahnung, irgendein Typ, der einen anderen zusammenscheißt. Der Junge hat das Rauschen herausgefiltert, und er hat sogar eine Übersetzung besorgt. Willst du hören?«

»Na unbedingt, Didi.«

Didi holte tief Atem. »Oleg Choekivitch, dummer Bauer, warum meldest du dich nicht? Hast du die Sache etwa vergeigt? Ruf mich sofort an, wenn du das hörst, du Idiot!«

Berend unterdrückte einen Seufzer. »Schickst du mir den Soundfile plus Übersetzung rüber?«

Er hörte Didis Tastatur klackern.

»Done. Hey, Mann, warum hast du mich eigentlich angerufen?«

»Lust auf 'nen kleinen Ausritt? *Gokje-slokje?* Ich bin in Zandvoort.«

»Deal. In spätestens 'ner Stunde bin ich da.«

Berend steckte das Handy ein und verfolgte wieder den Flug der Möwen, die sich mit beneidenswerter Leichtigkeit in den Windböen wiegten, als hätten sie ein lebenslanges

Engagement als Stars in der Manege. Dabei spielte er die Aufnahme ab, die Didis Neffe entdeckt hatte. Der Anrufer wusste sich tatsächlich kaum zu beherrschen. Und natürlich hatte er sich nicht die Mühe gemacht, seinen Namen zu nennen.

Berend drückte erneut die Starttaste. Nein, die Stimme kam ihm nicht bekannt vor. Er checkte Datum und Uhrzeit der Nachricht: 3. Februar, 01:25 Uhr ... das war die Nacht von Bahrs eiskaltem Tod.

Weil der Wind auffrischte, drückte er sein Handy fester ans Ohr, um noch einmal genauer hinzuhören. Nein, keine Idee, ob das ein Russe war oder was sonst für ein Landsmann.

Aber über das Kreischen der Möwen hinweg, ganz am Ende der Aufnahme, in einer kurzen Pause, die der Mann zwischen dem Befehl, anzurufen, und der Schlussbeschimpfung gelassen hatte, hörte Berend ein Geräusch, das ihm sehr wohl bekannt vorkam: ein kurzer, hoher Kehllaut, so, als entlüde sich da eine lang aufgestaute Verärgerung, eine Art Hickser.

Derselbe Hickser, den er gehört hatte, als Marie ihm in Tallinn nach all seinen erfolglosen Anrufen ihre wütende Nachricht auf der Mailbox hinterließ.

Ein Hickser, über den sich Marie einmal ein paar spöttische Bemerkungen erlaubt hatte.

Nachtweys Hickser.

Er spielte die Aufnahme erneut ab und verglich sie mit Maries Voicemail-Nachricht. Und noch einmal.

Er starrte regungslos auf die Brandung und ließ seine Gedanken hin und her wandern, bis sein Beschluss feststand. Dann leerte er sein Glas und schickte eine Nachricht an Didi: »Sorry, alter Kumpel. Gokje-Slokje muss warten. Eilauftrag.«

Die zweite Nachricht ging an seinen Geschäftsführer. »Henk, mach den neuen Porsche für mich klar. Auftanken, Papiere checken, und kontrollier auch, ob das Navi Osteuropa abdeckt. Falls nicht, kümmere dich darum. Ich nehme ihn dieses Wochenende mit.«

47

Sie blieb eine Weile wie betäubt liegen, bis die Reste eines wirren Traums verflogen waren. Es war schon halb acht am Abend. Das Laptop neben ihr auf dem Bett hatte sich abgeschaltet. Nach dem Gespräch mit Kiisler hatte sie noch eine Weile im Netz gesurft und eine Reihe von Berichten über Christians Vater gefunden. Eine typische Diplomatenkarriere, deren Höhepunkt der Botschafterposten in Moskau war. Im Archiv eines Nachrichtenmagazins hatte sie gelesen, dass der gut Deutsch sprechende Präsident regelmäßig die Nähe des alten Nachtwey gesucht habe und der auch seine berühmte Rede vor dem Deutschen Bundestag einfädelte. Hatte Christian den Präsidenten damals auch kennengelernt? Sie würde nicht noch einmal den Fehler machen, ihn offen danach zu fragen.

Marie kroch aus dem Bett und tappte im Dunkeln ins Bad. Aber über die Verfolgungsjagd am Morgen konnte sie sehr wohl mit ihm sprechen. Vielleicht ganz unverfänglich bei einem Abendessen. Sie holte ihr Smartphone.

Söderberg hatte ihr eine Nachricht geschickt. »V-Mann: Söhne von Tyr sind Fake. Keine estnischen Rechtsextremisten verwickelt. Vermutliches Motiv: Keil zwischen EU und Estland.«

Also ging der Mordanschlag auf sie auch auf das Konto des russischen Geheimdienstes? Und wenn Christian für die Russen arbeitete, hatten sie ihn dann in ihre Pläne eingeweiht? Alles in ihr wehrte sich gegen diese Vorstellung, aber solange nicht endgültig klar war, auf welcher Seite Christian stand, musste sie sich vorsehen.

Sie wählte seine Nummer und ließ es einige Male klingeln. Gerade, als sie das Telefon vom Ohr nahm, meldete er sich.

»Christian, da bist du ja.«

»Natürlich, Marie. Du bist doch auch da.« Seine Stimme klang gut gelaunt und herzlich und gleich wieder vertraut. Er atmete ziemlich heftig.

»Hey, störe ich?«

»Nein, nein, natürlich nicht!«

»Du bist außer Puste.«

Er lachte kurz. »Ja, du hast mich erwischt.«

»Auf frischer Tat?«

»Sozusagen. Ich habe mich heimlich für ein Work-out abgesetzt. Musste mal raus nach diesem Scheißtag. Entschuldige das Wort.«

»Mir scheint es eine ganz dezente Formulierung zu sein für das, was geschehen ist.«

Er lachte wieder, aber es klang hölzern. »Ja, du hast recht. Eine Katastrophe. Ich habe mich total verkalkuliert.«

»Sollen wir uns im Restaurant treffen und drüber reden?« Sie hörte im Hintergrund ein heftiges Poltern.

»Verdammt«, entfuhr es ihm.

»Was ist?«

Die Verbindung brach ab. Marie drückte die Wahlwiederholung, Christian nahm nicht ab. Sie versuchte es noch einmal, wieder vergeblich, überlegte schon, Kiisler anzurufen. Doch kurz darauf meldete sich Christian bei ihr.

»Sorry. Direkt vor mir ist ein mächtiger Ast heruntergekommen. Morsch, aber für meinen Schädel wahrscheinlich trotzdem zu hart. Ich musste erst einmal zusehen, dass ich aus dem Wald herauskam. Ich will aber gleich weiterlaufen, die Kälte kriecht einem sofort in die Knochen.«

»Wo bist du denn?«

»Am Kadriorg Park. Ich habe mir über meine Running-App eine schöne Route entlang der Bucht ausgesucht.«

»Sehen wir uns dann später zu einem Aufbaudrink an der Bar?« Mein Gott, sie klang wie eine Klette.

Er überlegte kurz. »Gerne morgen, Marie. Nimms mir nicht übel. Aber ich habe noch acht Kilometer vor mir, und danach werde ich einfach nur noch ins Bett fallen.«

»Erzähl mir wenigstens kurz, was dein Chef gesagt hat. Vielleicht muss ich mir dann keine Sorgen mehr um dich machen. Du hast doch mit ihm gesprochen?«, sagte sie auf die Gefahr hin, dass ihr aufdringliches Nachfragen ihn misstrauisch machte.

Aber er antwortete schnell und unbefangen, dass der Direktor zwar wenig begeistert, aber doch versöhnlich gestimmt gewesen wäre.

Dann hörte Marie wieder Geräusche. Ein dumpfes Hämmern, wie gegen Glas. Die Verbindung wurde schlechter, aber vielleicht schirmte Christian das Mikrofon auch nur mit der Hand ab. Die Übertragung wurde wieder klarer.

»Es ist etwas seltsam hier, Marie. Die Bewohner der Häuser scheinen es nicht zu mögen, wenn Männer in dunkler Laufkleidung in der Gegend herumstehen. Eben hat ein Mann gegen die Fensterscheibe geklopft und mit einem Handy gedroht. Ich laufe jetzt besser weiter. Aber ich freue mich sehr, dass du an mich gedacht hast. Ich hatte schon befürchtet, ich hätte es mir mit allen verdorben. Also, bis morgen. Und schlaf gut!«

Marie griff nach ihrem Laptop und schaute sich den Park auf Google Maps an. Wo immer Christian da lief, Wohnhäuser konnte sie nicht entdecken. Aber die Street-View-Aufnahmen waren auch schon ein paar Jahre alt.

48

Vielleicht ist es ja meine Henkersmahlzeit«, kommentierte Christian Maries skeptischen Blick auf seinen übervollen Teller, als er vom Buffet zurückkehrte. Eine halbe Stunde zuvor hatte er bestens gelaunt vor ihrer Tür gestanden, um sie zum Frühstück abzuholen.

»Warum Henkersmahlzeit?«

»Francesca hat mich für zehn Uhr zum Einzelgespräch in die EU-Vertretung einbestellt.«

Sie winkte ab. »Wir sind alle einbestellt worden. Im Halbstundentakt. Und dann noch mal um halb zwölf für das gemeinsame Briefing.«

»Ja, das Briefing.« Christian griff nach einem hart gekochten Ei und pellte es so gewissenhaft, als wäre es eine Achtsamkeitsübung. »Vielleicht will sie mir da ein Tribunal bereiten.«

»Warum die Sorge? Ich dachte, dein Chef steht hinter dir?«

Er zuckte mit den Schultern.

»Meinst du, du bekommst doch noch Probleme in Brüssel?«

Er dachte eine Weile nach, ehe er den Kopf schüttelte. »Dafür steht zu viel auf meinem Habenkonto. Aber vielleicht werde ja ich Konsequenzen ziehen. Ich habe gestern beim Laufen drüber nachgedacht. Eine Veränderung könnte mir guttun.«

»Schwieriger Zeitpunkt, oder? Könnte gut sein, dass die Geschichte in Brüssel bald die Runde macht.«

»Und wenn ich gar nicht mehr im EU-Zirkus herumturnen will?« Er lachte plötzlich. »Ich könnte zum Beispiel meinem Vater nachfolgen und ins Auswärtige Amt wechseln. Es wäre ein schöner Schock für ihn, wenn die Leute wie mich nähmen.«

Da war es wieder. Genau auf das zugeschnitten, was sie Christian über das schlechte Verhältnis zu ihrem eigenen Vater verraten hatte. Aber nicht nur du kannst spielen, Christian.

»Ja, unsere Herren Väter«, sie seufzte und lächelte ihn an.

Beatriz schlich in den Frühstückssaal. Als sie Christian und sie zusammensitzen sah, stutzte sie kurz und nickte ihnen zu. Keiner von ihnen machte Anstalten, sie an ihren Tisch zu bitten. Sie ging weiter und setzte sich hinter sie in eine Nische.

»Und was wirst du tun, Marie? Weißt du schon etwas über deinen nächsten Auftrag?«

»Ich glaube nicht, dass ich das erfahre, bevor hier der Sack zu ist.«

»Der Sack.« Er nickte wissend. »Schnürst du ihn schon?«

Sie trank einen Schluck Tee. »Ich bin dabei.«

»Wenn man den gestrigen Tag Revue passieren lässt, könnte man fast glauben, dass nicht Aumayr, sondern ich der Saboteur bin.« Er schaute sie mit gespieltem Schrecken an.

Sie lachte schallend. »Du hast recht! Warte, ich hole schnell die Handschellen.«

Christian stimmte in ihr Lachen ein. Marie sah, wie Beatriz fast wütend herüberschaute. Sie hatte so sehr für diesen Vertrag gekämpft, und jetzt hockten die beiden Leute, die sich mal so freundschaftlich um sie gekümmert hatten, in trauter Zweisamkeit zusammen und vergnügten sich schamlos. Marie hätte ihr gerne gesagt, dass alles ganz anders war, und auch ihr eigentlich nicht zum Lachen war.

Christian sollte sich in Sicherheit wiegen. Sie beugte sich zu ihm herüber und flüsterte: »Es gibt einen Link zwischen Aumayr und Dennis Bahr. Sobald wir in Brüssel sind, nehmen wir uns Fritz vor.«

Er ließ sich gegen die Stuhllehne fallen, schien ernsthaft erschüttert und begann sofort, Aumayr in Schutz zu nehmen, ein Zyniker gewiss, ein Manipulator zugunsten seiner Kommissarin, klar, aber kein Verräter und kein Mörder, niemals oder etwa doch?

»Ach, vergiss einfach, was ich gesagt habe.« Sie lächelte ihn an, aber er wirkte weiter bedrückt.

Es war höchste Zeit, ihn auf die Probe zu stellen. Sie wechselte das Thema, kam auf seinen Lauf vom Vorabend zu sprechen. Ein bisschen Geplänkel, ein paar unauffällige Fragen nach seinen Laufvorlieben und seiner Kondition und dann wie spontan ihr Vorschlag, nach dem vermeintlichen »Tribunal« zum Work-out einmal gemeinsam die Strecke von gestern abzulaufen.

Christian lachte. »Nein, nein, meine Muskeln brauchen mindestens zwei Tage zur Erholung.«

»Ach, komm. Ich bin eh nicht so schnell. Für dich wäre das nur ein ganz gemütliches Auslaufen.«

»Nein, Marie«, sagte Christian jetzt in einem Ton, der keinen Widerspruch duldete. »Nach dieser Besprechung brauche ich etwas Zeit für mich, okay?!«

Giuliani hatte Marie den letzten Einzeltermin zugeteilt, um ihr eine Zusammenfassung all ihrer am Vormittag geführten Gespräche geben zu können. Es war ihr tatsächlich gelungen, Alvar Saks zu überzeugen, schon am Montag weiter zu verhandeln. Dazu hatte sie versprechen müssen, Christian von den Verhandlungen zu suspendieren, und im Gegenzug hatte Saks zugesagt, Jalakas' Forderungskatalog weitgehend in den Papierkorb zu befördern.

Für diesen Deal hatte sie die Kriegskasse mithilfe der Generaldirektionen noch einmal auffüllen müssen. Das war das Ziel ihrer Einzelgespräche gewesen, zu denen sie die jeweiligen Leitungen in Brüssel hinzuschalten ließ. Eine Art Beichtstuhlverfahren, in dem am Ende Christians Chef am meisten spendete. Ein Grieche, der die Unterstützung von Giulianis Fraktion an anderer Stelle dringend benötigte und offenbar Freude daran hatte, immer wieder darauf hinzuweisen, dass Christian dieses Geld dank der berühmten deutschen Spartugenden sicher irgendwo in seinem Budget zusammenkratzen würde. Selbst dass Christian nicht mehr an den Verhandlungen teilnehmen durfte, akzeptierte er, solange der die Generaldirektion hinter den Kulissen weiter vertreten durfte.

»Und jetzt kommen Sie ins Spiel, Marie.« Giuliani lächelte sie freudestrahlend an, als hätte sie den Hauptgewinn gezogen. »Wir müssen Jalakas glaubhaft vermitteln, dass Christian ausgetauscht wurde. Also brauchen wir ein Gesicht, nein, wir brauchen mehr: jemanden, der mit eigener Stimme eine eigene Position zu vertreten scheint.«

»Und das soll ich sein?« Marie sah sie überrascht an.

49

Sie hocken natürlich alle zusammen. In einer ihrer hyperwichtigen Besprechungen in so einem smarten Konferenzraum, Notizblöcke und aufgeklappte Laptops vor sich, komplett eingeschlossen in ihrer eigenen kleinen Welt. Er selbst hat sich im Waschraum schnell frisch gemacht und klopft kräftig gegen die Tür, das Handy mit der Voicemail im Anschlag. Bloß nicht auf Antwort warten, direkt reinlaufen. Der Überraschungseffekt zählt!

Marie, die von ihrem Stuhl hochschießt. Berend! Was machst du denn hier? Eine beruhigende Geste von ihm, und sie sinkt langsam zurück.

»Sorry folks, I have an important message …« Stirnrunzelnde Blicke, denen er routiniert mit einem lockeren Spruch begegnet. »Betrachten Sie mich einfach als frisch hereingekommenen Bericht …« Aber dann sofort wieder komplett ernst. »Wie bekannt, ist Ihr Kollege Dennis Bahr am dritten Februar ermordet worden.« Ein forschender Blick in die Runde. »Während Marie außer Landes war, habe ich in Brüssel die Ermittlungen fortgeführt …«

Und sofort das Streichholz ran an die Lunte des Pulverfasses. »Dabei habe ich die Mörder identifiziert. Zwei Russen, die sich mittlerweile in ihr Heimatland abgesetzt haben, Valentin Sodorov und Oleg Choekivitch, von denen Letzterer ein detailliertes Geständnis abgelegt hat.« Ein vielsagendes Tippen mit seinem Zeigefinger aufs Handy. »Es sind professionelle Mietkiller, aber sie haben doch einen Fehler gemacht. Sie haben eine Spur zu ihrem anonymen Auftraggeber hinterlassen.«

Nachtwey, der den Braten riecht, macht Anstalten, aufzustehen.

»Erkennen Sie diese Stimme?«

Er drückt auf *play*. Niemand – abgesehen von einem – versteht natürlich Russisch, aber alle wissen sofort, wer da spricht, und als sie den Hickser hören, starren sie Nachtwey bestürzt an. Jetzt mit lauter Stimme die Übersetzung. Eine Schockwelle läuft von Gesicht zu Gesicht.

»Dieser Auftraggeber war ein wenig ungeduldig geworden, weil er nichts von den Mördern hörte, die doch soeben erst in einem Kühllaster Herrn Bahr in einen Eisblock verwandelt hatten.«

Nachtwey, der daraufhin einen Fluchtversuch unternimmt, von ihm aber mit einem ansatzlosen Fußtritt seitlich ins Knie zu Boden gebracht wird. Taskforcemitglieder, die sich über den Verräter werfen und ihn festhalten. Marie, die ihn in einer Mischung aus Erstaunen und Bewunderung anschaut.

And cut!

Ein Warnlicht im Fahrer-Display leuchtete auf. Der Tank war beinahe leer. Nicht schlecht, erst bei Magdeburg zum ersten Mal tanken. Herrlicher Schlitten, dieser Porsche.

Hatte zwar nur ein Automatikgetriebe, aber mit dieser doppelten Kupplung zog das Biest schneller an als von Hand geschaltet. Ein Tippen auf den winzigen Sport-Response-Button am Lenkrad reichte aus, um den kompletten Antriebsstrang auf Alarmstufe Rot zu setzen. Innerhalb von Sekunden auf hundertachtzig km/h, und wenn er wollte, konnte er die Kiste weiter hoch auf die dreihundert ziehen. Dummerweise durfte man selbst in Deutschland nicht mehr überall frei Gas geben, sodass er nur auf dem letzten Stück die Nadel an die zweihundertfünfzig hatte heranbringen können.

Einzig die Farbe von diesem Cayman … metallic roségold … der pure Horror. Als führe er in einem Pailletten-kleid herum. Schon nur daran zu denken, verursachte ihm Augenkrebs.

Er war natürlich x-mal geblitzt worden, aber Henk hatte kopierte Nummernschilder angeschraubt, die zu einem Wagen der moldawischen Botschaft gehörten. Da gingen die

Knöllchen ungeöffnet gleich in den Müll. Nur im Fall, dass man ihn herauswinkte, bedürfte es vermutlich einiger kreativer Cleverness, um sich überzeugend auf die diplomatische Immunität zu berufen.

An der Tankstelle kaufte er gleich noch zwei Paletten Red Bull.

Bis zur polnischen Grenze flog er so schön tief durch, doch dann verlor er an Tempo. Lastwagen, die plötzlich zum Überholen ausscherten, obwohl er mit Stroboskop-Lichthupe heranrauschte, Baustellen, die erst im letzten Moment angezeigt wurden, und scharf gezogene Kurven, die völlig überraschend auftauchten. Nervig, aber diese Art von Problemen hielt ihn wenigstens wach.

Bis er sich in Zandvoort niederließ, hatte er schon Touren bis tief nach Russland, Saudi-Arabien und ans Horn von Afrika unternommen. In Wagen reicher Leute, die ihr neues Schmuckstück nicht selbst zum Bestimmungsort überführen wollten. Ein lukratives Business. Unterwegs drängten ihn manchmal Räuber von der Schnellstraße ab, besonders wenn es sich um ein seltenes Exemplar handelte. Auf einer verlassenen Straße spielte er dann den Verzweifelten, der zusehen musste, wie die teure Karre langsam von einem Lastwagen verschluckt wurde. Die Eigentümer waren immer gut versichert, sodass sie im Nachhinein keinen Ärger machten. Und er hatte sich die Erlöse dieser schönen, abwechslungsreichen Arbeit stets ehrlich und brüderlich mit Didi geteilt, der ihm die Deals vermittelte.

Ganz nebenbei hatte er ein ganzes Arsenal von Tricks entwickelt, um auf den langen Fahrten wach zu bleiben. Knallharter Rock und Blues zum Beispiel, bei dem er mitsingen und vor allem herbeifantasieren konnte, was ihn auf seinen Touren erwarten würde. Er malte sich aus, wie der Überfall ablaufen würde, denn um ihn so realistisch wie möglich erscheinen zu lassen, blieben Zeit und Ort für ihn immer in der Wundertüte.

Nun also wieder. Nur dass diesmal er derjenige sein würde, der den Überfall beging.

Zeit für ein alternatives Szenario. Nachtwey und Marie in der Hotelbar. Ein paar Drinks, ein bisschen Gequatsche, Kollegen nach der Arbeit unter sich. Der Barkeeper legt Marie eine Nachricht neben das Glas. Wieder der erstaunte Blick von ihr, wenn sie ihn in einem verborgenen Winkel der Lobby entdeckt, wo er sie schnell und eindringlich über seine Erkenntnisse informiert. Ihr Unglaube, mit dem er dank Didis Aufnahme kurzen Prozess macht. Marie, die wie von der Tarantel gestochen zu Nachtwey zurückstürmt, um ihn mit seinem Verrat zu konfrontieren, während er selbst souverän die Sache mit einem gewissen Abstand verfolgt. Nachtwey, der mit einem Schlag erblasst und begreift, dass ihm nichts als die Flucht bleibt. Das dezente Zeichen, das er dem Barkeeper gibt, jetzt die Polizei zu rufen. Und wie er dann einschreitet und zusammen mit Marie Nachtwey zu Boden bringt, bis ihn ein paar Beamte übernehmen. Exit Nachtwey.

Hinter Warschau büßte Berend noch weiter an Zeit ein, als er über Umleitungsstrecken, löchrige Landstraßen und sogar einmal durch ein Wohngebiet geleitet wurde. Glücklicherweise war es erst sechs Uhr, und am Samstagmorgen gab es kaum Verkehr.

Kurz vor der litauischen Grenze kaufte er in einem *Delicatesy Centrum* ein herzhaftes Frühstück. Kauend machte er einen kurzen Spaziergang durch ein nahe gelegenes Waldstück, ehe er sich wieder in den Schalensitz fallen ließ und den Motor startete.

Einen späten Lunch genehmigte er sich erst nach der Hälfte des lettischen Streckenabschnitts an einer Autobahnraststätte nahe der Ostsee. Noch einmal vertrat er sich hier die Beine und ließ sich von einem eiskalten Wind ordentlich durchlüften. Als er über die Grenze nach Estland wechselte, ging es auf sechzehn Uhr zu, und es wurde bereits dunkel.

Für die letzten zweihundert Kilometer überließ er sich einem Szenario von düsterer Färbung. Er, der Marie in ihrem Hotelzimmer aufsucht. Marie, die seine Beweise als rachsüchtige Anschuldigungen gegen einen vermeintlichen

Liebhaber abtut. Dann zu zweit zu Nachtwey, der die Vorwürfe höhnisch weglacht, jedoch immer weiter von ihm in die Ecke getrieben wird. Nachtwey, der plötzlich eine Pistole zieht. Maries verblüffter Blick. Nachtwey, der davonstürzt und draußen einen Wagen kapert. Er hinterher. Eine Verfolgungsjagd durch die Straßen von Tallinn. Der große Trick, nachdem Nachtwey die Schnellstraße Richtung Russland genommen hat. Kurz den Turbo aufschalten, an Nachtwey vorbeijagen und sofort einen harten Slide von hundertachtzig Grad einleiten. Mit Vollgas zurück und als Geisterfahrer auf ihn zudonnern. Ein *staredown*. Wer weicht als Erster aus? Nachtwey! Nachtwey, der sein Steuer herumreißt, der Wagen, der gegen die Leitplanke prallt und sich dann mehrfach überschlägt.

Ein Anruf bei Marie. »Mit mir ist alles okay, du kannst Nachtwey abholen. Oder das, was von ihm noch übrig ist.«

Ja, eine direkte Konfrontation, das musste es werden.

Er oder ich.

Vierundzwanzig Stunden und fünfzig Minuten nachdem er Zandvoort verlassen hatte, spazierte Berend Schroot in Maries Hotel hinein, suchte die Toilettenräume auf, warf sich ein paar Hände Wasser ins Gesicht und zog sein neues kobaltblaues Hemd an.

Er fühlte sich quicklebendig und war fest entschlossen, Marie mit einem Rundum-sorglos-Paket zu überraschen. So fragte er an der Rezeption nicht nach ihr, sondern gleich nach Herrn Nachtwey.

50

Es war kurz vor halb neun abends, als sich Kiisler meldete. »Rufen Sie mal die englische Seite des Nationalen Rundfunks auf.«

»Moment«, Marie legte die Unterlagen zur Seite, die Giuliani ihr zur Vorbereitung der Verhandlungen gegeben hatte, und klappte ihr Laptop auf.

Die Headline war ein Schock. Henrik Laar war tot aufgefunden worden. Genickbruch, vermutlich Raubmord. Sie schaute stumm auf das Display.

Kiisler fasste einige Hintergrundinformationen zusammen, die ihm zugespielt worden waren. Laars Putzfrau hatte das Haus unverschlossen vorgefunden, und anders als verabredet war Laar nicht zu Hause. Schubladen und Schränke waren aufgerissen, der Inhalt lag über die Wohnung verstreut, der Safe zeigte Spuren von einem Aufbruchsversuch. Also rief sie die Polizei. Die fand Schleifspuren von der Haustür bis zum Rand des Grundstücks und von dort aus Reifenabdrücke bis zum See. Laars Leiche lag dort notdürftig versteckt in einem Gebüsch. Nicht weit davon hatte jemand versucht, ein Loch ins Eis zu schlagen, vermutlich, um sie zu versenken, aber die Eisdecke war zu dick gewesen. Die Polizei suchte darum nach ortsunkundigen, wahrscheinlich ausländischen Tätern. Laar war schwer misshandelt worden, vielleicht, um ihm den Safe-Code abzupressen. In seiner Brieftasche fehlten Geld und Kreditkarten, daher die Raubmord-Theorie.

»Und was glauben Sie?«, fragte Marie.

»Ein Raubmord auf dem Land? Solch ein Aufwand für ein paar Euro und ein Kreditkärtchen? Ich glaube, wir müssen so schnell wie möglich Kivistiks Material aus dem Wasserturm holen, bevor es andere tun.«

»Das sehe ich genauso. Wann geht es los?«

»Innerhalb der nächsten halben Stunde beziehen meine Leute Stellung, um das Terrain am Wasserturm zu observieren. Das Einbruchsteam holen wir von außerhalb. In knapp anderthalb Stunden kann es da sein.« Kiisler war zufrieden mit seiner schnellen Organisation, das war deutlich zu hören.

»Und was machen Sie, wenn vorher jemand auftaucht?«

»Wird uns leider nichts übrig bleiben, als meinem alten Freund beim estnischen Geheimdienst das Archiv zu überlassen und ihm so einen schönen Orden zu verschaffen. Einen offenen Konflikt, womöglich gar eine Schießerei mit einer dritten Partei können wir uns als Gäste in diesem Land nicht leisten.«

»Ich nehme an, Söderberg weiß Bescheid?«

»Er hat den Einsatz angeordnet. Sie sollen ihn übrigens sofort anrufen.«

»Ich möchte dabei sein, wenn das Archiv herausgeholt wird.«

»Verstehe ich gut. Aber wir müssen unbedingt verhindern, dass im Fall einer Entdeckung eine Verbindung zur EU hergestellt werden kann. Das Einbruchsteam besteht komplett aus Freelancern. Ich bin der Einzige von uns, der für wenige Minuten in das Archiv hinabsteigen wird. Und auch nur, weil jemand vor Ort entscheiden muss, was das Team rausschleppen soll. Tut mir leid, Marie.«

51

Nein, mein Herr, Mr Nachtwey ist nicht auf seinem Zimmer«, bedauerte die Dame an der Rezeption. Zumindest habe er auf ihren Anruf nicht reagiert. Ob sie sonst etwas für ihn tun könne?

»Haben Sie vielleicht eine Ahnung, wo ich Herrn Nachtwey finden kann?« Berend beugte sich vertraulich über den Tresen. »Ich bin direkt aus Brüssel eingeflogen. Sie wissen, dass Herr Nachtwey Diplomat der Europäischen Union ist?«

Die Frau nickte.

»Ich bin als Kurier hierhergeschickt worden, um ihm höchst prioritäre Dokumente zu überbringen«, fuhr er mit gedämpfter Stimme fort.

»Sie können das Paket hierlassen. Wir schließen es im Tresor ein und sorgen dafür, dass Herr Nachtwey es unmittelbar bei Rückkehr erhält.«

»Er muss den Empfang persönlich quittieren …«

»Sie können gerne in der Lobby auf ihn warten.« Sie deutete mit dem Kopf auf ein Paar Bänke gegenüber der Rezeption.

Also gut. Er holte sein Portemonnaie aus der Hosentasche. Mit flacher Hand schob er einen Fünfziger über den Tresen. Als er die Hand zurückzog, legte die Rezeptionistin schnell einen Notizblock über den Schein.

»Mr Nachtwey hat uns vor einer Stunde gebeten, bei einer Autovermietung einen Wagen für ihn zu reservieren«, sagte sie und faltete einen Stadtplan vor ihm auf. Sie kreuzte eine Stelle im Nordosten an und setzte eine Hausnummer daneben. »In Telliskivi. Direkt hinter dem Hauptbahnhof. Die Firma heißt *Car Weazle*. Sie begann, den Namen ebenfalls aufzuschreiben.

»Was für ein Auto wollte Herr Nachtwey denn haben?«

Ihr Stift stockte nachdrücklich.

Er schob einen zweiten Schein unter den Notizblock.

»Einen Renault Kangoo.«

Berend bedankte sich und verließ irritiert das Hotel. Einen Kangoo? Was wollte Nachtwey mit so einer Handwerkerkiste? Als Fluchtwagen war der doch völlig ungeeignet. Oder vielleicht gerade deshalb? Weil es so ein unbedeutendes Autochen war? Und *Car Weazle* ... auch nicht gerade ein Vertrauen einflößender Name.

Er schaute auf die Karte. Es waren nur ein paar Autominuten, mit ein bisschen Massel traf er sein Target dort noch an.

Massel war für Faulpelze, nicht für Arbeitstiere. Nachtwey war schon weg.

»Er hatte es sehr eilig«, erklärte die junge Frau, die in der Autovermietung die Stellung hielt. »Haben Sie auch einen Wagen reserviert?«

»Noch nicht. Wo kann ich Herrn Nachtwey wohl finden?«

Die Frau trug einen hellblauen Overall mit Firmenlogo auf der Brusttasche. Ihr Lidschatten hatte den gleichen Farbton, und auch ihre Lippen hatte sie mit hellblauem Gloss geschminkt. »Sorry, Datenschutz«, sagte sie. Sie zog einen Stift aus der Brusttasche und legte ihn neben ihre Tastatur.

»Nachtwey ist ein Freund von mir«, warb er. »Ich helfe ihm beim Umzug und sollte ihn hier treffen. Er hat doch extra dafür diesen Kangoo gemietet.«

Die Frau musterte ihn skeptisch von oben bis unten, dann nickte sie leicht und schaute betont sehnsüchtig zu seinem Porsche hinaus. Berend ließ seinen Blick kurz schweifen. Sie waren allein im Laden, sie musste vor niemandem etwas verbergen, aber er zählte mindestens drei Kameras.

»Möchtest du den Cayman mal von innen sehen?«, fragte er.

Die Frau stieß einen entzückten Laut aus und schloss sorgfältig ihren Schreibtisch ab.

Draußen öffnete er ihr die Beifahrertür und lud sie galant ein, einzusteigen. Dann setzte er sich hinter das Steuer.

»Wir haben ein Ortungssystem«, sagte sie. »Alle unsere Autos fahren mit einem Tracker herum.«

»Praktisch. Du könntest also checken, wo der Kangoo gerade ist?«

Als Antwort ließ sie ein kurzes »hm« hören.

»Arbeitest du hier Vollzeit?«

»Nur an den Wochenenden. Ich studiere noch. Aber danach will ich meine eigene *Car-Weazle*-Filiale eröffnen. Ich baue gerade das Startkapital dafür auf.«

Er nestelte nach seinem Portemonnaie und zog wieder einen Fünfziger hervor.

»Drei«, sagte sie ruhig.

»Jesses, was studierst du denn?«, stieß er hervor.

»Sales Management. Betrachte es einfach als Crowdfunding. Wenn du in einem Jahr ein Auto mieten willst, kommst du zu mir. Ich gebe dir Rabatt.«

»Vorläufig bin ich nur daran intere…«

Sie legte warnend einen Finger an ihre Lippen. Sie trug sogar hellblauen Nagellack. »Wie ist deine Telefonnummer?«

Er schrieb sie ihr auf ein Zettelchen.

»Du bekommst eine Message von mir.« Sie stieg aus und ging zügig auf ihren Posten hinter dem Schreibtisch zurück. Kurz darauf drehte sie sich vom Computer weg und machte ein Selfie.

Kluges Kind, dachte er, als er wenige Sekunden später ihre Nachricht mit dem Foto öffnete. Ihr Auge mit dem hellblauen Lidschatten war leider nur verschwommen zu sehen. Dafür aber war der Bildschirm des Computers im Hintergrund umso schärfer getroffen. Er konnte sowohl das Kennzeichen als auch die Koordinaten des Kangoo perfekt lesen.

Hastig tippte er sie in sein Navi ein. Nachtwey war gerade einmal zweihundert Meter entfernt.

52

Manchmal haben eben auch Arbeitstiere Massel, stellte Berend zufrieden fest. Der Kangoo parkte an einem alten Wasserturm, halb auf dem Bürgersteig, halb auf dem Schotter vor der stählernen Eingangstür. Im Vorbeifahren sah Berend, dass der Fahrersitz leer war. Knapp zweihundert Meter hinter dem Kangoo hielt er an, stieg aus und checkte die Umgebung. Eindeutig ein Hipsterviertel. Überall Graffiti, ein paar Design-Shops mit schmalen Fenstern in einem ehemaligen Lagerhaus, die Windböen trugen Fetzen von Musik aus den Achtzigern zu ihm herüber.

Eine Gruppe junger Leute passierte ihn, ausgelassen johlend trotzten sie mit offenen Jacken der Kälte. Er ging eine Weile hinter ihnen her, bis sie abbogen und einen eisernen Torbogen durchschritten, auf dem in dicken weißen Buchstaben DEPOO zu lesen war. Dahinter befand sich ein wilder Mix aus Containern und alten Eisenbahnwaggons, die zu Imbissständen, Cafés und Clubs umgebaut worden waren.

Er blieb hinter dem ausrangierten Zylinder eines Tankwagens stehen und spähte über die Straße. Links vom Wasserturm verlief ein rostiges Bahngleis. Auf der anderen Seite befand sich ein eingezäunter Parkplatz, dessen Tor weit offen stand. Warum hatte Nachtwey sein Auto nicht dort abgestellt, sondern direkt vor dem Wasserturm?

Berend klappte die Revers seiner Jacke hoch und blies seinen Atem in seine klammen Hände.

Nachtwey erwies sich als Profi. Nur das Quietschen der Scharniere verriet ihn, als er den Wasserturm verließ. Er selbst blieb ein fast unsichtbarer Schatten, der sich schnell und zielstrebig auf den Kangoo zubewegte, leise die Seitentür aufzog und einen Stapel Kisten hineinschob.

Wenn Nachtwey hier eine Ladung aufnahm, dann würde er auch gleich mit ihr wegfahren. Also zurück zum Porsche, nicht ohne sich ab und zu umzudrehen, um den Kangoo im Auge zu behalten.

Schließlich leuchteten die Rücklichter im Dunkeln grellrot auf, der Kastenwagen rumpelte über den Bordstein zurück auf die Straße. Berend begann zu schlendern, als der Wagen an ihm vorbeifuhr, dann legte er einen Spurt ein.

Nachtwey fuhr so langsam, dass er ihn schon wieder im Blick hatte, bevor er bei der ersten Möglichkeit rechts abbog. Er sorgte dafür, dass immer mindestens drei Autos zwischen ihm und Nachtwey waren, denn an der Reaktion der Passanten, die ungläubig die Köpfe nach ihm umdrehten, war abzulesen, dass der Glitzerporsche gehörig auffiel. Auch wenn zum Glück dichter Schneeregen einsetzte, Nachtwey hätte nur zweimal genauer in den Rückspiegel schauen müssen, um zu wissen, dass er verfolgt wurde.

Was für eine schlimme Show! Als wäre er in König Willem Alexanders Prunkkutsche unterwegs! Sollte er nicht besser zum Hotel zurückfahren, diesen lächerlichen Schlitten abstellen und einfach warten, bis Nachtwey dort wieder auftauchte?

Beer, denk mal nach! Nachtwey hat sich auf den Weg gemacht, bevor er überhaupt ahnen konnte, dass ihm jemand auf den Fersen ist – und schon gar nicht ein neureicher Diplomat aus Moldawien. Der Kerl ist vollends mit seiner eigenen Mission beschäftigt und glaubt sich unbeobachtet, selbst wenn ihm ein Porsche mit Einhorn-Farblackierung an der Stoßstange hängt.

Also folgte er Nachtwey weiter, der kurz vor einem kleinen Park bei der historischen Stadtmauer links und gleich wieder rechts abbog. Schilder über der Straße ließen ihn wissen, dass er sich den Hafenterminals näherte. Nachtwey schien sich auszukennen. Er steuerte den Kangoo zielstrebig in ein großes, eingezäuntes Parkareal hinein, auf dem Autos in mindestens zehn Reihen vor einer Art Mautstation standen. Nachtwey wählte Reihe vier. Wo zum Teufel willst du hin, Mann?

Die Antwort tauchte kurz darauf direkt vor ihm auf. Es war ein altmodisches, vergilbtes Straßenschild mit roten Buchstaben, die unter einer dünnen Schneeschicht gerade noch erkennbar waren. HELSINKI.

Berend blieb keine andere Wahl. Er reihte sich in die Schlange ein und rief Marie an.

53

Der Bildschirm tat ihr nicht den Gefallen, in den Ruhemodus zu schalten. Immer noch starrte sie auf den Artikel über Laars Ermordung. Mit einem Foto seines Hauses, in dem sie erst vor wenigen Tagen mit ihm gesprochen hatten, und einem weiteren von ihm, das ihn in bester Stimmung bei einer Preisverleihung zeigte. Lachend, jovial und sich seiner selbst gewiss.

Alle seine Vorsichtsmaßnahmen hatten ihm am Ende nicht geholfen, weil er aus Angst um die Zukunft seines Landes so unklug war, Marie sein größtes Geheimnis anzuvertrauen. Er hatte unbehelligt in seinem Waldhaus gelebt, bis sie sein Wissen um das Versteck von Kivistiks Schatz weiterreichte. An Söderberg und der weiter an Kiisler, der ganz sicher so schlau war, seinem Team nicht zu verraten, was es da zu bergen galt. Anders als sie, die Christian Nachtwey unbedingt hatte beweisen wollen, wie sehr sie sein Vertrauen und seine Zuneigung verdiente, und ihm darum Laars Enthüllungen feierlich überreicht hatte wie die Aussteuer einer Braut. Am Abend, bevor Laar überfallen, gefoltert und ermordet worden war.

Als Laar starb, baute Christian angeblich gerade seinen Stress beim Laufen ab. Entlang einer Route, auf der herabstürzende Äste rumpelnde Geräusche erzeugten, als kippte jemand mit einem Stuhl auf einen Holzboden, und an der keine Wohnhäuser lagen, aber trotzdem Anwohner gegen Scheiben klopften, um auf sich aufmerksam zu machen. Der Film, der vor ihren Augen ablief, endete damit, dass Christian Nachtwey in Laars Bad stand und sich das Blut von den Händen wusch.

Ihr Telefon klingelte lange und unerbittlich. Sie zog es

wie in Zeitlupe zu sich heran, schaute zu, wie sich ihr Zeigefinger zum Lautsprecherzeichen vorschob und langsam absenkte.

»Hat Kiisler dir nicht gesagt, dass du mich anrufen sollst?«, hörte sie Söderberg fragen.

»Doch, es war nur – ich bin nur –«

»Hör mal, Marie, ich verstehe, dass alles neu für dich ist und du eine Menge durchgemacht hast, aber du musst dich jetzt konzentrieren! Kiislers Leute sind alle im Einsatz. Ich möchte, dass du checkst, ob Nachtwey im Hotel ist. Ist er weg, informierst du Toomas. Ist er noch da, rufst du an, sobald er das Haus verlässt, verstanden?«

Er wusste also schon über Christian Nachtwey Bescheid. Sie musste ihm nicht beichten, was sie gerade begriffen hatte. Zumindest vorläufig nicht. »Was habt ihr über ihn herausgefunden?«

»Unsere Abhöraktion hat sich gelohnt. Am Mittag hat ihn sein alter Herr aus dem Seniorenheim angerufen. Wollte wissen, was der missratene Junge wieder angestellt hat und warum er zwei Möchtegern-James-Bonds Auskunft über seine Zeit in Moskau geben musste. Nachtwey hat sofort reagiert. Er rief eine estnische Prepaidnummer an und gab nichts als eine Zahlenkolonne durch. Auf Russisch. Unsere Kryptografie-Experten arbeiten daran. Ich bin sicher, er will sich absetzen. Kurz nachdem Henrik Laar ermordet wurde. Ich weiß noch nicht, wie, aber Nachtwey steckt mit drin. Pass auf dich auf und beeil dich!«

Söderbergs Aufforderung riss sie aus ihrer Lähmung. Zuerst den direkten Weg. Sie wählte Christians Nummer, seine Mailbox sprang an. Danach versuchte sie es vergeblich über sein Hoteltelefon. Sie lief zur Rezeption. Der Nachtportier hatte eben erst seinen Dienst angetreten und drehte sich zum Schlüsselfach um. Ja, Herr Nachtwey hatte seinen Schlüssel abgegeben, aber, er schaute auf seinen Übergabezettel, der Herr habe auch einen Tisch für ein Late Dinner im Restaurant reserviert, sein Eintreffen allerdings nur grob schätzen können, irgendwann zwischen 22:00 und 22:45 Uhr.

Es war kurz nach neun. Marie gab die Information an Kiisler durch, der gerade am Einsatzort eingetroffen war.

»Dann müsste er ja eigentlich schon längst hier sein, falls er vorhat, das Material höchstpersönlich aus dem Wasserturm zu holen. Bis jetzt ist aber noch alles ruhig. Unser Einbruchsteam ist in einer guten halben Stunde einsatzbereit. Wenn bis dahin niemand kommt, gehen wir rein. Sollte Nachtwey vorher ins Hotel zurückkehren, melden Sie sich bei mir.«

Marie setzte sich in den hintersten Winkel des Foyers. Sie hätte es Söderberg sagen müssen. Dass sie eine Topsecret-Information ausgeplaudert hatte wie so eine verdammte Kaffeetante. Aber das hätte ihr Ende in der Security-Abteilung bedeutet. Die Frau, die auf den Gigolo-Agenten hereinfiel. Wenn er denn einer war. Mach dir nichts vor, Marie, er war einer.

Godverdomme, so leicht würde sie ihre neue Karriere nicht preisgeben. Andere machten auch Fehler und tankten sich einfach durch. Sie würde bleiben und es wiedergutmachen.

Gegen halb zehn kam Aumayr aus der Bar. Als er sie sah, machte er gleich wieder kehrt. Wahrscheinlich war ihr Blick toxisch. Doch nur fünf Minuten später schob er sich erneut ins Foyer, eine Flasche Rotwein und zwei Gläser in den Händen. Er steuerte auf sie zu.

Ein leichter Alkoholgeruch wehte ihr entgegen. Er räusperte sich, aber seine Stimme blieb rau. »Frieden?«

»Oh Gott, Fritz.«

Sofort zogen sich seine Brauen schmerzvoll zusammen, und der Hauch von Licht in seinen Augen erlosch.

»Aber wir liegen doch gar nicht im Krieg miteinander, Fritz.« Sie rutschte an die vordere Kante des Sessels und sah so herzlich wie möglich zu ihm hoch. »Ich möchte sehr gerne mit Ihnen reden und einen Wein trinken, mir tut unser Zwist auch sehr leid, aber jetzt ist es wirklich ganz schlecht – wie wäre es mit morgen Abend?«

»Ich verstehe schon«, sagte er, weniger beleidigt als deprimiert. »Entschuldigen Sie meine Aufdringlichkeit«, er verbeugte sich und ging in die Bar zurück.

Eine Viertelstunde später rief Berend an. Sie starrte auf das Display, bis er ihr die Entscheidung abnahm und wieder auflegte. Kurz darauf traf eine Nachricht von ihm ein.

»Es geht um Leben und Tod, Marie! Melde dich, verdammt!«

Ihr Telefon klingelte erneut.

54

Es hatte sie zehn verzweifelte Minuten gekostet, ein Taxi zu finden. Samstagabend, Primetime für die Chauffeure, vor allem bei solch einem Wetter, in dem feuchter Schnee die Bürgersteige in matschige Rutschbahnen verwandelte. Endlich entdeckte sie einen Wagen am Rathausplatz, aus dem gerade ein Paar stieg. Ohne zu fragen, schlüpfte sie auf die Rückbank, warf einen Zwanzig-Euro-Schein auf den Beifahrersitz und wies den Fahrer an, sie mit Vollgas zum Passagierterminal am Fährhafen zu bringen.

Unterwegs ordnete sie ihre Gedanken. Mein Gott, Berend war im Tiefflug nach Tallinn gefahren. Völlig überdreht hatte er sich gemeldet: »Bin fast bei dir, Schatje! Ich hol dich in 'ner goldenen Kutsche ab!« Schneidig hatte er alle seine Entdeckungen vor ihr ausgebreitet wie einen Royal Flush. Und seinen Bericht triumphierend mit dem Hinweis beendet: »Und jetzt stehe ich gleich hinter diesem Nachtwey in der Schlange vor der Fähre nach Helsinki.« Er hatte ihr keine Chance gegeben, ihn zu unterbrechen. Wahrscheinlich spürte er, dass sie ihn am liebsten postwendend zurückgeschickt hätte.

Dieser Hornochse! Sie musste ihn aufhalten, bevor er Unheil anrichtete und sich in Lebensgefahr brachte. Würde Kiisler es vielleicht rechtzeitig auf die Fähre schaffen, zusammen mit seinem Team? Er war jetzt beim Wasserturm, möglicherweise konnte sie ihn noch erreichen.

»Wir sind da.« Der Fahrer zeigte auf die Glasfront eines Gebäudes, das eher einem Kongresszentrum als einer Wartehalle glich. »Innen sind Automaten. Da können Sie ein Ticket für die Nachtfähre nach Helsinki ziehen. Aber Sie müssen sich beeilen. Sie haben noch exakt zehn Minuten. Denn die da drinnen machen keine Ausnahme – nie!«

In der Halle angekommen, schlug sie den Schnee von ihrer Jacke und rief Kiisler an. Sie landete sofort in seiner Mailbox. Kein Empfang, logisch. Die waren tief im Keller mit ihrer Suchaktion beschäftigt. Vergeblich, wie sie von Berend wusste. Das Archiv befand sich längst in Nachtweys Händen.

Während sie darauf wartete, dass sie ihre Kreditkarte aus dem Automaten wieder herausziehen durfte, schickte sie eine Nachricht an Berend. »Bin im Terminal, tu nichts und warte auf mich!!!« Sie rannte die Rolltreppen zum Check-in hoch und wurde hinter der Sperre von einer Kolonne von Passagieren ausgebremst, die über die Fußgängerbrücke zur *Stella Grande* spazierten.

Sie trottete in der Horde mit und versuchte, sich Klarheit über Nachtweys Pläne und ihre Handlungsoptionen zu verschaffen. Wenn er sich mit den Kivistikdossiers nach Finnland absetzte, würde ihn dort garantiert ein russisches Team erwarten, um ihn still und heimlich über die Grenze zu schleusen. Hatte sie überhaupt eine Chance? Eine einzige, vielleicht. Solange sie allein mit ihm an Bord war, konnte sie einen Deal aushandeln. Freier Abzug im Tausch gegen Kivistiks Archiv, darauf musste es hinauslaufen. Aber wenn Nachtwey sie nur auslachte? Dann musste sie bluffen und die ganze finnische Armee herbeifantasieren, denn wie sollte sie ihn später in Helsinki aufhalten? Mit viel Glück konnte sie über Kiisler die finnische Polizei alarmieren. Aber es gab keinen internationalen Haftbefehl, ja, nicht einmal eindeutig belastendes Beweismaterial. Nachtwey würde sich ganz leicht auf seine diplomatische Immunität berufen können, um zumindest vorerst freigelassen zu werden. Das reichte, um über Nacht zu verschwinden.

Lehnte er den Deal ab, bliebe ihr nichts anderes übrig, als ihm die Dossiers mit Gewalt abzunehmen. Ohne Waffe. Einem Sambo- und Sysmaga-Fighter. Träum weiter, Marie. Das Letzte, was sie bei solchen Verhandlungen gebrauchen konnte, war aber ein querköpfiger Berend, der es ganz offenkundig auf ein antiquiertes Nebenbuhler-Duell angelegt hatte. Herrje, sie hatte es an der Aufregung in seiner Stimme gehört, er wollte eine richtig große Show daraus machen.

Während sie noch immer im Pulk über die Gangway zur *Stella Grande* trottete, warf sie einen Blick durch die Fenster, an denen Schneeflocken festklebten wie im letzten Moment gestoppte Kugeln. Schräg unter ihr standen die Autos in Schlangen vor der hochgeklappten Luke am Achtersteven und warteten darauf, eingeschifft zu werden. Irgendwo da unten musste in einem weißen Kastenwagen Nachtwey sitzen. Und irgendwo dahinter Berend … Sie blieb stehen und suchte die Reihen nach ihnen ab, wurde aber von der Menge weitergedrängt.

55

Marie war wohl doch ordentlich geschockt gewesen von all dem, was er ihr erzählte. Anders konnte er sich ihre distanzierte Reaktion nicht erklären, nachdem sie erfahren hatte, dass er eine Nacht und einen Tag lang durchgefahren war, um zu ihr zu gelangen. Und dann zeigte sie sich noch nicht einmal überrascht davon, dass Nachtwey in Bahrs Tod verwickelt war! Aber dafür gab es auch noch eine andere Erklärung: Sie glaubte ihm kein Wort.

Na, sie würde es schon noch kapieren, wenn sie erst die Voicemail abhörte. Die Fähre lief um 22:30 Uhr aus und würde um halb eins ankommen. Zwei Stunden Zeit für ihn, um mit Nachtwey abzurechnen.

Effiziente Abwicklung hier, übrigens. Während er vor dem Terminal wartete, konnte er die Überfahrt einfach über sein Smartphone buchen. Er hätte sowieso das VIP-Ticket ausgewählt, aber hier lohnte es sich nun doppelt. Denn Nachtwey hatte das wahrscheinlich auch getan, und falls nicht, konnte Berend sich als VIP frei in allen Räumen bewegen, um nach ihm zu suchen.

Er holte den Barcode aufs Display und hielt dem Mädchen am Check-in das Handy zum Scannen entgegen. Nur noch ein paar Kurven, und schon reihte er sich in die Schlange vor dem weit aufgerissenen Schlund der *Stella Grande* ein.

Weiter hinten sah er die Fahrgäste auf der hell erleuchteten Passagierbrücke Richtung Schiff gehen. Irgendwo da musste auch Marie sein. Er starrte nach oben. Diese verdammten Schneeflocken nahmen ihm die Sicht … Stand sie dort nicht? Das wäre ein schöner Zufall. Ja, verdammt! Er erkannte ihre Gestalt, ja, ja, auch sie schien nach ihm zu suchen. Er unterdrückte den Impuls, den Finger an die Lichthupe zu legen.

Damit würde er natürlich auch Nachtweys Aufmerksamkeit auf sich ziehen. Er ließ das Fenster nach unten fahren und streckte seine Hand raus … Nein, sie sah es nicht, schade, sie lief schon wieder weiter.

Und dann musste er auch schon selbst die Rampe zum Pkw-Deck hochfahren. Kurz aufpassen, dass er nicht zu dicht bei Nachtwey landete, der schräg vor ihm zu einer Parkreihe auf der rechten Seite dirigiert wurde. Sehr gut, er selbst durfte in einer Reihe etwas weiter links anschließen.

Shit, Nachtwey war verdammt schnell ausgestiegen und kam jetzt auf seinem Weg zum Treppenhaus direkt an seinem Porsche vorbei. Schnell senkte Berend den Kopf und tat so, als rückte er die Manschetten seines Oberhemdes zurecht. Er strich über die Initialen. Rechts BS, links MV, in schön verschnörkelten Lettern. Ein Schmuckstück. Als er wieder hochschaute, war Nachtwey verschwunden. Er stieg aus dem Wagen und machte sich auf die Suche nach ihm.

56

Die *Stella Grande* hatte acht Decks, von denen das unterste für Lastwagen und zwei weitere für Pkws reserviert waren, während sich die Gäste von Deck vier bis acht auf möglichst umsatzfreundliche Weise amüsieren sollten. An diesem Abend waren es fast zweitausend Passagiere, hatte Marie jemanden von der Crew sagen hören.

Sie schrieb eine Nachricht an Berend, »Bin an Bord. Überlass Nachtwey mir! = Kampfsportler«, und beschloss, sich von oben nach unten durchs Schiff zu arbeiten. Nach knapp zehn Minuten hatte sie das oberste Deck erreicht. Sie drückte die Tür zum Sonnendeck auf und sah, wie die Fähre von der Kaimauer ablegte. Der immer dichter werdende Schneefall schob sich als weiße Gardine vor die mannshohen abgetönten Windfänger.

Die *Stella Grande* gewann schnell an Fahrt, und der Seegang nahm stetig an Stärke zu. Hinter ihnen zerfloss Tallinn zu einem wabernden Gebilde aus Licht, das sich bald ganz in der Dunkelheit auflöste.

Wie sollte sie Nachtwey auf einem Schiff von mehr als zweihundert Metern Länge finden? Solange Berend nicht Nachtweys Standort meldete, würde die Zeit nur für einen oberflächlichen Check der Passagierdecks reichen. Sie konnte nur hoffen, ihm dabei über den Weg zu laufen.

Sie schloss die obersten Knöpfe ihrer Jacke und wagte sich aus dem windgeschützten Bereich heraus. Heftige Böen schlugen ihr entgegen und trieben ihr die Schneekristalle in die Haut. Sie schützte ihre Augen mit einer Hand, mit der anderen hielt sie sich an der Reling fest und lief weiter bis zum Gangbord. Auch hier war niemand zu sehen. Natürlich nicht.

Tief unter ihr wogte düster das aufgeraute Meer. Die Wellenkämme schimmerten im Schein der Buglichter fahl auf. Zeit, weiterzugehen.

Sie hastete zurück in die Innenräume, trocknete sich das Gesicht mit einem Taschentuch ab und ging zum Treppenhaus, um ihre Suche ein Deck tiefer fortzusetzen. Unterwegs checkte sie ihr Telefon.

Berend hatte ihre Nachricht nicht einmal gelesen. Also gut, dann eben eine zweite hinterher. »Halte dich von Nachtwey fern!«

Und eine dritte. »Und melde dich, verdammt noch mal!«

57

So ein Mist, dass er Nachtwey aus den Augen verloren hatte. Es würde Stunden dauern, dieses enorm große Schiff zu durchsuchen. Der Kerl konnte sich überall aufhalten.

Aufs Geratewohl betrat Berend den Travelstore. *2800 Quadratmeter Kaufvergnügen!* jubelte ihm der Begrüßungsbildschirm entgegen. Er wanderte an den *Best-Choice*-Regalen entlang, checkte die Sitzgelegenheiten bei den Zeitschriften und blieb einen Moment vor einem anderen Bildschirm stehen, auf dem ein paar blendend gelaunte Menschen in einem Filmchen zeigten, was es auf den Passagierdecks so alles zu erleben gab.

Die *Stella Grande* schien ein Mix aus Wellness-Resort und Vergnügungspark zu sein, und in einer dieser Attraktionen musste sich Nachtwey aufhalten. Es blieb ihm nichts anderes übrig, als Deck für Deck jede Nische und jeden Winkel zu kontrollieren.

Unterdessen strömten immer wieder Nachrichten von Marie herein. Ja, natürlich wollte sie mit ihm zusammen auf die Suche gehen. Sicher nicht, Schatje! Zuallererst gehörte Nachtwey ihm, danach mochte sie mit dem abrechnen, was von diesem Loser noch übrig sein würde. Kampfsportler, pah, lächerlich, ihr Trick, ihm Angst zu machen.

Nachdem er den Store sorgfältig durchkämmt hatte, stiefelte er eine Viertelstunde später durch einen fast identischen Laden auf Deck fünf. Dann schob er sich durch die Menschengruppen in einem großen Aufenthaltsraum, und auch in der dahinterliegenden Business-Lounge überprüfte er die Passagiere. Zwei ältere Männer, die ihn mit misstrauischem Blick ein bisschen zu lang anstarrten, beruhigte er mit einem holländisch fröhlichen »Sorry, jongens«.

Nirgends ein Nachtwey. Ab und zu schaute er sogar nach draußen. Aber da war es stockdunkel, und er sah nur den schier unendlichen Strom von Schneeflocken, die gegen die riesigen Fenster anflogen und langsam schmelzend heruntertropften.

In der *Victoria-Bar* auf Deck sieben genehmigte er sich endlich einen doppelten Espresso. Er hatte jetzt seit über vierzig Stunden kein Bett gesehen, und die Müdigkeit schlug heftig zu. Mit der Tasse in der Hand lief er weiter in den *Garden*, was ein ziemlich prätentiöser Name für einen überdimensionalen Lunchroom mit ein paar Ficus-Bäumchen war, und ging durch eine schmale Tür nach draußen bis zum Heck, hinter dem sich das Schneetreiben mit dem schäumenden Kielwasser vermengte und in der Dunkelheit verlor.

Er sog tief die eiskalte Luft ein und lehnte sich für einen Augenblick über die Reling. Der Wind zerrte in giftigen Stößen an seinen Hosenbeinen und seiner ledernen Pilotenjacke. Aber das tat ihm gut, denn drinnen hatten ihn die Wärme und das leichte Rollen und Stampfen des Schiffes immer schläfriger werden lassen. Konnte er seine Beute nicht einfach ausrufen lassen? Er musste grinsen. »Herr Nachtwey wird gebeten, sich am Infoschalter einzufinden, um zum Tod des Herrn Dennis Bahr Rede und Antwort zu stehen.« Aber dann würde binnen Minuten eine wütende Marie vor ihm auftauchen, und sicher kein Nachtwey.

Er schüttete den letzten Rest Espresso in sich hinein. Komm, Beertje, nicht schlappmachen jetzt, dir bleibt weniger als eine Stunde. Die Zeit drängte, und er hatte die Decks erst zur Hälfte durchsucht. Dabei hatte er Hunderten Menschen eindringlich ins Gesicht geschaut, und so allmählich begann er sich hier wie der Dorftrottel zu fühlen.

Er ging wieder zurück und zickzackte durch den *Mermaid's Pub*, die *Resting Lounge*, den *Chicken King* und die *Very Fast Lane*. Er schaute sich jeden einzelnen Spieler im *Games Room* an und verlor kostbare Minuten, weil er selbst die Väter in der *Children's Corner* nicht ausließ.

Nur noch dreißig Minuten bis zur Ankunft, meldeten die

Infomonitore. Er lief zurück ins Treppenhaus und studierte noch einmal den Deckplan.

Wo versteckst du dich, Nachtwey? Ganz oben auf Deck acht? Was gab es da noch? Einen Warteraum für Lkw-Fahrer, das Sonnendeck und einen Kabinenbereich. Aber wozu brauchte man so etwas auf dieser Route? Er hielt einen Steward an, der gerade eilig die Treppe herunterlief, und zeigte fragend auf die Kästchenreihe im Grundriss von Deck acht.

»Privatkabinen, Sir«, war die Antwort.

»Für gerade mal zwei Stunden Überfahrt?«, fragte er, aber der Mann war schon weitergelaufen.

Zwei Stunden Privatsphäre in einer abgeschlossenen Kabine? Er schüttelte den Kopf. War das ein Spezialangebot für einen schnellen Seitensprung? Er fühlte sich spontan an seine Zeit im Gefängnis erinnert. »Besuch ohne Aufsicht.« Ungestörter Sex mit der Freundin, Dampf ablassen im Knaststress. Aber dies hier war natürlich tatsächlich ein perfekter Ort, wenn man bei einem Tête-à-Tête nicht entdeckt werden wollte.

Er ging zügig die Treppe hoch und blieb vor dem Kabinengang stehen. Es gab mindestens zwanzig Türen. Was sollte er tun? An jeder einzelnen mit einer billigen Ausrede anklopfen? Am Ende würde jemand wegen der Störung noch den Sicherheitsdienst alarmieren.

Er rannte zurück Richtung Heck, trat hinaus aufs Sonnendeck und schaute zum Gangbord, das sich an den Kabinen entlangzog. Bei diesen heftigen Windböen von Fenster zu Fenster zu schleichen, würde ihn viel zu viel Zeit kosten. Es war vielleicht doch besser, Nachtweys Kabinennummer am Infoschalter zu erfragen. Er zog sich zurück und stieg in den Lift zu Deck sechs.

»Sorry, ich muss Sie leider kurz stören«, sagte er zu dem Steward hinter dem Tresen. »Aber ich habe die Zimmernummer meines Kollegen Nachtwey vergessen. Und wir müssen dringend noch einen Vertrag durchgehen, bevor wir anlegen.« Er schaute so unglücklich drein, dass der Mann den Namen sofort in die Tastatur eintippte.

»That must be room …« Der Mann stockte und zwinkerte, während er auf den Bildschirm schaute.

Reflexartig griff Berend nach seinem Portemonnaie, doch diesmal war kein Schmiergeld nötig.

»… sixteen«, sagte der Steward.

Berend rannte wieder zum Lift zurück. Auf Deck acht betrat er den Kabinengang und ging leise bis zu Nachtweys Zimmer. Er legte sein Ohr an die Tür. Nichts zu hören. Zurück und *double check* von draußen.

Er kämpfte sich das Gangbord entlang. Der Wind blies ihm hart entgegen und jagte unablässig Schnee in sein Gesicht. Er musste sich am Geländer festhalten, um nicht zu stürzen. Während sie dem Hafen von Helsinki näher kamen, lief die *Stella Grande* quer zum Wind, und der schwere Seegang ließ Berend ordentlich ins Schlingern geraten. Er zählte die Bullaugen bis zu Nachtweys Kabine. Hier waren die Vorhänge, anders als bei den vorherigen Fenstern, nicht geschlossen, aber es brannte auch kein Licht. Er presste sich mit dem Rücken eng an die Schiffswand und atmete tief die kalte Luft ein.

Double check …

Er drehte sich um, klammerte sich mit der einen Hand an den Rand des Bullauges, wischte mit der anderen den Schnee vom Glas und spähte in die Dunkelheit hinein. Im Schein der Notausgangsleuchte sah er eine Gestalt auf dem Bett liegen. War das Nachtwey? Er drückte sein Gesicht dichter gegen die Fensterscheibe.

Ja, er erkannte das Gesicht. Schlief er? Im selben Moment bewegte sich Nachtwey. Berend tauchte unter dem Bullauge weg. Hatte er ihn etwa geweckt? Er zählte still bis dreißig, ehe er vorsichtig den Kopf wieder langsam über den Rand des Fensters schob und hineinspähte. Alles ruhig, falscher Alarm, nichts passiert …

Er blieb in der Hocke, wollte sich so seitlich unter dem Fenster vorbeischleichen, doch das Schwanken des Schiffes brachte ihn aus dem Gleichgewicht. Er rutschte weg, griff in letzter Rettung nach dem Rahmen des Bullauges, und plötzlich war da, direkt über ihm, das Gesicht Nachtweys, der seine Wange gegen das Glas gepresst hatte und ihn mit aufgerissenen Augen aus ein paar Zentimetern Abstand anstarrte.

Er erschrak, tauchte weg, rutschte aus und fiel auf das Gangbord, verschaffte sich mit den Füßen an der Reling und dem Rücken an der Schiffswand neuen Halt.

Fuck! Dieser unerwartete *staredown* hatte ihn um den Überraschungseffekt gebracht. Er zog die Beine an, drückte sich ein Stück an der Schiffswand hoch und spähte schräg nach oben. Keine Bewegung hinter dem Fenster. Wartete Nachtwey dort, um sich zu vergewissern, dass er keine Gespenster gesehen hatte? Schaute er sich ängstlich nach etwas um, mit dem er sich verteidigen konnte? Oder verbarrikadierte er gerade in Panik seine Kabine? Kein Problem, mit einem Feuerlöscher als Rammbock wäre das dünne Türchen in weniger als einer halben Minute aufgebrochen.

Hier stehen zu bleiben, machte keinen Sinn. Dieser Nachtwey war ein lahmer Sesselfurzer, der vom Schreibtisch aus seine Tsjoekies losjagte, es aber niemals wagen würde, selbst in die Schlacht zu ziehen, schon gar nicht, wenn draußen ein Sturm tobte. Er schob sich vorsichtig vom Fenster weg, als er über den tosenden Wind hinweg sein Handy klingeln hörte. Jesses, er musste das Ding abschalten, bevor es ihn noch verriet!

Er zog es aus der Tasche. Marie natürlich, schon wieder. Gut, dann lass sie mal kommen, innerhalb der nächsten paar Minuten war er eh mit Nachtwey fertig. So konnte sie noch das Finale miterleben, wenn der alles gestand.

Ihre aufgeregte Stimme schnatterte in sein Ohr, aber er konnte kaum ein Wort verstehen. Er zog sich zum Schutz vor dem Wind die Jacke über den Kopf. »Marie, ich bin auf Deck acht, Kabine sechzehn«, rief er.

Er schnappte nur ein verzweifeltes »Was?« auf.

So ging es nicht. Der Sturm übertönte alles. Er brach die Verbindung ab und tippte schnell eine Nachricht. »Nachtwey, Deck 8, Kabine 16!«

Dann setzte er das Handy in den Flugmodus und verstaute es in seiner Jacke.

Und jetzt los! Action!

Er richtete sich auf, durchnässt und steif von der Kälte. Ein paar wütende Windböen geißelten sein Gesicht. Die auf ihn einstechenden Schneekristalle zwangen ihn, die Lider zu schließen. Während er noch blind nach der Reling tastete, spürte er, wie plötzlich etwas vor ihm den Wind brach.

Und eine Hand, die mit Gewalt nach ihm griff.

58

Es war hoffnungslos. Sie war pausenlos herumgelaufen, aber sowohl Berend als auch Nachtwey schienen in diesem schwimmenden Dorf komplett untergetaucht zu sein. Als Helsinki in Sicht kam und sich die ersten Passagiere daranmachten, zu ihren Fahrzeugen zurückzugehen, blieb ihr nichts anderes übrig, als sich am Eingang zu den Autodecks zu postieren. Und noch immer galt: erst Nachtwey, dann Berend.

Während sie mit dem Aufzug zu Deck drei hinunterfuhr, versuchte sie nochmals, Berend zu erreichen. Nach drei Rufzeichen wollte sie schon aufgeben, aber dann hörte sie auf einmal seine Stimme. Berend … endlich! Mein Gott, sie konnte ihn doch noch aufhalten! »Berend, halte dich von Nachtwey fern«, rief sie sofort. »Überlass mir die Sache. Bitte! Er ist gefährlich!«

Er rief etwas zurück, aber es ging in den Windgeräuschen komplett unter.

»Was?«, rief sie. »Wo bist du?«

Dann war da nur noch ein heftiges Rauschen, und die Verbindung brach ab. Sie versuchte es erneut … und noch einmal … vergebens. Wo in Himmels Namen steckte er?

Auf dem Handy war Berends Signalton zu hören.

Sie überflog seine Nachricht. Verdammt, er hatte Nachtwey tatsächlich aufgestöbert. Sie begann, eine Antwort einzutippen.

Aber nein, keine Chance, Berend ließ sich nicht mehr beeinflussen, er hatte sich vollkommen verbissen in sein Verlangen nach diesem wahnwitzigen Zweikampf. Alle ihre Warnungen hatte er in den Wind geschlagen, weil er sich in seinen naiven Kopf gesetzt hatte, dass sie ihn dann heiraten würde.

Sie steckte ihr Smartphone wieder ein, stieg aus dem Lift und setzte zu einem langen Sprint die Treppen hinauf an. Sie geriet außer Atem, trotzdem beschleunigte sie weiter, schneller jetzt, Marie! Wenn sie nicht rechtzeitig ankäme, würde Nachtwey schon kurzen Prozess mit Berend machen, während der sich noch wie ein Affenmännchen auf die Brust trommelte. Sie zwängte sich an einer Familie vorbei, die mit Koffern und Buggy den Weg versperrte, rempelte ein paar Betrunkene an, die ihr ein paar hässliche Schimpfworte hinterherriefen, und erreichte endlich den Gang zu den Kabinen. Leise zählte sie die Zimmernummern, zwölf … vierzehn … die nächste war es! Sie bremste ab.

Die Tür stand einen Spalt weit offen. Sie lehnte sich flach an die Wand und klopfte.

Keine Antwort.

Mit dem Fuß drückte sie die Tür weiter auf.

Keine Reaktion, kein Laut. Vorsichtig spähte sie um die Ecke in die Kabine hinein. Das Bett war leer, auf dem Nachttisch daneben stand eine Teetasse.

Sie schob sich Schritt für Schritt tiefer in den Raum hinein, um sich beim ersten Anzeichen von Ärger sofort wieder zurückziehen zu können. Ein schneller Blick in Waschraum und Dusche. Niemand. Sie bückte sich sogar, um unter das Bett zu schauen. Nachtwey war ausgeflogen.

Ein harter Schlag gegen das Fenster ließ sie zusammenzucken. Ein zweiter. Schatten, die sich draußen hin und her bewegten. Sie stürzte zum Bullauge, ihr Atem ließ das Glas beschlagen. Sie rieb es hektisch sauber, aber weil sich das heftige Schneegestöber draußen am Fenster festsetzte, konnte sie nicht mehr als zwei Schemen erkennen, die auf dem Gangbord einen wilden, lautlosen Tanz aufführten. Sie starrte angespannt in die Dunkelheit, plötzlich kamen die beiden auf sie zu, schleuderten gegen das Fenster, und wischten mit ihren Jacken den Schnee vom Glas. Zwischen den herunterlaufenden Schlieren erkannte sie Berend, der sich wegduckte und seinen Kopf schützte. Und Nachtwey, der mit seiner Faust ausholte und zuschlug.

Berend, der rücklings gegen die Reling flog, Nachtwey, der ihn zu sich zurückzog und aufs Neue gegen das Bullauge schleuderte.

Berends blutiges Gesicht, das am Glas herunterrutschte, Nachtwey, der mit einer Hand nach seinem Haarschopf griff und ihn wieder an sich heranriss. Berends vom Fensterglas verschluckter Schrei, Nachtwey, der eine Pistole aus seiner Jacke zog.

Sie trommelte mit den Fäusten gegen das Bullauge. Nachtwey, der ihr nur einen leicht irritierten Blick zuwarf. Berend, der sie einen Augenblick lang verzweifelt ansah, dessen Hand sich nach ihr ausstreckte, die Manschette seines blauen Hemdes, die kleinen Schnörkel darauf, zwei Buchstaben.

Stopp! Genug! Das war genug jetzt!

Sie rannte aus der Kabine, den Korridor entlang, noch zehn Meter, noch fünf … zum Sonnendeck, links, rechts, links, vorbei an den Windschutzwänden auf das Gangbord, wo Berend vor Nachtwey auf dem Boden kniete.

»Beer!«

Nachtwey fuhr herum und richtete die Waffe auf Marie, aber fast im selben Augenblick warf sich Berend gegen Nachtweys Beine. Die Kugel jagte in die Sturmwolken hinein.

»Marie, lauf weg!«, schrie Berend.

Erneut stürzte er sich auf Nachtwey. Der packte ihn am Kragen, aber Berend ließ sich geschickt aus seiner Lederjacke gleiten und klammerte sich erneut an seinen Beinen fest. Nachtwey geriet ins Taumeln, fing sich wieder und stieß Berends Kopf heftig gegen die Reling. Dann drehte er sich wieder zu ihr um und hob die Pistole an.

Ein zweiter Schuss, der den Windschutz neben ihr zersprengte, tausend Scherben in der Luft.

Sie flüchtete sich hinter die Aufbauten des Sonnendecks.

Ein dritter Schuss. Aber die Kugel schlug nicht in ihrer Nähe ein.

Berend?

Vorsichtig schaute sie um die Ecke, ihr Herz raste.

Nachtwey stand dort ganz allein, weit über die Reling gebeugt, Berends Jacke in den Händen.

Sie musste dorthin, um jeden Preis. Sich vergewissern, dass nicht war, was nicht sein durfte. Sie gab sich einen Ruck und huschte geduckt durch das Schneetreiben zur Reling. Halb verdeckt von einem Windschutz, schob sie sich hoch und schaute ins Meer hinunter. Ein kleiner heller Fleck im Auf und Ab der schäumenden Wellen, eine Hand, ein Kopf, ein Schrei, der in den Wirbeln des stampfenden Kielsogs unterging.

Sie duckte sich wieder, schaute zu Nachtwey hinüber, der damit beschäftigt war, Berends Jacke zu durchsuchen. Er holte etwas heraus, dann knüllte er die Jacke zusammen und warf sie über die Reling.

Als er die Pistole aus seiner Jackentasche zog, stürzte sie los, tief hinein in den Bauch des Schiffes.

59

Sie zitterte, und sie schämte sich. Sie hatte sich auf der Damentoilette verschanzt, Deck sechs, ganz vorne, gleich neben der VIP-Lounge.

Berend ist weg!

Sie rieb sich mit rollenweise WC-Papier trocken, sie biss hinein, um ihr Schluchzen zu dämpfen, sie durchnässte es mit ihren Tränen und ließ es zu Boden fallen, bis sie in einem Meer aus weißem Zellstoff saß. Sie presste die Hände gegen ihre Schläfen, als könnte sie so die Bilder von diesem einsamen hellen Punkt in der schwarzen, aufgewühlten See aus ihrem Kopf drücken.

Berend hat mich gerettet.

Sie schlich aus der Kabine, klammerte sich am Rand des Waschbeckens fest, sie mochte sich nicht im Spiegel anschauen, voller Angst vor dem, was sie in ihrem Gesicht hätte lesen müssen.

Schuld.

Ihr Herz hämmerte, als wollte es sich mit aller Macht aus ihrer Brust befreien.

Er hat Berend ermordet.

Sie drehte sich um und sagte es laut in den Raum hinein. Ihre Stimme klang heiser. Sie wiederholte es. Und noch einmal. Ein Mantra, das sie beharrlich aussprach, bis ihr Atem und ihr Herzschlag sich beruhigten.

Erst dann konnte sie zu ihrem Handy greifen und mit zitternden Fingern die Kurzwahltaste für den Notruf zu Söderberg drücken.

Er begriff sofort, dass er eine Weile nur zuhören durfte, dass er sie reden lassen musste, selbst wenn sie sich manchmal in unsinnigen Details verlor. Er unterbrach sie nicht ein einziges Mal, auch nicht, als sie in Schweigen verfiel, weil ihre Lippen den Dienst versagten. Er wartete geduldig, bis sie ihm alles über den verhängnisvollen Ablauf des Zweikampfes berichtet hatte.

Danach fragte er nach ihrem Zustand, ob sie verwundet sei und Hilfe benötige und ob sie sich jetzt in Sicherheit befände?

Nein, sie war nicht verwundet, zumindest tat ihr Körper, was sie von ihm verlangte, ein wenig geschockt womöglich, und Sicherheit war eine relative Sache. Aber Hilfe, ja, Hilfe hatte sie definitiv nötig. Denn Nachtwey war noch an Bord, und also bestand eine Chance …

Es klang so kämpferisch, dass Söderberg wieder in seine operative Funktion wechseln konnte und ihr versicherte, dass sie mehr als nur Hilfe bekäme.

»Ich brauche eine Viertelstunde, Marie, höchstens eine halbe. Ich schalte unsere finnischen Kollegen ein, die dann die Hafenpolizei benachrichtigen. Überlass Nachtwey denen! In der Zwischenzeit beschaff dir etwas Warmes zu trinken und warte in irgendeinem Winkel, bis alles erledigt ist. Ist das klar, Marie?! Ich kümmere mich.«

Er beendete das Gespräch, ohne ihre Antwort abzuwarten, als ob auch ihm bewusst wäre, dass sie dem nicht zustimmen konnte. Weil Berend es ihr niemals verzeihen würde, wenn Nachtwey entkäme, weil sie nichts unternommen hatte.

Und weil auch sie selbst es sich niemals verzeihen könnte.

Über die Lautsprecher wurde bekannt gegeben, dass die *Stella Grande* festgemacht habe und sich die Fahrer samt Begleitung dringend zu den Parkdecks begeben und dort in ihre Fahrzeuge steigen sollten.

Sie musste Nachtwey zuvorkommen. Einmal an Land, würde er von seinen russischen Hilfstruppen abgeschirmt werden, aber in seinem Auto auf dem Parkdeck war er noch verwundbar. Ein weißer Kastenwagen, mehr hatte Berend bei seinem Anruf nicht erzählt.

Sie atmete tief ein und verließ den Waschraum. Berend hatte auch nicht gesagt, auf welchem Deck er geparkt hatte.

Und mit welchem Wagen er unterwegs war. Sie ahnte nur, dass er eine Menge PS haben musste. Und, dass er schräg hinter Nachtweys Kastenwagen stand. Aber wer eine Kabine gebucht hatte, musste in der VIP-Zone auf Deck drei stehen. Sie lief eilig an den Autos vorbei, ging immer wieder in Deckung. Es standen schon einige Wagen mit laufendem Motor bereit. Ein weißer Hochdeckkombi ... sobald sie den gefunden hatte, konnte sie Alarm schlagen.

Sie rannte von Auto zu Auto, während um sie herum immer mehr Motoren gestartet wurden. Diesmal wurde die Bugklappe hochgefahren, und die Pkw reihten sich in eine lange Schlange ein, um über den Anleger zum Kai zu gelangen. Von unten drang das Dröhnen der ausbootenden Lastwagen zu ihr herauf, die als Erste das Schiff verließen.

Sie huschte weiter Richtung Ausfahrt, durch die das Schneegestöber tief ins Schiff hineingewirbelt wurde. Wo stand jetzt diese verdammte Hafenpolizei? Sie suchte den Anleger ab, doch sie entdeckte nichts, was auch nur im Ansatz nach einer Uniform aussah.

Und wo bist du, Nachtwey? Sie richtete sich auf. Wagst du, hier auf mich zu schießen? Mitten in der Menge? Versuchs! Sie spurtete wieder ein paar Meter zurück, von links nach rechts quer über das Deck, checkte jeden weißen Wagen und ignorierte die Hupsignale, wenn sie direkt vor einem Auto stand, das gerade anfahren wollte.

Allmählich verlor sie die Übersicht, und die Auspuffgase raubten ihr den Atem.

Das brachte doch alles nichts, sie rannte hier nur herum wie ein kopfloses Huhn. Sie verließ das Schiff und lief den Anleger hinunter, stellte sich an den Übergang zum Kai, wo der Strom der Autos ins Stocken geriet, weil sie dicht nebeneinander in zwei Reihen an Land fahren mussten.

Sie versteckte sich nicht mehr. Komm schon, Nachtwey, das ist deine Chance, mich zu erledigen. Kriech aus deinem Loch.

Sie schaute auf ihre Uhr. Eine Viertel-, maximal eine halbe Stunde, bis die Hilfstruppen da waren, das hatte Söderberg versprochen. Sie stand nun neben den Fahrspuren, auf denen sich die Autos an ihr vorbeischoben.

Aber was sollte sie tun, wenn sie Nachtwey entdeckte, was konnte sie tun, wenn nicht bald diese Hafenpolizei auftauchte?

Der heftige Schneefall schränkte die Sicht ein, aber die quietschenden Scheibenwischer sorgten wenigstens für einen halbwegs freien Blick auf die Insassen.

Der erste weiße Kastenwagen war ein VW Caddy. Sie sprang nach vorne und lief zur Fahrertür, bereit für einen Angriff. Das überraschte Gesicht eines jungen Mannes erschien im Seitenfenster. Sie schüttelte den Kopf, ging einen Schritt zur Seite und gab ihm ein Zeichen, weiterzufahren. Der nächste weiße Lieferwagen kam nur eine Minute später, ein Berlingo, gesteuert von einer alten Frau, die Marie voller Angst vor einem Überfall mit aufgerissenen Augen anstarrte. Und in einem dritten Wagen saß eine harmlose Kleinfamilie.

Sie schaute wieder auf die Uhr. Jetzt war schon mehr als eine Viertelstunde vergangen, aber aus dem Vordersteven rollte immer noch eine nicht enden wollende Schlange von Autos heraus. Er konnte sich doch nicht ewig da drin verstecken!

Schließlich sah sie schon von ferne wieder einen Lieferwagen auf sich zukommen, ein weißer Kangoo. Durch die Scheibe erkannte sie einen glatzköpfigen Mann im Gespräch mit seiner Beifahrerin. Nein, nach einem Paar suchte sie nicht … Sie checkte kurz ihr Handy, vielleicht hatte Söderberg Neuigkeiten wegen der Hafenpolizei geschickt.

Und hätte in dieser Sekunde der Lieferwagen nicht zu viel Gas gegeben, und hätte Marie nicht irritiert aufgeschaut, dann wäre ihr nicht aufgefallen, dass der Fahrer unsinnigerweise die Scheibenwischer ausgeschaltet hatte, sodass sich der Schnee in einer dünnen Schicht über das Fenster legte und die beiden Insassen plötzlich nicht mehr zu sehen waren.

Sie dachte nicht weiter nach, sprang auf die Fahrbahn und rannte hinter dem Wagen her. »Stopp!«

Bemerkten sie sie nicht? Doch … die Bremslichter

flammten auf, der Wagen stand mit einem Mal, und sie stieß hart gegen den Heckaufbau. Sie brauchte einen Augenblick, um den Schmerz zu verdrängen, dann versuchte sie, einen Blick in den Laderaum zu werfen, aber plötzlich gingen die Rückfahrscheinwerfer an, und der Motor heulte auf.

Marie, lauf weg!

Zu spät, ihr blieb nur, sich an den Handgriffen der Türen hochzuziehen und auf die Stoßstange zu springen. Der Fahrer bremste abrupt ab.

Sie wurde heruntergeschleudert, überschlug sich zwei, drei Mal auf der Fahrbahn, hörte den Motor erneut aufheulen und rollte sich schnell zur Seite. Der Wagen stoppte direkt neben ihr.

Die Fahrertür öffnete sich einen Spalt, ein Stiefel erschien in ihrem Blickfeld. Diesmal gelang es ihr, sich ein wenig aufzurichten, und sofort griff eine Hand nach ihrer Kehle. Sie röchelte, nein, das nicht, nicht noch einmal. Jetzt wurde die Tür ganz aufgedrückt, und direkt vor ihre Augen schob sich ein Pistolenlauf.

Das war es dann also, ein ebenso erbärmlicher Tod, wie ihn Berend starb, in einem modrigen Rinnstein. In einer letzten Anstrengung hob sie ihren Oberkörper an und schlug mit beiden Händen gegen die Tür.

Ein Aufschrei aus Zorn und Schmerz, als die Tür heftig gegen den Kopf des Mannes schlug. Eine weitere Sekunde für sie, aber nicht mehr. Die Tür federte wieder auf, und ein Schuss zerriss die Luft.

Sie hatte ihn wie von ferne gehört. Sie spürte nichts. Gar nichts. Keinen Schmerz, kein warmes Blut auf ihrer Haut. Sie atmete. Als wäre alles normal.

Die Pistole fiel mit einem hellen, metallischen Poltern direkt vor ihr auf den Boden, die Hand, die sie festgehalten hatte, sank langsam herunter und blieb leblos neben dem Stiefel hängen.

Sie lag ganz still da, hörte plötzlich Befehle in einer Sprache, die sie nicht verstand, sie wurden immer lauter, während auf der Beifahrerseite die Autotür aufgedrückt wurde. Marie presste ihren Kopf fest auf den Boden. Die Männer brüllten abgehackte Sätze, ein zweiter Schuss fiel, ganz in ihrer Nähe, der sofort von ganzen Salven beantwortet wurde, die von allen Seiten zu kommen schienen. Der weiße Lieferwagen schwankte ein paar Sekunden lang hin und her, während die Kugeln in ihn einschlugen.

Dann herrschte Stille. Als sie ihre Augen öffnete, sah sie direkt in das Gesicht des Mannes mit den Stiefeln, der von seinem Sitz heruntergerutscht war. Hinter ihm, auf der anderen Seite des Wagens, lag die Beifahrerin.

Hinter Marie brach jetzt Panik aus, aber sie blieb weiter liegen. Sie hörte Autotüren aufspringen, Trittgeräusche weglaufender Menschen im Schnee, verzweifelt gerufene Namen, Kinderweinen, und irgendwer schien verletzt zu sein. Ein paar Autos wurden gestartet, Hupkonzerte, Schreie, man solle endlich den Weg freigeben, aufheulende und wieder absterbende Motoren. Über die Lautsprecher der *Stella Grande* rief eine metallene Stimme die Passagiere auf, Ruhe zu bewahren.

In dieses Chaos wollte sie nicht eintauchen und schaute weiter die Frau an, die reglos auf dem Asphalt lag, und den Mann, über dessen Lippen das Blut in leise zerplatzenden Blasen rann. Eine dünne Schicht aus Schnee legte sich über die beiden und über Marie.

Jetzt erkannte sie die beiden wieder. Vor ein paar Tagen hatte der Mann also eine Perücke getragen, und die Frau war anders geschminkt und frisiert. Aber es war genau dieses Paar, das sie in der dunklen Gasse zu erwürgen versucht hatte. In Nachtweys Auftrag.

Sie hob erst den Kopf, als sich ein Mann über sie beugte. Er trug eine schwarze Sturmmütze und hielt seine Waffe im Anschlag.

»Marie Vos?«, fragte er mit einem schweren finnischen Akzent. »Poliisi. Sind Sie verletzt?«

»Habt ihr Nachtwey?« Ihre Stimme klang wieder heiser.

Sie rappelte sich hoch und schaute sich um. Der Verkehr kam langsam wieder in Gang, weil ein Polizist begonnen hatte, die Autos über die freie Spur mit einem Leuchtstab neben ihnen vorbeizudirigieren. Der Kangoo war schon mit Pylonen gesichert worden. Zwei Rettungswagen hatten sich vor ihn gequetscht.

Jemand kam und legte ein Laken über die Frau, während sich ein Notfallteam unter schnellen, aber konzentrierten Anweisungen um den Mann auf der Fahrbahn zu kümmern begann.

»Nachtwey? Nein. Bis jetzt haben wir nur diese beiden hier zu bieten. Die eine ist tot, und der andere wirds auch nicht schaffen.« Er klopfte auf sein Scharfschützengewehr. »Bei solchen Einsätzen nehmen wir Punt 338 Lapua Magnums. Machen Gehacktes aus allem, worauf sie stoßen.«

Sie nickte, zog unter dem überraschten Blick des Scharfschützen den Autoschlüssel aus dem Zündschloss und ging zum Heck des Wagens. Im Laderaum standen ein paar Kisten.

Bist du davongekommen, Nachtwey? Hast du's geschafft und nur die Beute zurückgelassen? Bist du locker über eine Hintertür in die Masse der Fußgänger eingetaucht, bist rausspaziert und hast deinem Mordkommando die Drecksarbeit überlassen? Warst längst sicher an Land, als hier die Hölle losbrach?

Sie entriegelte die Hecktüren, zog eine der Kisten zu sich heran und entnahm ihr eine altertümliche Dokumentenmappe. Auf dem Deckel standen sehr wenige Wörter mit sehr vielen Doppelvokalen in dieser ihr so fremden Sprache. Dies war also der kostbare Schatz, den zu bergen man sie beauftragt hatte.

Sie legte die Mappe zurück, als ihr Handy klingelte. Es war Söderberg.

»Toomas Kiisler ist schon unterwegs. Er bringt dich mit dem Heli nach Tallinn«, sagte er, als ob sie sich eine besondere Attraktion verdient hätte. »Francesca ist auch schon informiert. Hast du die Akten?«

»Ja. Aber was ist mit Nachtwey?«

»Die Finnen jagen ihn«, antwortete Söderberg. »Die

Russen werden ihn herausschaffen wollen. Aber das werden wir nicht zulassen. Er hat uns noch eine Menge zu erzählen.«

Etwas lenkte ihren Blick zur Bugklappe der Fähre. Unter den starken Scheinwerfern schillerte das roségoldene Dach eines Sportwagens. Der Motor röhrte laut auf, obwohl er nur leicht beschleunigte, während er den Anleger herunterfuhr. Sie wandte sich ab.

»Und dann Lebenslang für ihn! Er hat Berend ermordet«, sagte sie gallig, »und Henrik Laar. Und er hat Dennis Bahr auf dem Gewissen. Das können wir jetzt mithilfe eines Freundes von Berend beweisen.«

»Marie, glaub mir, die Finnen tun alles, um ihn zu kriegen, aber Nachtwey ist auch kein Anf…«

Das letzte Wort wurde vom Motorengeräusch des Glitzersportwagens übertönt, der gerade von den genervten Polizisten am Tatort vorbeigewunken wurde und folgsam Gas gab.

»Wo kann er hier denn hin?«

»Die russische Botschaft ist gleich beim Hafen. Oder zu irgendeinem *safe house*. Egal, du fliegst jedenfalls gleich mit Kiisler und den Akten zurück und musst nur noch dafür sorgen, dass du sicher nach Hause kommst.«

»Und Berend treibt tot in der See …« Sie begriff erst, dass sie es laut ausgesprochen hatte, als sie Söderberg aufseufzen hörte. Sie starrte über das Dach des Kastenwagens hinweg auf die vorbeifahrenden Autos. »Und sein Auto steht noch auf der Fähre.«

»Die Küstenwache wird deinen Freund ganz sicher finden. Und den Wagen lassen wir abholen«, versprach Söderberg.

Ich hol dich in ’ner goldenen Kutsche ab.

Sie nahm das Handy vom Ohr und rannte los, ein paar Meter den Anleger hinauf. In der Ferne sah sie das roségoldene Dach unter den hellen Laternen am Ende des Kais aufblitzen.

Berend! Bist du etwa … Sie hob ihren Arm und ließ ihn langsam wieder sinken. Der Polizist, der offenbar zu ihrer Betreuung abgestellt worden war, erschien neben ihr.

»Da!«, schrie sie. »In diesem Porsche!«

Der Mann schaute sie überrascht an und zog fragend die Schultern hoch.

»Die Zielperson! Nachtwey! Er flieht mit dem goldenen Porsche.« Sie zeigte auf das nur noch schwach aufglimmende Dach, folgte ihm mit dem Finger, bis es im Schneegestöber verschwunden war.

Endlich nickte der Mann und begann, hektisch in das Mikrofon an seinem Kragen zu sprechen.

Mit ihrer Faust wischte sie sich harsch übers Gesicht und schaute ununterbrochen in die Ferne, wo sich der Strom der Autos aufteilte und in die Quartiere der Stadt ergoss.

Dann, sehr viel später, erhielt der Beamte eine Nachricht und beugte sich zu ihr.

»Sorry, Ma'am. Contact lost.«

60

Sie standen im hintersten Winkel des großen Festsaals unter einer Empore und schauten über all die klugen und wichtigen Köpfe hinweg, die sich in der Universität von Tallinn zur Eröffnung der siebten Internationalen Wasserkonferenz versammelt hatten. Ein Raunen ging durch die Menge, nachdem die ehemalige finnische Ministerpräsidentin als Schirmherrin für ihr überraschend kämpferisches Grußwort nur verhaltenen Applaus geerntet hatte.

Dass Marie zusammen mit Söderberg und Kiisler an diesem Festakt zur feierlichen Unterzeichnung des Tallinn-Vertrags teilnehmen konnte, hatte sie vielleicht Söderbergs schlechtem Gewissen zu verdanken, ganz sicher aber dem Rekrutierungsplan, den er hartnäckig verfolgte.

Eine Woche lang hatte sich Marie nach ihrer Rückkehr in ihrem Appartement verbarrikadiert, dann ließ sie sich einen Termin bei Söderberg geben. Sie hatte eine lange Liste ihrer Fehler erstellt, die zum Tod von Laar und Berend geführt hatten und vielleicht auch zu Kivistiks Ende. Und eine zu kurze Liste von Gründen, mit denen sie wenigstens teilweise zu entschuldigen waren: ganz gewiss Berends hartnäckige Verkennung ihrer Beziehung und sein Alphamännchengehabe, sicher auch eine Verkettung unglücklicher Umstände und nicht zuletzt ein paar Fehler, die auf Söderbergs Konto gingen.

Es war für sie unbestreitbar, dass er die Lage in Tallinn unterschätzt hatte. Dass er sich und vor allem ihr selbst ihre Qualifikation für diesen Job schöngeredet hatte, weil er dringend jemanden brauchte, der sich in diplomatischen und juristischen Kreisen unauffällig zu bewegen wusste. Und dass er sie damit in vielerlei Hinsicht unausgebildet und unbewaffnet in ein Gefecht geschickt und dort verheizt hatte wie das letzte Aufgebot in einem verlorenen Krieg. Sie hatte sich wohl geirrt. Was ihre Tauglichkeit für Security anging, aber auch in ihm. Sie würde ihn fragen, ob sie zu OLAF zurückkehren dürfte.

Söderberg hatte nicht eine Sekunde lang überrascht gewirkt. Er hatte weder geleugnet noch versucht, sich herauszureden, manchmal wohl mit einer wiegenden Kopfbewegung eine andere Meinung angedeutet und nur beim Wort »verheizt« kurz verärgert die Stirn krausgezogen.

Dann hatte er eine Mappe hervorgezogen und ein paar Absätze aus einem Bericht vorgelesen. Es handelte sich um seine Bewertung ihres Einsatzes, in der er neben viel Lob auch ein paar schwerere Fehler erwähnte, die auf ihrer Liste standen. Dass sie Henrik Laar an Nachtwey ausgeliefert hatte, darauf war er allerdings nicht gekommen. Das wäre der Zeitpunkt gewesen, reinen Tisch zu machen. Aber sie hatte geschwiegen und weiter nur zugehört.

Schließlich hatte er seine Einschätzung ihrer Eignung für künftige Aufgaben vorgelesen, inklusive der dazu notwendigen Vorbereitungen auf physischer, psychischer und fachlicher Ebene. Nahkampfausbildung, Technikschulung, operatives Trainingsprogramm und Hospitationen bei SÄPO, BND und INTCEN, Dauer circa ein Jahr.

»Es wäre billiger, eine fertig ausgebildete Agentin von irgendeinem befreundeten Dienst zu übernehmen«, hatte sie nach einer Weile geantwortet.

»Ich arbeite nur mit Leuten, die ich kenne und selbst ausgebildet habe. Und von denen ich weiß, dass sie niemals aufgeben.«

Dann hatte er ihr die Mappe entgegengehalten. »Denk drüber nach. Wenn du wieder diensttauglich bist, brauche ich deine Antwort.«

Sie hatte die Mappe genommen und das Büro grußlos verlassen. Vier Tage später hatte er ihr die Einladung nach Tallinn samt Ticket-Code geschickt.

Ihr Attest lief erst in drei Tagen ab. Am Gate in Zaventem

hatte sie Söderberg erklärt, sie flöge nur mit, weil sie mit Toomas Kiisler persönlich über die weitere Suche nach Berend Schroot reden wollte. Er hatte genickt und auch auf dem Flug klugerweise nicht gefragt, ob sie sein Angebot annehmen würde.

Viele Stunden hatte sie zu Hause damit verbracht, mithilfe elektronischer Strömungskarten Berechnungen anzustellen, wo Berends Körper anlanden würde. Wenn sie ihn schon nicht hatte retten können, so musste sie ihn doch wenigstens nach Hause bringen. Ihm zuliebe und für sich selbst, um Frieden zu finden.

Nach ihrer Ankunft in Ülemiste war sie darum zuerst ins EU-Haus gefahren. Sie hatte Kiisler ihre Kalkulationen gezeigt, nach denen Berend früher oder später an den Ufern der Pragli-Inseln oder weiter südöstlich auf Rummi stranden müsste.

»Sie machen es sich und mir nicht leicht, Marie«, hatte Kiisler geantwortet, der seit Berends Verschwinden mit der Küstenwache in Verbindung stand. »Ich will offen reden. Was immer die Natur von seiner sterblichen Hülle übrig lässt, liegt in mindestens fünfzig Meter tiefer Kälte. Zum einen: Die Tiefenströmung dort ist minimal. Zum anderen: Keine Wärme, keine Faulgase. Und darum auch kein Auftrieb und keine Bewegung oben in der Windströmung. Glauben Sie mir, Marie, ich verstehe Sie. Sie wollen ein würdiges Begräbnis für Ihren Freund. Aber er hat seine ewige Ruhe längst gefunden. Hier bei uns. Dort unten.«

Alvar Saks war nun im Festsaal für das Grußwort der Gastgeberstadt ans Rednerpult getreten. Er sah deutlich besser aus als bei ihrer letzten Besprechung.

Wahrscheinlich war es die Aura des Siegers, die ihn so strahlen ließ. Sein Kommunikationsteam hatte ganze Arbeit geleistet und eine eindrucksvolle Legende verbreitet, wie der Bürgermeister den russischen Angriff auf die estnische Wirtschaft quasi im Alleingang aufdeckte und abwehrte.

Söderberg hatte das nicht weiter gekratzt. *Nothing personal, just business*. Viel wichtiger war, dass bisher weder etwas über einen russischen EU-Spion noch über dessen erfolgreiche Flucht an die Öffentlichkeit gedrungen war. Einmal abgesehen von einer ebenso launigen wie ahnungslosen Glosse im Helsinkier *Hufvudstadsbladet,* nach der gelangweilte Teenager in einem Gewerbegebiet bei Vantaa versucht hatten, den scheußlich lackierten Edelsportwagen eines moldawischen Diplomaten zu knacken, und mit dem entfesselten Alarm das ganze Viertel in Aufruhr versetzten.

Der Fundort des Wagens hatte dem finnischen Geheimdienst klargemacht, dass sie nicht nur ein weiteres Mal die Überwachungsvideos des Flughafens Vantaa sichten sollten, sondern auch einen nahe gelegenen historischen Flughafen unter die Lupe nehmen mussten, der nur noch selten für Propeller- und Turboprop-Flüge genutzt wurde und als Basisstation des Grenzschutzes diente.

Der Grenzschutz hatte zwar für diese Nacht keine besonderen Vorkommnisse gemeldet, aber das erwies sich als Vertuschungsaktion. Ein dort gut bekannter Pilot hatte eine Sondergenehmigung für einen Nachtflug nach St. Petersburg eingeholt und sein Passagier Papiere vorgelegt, die ihn als französischen Diplomaten in europäischer Mission auswiesen. Eine einfache Nachfrage bei der französischen Botschaft, und die Sache wäre aufgeflogen. Nachtwey hatte sich die Überheblichkeit eines Dienstes zunutze gemacht, dessen Vorstellungskraft es überstieg, dass sich ein russischer Agent direkt unter seinen Augen in die Heimat absetzen würde.

Söderberg hatte es Marie auf dem Flug nach Tallinn erzählt und seine Bewunderung nicht einmal ansatzweise verbergen können. »Man muss es diesem verdammten Deutschen lassen, er hat das alles eiskalt durchgezogen. Und wie er zuvor nur aus ein paar Bruchstücken kombiniert hat, dass Laar vom Versteck des Kivistikmaterials wusste … Wäre er nicht so ein mieser Dreckskerl, ich würde es bedauern, dass er auf der falschen Seite steht.«

Marie war innerlich erstarrt. Jede Sekunde hatte sie damit gerechnet, dass Söderberg sie doch noch fragen würde, ob sie es war, die Laar verraten hatte. Hatte denn niemand Söderberg berichtet, wie sehr sie sich von Nachtwey hatte umgarnen lassen?

Aber Söderberg hatte nichts dergleichen getan. Für ihn hatte sie ihre Feuertaufe bestanden, und sie gehörte jetzt zu seinem Team – wenn sie es denn wollte.

Plötzlich sah sie Laar wieder vor sich, wie er in dem Kellerlokal genüsslich in eine Essiggurke biss, reichlich mit Wodka nachspülte und ihr von den wilden alten Zeiten vorschwärmte. Für seinen Tod würde es auf ihrer Entschuldigungsliste niemals einen Punkt geben.

Applaus brandete auf. Alvar Saks hatte der estnischen Effizienz mit einer kurzen Rede alle Ehre erwiesen und bat nun Francesca Giuliani, drei EU-Kommissare und Kommissarinnen sowie den Vorstandsvorsitzenden von WPT Limited zur Vertragsunterzeichnung auf die Bühne.

Giuliani lächelte, als Saks ihr nach seiner Unterschrift die schwarze Kladde weiterreichte. War sie wirklich mit dem Ergebnis zufrieden? Sie hatte sowohl von der Kommission als auch vom Parlament Prügel einstecken müssen, weil der Vertrag die EU viel zu teuer kam. Aber wenn Fritz Aumayr, der der Feier natürlich ferngeblieben war, mit seiner Charakterisierung Giulianis recht hatte, wäre sie trotzdem froh über den Abschluss. Ganz anders als Beatriz Torres jedenfalls, die Marie an einem Sonntagnachmittag zu Hause mit selbst gebackenen *Pasteis de Nata* überraschte und zornig berichtete, dass die Kommission in den nächsten Jahren nicht einmal ein Dutzend Städte bei der Rückholung ihrer Wasserbetriebe unterstützen wolle. Sie kündigte an, ihren Dienst zu quittieren und nach Portugal zurückzukehren.

Plötzlich flatterte etwas durch die Luft. Ein Schwarm von Papieren segelte von der Empore herab, auf der auch einige Studierende saßen, die der Zeremonie beiwohnen durften. Ein Chor junger Stimmen begann, einen Spruch zu skandieren, und sofort sprinteten die über den Raum verteilten Sicherheitsbeamten los.

Sie schauten nach oben. Zwölf junge Leute standen dort

in weißen T-Shirts unter einem langen Banner, das das Foto einer jungen Frau zeigte. Marie erkannte sie wieder. Es war die griechische Schülerin, die beim Protest der zwölf Bürgermeister ums Leben gekommen war. Auf dem Banner stand, was sie jetzt dem Podium entgegenriefen: »Don't feed the Trusts – feed the People!«

Es brauchte eine Weile, bis die Sicherheitsleute gegen den passiven Widerstand der unbeteiligten, aber solidarischen Studenten zu den Demonstranten vordringen konnten, um ihnen in einem heftigen Gerangel das Banner zu entreißen.

Während einer der Organisatoren zum Pult lief und sich in peinlichen Windungen für die Störung entschuldigte, hob Marie eines der Flugblätter auf.

Heute feiert sich die EU als strahlender Sieger im Kampf für das Recht auf Wasser.

In Wirklichkeit hat sie nur einen Konzern mit Geld überschüttet und eine Stadt gefördert, die keine Probleme hat.

*Wir sind die junge Generation aus den Städten der zwölf Bürgermeister*innen.*

Wir fordern:

Verbot der kommerziellen Ausbeutung natürlicher Ressourcen!

Verstaatlichung aller Grundversorgungsunternehmen

Europäische Infrastrukturfonds für Städte in Not!

Don't Feed the Trusts, Feed the People!

»Mal schauen, was die in drei Jahren denken, wenn sie den Master in der Tasche haben und auf Jobsuche sind«, meinte Kiisler.

»Ich weiß nicht«, sagte Söderberg. »Mir scheint, die sind anders als die Generationen vor ihnen. Sie haben mehr zu verlieren. Eigentlich alles.«

Kiisler sah Söderberg achselzuckend an. »Ja, ihre Smartphones, Laptops und E-Scooter.«

Marie zog die Augenbrauen hoch. Er klang fast wie ihr Vater vor dreißig Jahren, wenn er über die Amsterdamer Kraker schimpfte. Dabei forderten diese jungen Menschen keine Revolution, sondern nur einen Infrastrukturfonds. Mein Gott, als sie so jung war, kannte sie solche Wörter nicht einmal. Ehe sie fragen konnte, was Toomas so ärgerte, erinnerte sie der Signalton einer hereinkommenden Nachricht daran, dass sie vergessen hatte, ihr Handy auszuschalten. Schon drehte sich ein Mann in der hintersten Stuhlreihe zu ihr um und schaute sie böse an. Sie kramte das Telefon hervor und setzte es in den Flugmodus.

»Spannender wirds hier jetzt sicher nicht mehr. Wollen wir verschwinden?«, flüsterte Söderberg.

»Was hast du vor?«, fragte Marie.

»Ich finde, es ist höchste Zeit, unsere Wunden mit Alkohol zu desinfizieren.«

»Habt ihr nicht auch den Eindruck, dass in Europa viel zu viel getrunken wird? Also wohin …«, antwortete sie, als ihr Blick auf den Betreff der neuen Nachricht fiel: *Alle Achtung, Poldermeisje!*

Sie erstarrte, während in ihr eine unerträgliche Hitze aufstieg. Ihr Gesicht glühte.

»Erst mal raus hier«, sagte Söderberg.

Sie nickte und ließ die beiden vorangehen. Schnell öffnete sie die Nachricht.

Glückwunsch zum Etappensieg, Marie. Widmen wir ihn dem Mann, der sein Leben für deins gab? Wahre Liebe, bis der Tod euch schied … Ungefragt, vermute ich, aber wer kann nach alldem glauben, dass du ihn nicht in deine streng geheimen Ermittlungen eingebunden hast? Hat er dir was vererbt? Geld? Probleme? Schau mal nach, es sollten ein paar Weißrussen darunter sein. Das sind übrigens Freunde von Freunden meiner engsten Freunde hier. »Krokettendeal« ist hierorts schon zu einem geflügelten Wort geworden. Mein Rat als Geschenk zu diesem Festtag: Lösch diese Nachricht jetzt besser. Selbst Söderbergs Loyalität hat ihre Grenzen.

Machs gut, Poldermeisje, und auf bald!

Immer dein C.

Worterklärungen

S. 45 *BV* niederländische GmbH
S. 47 *Fort mit de goit* Los geht's; wörtlich: Vorwärts mit der Ziege
S. 58 *flux de bouche* Redegewandtheit, aber auch Wortschwall
S. 177 *Ikkik zaol 's efkes kieke* Ich werd mal eben nachschauen
S. 177 *Tsjoekiefiets* Tsjoekie: das Geräusch einer alten Dampflokomotive; fiets: Fahrrad
S. 253 *Gokje-slokje* wörtlich: Spielchen-Schlückchen

Die Cannabis-Connection

Dr. Marcel Kamrath ist der ideale Politiker. Charmant, ambitioniert, zielgerichtet und menschenfreundlich. Dem Staatssekretär winkt schon ein Ministeramt, er muss nur noch die Legalisierung von Cannabis erfolgreich durch den Bundestag bringen. Doch dann holt ihn seine begraben geglaubte Vergangenheit wieder ein. Ein Jugendfreund aus Amsterdam taucht auf.
Das Wiedersehen wird für Kamrath zu einem gnadenlosen Machtkampf, in dem ihm die Kontrolle mehr und mehr entgleitet. Immer tiefer wird Kamrath in ein gefährliches Duell hineingetrieben, das er nur überleben kann, wenn er alles opfert, was ihm wichtig ist.

»Ein rasant geschriebenes Buch, mit vielen gut gebauten und spannend zu lesenden Dialogen und Actionszenen vor politischem Hintergrund. Interessante Figuren, verstrickte Geschichte und interessante Einblicke in die Zusammenhänge des Cannabis-Geschäftes. Das deutsch-holländische Autorenduo Hoeps & Toes ist eine echte Empfehlung.« *HR*

»Es ist nicht zu überlesen, die beiden Autoren kennen das Milieu sehr genau, sowohl das der Amsterdamer Cannabis-Szene wie die bundesdeutsche Politmaschinerie. Die Geschichte nimmt schnell Fahrt auf und kulminiert in einem nervenaufreibenden Finale.« *P. S. Zeitung*

Die Rote Hand

Der ehemalige Fremdenlegionär Streich verbringt seine Tage als Wachmann schäbiger Garagen. Was darin geschieht, interessiert ihn nicht. Als aber ein Waffenhändler, der die algerische Befreiungsfront beliefert, ermordet wird, kann er die Machenschaften nicht mehr ignorieren und stößt auf Vorgänge, die besser im Verborgenen geblieben wären.

Vorboten

Wieland Göth kehrt nach dem Ersten Weltkrieg in sein Heimatdorf zurück. In den schlammigen Straßen patrouillieren französische Soldaten, ein Mord an einem Separatisten sät Unruhe. In Hinterzimmern fordern nationale Kräfte die Freiheit des deutschen Volkes. Wieland gerät zwischen die Fronten und muss bald nicht nur sein eigenes Leben schützen.

»Im Stil Hemingways beschreibt der Autor schnörkellos und dennoch poetisch die Szenen, die Stadt, die Gewalt. Tief stechen Heimbachs Sätze, Wörter und Charaktere in das Herz des Lesers.« *Jury des Glauser-Preises*

»Ein feiner Beobachter und ein Fachmann des literarischen Kriminalromans.« *We Want Media*

Petra Ivanov im Unionsverlag

FLINT & CAVALLI ERMITTELN

Erster Funke Flint und Cavalli – Wie alles begann
Fremde Hände Flint und Cavalli ermitteln im Rotlichtmilieu
Tote Träume Flint und Cavalli ermitteln gegen die Brandstifter
Kalte Schüsse Flint und Cavalli ermitteln gegen die russische Mafia
Stille Lügen Flint und Cavalli ermitteln in Georgien
Tiefe Narben Flint und Cavalli ermitteln gegen einen Insider
Leere Gräber Flint und Cavalli ermitteln in Argentinien
Heiße Eisen Flint und Cavalli ermitteln in besten Kreisen
Alte Feinde Flint und Cavalli ermitteln im Reservat
Stumme Schreie Flint und Cavalli ermitteln hinter verschlossenen Türen
Das Geständnis Ein Regina-Flint-Kurzkrimi

MEYER & PALUSHI ERMITTELN

Tatverdacht Meyer und Palushi ermitteln in Kosovo
Hafturlaub Meyer und Palushi ermitteln gegeneinander
Täuschung Meyer und Palushi ermitteln in Thailand
Entführung Meyer und Palushi ermitteln zwischen den Fronten

Geballte Wut

Sebastians Leben ist eine einzige Abwärtsspirale. Jetzt sitzt er im Gerichtssaal und denkt zurück.

Schockfrost (gemeinsam mit Mitra Devi)

Die alleinerziehende Psychiaterin Sarah Marten hat ihr Leben im Griff. Doch dann stürzt sie die Treppe hinunter, leidet unter Sehstörungen und Gedächtnislücken. Ihr 15-jähriger Sohn verschwindet. Ein Wettlauf gegen die Zeit beginnt.

Mitra Devi im Unionsverlag

EIN FALL FÜR NORA TABANI

»Mitra Devi gehört zweifelsohne zu den besten in diesem Genre. Ihre Kunst, den Spannungsbogen bis zum Ende der Geschichte zu steigern, beherrscht sie meisterhaft!« *Jeanette Houillon, Schiller Buchhandlung*

Filmriss
Seelensplitter
Das Kainszeichen
Der Blutsfeind

Schockfrost (gemeinsam mit Petra Ivanov)

Die alleinerziehende Psychiaterin Sarah Marten hat ihr Leben im Griff. Doch dann stürzt sie die Treppe hinunter, leidet unter Sehstörungen und Gedächtnislücken. Ihr 15-jähriger Sohn verschwindet. Ein Wettlauf gegen die Zeit beginnt. Die Crime-Queens Petra Ivanov und Mitra Devi haben gemeinsam einen Psychothriller geschrieben, der unter die Haut geht.

Kleiner Mord zwischendurch

Rabenschwarze Kurzkrimis zum Gruseln, Schmunzeln und Verschlingen. Die Heldinnen und Helden sind voller starker Gefühle und zahlen jede Niedertracht zurück. Mit psychologischer Raffinesse lässt Mitra Devi ihre Protagonisten mit den Mordwaffen spielen – gnadenlos, angenehm unheimlich und mit einem Schuss gefährlicher Nonchalance.

Mehr über Autorin und Werk auf *www.unionsverlag.com*

Hannelore Cayre im Unionsverlag

Der Lumpenadvokat

Christophe Leibowitz ist ein Winkeladvokat, wie er im Buche steht: schlitzohrig, mit großem Herz und immer in Geldnöten. Dass er Karriere gemacht hätte, kann man nicht behaupten, denn als Pflichtverteidiger vertritt er vor allem Zuhälter und Kleinkriminelle aus der Pariser Banlieue. Da bittet ihn sein erfolgreicher Anwaltskollege Lakdar um einen Gefallen: Für eine Million Euro soll er mittels Rollentausch einen üblen Schurken aus dem Knast holen. Der Coup gelingt, Leibowitz sitzt anstelle des Schurken die Strafe ab und freut sich auf den Lohn, der ihn erwartet. Doch Lakdar wird der Mitwisser Leibowitz nach getaner Arbeit lästig. Womit er allerdings nicht gerechnet hat: Leibowitz hat Sinn für Gerechtigkeit und kann ganz schön fies werden.

Das Meisterstück

Christoph Leibowitz, das liebenswerte Scheusal, ist frisch aus dem Gefängnis entlassen und versucht, als Advokat der kleinen Gangster und Ganoven wieder Fuß zu fassen. Als einer seiner Stammkunden wegen eines aufsehenerregenden Bilderraubs in die Mühlen der Pariser Justiz gerät, findet er sich unversehens mitten in einer Raubkunst-Affäre, die bis in die besten Kreise und die dunkle Vergangenheit Frankreichs reicht. Wie kommt es, dass das geraubte Gemälde seines heiß geliebten Schiele in keinem Werkverzeichnis auftaucht? Aktenkundig ist nur, dass zuletzt Hermann Göring ein Auge darauf geworfen hatte. Sicher ist sicher, denkt sich Leibowitz, und schafft den erotischen Mädchenakt vorsichtshalber erst mal in seine Wohnung …

»Christoph Leibowitz, der gerissene Anwalt mit den schmutzigen Fantasien und den zwielichtigen Freunden, ist uns ans Herz gewachsen. Daran schuld ist Hannelore Cayres erfrischender Stil mit seinen lakonischen, spitzen Dialogen, schrägen Figuren und dem Mut zu einem Helden wie Christoph Leibowitz.« *Focus Online*

Garry Disher im Unionsverlag

INSPECTOR-CHALLIS-ROMANE

»Disher ist ein Meister der modernen Krimikomposition. Er entwickelt ein faszinierendes Erzähltempo, das flott und schnell, aber niemals atemlos oder gehetzt erscheint. Disher zu lesen, ist ein literarischer Genuss erster Güte.« *krimiblog.de*

Drachenmann
Flugrausch
Schnappschuss
Beweiskette
Rostmond
Leiser Tod

CONSTABLE-HIRSCHHAUSEN-ROMANE

»Hirsch (fast) allein gegen Sheriff, Vorgesetzte, Dorfbonzen. Weizen, Wolle, früher Kupfer, leeres Land. Ganz, ganz fein, staubtrocken und herzenswarm.« *Tobias Gohlis, KrimiZeit-Bestenliste*

Bitter Wash Road
Hope Hill Drive
Barrier Highway

Hinter den Inseln

Liebe, Krieg und Verrat vor dem Hintergrund der zusammenbrechenden Kolonialreiche in Südostasien.

Kaltes Licht

Ein Skelett, ein jahrealter Mordfall und vergessene Geheimnisse – ein Fall für Sergeant Alan Auhl.